LE VENT DU SOIR

De cet ouvrage,
il a été tiré spécialement,
sur vergé blanc
cinquante exemplaires
numérotés de 1 à 50
et dix exemplaires hors commerce
marqués de I à X.
Ce tirage constitue
l'édition originale.

Jean d'Ormesson
de l'Académie française

LE VENT DU SOIR

roman

JClattès

OEUVRES DE JEAN D'ORMESSON

L'amour est un plaisir. Le Livre de Poche.

Du côté de chez Jean. Folio.

Un amour pour rien. Folio.

Au revoir et merci. N.R.F.

Les illusions de la mer. Le Livre de Poche.

La gloire de l'Empire. N.R.F.

Au plaisir de Dieu. N.R.F.

Le vagabond qui passe sous une ombrelle trouée. N.R.F.

Dieu, sa vie, son œuvre. N.R.F.

Mon dernier rêve sera pour vous. Jean-Claude Lattès.

Jean qui grogne et Jean qui rit. Jean-Claude Lattès.

Semper eædem

Photo couverture : studio Harcourt

Ah ! donnez-moi le vent du soir sur les prairies,
Et l'odeur du foin frais coupé, comme en Bavière
Un soir après la pluie, sur le lac de Starnberg.

Valery LARBAUD.

Beaucoup de choses sur la terre à entendre et à voir, choses vivantes parmi nous !

SAINT-JOHN PERSE.

Je n'étais plus désormais que le rêve immense et confus de ma mémoire.

Pierre DRIEU LA ROCHELLE.

Eh bien ! tâche que ce soit un beau conte à conter dans les jardins de l'Oronte.

Maurice BARRÈS.

Généalogie simplifiée des Wronski, des McNeill et des O'Shaughnessy

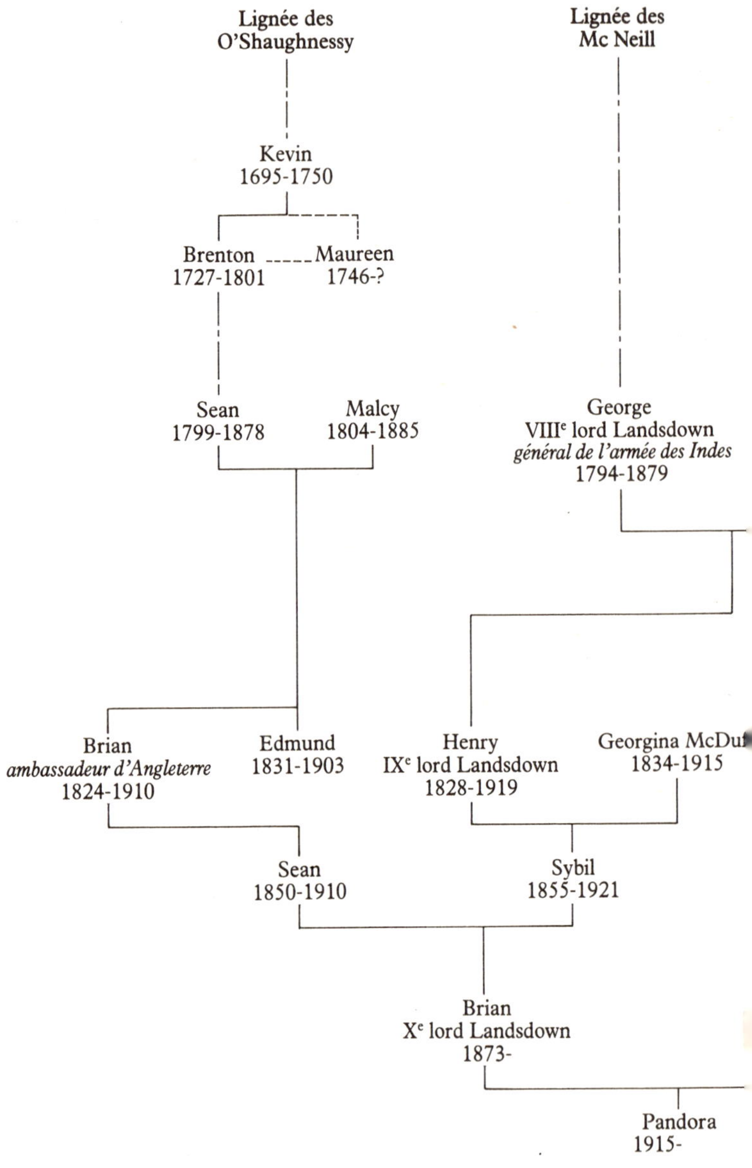

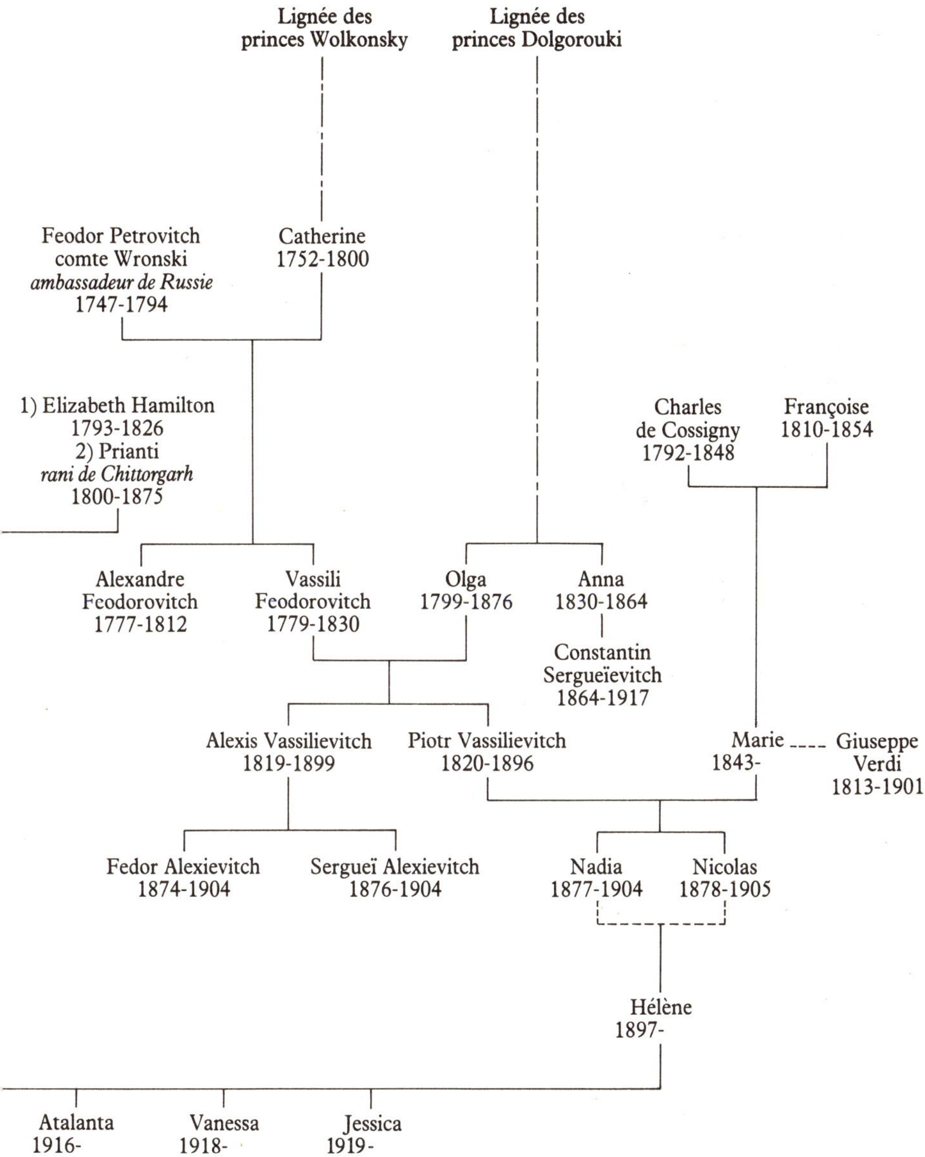

Les traits horizontaux en pointillé indiquent les liaisons.

Généalogie simplifiée des Romero et des Finkelstein

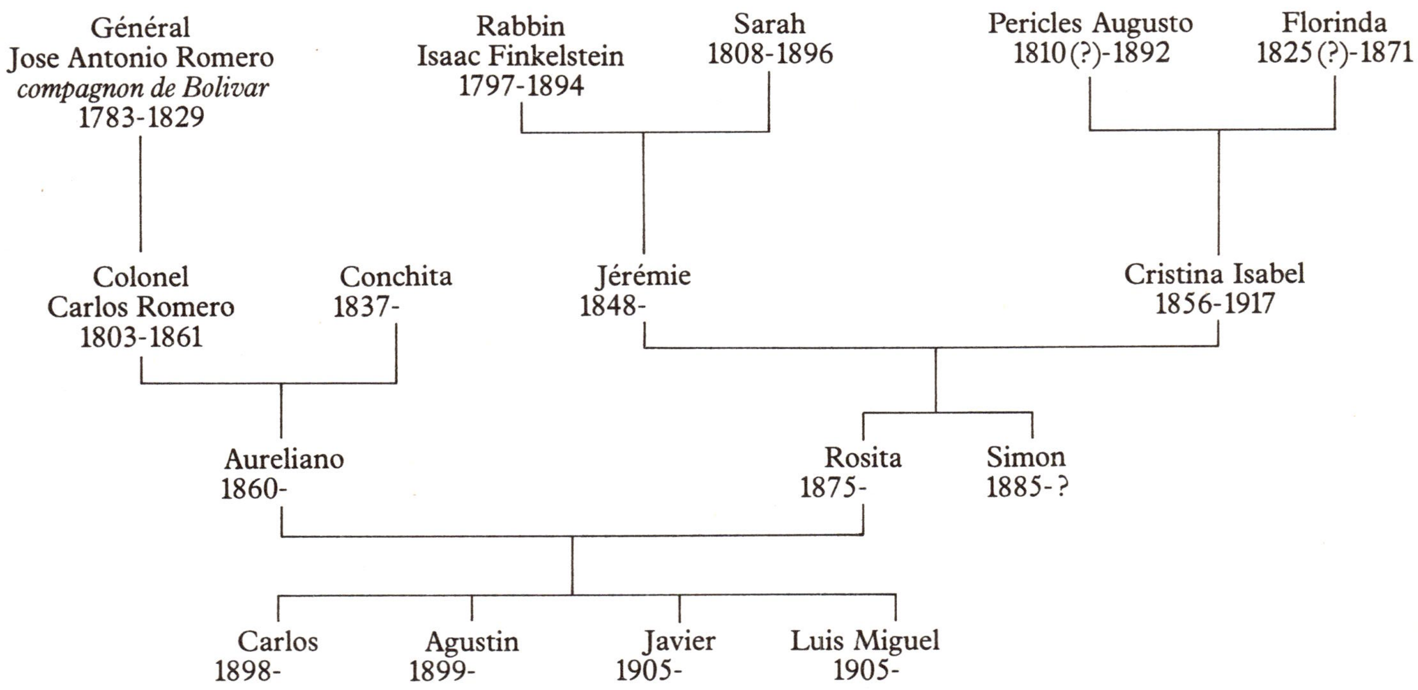

1

Le monde et son histoire se referment en cercle autour de nous : ce fut Javier Romero, un soir de printemps, à San Miniato, qui m'apporta la nouvelle de la mort de Pandora. La journée, d'un bout à l'autre, avait été glorieuse. Dès le matin, les volets à peine ouverts, une sorte de transparence s'était installée dans l'espace et le temps. Par un de ces mécanismes pleins d'évidence et de mystère, un ciel sans nuages promettait du bonheur. La nuit n'était pas tombée que tout un pan de ma vie s'écroulait. Javier apparaissait, posait ses sacs, me mettait la main sur l'épaule, disait : « Pandora est morte. » Quelque chose basculait. Le vent du soir se levait.

Javier arrivait de Londres. Sept ou huit heures plus tôt, il avait assisté à l'enterrement. Il y avait Atalanta et Vanessa, bien entendu, Javier et ses frères, tous ceux qui, habitant Londres, avaient pu être prévenus à temps. D'autres, comme moi, n'apprendraient que bien plus tard la disparition de Pandora. En voyant autour de lui tant de témoins différents qui ne se connaissaient souvent même pas et entre lesquels une morte qui n'était plus qu'un souvenir constituait le seul lien, Javier avait le sentiment du grouillement obscur d'un monde auquel chaque être, tour à tour, peut servir de centre et de foyer. Pour plusieurs d'entre nous, le plaisir, la gaieté, l'espérance, une certaine clarté des jours — et souvent des nuits — avait tourné autour de Pandora. Beaucoup de choses mouraient avec elle. J'écoutais, grâce à Javier, les prières des morts dans ce temple de Londres dont j'ignorais jusqu'au nom. Et, à travers les visages et les larmes de ceux qui se souvenaient, je voyais surgir tout un passé qui, pour moi et quelques autres, avait été presque tout et dont il ne restait presque rien.

Nous demeurâmes longtemps, Javier et moi, ce soir-là, sur la terrasse de la grande maison, à parler de Pandora. Est-ce que nous parlions ? Je n'en sais rien. Nous nous taisions plutôt. C'était une nuit sans lune. Les étoiles brillaient avec force et tremblaient sur nos têtes. Nous poursuivions chacun nos rêves particuliers, parallèles et jumeaux. Nos brèves paroles, de temps en temps, jetaient un pont de l'un à l'autre. Nous avancions ainsi, dans le désordre et à contretemps, à travers l'épaisseur du passé. Nos vies ressuscitaient, se mêlaient, se séparaient, se confondaient soudain avec l'histoire du monde. La nuit était très avancée, et peut-être presque finie, quand, Javier déjà couché, j'allai chercher la malle où traînaient de vieilles lettres, des photos, des cartes routières en loques à force d'avoir servi, des guides de Grèce, du Mexique, de l'Inde, truffés de papiers divers et surchargés d'annotations. Je pris presque au hasard, comme un avare fait de bijoux, de pièces d'or ou de pierres précieuses, un lot de photos et un paquet de lettres. Je rentrai dans ma chambre et je me jetai sur le lit.

Un soupçon de sang russe n'a jamais fait de mal à personne. Une des racines de l'histoire qui venait de se clore se rattachait à un homme encore jeune, à la barbe très noire, en long manteau serré à la taille sous un bonnet de fourrure, nonchalamment appuyé à un fort beau bureau du milieu ou de la fin du XVIIIe français : il s'appelait Piotr Vassilievitch Wronski et je le voyais devant moi. On comptait parmi les siens tout ce qui convenait à un grand seigneur libéral, lâché dans les tempêtes de l'absolutisme russe : un grand-père ambassadeur à Téhéran et à Londres, un oncle tué par les Français à la bataille de Borodino, un père décembriste déporté en Sibérie, une mère invraisemblable qui n'a pas fini de faire parler d'elle, un frère éloigné de Russie par un mélange d'exil politique, de cures successives dans les villes d'eaux allemandes et d'amours tumultueuses, à l'ombre des casinos où se défaisaient des fortunes, avec des aventurières anglo-saxonnes et des chanteuses d'opéra. Près de cent ans après sa mort, on pouvait encore trouver, et j'ai retrouvé moi-même, des traces de son passage et de ses passions dans les boutiques et les archives de Karlovy-Vary — qui s'appelait naguère Carlsbad — et à Baden-Baden.

Les rêves et les souvenirs des hommes ne s'arrêtent jamais nulle part. On pouvait remonter beaucoup plus haut dans le passé innombrable de Wronski. Mes travaux sporadiques d'historien amateur et de témoin de la vie des autres m'avaient entraîné, en sens inverse de l'histoire, à la poursuite des ancêtres de Piotr Vassilievitch. J'avais rencontré le monde entier dans ces expéditions. Il me semblait, à vrai dire, que n'importe quel point de départ, si obscur fût-il, si modeste, si dérisoire, m'aurait mené, chemin faisant, aux mêmes immenses perspectives. Je m'amusais quelquefois à choisir un gardien de musée florentin, un mineur de la Ruhr, une couturière de province, un joueur de baseball de Los Angeles et à imaginer leurs destins dans l'espace et le temps : on arrivait assez vite à la guerre de Trente Ans, aux croisades, aux Grandes Compagnies, aux princes du Saint Empire, aux compagnons de Christophe Colomb. Piotr Vassilievitch était un cas privilégié. Les Orlov, les Narichkine, les Wolkonsky, les Dolgorouki apparaissaient aussitôt. On aurait dit, dans l'autre sens, dans le sens du temps qui passe, que l'histoire de la Sainte Russie et de la troisième Rome — c'est-à-dire de Moscou avant Saint-Pétersbourg — aboutissait à lui. Il la dilapidait en fêtes, en voyages à Venise et à Nice, en complots chimériques pour la liberté de la presse, en rêveries généreuses et absurdes qui ne changeaient rien à rien. Avec sa barbe noire et ses yeux de velours, Piotr Vassilievitch Wronski était un romantique attardé, plutôt touchant, échevelé, très inutile.

Vers le milieu du siècle, entre Vérone et Milan, Wronski avait trouvé son dieu : c'était Verdi. L'auteur de *la Traviata* incarnait tout ce que le pauvre Piotr aurait tant voulu être. Il jouait un rôle immense dans l'histoire de son temps, les foules l'acclamaient, tous les cœurs se donnaient à lui, et il avait du génie. Le jour où, coup sur coup, sur un de ces murs ocre des grandes villas italiennes et sur la porte de bois d'un palais de Vérone ou de Vicence, Wronski vit, en passant, de sa berline de voyage, s'étaler les cinq lettres qui formaient le nom de son ami : V E R D I, la tête lui tourna un peu de gloire indirecte et d'orgueil reflété par personne interposée. Il ne savait pas encore que libéraux et nationalistes se servaient comme d'un jeu de mots et de lettres du nom du musicien : *Viva Emmanuele Re d'Italia !* Il prit l'inscription pour ce qu'elle était d'ailleurs aussi, mais plutôt sur fond de propagande politique : un hommage à l'art, à la gloire, au génie.

« Je suis l'ami d'un grand homme », se dit Wronski dans sa calèche. Et il était déjà décidé à ne rien refuser au seul génie qu'il connût.

Je dormis assez mal cette nuit-là. Wronski, Pandora, Atalanta, Jessica, Vanessa, les quatre frères Romero se livraient dans ma tête à une sarabande effrénée. Ils se poursuivaient à travers les temps et dansaient à perdre haleine autour de la planète. Les guerres, les krachs, les révolutions, les épidémies, les bouleversements des mœurs et de la mode se levaient sur leurs pas, tombaient de leur bouche et de leurs mains. Le lendemain, il faisait toujours aussi beau sur la Toscane et l'Ombrie. Au loin, de temps en temps, passaient des nuages minuscules. Ils me faisaient penser à Pandora et à Wronski dans l'océan des temps. Javier dormait encore. J'allai le réveiller avec une bouteille de champagne.

— C'est Vanessa, me dit-il en ouvrant un œil vitreux, qui aurait aimé ça.

— A la santé de Vanessa, lui dis-je, et de ses sœurs, et de leurs amants.

Le soleil était déjà haut, que nous avions tant aimé, à Corfou, à Amorgos, à Puerto Vallarta, à Angra dos Reis, à Santa Barbara, à Ravello, à Symi. Et nous bûmes tous les deux à notre propre santé et à celle de pas mal d'autres.

Quelques années plus tard, dans la Vienne de François-Joseph et de l'impératrice Sissi à peine sortie de sa Bavière natale, Piotr Vassilievitch avait été le héros d'une intrigue dont sa famille et ses relations ne savaient pas très bien s'il fallait s'offusquer ou se féliciter. Vers la fin du règne de Napoléon III, une jeune Française, fille d'un hobereau ruiné des Charentes et d'une nièce d'archevêque qui était passée par des aventures que je raconterai peut-être un jour, était venue occuper à Saint-Pétersbourg, dans l'illustre famille des Narichkine, les fonctions de lectrice et de professeur de français. Elle s'appelait Marie de Cossigny. Elle était blonde, toute jeune, pleine d'un charme un peu timide, avec des yeux verts qui fonçaient sous le coup de l'émotion. Au bout de quelques mois à peine, deux générations successives de Narichkine, un neveu et un oncle, étaient amoureuses folles de la lectrice française.

L'oncle ne faisait rien. Le neveu était lieutenant dans le régiment Préobrajenski. Il se passa ce qui se passait, en ce temps-là, d'un bout de la vieille Europe à l'autre, dans les familles de ce milieu : sourdes rumeurs, ragots, agitation souterraine, émotion collective, branle-bas de combat soudain et conseil de famille. Dans ses moments d'effusion, vers les débuts de notre siècle, il arrivait à Marie, gants de filoselle et cheveux blancs, petit ruban noir autour du cou, de raconter en souriant et presque au bord des larmes — et j'ai encore eu la chance d'être le bénéficiaire de ces confessions murmurées — une scène qui, sur le moment, n'avait pas dû être très gaie pour la jeune héroïne dans le rôle de l'accusée.

— Mademoiselle, disait, en pointant vers la jeune fille un index indigné, la grand-mère, née Orlov, une vieille dame sèche et ronde à la fois, née sous Catherine II, promue au rôle enviable de procureur général, comment avez-vous pu vous laisser égarer par vos sens et détourner de vos devoirs, vous que nous avons reçue avec confiance dans notre famille naguère unie ?

— Madame, répondait Marie en jetant un regard terrifié sur les tentures rouges couvertes de tableaux du grand salon des Narichkine qui ne lui avait jamais paru aussi démesuré et aussi solennel, je ne me suis laissé ni égarer ni détourner par personne de votre auguste nom. Je ne sais pas où en sont, à mon égard, les sens et les devoirs de plusieurs membres de la famille. Quant à moi, ajouta-t-elle avec un mélange d'orgueil et de coquetterie qui lui valurent aussitôt tous les suffrages secrets des hommes de l'assemblée, je suis comme je suis, je n'ai rien à me reprocher et j'ai ma conscience pour moi.

— Mademoiselle, reprenait la grand-mère, vous êtes un danger pour cette famille.

— Madame, répondait Marie, c'est peut-être cette famille qui est un danger pour moi.

Les choses sont toujours à la fois plus simples et plus compliquées qu'on ne le croit. La moindre d'entre elles étend très loin ses racines et ses implications. Mais la découverte de la bonne clé suffit à ouvrir toutes les serrures. Si Marie de Cossigny, lectrice de français à Saint-Pétersbourg, restait en effet insensible à la double pression de deux générations de Narichkine, c'était qu'un autre amour l'occupait tout entière. Et, secret, mais deviné, clandestin, et d'autant plus irritant, il suffisait, bien entendu, à attiser les flammes du neveu et de l'oncle.

Qui avait pu lutter victorieusement contre l'éclat du nom et de la fortune de la famille Narichkine ? C'était un jardinier. Il est difficile de savoir à quel niveau exact se situait ce jardinier. Le Nôtre, après tout, et Russell Page, et les irrésistibles Vilmorin étaient, eux aussi, à leur façon, des espèces de jardiniers. Celui de Marie de Cossigny était-il plus proche de l'intendant, de l'architecte, de l'artiste ou du fumier originel ? Il avait bonne mine, en tout cas, et de la hardiesse dans l'esprit. J'ai eu la curiosité de rechercher ce que l'avenir lui réservait. Socialiste et conspirateur, il finira en Sibérie, phtisique ou exécuté. Marie de Cossigny, devenue Marie Wronski, a-t-elle appris, en son temps, le sort tragique de son premier amant ? Là encore, je l'ignore : je n'ai pas osé le lui demander. De l'histoire du monde, et même de ceux que j'ai connus, je ne sais presque rien.

Il faudrait ici, j'imagine, planter un semblant de décor et décrire Saint-Pétersbourg vers le milieu du siècle dernier, ses salons, ses avenues, ses boyards et ses moujiks, sa bourgeoisie qui s'enrichit dans l'industrie textile ou le commerce du sucre ou du blé, et d'où sortiront les Chtchoukine et les Morozov dont les fameuses collections seront aux origines du musée de Leningrad, ses intellectuels et ses artistes, ses peintres et ses écrivains — les Tourgueniev et les Gogol que Marie de Cossigny se souvenait encore, plus de soixante ans plus tard, d'avoir aperçus, parmi beaucoup d'autres, partisans de l'absolutisme ou du libéralisme, slavophiles ou occidentaux, dans les raouts des Narichkine ou au hasard des rencontres. Mais de minces rêveries sur des événements évanouis, et pourtant encore présents mystérieusement quelque part puisque j'en parle et que vous écoutez, ne méritent pas tant d'efforts. Pour moi-même et pour peu d'autres, je ressuscite quelques ombres.

Nous nous sommes promenés tous les deux sur la route de Pienza, le soleil droit sur nos têtes. Il y avait un troisième personnage qui avait pris place entre nous : c'était notre passé. Nous discutions tous les trois. Et nous plongions tous ensemble dans des mondes disparus. C'était la fin du printemps sur les pierres déjà chaudes et les oliviers de Toscane. Nous partions pour New York, pour l'Allemagne, pour la Pologne, pour le Brésil. Pour la République de Weimar, pour les temps fabuleux où le peso argentin valait autant que le franc suisse, pour la semaine noire de Wall Street, pour la Russie des tsars. Nous partions pour notre jeunesse, depuis longtemps évanouie. Et les ombres des quatre sœurs nous poursuivaient en riant.

Le Vent du soir

Vers le début de la seconde moitié du XIXe siècle, au temps où la reine Victoria régnait sur une bonne partie de la planète, du Canada aux Indes et à l'Australie, en attendant l'Afrique australe et la Nouvelle-Zélande, un petit pays nouveau de l'Amérique du Sud, le Paraguay, était gouverné par un tyran, né, par une sorte de miracle inversé, des idées enivrantes de Bolivar, le *Libertador.* A la tête d'une bande de loubards organisée en police et en armée, il terrorisait la population et la mettait en coupe réglée. En moins de quelques années, il avait amassé une fortune considérable, répartie entre des banques, des immeubles, des terres, des fermes, des mines sur le territoire paraguayen et des placements judicieux chez les Rothschild de Paris et de Londres. De temps en temps, avant et après la prise du pouvoir, le dictateur se rendait en Europe respirer un air de bohème, visiter les tailleurs et les maisons closes, baiser des mains de femmes du monde et prononcer des conférences à Salamanque et à Heidelberg sur la paix et la liberté.

Au cours d'un de ses voyages à Paris, le grand homme, cheveux plaqués sur le crâne, fortes moustaches en croc, accent à couper au couteau, teint cuivré dû à une grand-mère indienne ramassée sur les hauts plateaux par un prêteur à gages catalan, avait été invité, plus ou moins officiellement, par un service du protocole soucieux du bien-être des étrangers à faire un tour aux Folies-Bergère. C'était vingt ou trente ans avant l'époque où le Bel-Ami de Maupassant y retrouvait Rachel au promenoir, entre une absinthe et une grenadine, entre une étreinte rapide avec Clotilde de Marelle et une visite intéressée à Mme Forestier. Le Paraguayen tomba sur une fille de Maubeuge, très blonde, un peu grasse, assez belle dans le genre flamand ou, si vous y tenez, vénitien. Elle s'appelait Madeleine. On l'appelait Mado. Il la rebaptisa Asunción. Ils s'emballèrent l'un l'autre. Et, via Miami, La Havane, Lima, il la ramena au Paraguay.

Il l'installa d'abord à Villarica, puis à Encarnación, où il avait une grande maison, très belle, relativement discrète, flanquée d'un double patio avec des plantes merveilleuses. Elle s'ennuya. Elle noua quelques intrigues avec des amis du dictateur, juste ce qu'il fallait pour agacer sa jalousie, sans éveiller sa fureur. Au bout de quelques mois, il la rappela auprès de lui. Elle triomphait. Mais ce n'était pas encore assez. Elle visait plus haut. Elle en voulait davantage.

Marie de Cossigny avait dû quitter Saint-Pétersbourg dans la honte et le chagrin. Sur l'injonction de la douairière, l'ordre se remettait de lui-même dans l'illustre famille des Narichkine. Pendant quelque temps, avec la lâcheté propre aux hommes dans leurs affaires de cœur, l'oncle et le neveu s'évitèrent avec soin, s'arrangeant, quand ils se rencontraient, pour ne surtout parler de rien. Cinq ou six ans plus tard, ils causaient longuement entre eux, le soir, adossés à la cheminée ou en se promenant dans le jardin, un verre de cognac ou de vodka à la main, de leur commune passion. Elle les faisait beaucoup rire, avec une pointe d'émotion. Après huit ou dix verres échangés d'un seul coup à la mémoire des jours sinistres et heureux, ils se jetaient dans les bras l'un de l'autre en murmurant des mots sans suite.

Marie était passée successivement par Kiev, par Budapest et par Vienne. Le voyage avait été affreux. Les histoires d'amour se terminent trop souvent par des affaires d'argent. Avant de noyer dans l'alcool et le rire une rivalité, une tendresse et un remords qui s'exprimaient encore par la générosité, les Narichkine, oncle et neveu, avaient insisté à qui mieux mieux et chacun à l'insu de l'autre pour lui faire accepter de quoi vivre quelques mois, ou peut-être quelques années. Elle avait tout refusé. A cause ou en dépit de son mépris pour la douairière, elle avait fini par accepter une petite somme que la doyenne des Narichkine lui avait fourrée presque de force dans son sac de voyage. C'était l'humiliation surtout qui la tourmentait. Si elle n'avait pas été dans cette situation, malgré tout inférieure, de lectrice de français, la double ébauche d'aventure avec l'oncle et le neveu se serait parée de couleurs vives et tout à fait différentes. Personne n'y aurait trouvé à redire. Ç'aurait été une saynète dans le style du siècle précédent, une idylle charmante et gaie, une anecdote à peine ridicule à raconter entre amies avec des rires étouffés. Parce qu'elle était pauvre et étrangère parmi des Russes immensément riches et imbus de leur condition, la comédie, d'un seul coup, avait basculé dans le drame. A peu près en ce temps-là, un livre qui n'avait pas encore atteint à la gloire qu'il connaît aujourd'hui tombait entre les mains de Marie : c'était *le Rouge et le Noir.* Elle le lut le cœur battant, trouvant entre Julien

Sorel et elle plus d'une parenté de cœur et d'esprit. « Ah ! se disait-elle, si j'avais été un homme... » Et, transformée en précepteur, un pistolet dans sa poche, ou parfois en lieutenant de cosaques ou de la garde, une cape sur les épaules et l'épée au côté, d'étonnantes aventures l'opposaient en imagination, dans les neiges de la Russie qui se substituaient insensiblement aux décors de Paris ou de Verrières, à la vieille princesse, née Orlov, et aux deux Narichkine qui se retrouvaient bizarrement sous les traits d'une femme mûre, mais encore séduisante, et de la jeune évaporée qui lui servait de nièce.

A Vienne, Mlle de Cossigny tomba sur des amis de sa famille. Vous vous rappelez comment tournait le monde, pendant des siècles et des siècles et jusqu'à la fin du XIXe siècle, pour toute une frange de la population où l'argent n'était pas tout : c'était un système de relations tacites extraordinairement subtiles et complexes, et d'abord de parentés. Tout un réseau de cousinages et de voisinages unissait les Herbignac, originaires des Charentes, installés à Vienne depuis quinze ans, à la famille de Marie. Ils l'accueillirent comme leur fille. Elle s'installa chez eux. Ils lui servirent de famille. Après tant de tribulations, elle renouait avec le bonheur, ou du moins avec le réconfort. Déportée de luxe en Russie, sous le règne d'Alexandre II, émigrée malgré elle dans la double monarchie encore dominée par le souvenir de Metternich, bousculée par la vie et par d'obscures passions, Marie de Cossigny avait bien besoin d'un peu de repos et de luxe : elle attendait un enfant.

Comme j'avais détesté ce Javier Romero ! En voyant auprès de moi, dans le soir, sur la route blanche de Pienza à Montepulciano, sa longue silhouette déjà voûtée par l'âge, des bouffées de fureur que je ne ressentais plus me venaient à la mémoire. Son physique, sa drôlerie, tout ce qui me plaisait maintenant en lui m'avait été odieux. Plus il était charmant, plus je le haïssais. Je me rappelai ces nuits entières, à New York ou à Buenos Aires, passées à espérer sa mort, et parfois à y travailler. Contrairement au proverbe, les vengeances doivent être consommées chaudes et, si possible, brûlantes : à trop les laisser attendre, leur saveur s'affadit. Je ne comprenais même plus pourquoi et comment je souhaitais tant sa ruine, son malheur, un accident d'auto, sa disparition définitive. Ma haine était morte : je m'en souvenais encore, mais je ne l'éprouvais plus. Mon affection pour lui allait jusqu'à se nourrir du souvenir de cette antipathie dont l'inversion prenait des allures de délices et de paix. Je m'interrogeais avec amusement, avec incrédulité, sur les motifs de l'angoisse à peu près homicide qui, vingt-cinq ans plus tôt, dans le désespoir sans fond des matins d'Amérique, me faisait trembler de dégoût, d'impatience, de colère. Je me voyais debout en face de Javier, pâle, la mâchoire crispée, une bouteille brisée à la main, et puis en train de rouler avec lui, enlacés comme pour l'amour, au milieu des cris des couples effarouchés sur la piste soudain vide où, quelques secondes plus tôt, dansaient des voyous, des banquiers, des diplomates au rabais, des filles hilares et des femmes du monde. Ah ! bien sûr, toujours la même chose : l'argent, le pouvoir, le sexe... Pour nous deux, empêtrés dans nos contradictions, entourés des cadavres de nos grandes espérances et d'un lot impressionnant de bouteilles de whisky, c'était plutôt le sexe. Nous lui donnions un autre nom. Nous l'appelions l'amour.

Jusqu'à la Première Guerre mondiale, et presque jusqu'à la Seconde, l'Amérique était encore très loin du centre unique du monde : l'Europe. Avec ses empires et ses fêtes, avec ses grandes armées impatientes de s'affronter, avec ses traditions remontant bien au-delà de la naissance d'une industrie qui lui a donné comme un deuxième ou troisième souffle et une nouvelle jeunesse, l'Europe imaginait volontiers que l'état présent des choses était établi à jamais. De temps à autre, généralisées ou restreintes, des secousses l'ébranlaient et des catégories entières de sa population — des protestants, des juifs, des Irlandais, des Polonais, des Hongrois — prenaient les voies de la révolte, et parfois de l'exil.

Vers le milieu du XIXe siècle, à peu près à l'époque où Giuseppe Verdi émerveillait Wronski à Vérone et à Milan, les juifs de la région de Lublin, en Pologne, menaient une vie difficile. Les massacres n'étaient pas parvenus à ce degré de perfection qu'ils devaient connaître cent ans plus tard. Des persécutions encore rampantes, les tracasseries permanentes des autorités, le mépris affiché par une bonne partie de la population suffisaient à rejeter les juifs dans un isolement dont ils profitaient malgré eux pour maintenir aussi intactes que possible leurs habitudes, leurs traditions, leur façon de vivre et leur religion. Dans un village de quelques centaines d'habitants, dans un *shtetl* ashkenaze, à soixante ou quatre-vingts verstes de Lublin, le rabbin Finkelstein jouissait d'une réputation de sagesse et jouait le rôle d'un patriarche. Grand admirateur de Rabbi Loew dont devait s'inspirer plus tard un Jorge Luis Borges, adepte fanatique de Rabbi Israël ben Eliézer et d'un hassidisme qui s'était étendu depuis deux siècles à toute l'Europe centrale, Isaac Finkelstein, avec sa chemise sans col, toujours blanche et toujours sale, avec son unique costume noir, avec ses papillotes de croyant sous un éternel chapeau rond vissé à perpétuité sur sa tête, était un modèle d'orgueil et d'humilité. Personne ne récitait le Kaddisch avec autant de cœur que lui dans la vieille synagogue. Aveuglément soumis aux prescriptions de la Torah et de la Mishna, lecteur et interprète averti du Talmud, sa demeure protégée par la mezousah traditionnelle et par la pièce d'or scellée sous la première marche de l'escalier, le rabbin se voyait comme un juste, un pur, un serviteur de Dieu. Il aurait pu prendre pour devise le mot d'un cardinal espagnol de la fin du XVe siècle : « Pour la modestie, je ne crains personne. » Vivant dans un monde tout peuplé d'anges et d'esprits, animé par les sephiroth, soutenu sans cesse par le Très-Haut dont le nom ineffable se confondait avec l'univers, le rabbin Finkelstein était une sorte d'enchanteur puritain et savant dont Isaac Bashevis Singer s'est servi avec bonheur dans au moins deux des contes de *la Couronne de plumes.*

Le rabbin Finkelstein était affligé d'une innombrable famille qui lui causait beaucoup de soucis : quatre filles et six garçons, sans compter ceux ou celles qui avaient péri en bas âge ou qui n'avaient jamais réussi à franchir le cap dangereux de la naissance. La table du dîner, dans la cuisine des Finkelstein, au fond de la Pologne de la moitié du XIXe siècle, était une sorte de paradigme de la famille éternelle. Cinquante ou soixante ans plus tard, à la veille ou au lendemain de la Première Guerre, Jérémie Finkelstein pensait encore avec attendrissement à la grande table de bois, couverte d'une nappe et de bougies à l'occasion de Pourim, de Yom Kippour ou de Roch Hachana, où le rabbin Finkelstein récitait les prières en mémoire des défunts et chantait des psaumes en fermant les yeux. Cette table était le reflet et le symbole de toutes les familles du monde, depuis les fêtes de Salomon et de la reine de Saba jusqu'aux asados des gauchos des pampas d'Argentine autour des moutons et des agneaux rôtis à la parilla devant le feu, en passant par les noces de Cana et les grandes beuveries des Vikings sur le point de s'embarquer pour la Sicile ou l'Angleterre, pour le Labrador ou le Groenland. J'avais pensé moi-même plus d'une fois aux repas des Finkelstein dans la province de Lublin en évoquant les scènes familiales et ducales du vieux Sosthène de Plessis-Vaudreuil dans *Au plaisir de Dieu.* Entre les deux patriarches attachés aux lignées, l'un des prophètes de l'Ancien Testament, l'autre des pairs du royaume, la marge était si étroite qu'il avait fallu toutes les passions de l'antisémitisme pour en faire le fossé où tomberaient tant de victimes.

Le quatrième fils du rabbin Finkelstein portait le prénom de Jérémie. Comme son père, mais autrement que son père, Jérémie était un rêveur. Il lui arrivait de monter sur la colline ou de s'asseoir dans la forêt pour ne rien faire d'autre que dormir. Mais, dans les rêves de son sommeil, il voyait des pays étrangers et lointains, des aventures prodigieuses dont il n'avait aucune idée, des fortunes, des combats, des passions et des foules d'hommes et de femmes comme on n'en rencontrait jamais aux environs de Lublin ni même au cœur de la grande ville, si pleine de surprises et de merveilles.

Toute la journée, sous le soleil, toute la nuit, sans Pandora qui n'était plus parmi nous, j'avais pensé au passé. Où était-il, ce passé, à jamais disparu, dont je m'efforçais en vain de sauver quelques bribes, mais dont la presque totalité ne me parvenait que par les livres, par des récits, par les souvenirs des autres ? Ni Verdi, ni Wronski, ni le père et la mère de Marie de Cossigny, ni les deux Herbignac, ni les Narichkine, ni Isaac Finkelstein, ni Metternich, ni Louis-Philippe, ni le dictateur du Paraguay, je ne les avais jamais rencontrés. Il m'était impossible de jurer qu'ils eussent jamais existé. Ils vivaient en moi de la même vie qu'Ulysse ou Desdémone, que Manon Lescaut, que le Cid — une vie imaginaire et dont je ne savais rien d'autre que des fables colportées. Ceux-là même que j'avais croisés étaient devenus des vieillards quand je les avais connus. On m'avait pourtant parlé de leur jeunesse avec tant de détails et de couleurs, j'avais rêvé de leur vie avec tant de passion que je m'imaginais parfois pouvoir les reconnaître si, par quelque miracle, ils avaient paru devant moi. Marie encore jeune fille, avec ses yeux verts, ses cheveux blonds sagement tirés, son front bombé, ses petits pieds, Wronski à tous les âges avec son éternelle pelisse de fourrure, sa houppe de cheveux frisés, ses mains très blanches et longues, Jérémie Finkelstein, à douze ou quatorze ans, les yeux si naïfs, les cheveux en bataille, les gestes secs et saccadés, il me semblait que je les voyais sans les avoir jamais vus, à peu près aussi clairement que Javier en train de marcher à mes côtés sur la route de Pienza ou de causer avec moi, avec vivacité et drôlerie, sur la terrasse de San Miniato.

Connu ou inconnu, que ce passé ait existé ne faisait aucun doute. S'interroger sur la réalité de Metternich ou de Wronski est un exercice d'école tout à fait justifié — et auquel personne ne peut croire. Le monde existe, les gens existent et il ne suffit pas qu'ils soient absents et que nous ne les apercevions plus pour qu'ils cessent d'exister. Victor Hugo et Karl Marx suivaient chacun leur chemin au temps de Piotr Vassilievitch et le fait que tous les trois ne se connussent pas entre eux n'empêchait aucun des trois de mener sa vie autonome. Les choses se compliquent avec la mort — où est Hugo ? où est Wronski ? — et plus encore dans le cas, prodigieusement majoritaire, de ces disparus anonymes dont l'histoire ne se souvient pas, et plus encore peut-être quand il s'agit de secrets et de mystères dont personne n'a jamais rien su. Où est le meurtrier inconnu d'un crime non découvert ? Où est le héros sans nom d'aventures, dès l'origine, clandestines et secrètes ? Quelque part dans le passé, sinon dans le souvenir, gisent les trésors cachés dont la totalité constitue notre histoire.

Piotr Vassilievitch, Marie, Jérémie, Pandora et ses sœurs continuaient à vivre de cette vie étrange que procurent le souvenir et l'imagination. De Piotr Vassilievitch, de Jérémie en Pologne, de la jeunesse de Marie, je ne savais que ce que m'en avaient raconté les quatre sœurs, Marie elle-même déjà âgée et encore quelques témoins de ces temps révolus. Pandora disparue et les autres évanouis dans l'absence ou la mort, presque rien ne restait de ces récits toujours repris et toujours inachevés. Reconstruits par des souvenirs de souvenirs, soutenus et complétés par l'imagination, les Wronski et les Finkelstein flottent dans des lointains dont j'ignore presque tout et que j'évoque pour qu'ils survivent.

Il y a cent ans, ou peut-être deux cents, guère plus de trois cents en tout cas, bref, à un moment indéterminé de son histoire inconnue, la famille de Florinda, bien sûr, était venue d'Afrique. Il suffisait de remonter à cinq ou six générations, sept ou huit tout au plus, pour être certain de trouver, et presque de tous les côtés, des hommes et des femmes qui étaient nés et avaient vécu sur la terre africaine. Ce qu'ils y faisaient, en revanche, est difficile à préciser. Guerriers, sorciers, chasseurs, commerçants, agriculteurs, chefs peut-être, ou même rois ? Un nuage épais barrait l'horizon du temps. Il arrive aux paysans suisses, aux hobereaux français, aux marins anglais, aux banquiers allemands, aux juifs du Portugal ou d'Égypte de savoir quelque chose sur les grands-pères de leurs grands-pères et de leurs arrière-grands-pères. Les nègres du Brésil n'ont pas autant de lumières. La seule chose qu'ils sachent, et avec certitude, c'est qu'entre le XVIe et le XVIIIe siècle ils ont traversé l'Atlantique à fond de cale avec des fers aux pieds. Ils remontent ainsi plus haut que bien des bourgeois d'Europe dans un passé dont ils ignorent tout, mais dont l'horreur est garantie.

Florinda avait sa noblesse : c'était une négresse de Bahia, de Bahia de Todos os Santos, appelée aussi Salvador. Je ne voudrais pas avoir l'air de cultiver dans ces souvenirs les références littéraires, mais il se trouve — qu'y puis-je ? — que, si le rabbin Finkelstein a su séduire Singer, les parents de Florinda et Florinda elle-même et tout son entourage ont inspiré à la fois le romancier Jorge Amado, toujours curieux des paysages et des types de Bahia, et le sociologue Gilberto Freyre, l'homme de *Maîtres et Esclaves* et de *Terres du sucre.* On les comprend l'un et l'autre. Florinda était, en effet, une étonnante créature et tout le génie allègre et lent de sa race éclatait dans sa personne.

La mère de Florinda avait été esclave et Florinda elle-même était née dans l'esclavage. Au moins autour d'elle, elle avait connu la misère, la torture, une promiscuité effroyable et le fameux pelourinho où les maîtres attachaient leurs esclaves révoltés. Bien avant le décret de 1888 abolissant l'esclavage au Brésil, son maître, un grand propriétaire du Nordeste, familier de l'empereur, obéissant peut-être à un vœu contracté pendant la guerre contre le Paraguay où il avait été gravement blessé, l'avait soudain libérée. Elle avait trente ou trente-cinq ans : personne ne se souvenait très bien de l'année de sa naissance. Son changement de condition n'avait pas été très sensible dans sa vie quotidienne. Elle était restée au service de la même famille en échange de quelques pièces versées très irrégulièrement. Plus tard, à l'époque de l'abolition, en face des horreurs innombrables de l'esclavage, on citera plusieurs cas où ce sera l'existence des maîtres plutôt que celle des esclaves qui sera bouleversée, parfois jusqu'à la ruine et en tout cas jusqu'à la révolte contre la monarchie, par le nouveau régime. La fin des privilèges est souvent moins bien acceptée par les riches que les privilèges ne l'avaient été par les pauvres. Florinda n'avait pu se faire à l'idée de quitter ceux qui, pendant de longues années, s'étaient montrés avec elle aussi bons que possible et à qui elle s'était attachée au point de ressentir, en face d'un avenir qui s'ouvrait brusquement sur un éventail presque illimité de possibilités et de choix, une sorte d'angoisse de la liberté. On racontait à Bahia qu'épouvantée par son sort nouveau Florinda avait proposé à sa maîtresse de continuer à la servir sans aucune contrepartie. La lutte des classes encore lointaine, ç'avait été une jolie scène, dans le style Greuze tropical, mêlée de Case de l'oncle Tom à la sauce Paul et Virginie. La légende de Florinda commençait.

Au cœur de la double monarchie de l'empire austro-hongrois — *K und K* comme on disait : *Kaiserlich und Königlich,* impérial et royal — Marie de Cossigny s'interrogeait sur son avenir avec un mélange d'angoisse et de calme. Elle continuait à sortir avec Paul et Hortense Herbignac, elle les accompagnait à l'Opéra et aux présentations de la Spanische Reitschule où, depuis deux ou trois cents ans, des cavaliers vêtus de marron faisaient faire des cabrioles aux célèbres lipizzans, elle allait boire avec ses amis du chocolat à la crème dans les salons de thé à la mode qui précédaient l'illustre Sacher, il lui arrivait même d'assister, à la cour, dans une des salles de la Hofburg, à l'un ou l'autre des bals où l'impératrice Élisabeth, la fameuse Sissi des lacs et des forêts de Bavière, accueillait les étrangers en attendant d'être poignardée, quelques années avant les grands désastres, par un anarchiste italien sur les rives du lac de Genève.

L'Autriche de ces temps-là ressemblait au portrait qu'en fournissent un Musil dans *l'Homme sans qualités* ou un Joseph Roth dans *la Marche de Radetzky.* Elle résistait encore aux forces de l'avenir qui la déchireront en la transfigurant. Autrichien, mais tchèque et juif, allemand par son prénom, misérable, délabré, tuberculeux et génial, Franz Kafka, à Prague, recueillera et réfractera les derniers rayons de l'astre sur son déclin. Ultime incarnation des grands mythes de l'Occident, version moderne d'un docteur Faust qui se serait fait la main sur don Juan, le docteur Freud, à Vienne, introduira des jeux d'ombre et de lumière dans l'édifice vermoulu de l'équilibre et du silence. Après les musiciens et les peintres de cour, un Schönberg ou un Alban Berg dans la musique, un Klimt ou un Kokoshka dans la peinture annonceront le monde nouveau dans le monde le plus ancien. L'Autriche-Hongrie à la fin du siècle dernier est un système plaqué sur des passions. Elle masque, elle colmate, elle retient. Sur le hongrois, sur le tchèque, sur le serbe, sur le croate, sur des parcelles de roumain, de polonais et d'italien, l'allemand, au cœur de l'Europe, met un vernis d'unité comme le fait l'anglais, pour son compte, à travers l'univers, des plaines de l'Assam aux rives du Saint-Laurent, du Kenya à la Tasmanie. La Montagne Blanche, les défilés de Macédoine, les Dolomites sont les passes de Khyber de la monarchie bicéphale. A la façon de l'impérialisme russe et, plus tard, soviétique, l'aristocratie autrichienne a ses colonies sous la main comme l'aristocratie britannique a les siennes au-delà des mers. L'armée règne à Vienne sous les traits de l'empereur comme la Navy triomphe à Londres sous les aspects de la reine. Tout le monde danse, dans les palais bourrés d'uniformes blancs, sur les révoltes encore à venir, dont 1848 a déjà donné une idée, un avant-goût, une première dont on s'efforce d'étouffer les rumeurs récurrentes sous les valses des Strauss, sous les plumes des bicornes, des casques, des éventails. Pièce maîtresse et symbole d'une unité apparente, le Danube traverse l'Europe depuis les collines germaniques jusqu'à son embouchure dans la mer Noire et charrie un peu de tout : des nostalgies allemandes, des horizons magyars, des incertitudes slaves, des aspirations latines. La Vienne impériale est un des centres d'une Europe qui se situe au milieu du monde.

Marie se disait qu'elle pourrait peut-être vivre dans ce puzzle, avec ou sans son enfant. Loin de ses Charentes natales, elle aurait pu être russe. Elle se voyait allemande, hongroise, italienne, peut-être serbe. Pourquoi pas ? Elle partirait pour l'un de ces pays qui était encore l'Autriche et qui ne l'était déjà plus — le Tyrol, peut-être, ou une de ces villes d'eaux où le temps, depuis toujours, a cessé de couler. Par Hortense Herbignac, que ses amies appelaient Hachache et qui était de ces femmes qui sont là pour rendre service et pour s'occuper des autres jusqu'à leur rendre la vie impossible à force de conseils et de bonté, elle avait obtenu le nom d'une tzigane dont se servaient les officiers à l'uniforme blanc et à la sentimentalité cassante pour dépanner leurs maîtresses quand le besoin s'en faisait sentir.

— Mais pourquoi voulez-vous cette adresse ? disait Hortense qui ne savait rien.

— Elle peut toujours servir, répondait Marie en riant un peu trop fort, devant son chocolat qui débordait de crème.

— A vous ? demandait Hortense.

— A moi, peut-être. Ou à d'autres.

— Allons donc ! Vous ne connaissez personne, ici.
— Si je ne connaissais personne, disait Marie, je n'en aurais pas besoin.
— Mais, dites-moi..., commençait Hortense, avec un drôle de regard.
— Je ne sais pas, murmurait Marie, je ne sais pas...
— Ma pauvre Marie..., disait Hortense, et elle lui prenait la main pendant que Marie, à bout de forces, éclatait en sanglots.

Le chocolat à peine avalé — l'appétit de Marie était célèbre jusque dans les pires circonstances — Hortense prit en charge le destin de sa nouvelle amie qui n'avait plus qu'à se laisser vivre. Avec ou sans l'enfant, elle ne savait toujours pas. Aucune importance : Hortense était là, Hortense s'occupait de tout.

Asunción réussit assez vite à connaître les ministres, les membres de la cour de justice, les grands propriétaires fonciers, les banquiers, les commerçants en gros. En sortant de sa bourse, qui était bien garnie, quelques centaines de piastres, elle mit dans sa poche curés et religieuses. Elle passa pour généreuse, pour pitoyable aux pauvres. On s'habitua à la voir dans des dîners restreints au palais du gouvernement, dans des fêtes où paraissaient des dames de la meilleure société, dans des ventes de charité pour les victimes de catastrophes naturelles chargées de servir de paravent et d'alibi aux catastrophes sociales. Elle assistait à la messe, le dimanche, dans la cathédrale, aux côtés de son amant. On l'aperçut, dissimulée sous un châle, cachée derrière une persienne, à plusieurs exécutions. Dans la ville poussiéreuse, où alternaient un soleil brûlant et des pluies torrentielles, on murmurait que les condamnations à mort et les grâces dépendaient de son bon vouloir. La rumeur commença à courir qu'elle partageait le pouvoir avec le Generalísimo, sauveur de la patrie et président à vie.

L'étape suivante consista à associer plus étroitement l'Asunción de Maubeuge aux actes du gouvernement. Elle prit part, en silence, à quelques conseils des ministres et représenta le dictateur dans des manifestations populaires. Tout se passa pour le mieux. Elle avait appris l'espagnol, elle prenait goût au pouvoir et sa blondeur épatait les Paraguayens. Il n'y avait qu'une ombre au tableau : les étrangers, et plus particulièrement le corps diplomatique accrédité au Paraguay et qui ne se prenait pas à la légère, étaient moins faciles à manœuvrer que les notables, les ministres, les juges et les gros propriétaires. Certains assuraient que consuls et secrétaires allaient jusqu'à se moquer de la Mado de Villarica, de la putain de Maubeuge, d'Ascension au septième ciel. Le consul de France racontait volontiers, dans les dîners entre collègues, qu'il avait rencontré à Paris, lors de son dernier congé, un capitaine de dragons habitué des Folies-Bergère. Ils n'avaient pas tardé à évoquer des souvenirs et à parler de Mado de Maubeuge :

— Nom d'un chien ! Si je m'en souviens !... Mado, ça, c'était un coup !

— Connaissez-vous aussi, par hasard, le dictateur du Paraguay ? lui avait demandé avec précaution le consul.

— Je ne l'ai jamais rencontré. Mais c'est un camarade de régiment.

— Un camarade de régiment ? dit le consul un peu surpris, car il ignorait que le président fût jamais passé par l'armée française.

— Bien sûr : nous avons servi dans le même corps.

Rapportées par les mouchards au service du gouvernement, ces plaisanteries et quelques autres revinrent aux oreilles du couple présidentiel. Elles ne firent pas bonne impression. Le dictateur essuya une scène d'Asunción qui se plaignit d'être traînée dans la boue par des factieux que son amant se révélait incapable de mater. Elle menaça de quitter le Paraguay et de regagner Paris où, disait-elle, les hommes ne demandaient qu'à se montrer à son égard plus courageux et plus agréables. Ivre de rage et d'humiliation, le président décida de frapper un grand coup. Il ordonna à un colonel qui jouait le rôle de chef du protocole et d'introducteur des ambassadeurs de réunir les diplomates accrédités auprès du Père de la Patrie et de leur faire part de ses décisions.

C'est ce soir-là, je crois, après la mort de Pandora et la promenade peuplée de fantômes avec Javier Romero sur les routes poussiéreuses de Toscane, que l'idée d'écrire quelque chose sur les quatre sœurs O'Shaughnessy s'est imposée à moi. Il y avait quelques années déjà que je n'avais rien publié. Avec raison. La masse prodigieuse des nouveaux livres me remplissait d'un découragement contre lequel le silence seul était capable de lutter. Je me disais que nous allions vers un temps où il y aurait plus d'auteurs que de lecteurs et où, parmi tant de Mémoires de sportifs et d'hommes d'affaires, tant de dossiers cousus main, tant de recettes savamment cuisinées à l'usage des week-ends d'automne ou des pique-niques sur la plage, seuls quelques esprits d'exception, ivres de littérature, refuseraient encore de se dire écrivains. Je m'étais laissé aller, par faiblesse, à écrire une centaine de pages sur des vies imaginaires que j'aurais pu mener. Je n'avais même pas eu à les détruire, comme font les bons auteurs. Je les avais égarées. Elles doivent traîner quelque part, dans le tiroir d'une commode ou dans une vieille valise. Des contrariétés et des chagrins m'avaient éloigné de mon pays. Malgré nationalisme économique et contrôle des changes, l'Italie et la Toscane m'avaient été, une fois de plus, une consolation et un refuge. J'envoyais, de temps en temps, quelques articles à Paris et je menais une vie de lecture où le passé tenait plus de place que l'avenir.

Loin du vacarme des grandes villes, ma maison de San Miniato, entre Montepulciano et Pienza, était très simple et très belle. C'était une grande demeure ocre avec des volets verts, une porte ancienne au milieu, flanquée de quelques marches, et deux tours trapues aux deux extrémités. Il n'y avait ni mer, ni grand jardin, ni statues, ni jeux d'eaux. Mais deux cyprès et un peu de vigne entouraient une terrasse où je passais à écrire — c'est-à-dire à ne rien faire — le plus clair de mon temps. Je n'ai pas l'intention de décrire ici San Miniato, ni Pienza, ni Montepulciano, ni la campagne d'Ombrie et de Toscane qui ont été pour moi un bonheur toujours recommencé. Allez-y voir, si l'envie vous en prend. Je vous le conseille chaleureusement. Les descriptions m'ennuient. Je les saute volontiers. Ce qui m'intéresse dans les livres, c'est le destin des gens et, comment dire ? cette qualité de temps que les historiens, à eux seuls, ne peuvent pas rendre sensible.

Il me restait quelques souvenirs de ma propre existence et des bribes de récits sur les temps fabuleux où nous avons vécu. Je me les répétais quelquefois en rêvant près du feu, les soirs d'hiver, ou en me promenant dans la campagne, entre les oliviers. Ils surgissaient tout à coup, épars, accidentels, ces souvenirs et ces récits d'un passé aboli, et ils formaient comme un paysage lacunaire et troué qui me transportait au hasard parmi les continents et les années écoulées. Apparaissaient, pêle-mêle, des images du Brésil et de New York, de l'Italie de Mussolini et de la Bavière hitlérienne, de Hong-Kong entre deux mondes, de l'Écosse presque immobile, de l'Irlande toujours en feu, et le lien secret de ma mémoire les unissait entre elles. Voilà un siècle à peu près, ou peut-être un peu moins, que nous vivons dans un monde où il n'y a plus d'ailleurs. Par nous, par ceux que nous connaissons, par les journaux et les images, par l'histoire en un mot, notre passé à chacun — et notre avenir — s'étend bien au-delà de notre lieu de naissance et de l'endroit où nous habitons. Notre existence quotidienne se déroule au Liban, au Congo, en Chine, sur les hauts plateaux boliviens, dans les plaines du Mékong tout autant qu'à Plessis-lez-Vaudreuil ou à Saint-Chély-d'Apcher. Enchanté et sinistre, le kaléidoscope de la mémoire et de l'imagination nous restitue en miettes et l'espace et le temps.

Les Plessis-Vaudreuil, ma famille, dont j'ai parlé ici ou là, avaient occupé dans ma vie une place considérable, et parfois étouffante. Tenus à l'écart par toutes les forteresses de la tradition, le monde et son histoire n'avaient pas tardé à se venger et à me happer de partout. Ils me parvenaient par morceaux, en désordre, au hasard des prétextes et des occasions, lorsqu'un malheur imprévu avait tissé un lien entre ces images erratiques. Elles s'organisaient d'un seul coup, comme un de ces dessins d'enfants où saute soudain aux yeux le lapin ou le chat dissimulé sous les feuilles. La mort de Pandora mettait au centre de l'univers, tel au moins que je le voyais, tel que je l'avais vécu, l'image rayonnante des quatre sœurs O'Shaughnessy.

Hortense, la sage Hortense, avait un secret. Gustave Herbignac, son mari, né à Niort sous Louis XVIII, s'était enrichi encore très jeune dans le commerce du cognac. Ses affaires l'avaient envoyé successivement à Lisbonne, où il avait appris des Portugais comment on vendait du porto, et à Londres, où il avait appris des Anglais comment on le consommait. En trente ou quarante ans, il n'avait eu qu'une idée, mais elle avait décidé de sa vie : pourquoi les cavaliers catholiques de l'empire d'Autriche ne se mettraient-ils pas à aimer à leur tour ce qui faisait depuis un siècle, et plus exactement depuis le traité de Methuen, les délices des marins protestants de l'Empire britannique ? Le porto entraînait le whisky, le champagne, le cognac. Une bonne partie de ce qu'il appelait, avec solennité et une drôlerie involontaire, le commerce des spiritueux dans la double monarchie passait entre ses mains. Installé à Vienne depuis la fin de la monarchie de Juillet ou le début du Second Empire, Gustave Herbignac était un de ces gros bourgeois, admirateurs des *Misérables* et farouchement hostiles à la Commune de Paris, ralliés plus tard par conviction et par intérêt à une République conservatrice, qui sortaient d'habitude assez peu des limites du territoire national. Lui considérait qu'il avait mené une vie d'aventure aux limites de la témérité en venant s'établir à Vienne, où il occupait, à vingt minutes en landau du centre et de la Hofburg, une grande maison confortable — *gemütlich,* disait Gustave — où se mêlaient cochers hongrois et femmes de chambre françaises. Ses affaires le mettaient en contact avec toute l'aristocratie autrichienne et hongroise qui — un peu *hochnasig,* d'après une autre formule de Gustave — le considérait avec amusement et avec une supériorité indulgente comme une sorte de croisement entre un patron de bistrot aux dimensions exceptionnelles et une version moderne du bourgeois gentilhomme. Avec ses lorgnons, sa barbe noire taillée avec soin, mais où s'accrochaient parfois les reliefs des dîners élégants où il était convié plutôt à cause de la beauté et du charme de sa femme qu'en raison de ses mérites propres, avec sa redingote noire médiocrement coupée sur une silhouette un peu épaisse, Gustave Herbignac semblait avoir été invité pour faire contraste, dans les salons de Vienne, avec les officiers très minces, arrogants, rasés de près, sanglés dans leur uniforme blanc, dont il était le fournisseur. Effleuré par un snobisme qui se confondait pour lui avec le sens des affaires, Gustave avait été tenté plus d'une fois de faire fleurir une particule devant un nom qui semblait l'attendre et la réclamer. De temps en temps, en rêve, sous les rires d'Hortense, il se voyait avec délices sous les traits du baron ou du vicomte d'Herbignac.

Des industriels, des journalistes, des professeurs, des voyageurs venus de Serbie ou de Pologne se mêlaient, dans la clientèle de Gustave Herbignac, aux grands seigneurs autrichiens ou hongrois. Un jour, venant d'Allemagne, partant pour la Russie, ou peut-être l'inverse, apparut le comte Wronski. Dès le voyage suivant, après quelques polonaises jouées avec émotion, après quelques promenades, le soir, dans les jardins de la Vienne impériale, Piotr Vassilievitch — larmes, voilette arrachée, scrupules de petite-bourgeoise, pâtisseries dans les salons de thé, promesses slaves le long du Danube — devenait l'amant d'Hortense.

Le château de Glangowness, en Écosse, a quelque chose de comique. Au milieu de collines plantées d'arbres admirables, il est gothique 1830. Détruit au moins deux fois et rebâti presque pierre à pierre, dans la même famille sous ses avatars successifs depuis cinq ou six cents ans, il a presque constamment été transmis par les femmes. Invité par les propriétaires, parents lointains des Plessis-Vaudreuil, j'y ai fait plusieurs séjours, deux fois avec mon grand-père qui y allait souvent chasser le renard ou les grouses, plus souvent encore tout seul ou avec les Romero, avant ou après la Seconde Guerre mondiale. A l'époque où Wronski rencontrait Hortense Herbignac dans les *Weinstuben* des vignobles viennois et où le jeune Jérémie Finkelstein allait rêver à je ne sais quoi dans les vieilles granges ou les moulins des environs de Lublin, lord et lady Landsdown menaient la vie la plus convenable et la plus retirée dans les pièces immenses du château de Glangowness. L'existence y ressemblait beaucoup, en un peu plus guindé et avec bien moins de difficultés matérielles, à celle que j'avais connue moi-même, dans mes très jeunes années, à Plessis-lez-Vaudreuil. Comme pour les juifs, les jésuites, les violonistes et les révolutionnaires professionnels, l'internationale de la vieille aristocratie ronchonneuse et hautaine fonctionnait à merveille. Il serait très intéressant de s'arrêter un peu à ce chapitre et de consacrer au phénomène une étude de microsociologie qui, au lieu de suivre le fils du temps, recouperait dans l'espace le mode de vie des vieilles familles dans les pays où elles fleurissaient avant de s'étioler. On découvrirait, j'imagine, que, pour des raisons géographiques, historiques, psychologiques et peut-être morales, les Landsdown — qui, selon la coutume anglaise et pour des motifs obscurs et positivement incompréhensibles, propres à l'aristocratie britannique, s'appelaient aussi et d'abord McNeill — étaient plus ouverts sur le monde que les Plessis-Vaudreuil. Vers les années cinquante ou soixante — je parle naturellement du siècle dernier — la mère de lord Landsdown était une aventurière formidable, avec du sang de maharajahs et de brahmanes dans les veines. Les seules traces de sang anglais qu'on aurait pu déceler chez elle, on les aurait trouvées sur ses mains : beaucoup l'accusaient, plus ou moins ouvertement, d'avoir fait assassiner par des sikhs à sa dévotion la première femme du général britannique qu'elle devait finir par épouser. *How ghastly ! how frightful ! revolting ! appalling !* s'exclamait, soixante ou soixante-dix ans plus tard, miss Evangeline Prism, la vieille Nanny de Pandora, mise au courant, dans les rires, de ces aventures familiales. Jamais les Plessis-Vaudreuil n'auraient pu se vanter — ni se désoler — de pareilles ascendances. Pendant le haut Moyen Age, je ne dis pas, ou même au temps de la Renaissance... Mais en plein XIXe siècle ! Nous fuyions comme la peste les aventurières et les étrangères. Nous épousions nos cousines, nos nièces, les sœurs de nos beaux-frères. Il fallait attendre la fin du siècle pour épouser des juives, des Allemandes ou des divorcées. A la veille du règne de la reine Victoria, il se trouvait des Britanniques pour épouser des Indiennes.

Il se trouvait aussi que l'Indienne avait une immense fortune. Des émeraudes, des terres, des serviteurs, des palais, et une foule de livres sterling dans une vieille banque de la City. Ce sont les émeraudes du crime qui permirent à lord Landsdown, fils aîné d'un ex-officier général de l'armée des Indes, de restaurer et d'entretenir le château de Glangowness que lui apportait en dot une jeune Écossaise pas trop belle et ruinée à blanc, mais de très ancienne extraction.

Une autre différence entre les Plessis-Vaudreuil et les Landsdown était à chercher dans le silence. Nous disions des futilités, des inexactitudes, beaucoup de bêtises. Mais, enfin, malgré notre goût pour les longs silences qui nous permettaient de ne penser à rien, nous parlions. Plus encore que mon grand-père, qui ne détestait pas évoquer l'Ancien Régime, l'armée, les chasses à courre, les Landsdown se taisaient. On eût cru que l'illustre famille appelée tantôt Landsdown et tantôt McNeill — pour ne rien dire de plusieurs autres titres utilisés dans des conditions à la fois très précises et, pour nous au moins, très obscures — avait à sa disposition moins de mots communs pour la conversation quotidienne que de noms propres pour se désigner. On racontait que, vers la fin de leur vie, assis aux deux bouts d'une immense table d'apparat, la vue basse et presque sourds, très droits sur leurs hautes chaises et tout à fait muets, le général en retraite et son Indienne meurtrière avaient l'air de personnages venus d'un autre monde pour donner à celui-ci des leçons de maintien.

Une marée humaine entourait le vieux couple. Il y avait, représentée dans les cuisines et les écuries du château de Glangowness, une bonne partie de la galerie des personnages de Dickens. On descendait quelquefois jusqu'à Agatha Christie et à ses personnages encore à venir. Le maître d'hôtel à favoris blancs, les femmes de chambre françaises, les cochers importés du Bengale, les laquais de près de deux mètres, les garçons d'écurie le plus souvent irlandais, les marmitons du pays constituaient une sorte de cour qui était en même temps une famille et dont l'équivalent manquait à Plessis-lez-Vaudreuil. La morgue régnait à l'office au moins autant que dans les grands salons et dans la salle à manger ornée de tapisseries et de tableaux représentant des sangliers à toute extrémité, des faisans pendus par les pattes et des oies sauvages. Elle s'unissait bizarrement à une sorte de simplicité. Le mélange constituait le grand genre dont nous n'avions jamais été, à Plessis-lez-Vaudreuil, qu'une version provinciale, catholique et ruinée.

Au sein même du silence, une caractéristique remarquable des Landsdown — mais elle appartenait dans une certaine mesure à toute l'aristocratie anglaise et, plus généralement encore, à la plupart des Anglais — était le grognement. Les Landsdown grommelaient, bégayaient, raclaient, bredouillaient, soufflaient, reniflaient, gémissaient, se livraient, presque en silence, à des onomatopées et à des gargouillis dont la signification précise était réservée aux initiés. L'étude ethnologique de l'aristocratie anglaise, à laquelle tant d'universitaires et d'écrivains ont apporté d'ores et déjà de précieuses contributions, notamment en ce qui concerne l'expression linguistique — on se souvient de la fameuse division en *U* et *non-U* — devrait examiner si ce code très particulier et ces signaux sonores à la limite du langage articulé étaient communs à tout le genre de l'aristocratie britannique qui se livrait fréquemment à des exercices de cet ordre ou s'ils étaient réservés à la seule espèce des McNeill et des Landsdown. Ayant encore recueilli, entre les deux guerres, par expérience directe ou par ouï-dire, quelques spécimens de ces bruits fabuleux, j'incline à croire, pour ma part, que nul au monde, sauf les Landsdown eux-mêmes, pas même le professeur Higgins qui enseigne, dans *Pygmalion,* alias *My fair Lady,* sous les traits de Rex Harrison, les subtilités des flexions et des traquenards de l'anglais à miss Audrey Hepburn, née Doolittle, n'aurait pu comprendre ces jappements ineffables ni ce silence à peine rompu. Rien n'était plus convenable, rien n'était plus élégant, rien n'était plus comme il faut que cette frontière indécise où, titubants, très droits, trébuchants, impavides, dans le plus obstiné et le plus incertain des déséquilibres, se tenaient les Landsdown, entre le langage et son absence.

La fête nationale paraguayenne tombait dans une dizaine de jours. Avec un peu d'embarras, le colonel informa Leurs Excellences que le président les recevrait à cette occasion et qu'il aurait à ses côtés Mlle Asunción, élevée au rang enviable de compagne officielle. Pour marquer cette exaltation, un protocole particulier était institué auquel Leurs Excellences étaient instamment invitées à se plier : le président et sa compagne seraient installés chacun sur une sorte de trône surélevé, recouvert de velours rouge ; diplomates et consuls défileraient à tour de rôle devant les deux trônes identiques ; conformément au protocole classique, ils s'inclineraient devant le chef de l'État et lui présenteraient leurs vœux pour la grandeur de son pays et sa prospérité personnelle ; passant ensuite devant le trône où siégerait la première dame du pays, ils lui baiseraient le pied en signe d'hommage.

Un silence consterné accueillit la communication du colonel-introducteur. Il dura plusieurs secondes, une dizaine peut-être, ou une vingtaine : elles parurent une éternité. Il fut rompu tout à coup par une tempête de murmures, d'exclamations et d'interpellations. C'était une mesure inouïe, inacceptable, un ultimatum, un chantage, une provocation inadmissible, une humiliation sans précédent, une déclaration de guerre aux nations civilisées.

— Messieurs ! disait le colonel, messieurs !...

— *Unbearable !* hurlait le ministre des États-Unis, dont le père s'était battu aux côtés de Washington. Un défi aux droits de l'homme et à la démocratie...

— Inacceptable ! renchérissait le consul de France. Jamais depuis 1789 et la proclamation des immortels principes...

— *Um Gottes Willen !* éructait le consul de Prusse. *Unerträglich... Unbeschämt...*

— *Per la Madonna !* fulminait l'Italien.

— Messieurs..., disait le colonel, messieurs !... Je vous en prie...

La première réaction du corps diplomatique dans sa totalité fut d'en référer qui au Foreign Office, qui à la Staatskanzlei, qui au Département, et ainsi de suite. Mais le moyen d'obtenir à temps les instructions nécessaires ? Il fallait compter deux mois pour l'aller et retour. Et il ne restait que dix jours ! Grand seigneur exilé en Amérique du Sud pour des motifs obscurs ou peut-être simplement pour sottise et médiocrité, le ministre d'Espagne décida le premier de sacrifier son honneur aux exigences de l'Hispanidad. Il irait, mais il laisserait chez lui, dans son écrin de satin, le collier de la Toison d'or que lui valaient sa grandesse et l'appartenance à l'une des plus anciennes maisons de la Vieille-Castille.

— Aux pieds de la putain — *A los pies de la puta* — dit-il, moi, ça m'est égal ; mais mon petit mouton ne le supporterait pas.

Le consul de France fit un rapide calcul où entraient, dans l'ordre, son traitement, sa carrière et sa famille. M. Duchaussoy de Charmeilles était presque célèbre pour une dépêche qu'il avait adressée au ministre au temps où il était vice-consul au Monténégro. Son fils, âgé alors d'un peu moins de vingt ans, était tombé follement amoureux d'une actrice française en tournée dans les Balkans. Pour trouver les moyens de l'emmener jusqu'à Raguse et de l'entretenir pendant quelques jours, il avait vendu pour une bouchée de pain à un trafiquant turc un tableau qui faisait la gloire, à peu près unique, du consulat de France à Cetinje et qui représentait l'entrée du maréchal Marmont à Raguse, que nous appelons aujourd'hui Dubrovnik. Échanger le portrait d'un maréchal de France dans un simulacre de Raguse contre un séjour dans la ville réelle, enfermée dans ses remparts qui tombent à pic dans la mer, avec une créature en chair et en os ne manquait pas de piquant ni d'un certain bon sens. Un inspecteur des consulats qui visitait par malchance le Monténégro ces jours-là ne fut pas du même avis. M. Duchaussoy de Charmeilles, aux cent coups, dut envoyer à son ministre la fameuse dépêche qui enchanta le Département et qui commençait par ces mots : « Père elle-même, Votre Excellence comprendra mieux que personne... »

Dans cette nouvelle épreuve qui ne consistait plus à voir son fils filer avec une vedette de café-concert, mais à baiser soi-même les pieds d'une demi-mondaine arrivée, M. Duchaussoy de Charmeilles, surnommé *Père elle-même* par la totalité de ses chers collègues, dut se décider très vite. Il se dit que la meilleure solution était celle qui faisait le moins de remous. Espérant que personne n'en saurait jamais rien au palais Bourbon, à la Closerie des Lilas où il lui arrivait de fréquenter, dans le petit village du Cher où il passait ses vacances et surtout dans la famille de sa femme qui habitait la Vendée, il résolut d'aller baiser le pied de Mado de Maubeuge qui servait, après tout, à sa façon, le rayonnement français.

L'Italien, avec un grand rire, n'hésita pas longtemps. Il comptait bien faire plutôt plus que ce qu'on lui demandait et caresser toute la jambe en effleurant le pied de sa moustache effilée. Il clignait de l'œil en exposant son projet et ne cachait pas son espérance de transformer l'essai de ce baiser extrême en une folle aventure.

Le consul de Prusse dominait son indignation en faisant appel à son sens de la discipline. Sa famille et lui-même s'étaient battus ou se battraient à Leipzig, à Dresde, à Sadowa, à Sedan. Il pensait qu'il fallait savoir faire des sacrifices pour le commerce extérieur de la Prusse et le prestige culturel de l'Allemagne. Il baiserait le pied maudit. Et il récita, pour se justifier et se donner du cœur à l'ouvrage, deux très beaux vers de Goethe où des filles de joie, qui ne s'appelaient même pas Asunción, étaient en train de monter vers le ciel :

Unsterbliche heben verlorene Kinder
mit feurigen Armen zum Himmel empor.

Seul le ministre d'Angleterre ne disait rien.

— Eh bien ! sir Reginald, lui demandait-on, et vous, que ferez-vous ?

Mais sir Reginald se taisait, la moustache rousse penchée vers le sol et ardemment triturée.

Olinda, au Brésil, est un faubourg de Recife. Aujourd'hui encore, avec Bahia, avec Ouro Preto, dans le Minas Gerais, témoignage presque intact de l'architecture coloniale classique, à quelque quatre-vingts kilomètres de Belo Horizonte, avec l'admirable chemin de croix de l'Alejadinho, sculpteur infirme et de génie du XVIIIe brésilien, à Congonhas do Campo, avec l'Opéra fou de Manaus, au cœur de l'Amazonie, avec Brasilia naturellement, Olinda est, au milieu d'une nature ravagée par la sécheresse, un des décors les plus attachants du Brésil et peut-être du continent. A Olinda vivait un marchand ambulant qui portait le beau nom, peut-être un peu lourd à trimbaler, de Pericles Augusto. D'origine mi-portugaise, mi-italienne, Pericles Augusto vendait des couteaux, des peignes de bois, des sorbets aux fruits de la Passion, des jouets articulés pour enfants en bas âge et des cacatoès sur commande. Il voyageait beaucoup, jusqu'à Belem ou Bahia, parfois même jusqu'à Manaus, et troquait, ici ou là, des sandales contre des plumes et des couvertures contre des pierres aux reflets colorés, et d'aventure semi-précieuses. Les pierres étaient montées en colliers et vendues sur les marchés aux élégantes du coin ; les plumes faisaient des éventails et finissaient parfois dans des mains de jeunes filles aux bals du gouverneur à Bahia ou à Recife. A quarante-cinq ou cinquante ans, avec des yeux noirs et une grande moustache, Pericles Augusto était ce qu'on appelle un bel homme et on ne comptait plus ses aventures avec les servantes d'auberge et les femmes de commerçants. Lié à toutes sortes de gens, à des chasseurs et à des pêcheurs, à des Indiens de l'intérieur, à des cangaceiros, à des écumeurs du sertão, à des évadés de Cayenne qui avaient trouvé refuge dans le nord-est du Brésil, il passait, aux yeux des uns, pour un mouchard au service de la police et du gouvernement, pendant que les autres l'accusaient de servir au contraire — ou peut-être simultanément — d'indicateur aux bandes de brigands qui infestaient alors la région.

Un beau matin où le soleil, après la saison des pluies, faisait paraître plus bleues, plus vertes, plus rouges les maisons sur les hauteurs et le long de l'océan, Pericles Augusto, de passage à Bahia, où il était arrivé par mer une dizaine de jours plus tôt pour une obscure affaire d'éponges qui cachait peut-être un trafic de pistolets, se promenait, l'âme en paix et un cigare aux lèvres, entre les églises couvertes d'or et les orchestres improvisés où des nègres hilares accompagnaient au tambourin, à la trompette ou à la guitare des chansons déchirantes et pourtant pleines d'allégresse. Pericles Augusto se disait que la vie était très supportable à condition d'avoir en même temps le soleil, un cigare et une chemise avec des broderies lorsqu'il aperçut tout à coup un spectacle qui le cloua sur place. Au coin du grand terre-plein où s'élève la cathédrale, un cortège d'enfants noirs déboulait de la rue, entourée de cafés et de boutiques multicolores, qui monte vers l'église. Ils couraient, riaient, chantaient dans un torrent de jeunesse, une tornade de gaieté.

Il y avait un motif et un centre à ce vacarme ambulant : c'était une grande et forte négresse, vêtue de bleu, aux bras couverts d'anneaux de cuivre, avec, sur la tête, un panier rempli de linge et de fruits. Elle avançait en dansant au milieu d'un fleuve d'admirateurs qui lui lançaient des quolibets, des coups de sifflet et des cris de joie. De temps en temps, avec une grâce imprévisible dans une masse aussi importante, la négresse bleue, d'un geste rond, prenait des fruits dans son panier et les distribuait au hasard autour d'elle. Les exclamations fusaient, et les coups. On se battait pour une banane, pour une mangue. Ou peut-être plutôt pour une marque d'attention venue de la déesse. A ceux qui n'avaient rien obtenu, elle adressait un sourire, ou une tape sur la tête. Les hurlements redoublaient. Elle continuait, imperturbable, sous le soleil meurtrier, au son d'un orchestre invisible, sa marche chaloupée, harmonieuse et rythmique. On aurait dit une statue gigantesque mise soudain en mouvement, une Junon née de Cham, une Vénus des tropiques, brûlée au feu de la forge, la femme de Balthazar enfin montrée au monde. Ah ! mais n'était-ce pas, par hasard, une arrière-petite-nièce de la reine de Saba déportée à Bahia ? Ou une divinité inconnue, descendue d'un Olympe où le marbre serait noir ?

« Cristi ! » fit entre ses dents Pericles Augusto.

Et il jeta son cigare.

Le Vent du soir

Trois ou quatre ans après sa barmitzvah, quand Jérémie Finkelstein atteignit ses seize ans, il lui arriva une aventure dramatique et ridicule. La seule consolation du rabbin, son père, fut qu'elle figurait déjà dans l'Ancien Testament et qu'elle semblait tirée de la Bible. Jérémie, malgré son nom, était un garçon alerte et très gai. Ses cheveux bouclés, son nez pointu, ses yeux très vifs lui faisaient une physionomie spirituelle. Elle formait un contraste, qui n'était pas sans charme, avec son goût pour la rêverie.

Jérémie, à l'école, était le plus brillant de sa classe. Il n'était pas seulement imbattable sur les filles de Loth et les rois de Judée. En mathématiques, en géographie, en hébreu, en russe, en allemand, et même en espagnol et en portugais, il dépassait tous les autres. Son père fondait beaucoup d'espérances sur un avenir dans le rabbinat. Un peu avant la fin de l'année scolaire, à une fête où se retrouvaient les professeurs, les élèves, les parents et à laquelle participaient aussi quelques huiles de la province, Jérémie jouait le rôle de la vedette et était au centre des conversations. Plusieurs dames de Lublin étaient venues honorer la cérémonie de leur flatteuse présence. Tout à coup, Jérémie se trouva en face de l'une d'entre elles. Il devait se souvenir toute sa vie, et jusqu'à son lit de mort, à des milliers de kilomètres de son village natal, des deux grandes plumes verte et bleue qu'elle portait sur son chapeau. Elles flottaient, dans sa mémoire, sur un brouhaha de répliques, de rires étouffés et de sucreries vaguement écœurantes.

— Alors, mon jeune ami, on me dit que vous êtes le premier ?

— Oui, madame.

— Je vous félicite. Aimez-vous beaucoup travailler ?

— Non, madame.

— Non ? Comme c'est drôle, pour le premier ! Que préférez-vous donc à travailler ?

— J'aime me promener, madame. Et lire. Et ne rien faire.

— Ne rien faire ! Elle riait. Est-ce que ne rien faire est utile pour être premier ?

— Très utile, madame. C'est en ne faisant rien qu'on apprend presque tout.

La dame avec les deux plumes ne riait plus du tout. Ses yeux étaient devenus curieusement fixes. Elle regardait le jeune homme avec une sorte de stupéfaction qui avait quelque chose de flatteur.

— Tiens, tiens ! Jérémie... Vous vous appelez Jérémie, n'est-ce pas ?

— Oui, madame. Jérémie.

— Eh bien, Jérémie, est-ce en vous promenant et en ne faisant rien que vous avez appris à devenir drôle ?

— Je ne sais pas si je suis drôle, madame, répondit Jérémie avec une audace qui l'étonnait lui-même. Et je ne crois pas que ça s'apprenne.

Une bousculade les avait séparés, au soulagement du jeune Finkelstein. Il profita de sa liberté reconquise pour échanger quelques mots moins éprouvants avec des camarades de son âge. Mais, dix minutes plus tard, il ne savait pas comment, il se retrouvait devant sa dame.

— Dites-moi, Jérémie, puisque vous aimez tant ne rien faire, vous ne viendriez pas, un jour, vous promener avec moi ?

— Me promener..., bredouilla Jérémie, accablé par tant d'imprévu.

— Ou goûter, dit la dame d'une voix presque inaudible. Ça me changerait des femmes d'officiers et de fonctionnaires que je vois tous les jours.

— Goûter..., répéta Jérémie.

— A quelle heure sortez-vous de l'école... par exemple, je ne sais pas..., le jeudi après-midi ?

— A quatre heures, madame.

— Eh bien ! Jérémie, je viendrai vous chercher jeudi, à quatre heures. Quatre heures, jeudi. Vous n'oublierez pas ? Ma voiture vous attendra devant le boulanger.

Jérémie, éperdu, était incapable de prononcer un seul mot. La dame s'éloignait. Elle sentait bon. Il restait figé sur place. La voilà, tout à coup, qui était de nouveau là, et, très vite :

— Inutile, n'est-ce pas ? d'en parler à qui que ce soit. Au revoir, mon petit Jérémie. A jeudi.

Quelques jours s'écoulèrent dans une épouvante enchantée. Jérémie ne souffla mot à personne. Il craignait et espérait en même temps une angine, un tremblement de terre, la guerre, la fin du monde. Le matin du jeudi se leva dans un calme redoutable. Jérémie se précipita à la fenêtre : il faisait plutôt beau, avec quelques nuages qui avaient l'air de jouer dans le ciel à se poursuivre les uns les autres. La première partie de la journée passa au galop. A partir de deux heures, l'angoisse physique se mit à l'emporter sur l'impatience. Il dut sortir de classe trois fois, sous les lazzi de ses camarades. A quatre heures, la tête en feu, le corps vide, l'envie le prit de tourner le dos à la boulangerie et de partir en courant. Il s'arrangea pourtant pour se débarrasser de ses camarades. Resté seul, il demeura quelques instants hésitant, immobile. Et puis, d'un pas lent, les yeux perdus dans le vide, balançant d'un geste négligent ses livres au bout du bras, il se dirigea vers la boulangerie. Il ne vit d'abord rien ni personne. Une formidable déception vint se loger bizarrement au creux de son estomac avant de l'envahir tout entier. Il dut s'arrêter, la bouche sèche, aussi égaré par l'absence qu'il l'avait été l'autre jour par la présence. C'est que l'imagination, entre-temps, avait fait son travail.

Il restait là, les bras ballants, la bouche ouverte, lorsque, à une centaine de mètres, après le carrefour où deux chemins s'écartaient en biais, il aperçut une voiture avec un cocher immobile. De la fenêtre de la voiture sortait un bras qui s'agitait et semblait lui faire signe. Il courut.

Jamais Hortense n'aurait soufflé mot de Wronski si le désarroi de Marie ne l'avait pas émue. La situation de son amie créait des liens nouveaux entre elles. Pour distraire un peu Marie, et la consoler de l'enfant qu'elle portait, Hortense lui parla de son amant. C'était une sorte d'échange où la pitié avait sa part, et l'affection, et la crainte, et la honte, et la curiosité, et un besoin de complicité :

— Oh ! ma pauvre Marie ! vous attendez un enfant : comme je vous plains !... et comme je vous envie !

— Quoi ! Hortense, vous avez un amant ! Quelle merveille ! Je ne l'aurais jamais deviné. Est-ce que ça vous tourmente beaucoup ? Racontez-moi comment il est.

C'est ainsi que Wronski entra peu à peu dans la vie de Marie en même temps qu'un enfant qui n'avait pas de père. Ce qui se passa ensuite, vous l'avez déjà deviné. Hortense parla de son amie à son amant comme elle avait parlé de son amant à son amie. On se vit à trois. Puis à deux. Quinze jours plus tard à peine, après avoir rencontré trois ou quatre fois Marie, dolente, courageuse, plus ravissante que jamais, Wronski était fou d'elle.

Marie se défendit, ou fit semblant de se défendre, avec beaucoup de vaillance. Et, consciemment ou non, ce courage, en même temps, était de l'habileté. Sans donner de détails sur son passé sentimental, elle ne fit pas mystère de sa situation. L'enfant qu'elle attendait avait aussitôt mis de la gravité dans les désirs et dans les sentiments. Il écartait d'avance toute possibilité d'aventure et ne laissait ouverts que les engagements les plus sérieux.

— Et Hortense ? murmurait Marie.

— Hortense ! Hortense !... Elle ne compte plus. C'est vous que j'aime.

— Mais enfin, mon ami, disait Marie avec des larmes au bord des yeux, comprenez donc qu'en vous disant non ce n'est pas moi que je protège. Je vous défends vous-même contre vous-même.

— N'avez-vous pas besoin plus que moi d'être défendue contre le monde ?

— Peut-être. Mais je ne pourrai jamais ni demander ni accepter que vous sacrifiiez votre vie à la mienne.

— Croyez-vous vraiment que, pour moi, ce serait un sacrifice que d'éclairer ma vie avec la vôtre ?

— Votre vie est intacte. La mienne ne m'appartient déjà plus.

— Alors, confiez-la-moi pour que m'appartienne enfin ce qui n'est plus à vous.

La beauté et le malheur de Marie avaient naturellement une part décisive dans la passion de Wronski. Mais quelque chose d'autre jouait en faveur de la jeune Française. Piotr Vassilievitch avait toujours souffert de ne briller ni dans le jeu, ni dans la galanterie, ni dans la politique. Il n'était ni un noceur, ni un libéral de premier plan, ni un révolutionnaire. Il avait de la sympathie pour les têtes brûlées qui s'étaient jetées sans retour dans l'action ou dans le vice. Il s'en voulait, dans sa vie quotidienne comme dans ses activités politiques, de son côté de voyeur petit-bourgeois, toujours un peu en marge de ce qu'il admirait. Marie offrait à ce cœur généreux, à cette âme un peu faible une occasion de s'enflammer pour une cause hors du commun.

Je ne suis pas sûr que Wronski ait jamais su avec certitude qui était le père de l'enfant de Marie. Il n'est pas impossible que ses soupçons aient pesé tour à tour sur les deux Narichkine. L'excellence de ses manières lui interdisait naturellement de poser à Marie la moindre question sur le passé. Il l'acceptait, ce passé, tel qu'il était, en bloc. Et les amours de Marie tant qu'il n'était pas là ne le regardaient pas. En se fixant ces règles, Piotr Vassilievitch se surprenait lui-même, et plutôt agréablement, par sa largeur d'esprit et par le caractère libéral et moderne de ses idées. Il s'y mêlait pourtant un sentiment plus traditionnel : il n'était pas mécontent de donner une leçon — fût-elle même collective — à ces capons de Narichkine.

Marie de Cossigny était enceinte de près de quatre mois quand le comte Wronski l'enleva dans un de ces wagons-lits tout en bois qui sont entrés dans la légende. Destination : Venise. Parce qu'une de ses arrière-petites-filles savait le prix que j'attache à ce genre de document, j'ai sous les yeux le brouillon de la lettre que le jour même de son arrivée elle envoya à Hortense de l'hôtel Danieli. Elle commence par ces mots :

Vous me détestez, vous me maudissez ; j'espère qu'un jour vous me pardonnerez...

Et elle finit par ceux-ci :

Je vous dois beaucoup. Mon chagrin, mon remords, mon désespoir est que vous me haïssiez à cause de ce bonheur que j'ai connu par vous. Oh ! comme je souhaite que le jour vienne où vous me direz que mon bonheur n'a pas été acheté au prix de votre malheur.

Pandora m'a raconté — elle tenait le récit de sa mère — que, dix ou quinze ans plus tard, Hortense Herbignac avait répondu à la lettre de Marie. Mais Marie, sur son lit de mort, avait demandé que la réponse d'Hortense fût jetée dans les flammes.

Le grand jour arriva enfin. Les carrosses, entourés de cavaliers aux lances ornées d'oriflammes, déposèrent dans la cour du palais présidentiel les Excellences empanachées. Dorés sur toutes les coutures, l'épée au côté, le bicorne à plumes blanches à la main, ruisselant d'humiliation et de chaleur sous les broderies, les diplomates se retrouvèrent dans le grand salon de la présidence. Ils étaient tous présents, la mine glorieuse et pâle. Un huissier armé d'une hallebarde les appelait un à un selon l'ordre protocolaire. Tradition oblige : le premier à pénétrer dans la salle au double trône fut le nonce apostolique. Dûment chapitré par la hiérarchie, le nonce n'avait pas trop de scrupules. Un traitement de faveur lui avait d'ailleurs été réservé : par respect pour ses fonctions, il avait été dispensé du baiser sur le pied, qui avait été remplacé, dans son cas, par une onction ou une pression paternelle et par un signe de croix, sinon sur la voûte plantaire, ce qui n'était pas commode et rappelait un peu trop le sacrement réservé aux dignitaires de l'Église, du moins sur le cou-de-pied. Tout se passa à merveille.

Le deuxième et le troisième étaient les ministres du Pérou et du Mexique. Ils étaient à peine indignés et ne firent pas d'histoire. Puis vinrent l'Allemand, le Brésilien, l'Argentin, le représentant des États-Unis d'Amérique et M. Duchaussoy. Et le défilé continua. Le président inclinait la tête en souriant, Mlle Asunción rayonnait. Passé de main en main par les diplomates empressés, son pied ne touchait plus terre.

Quand ce fut le tour de sir Reginald, ministre de Sa Gracieuse Majesté, il se fit un mouvement : personne ne connaissait ses intentions. Il s'inclina devant le président et lui transmit les vœux de la reine. Puis, passant devant Asunción, il baissa à peine le menton. Et, très raide, très britannique, il sortit de la salle et du palais.

Le président ne laissa rien paraître et la cérémonie se poursuivit comme si de rien n'était. Mais le lendemain matin, à l'aube, une demi-douzaine de policiers en armes, violant l'extra-territorialité des bâtiments diplomatiques et l'immunité personnelle du ministre d'Angleterre, vinrent arrêter sir Reginald. Il passa la journée entière dans un cachot infâme, en compagnie d'un assassin, d'un faussaire et d'une prostituée qui lui parut plus convenable que Mlle Asunción. Le soir, vers six heures, au moment où la capitale s'animait après les chaleurs du jour, le ministre de Sa Gracieuse Majesté fut déshabillé, mis nu comme un ver, ficelé à califourchon sur un âne, le visage tourné vers l'arrière, et traîné dans cet équipage à travers les rues grouillantes de la ville.

L'affaire Jérémie Finkelstein fit un bruit énorme. Elle figure dans tous les rapports sur les persécutions antisémites en Pologne au cours de la seconde moitié du XIXe siècle. C'est une histoire compliquée. En un sens — mais en un sens seulement, car l'affaire devait prendre assez vite des dimensions politiques — Jérémie et la dame aux plumes bleue et verte étaient en butte aux préjugés des hypocrites et des puritains. Ils s'inscrivent à ce titre sur la liste rose et noir des victimes de l'amour et de la société. La dame avait eu un coup de foudre et elle était folle de Jérémie. Jérémie découvrait un continent inconnu et vivait dans le vertige et dans l'exaltation. C'était *Roméo et Juliette* avec un doigt de *Chéri*. La liaison entre une femme de plus de trente ans et un garçon qui pourrait être son fils est toujours et partout considérée avec ironie et parfois avec hostilité. Il y a cent ans, en Europe centrale, c'était un scandale sans précédent.

Sans précédent ? Pas tout à fait. Vous imaginez bien que, dans la province polonaise de la fin du XIXe siècle, une aventure de ce style ne pouvait pas passer inaperçue. Le seul comportement de son fils, exalté, distrait, d'une nervosité et parfois d'une insolence inouïes, aurait suffi à mettre la puce à l'oreille du rabbin. Les voisins se chargeaient d'apporter les informations complémentaires. On avait surpris Jérémie dans des endroits invraisemblables : dans les rues de Lublin, la nuit ; dans l'arrière-salle d'un café fréquenté par les artistes et la bohème ; sous le porche d'une grande maison d'où il sortait furtivement. Une cousine du rabbin avait reconnu avec stupeur le visage de Jérémie à la fenêtre d'un landau mené par un gros cocher. On l'avait surtout aperçu ici ou là en compagnie d'une dame empanachée, venant visiblement de la ville, inconnue des amis de la famille et qui aurait pu être sa mère. Jérémie inventait des chorales, des réunions de camarades, des concours de gymnastique. Un soir, au dîner, à peine la prière expédiée sous un ciel lourd d'orage, les plus petits déjà au lit, la tempête se déchaîna sous les formes immuables qu'elle prenait à Paris autour de la Dame aux camélias, en Angleterre autour de lady Ann, à Florence ou à Rome au temps de la Renaissance autour des personnages dépeints par Stendhal dans ses *Chroniques italiennes :*

— Que tu te ruines la santé, que tu compromettes tes études, que tu te conduises au mépris de tout ce que nous t'avons enseigné, c'est ton affaire. Tu es maintenant assez grand pour choisir de perdre ta vie. Mais que tu te mettes à mentir à ta mère et à moi, je ne le supporterai pas.

— Père, bredouillait Jérémie, je vous ai toujours respecté...

— Respecté !... Dans la débauche, dans l'adultère, dans le mensonge !

— Mais vous savez bien que je vous respecte ! Vous savez bien que je vous aime !

— Aimer ! As-tu encore le droit de te servir de ce mot que tu traînes dans la boue des rendez-vous clandestins et des passions coupables ?

— Ah ! dit Jérémie qui ne savait plus quoi faire ni comment sortir de la situation où il s'était jeté avec tant d'impatience et de plaisir, si vous pouviez sentir combien je suis à la fois malheureux et heureux !

Et des larmes d'impuissance surgies à point nommé pour lui porter secours se mirent à couler de ses yeux.

Alors le rabbin prit l'enfant dans ses bras et, lui caressant la tête, il lui dit avec tendresse :

— Mon pauvre Joseph ! Mon pauvre petit Joseph !...

Jérémie leva vers son père ses yeux remplis de larmes. Jamais il ne s'était appelé Joseph. Une interrogation muette se lisait sur son visage.

— Oui, mon pauvre Joseph ! reprit Isaac Finkelstein.

Et, tendant le poing au loin, au-delà du minuscule jardin, et des champs, et du chemin de la ville, il ajouta :

— Et elle, je la maudis, la Putiphar de Lublin !

Les choses, les idées, les sentiments, bougeaient aussi peu à Glangowness qu'à Plessis-lez-Vaudreuil. Les sourdes rumeurs de l'Inde avaient été absorbées et dissoutes dans le grand silence héréditaire. La chasse dans les moors mauves, le goût du tweed et du whisky, les souvenirs de Trafalgar ou de la passe de Khyber tenaient à peu près la place qu'occupaient dans la haute Sarthe l'opposition à la République, l'amour de la forêt et le cher doyen Mouchoux. Il pleuvait beaucoup. Chaque matinée de soleil était une fête et une joie. De temps en temps, un événement formidable venait rompre le rythme des jours et le train normal de l'existence : la visite de la reine, l'angine d'un enfant, l'entrée d'un cousin à la Chambre des lords, l'idylle du pasteur avec la fille d'un fermier. Les chiens, les lièvres, les renards, les brebis, les chevaux jouaient un rôle considérable. Ma lointaine cousine Sybil, la petite-fille rousse aux yeux sombres de lord et lady Landsdown, était une merveilleuse cavalière.

Elle avait été l'héroïne indirecte d'une histoire qui avait bouleversé non seulement Glangowness, mais tout le voisinage jusqu'à des miles et des miles. Encore toute petite, quand elle montait des poneys dans un accoutrement invraisemblable et ravissant, perpétué par deux pastels qui figurent parmi les trésors de ma malle, son père lui avait confié, malgré la réprobation terrifiée de l'ensemble de la famille, et surtout de la grand-mère, un des joyaux légendaires de Glangowness : Indian Godolphin. Non, ce n'était pas une de ces pierres fabuleuses rapportées des Indes par l'aïeule. C'était un cheval. Il avait connu son heure de gloire. Elle ne remontait pas aussi loin dans le passé que les hauts faits des McNeill sur le champ de bataille de Hastings contre Guillaume le Conquérant ou aux côtés de Richard Cœur de Lion à Chypre et en Terre sainte — ou même, murmuraient certains, et d'abord les McNeill eux-mêmes, sur les landes écossaises et bretonnes aux temps fabuleux des Macbeth et des rois Arthur. Mais, dix ou douze ans plus tôt, devant le prince Albert à la veille de sa mort et le prince de Galles, et même une ou deux fois en présence de Sa Très Gracieuse Majesté la reine Victoria, accompagnée de sa fille, la duchesse d'Argyll, et d'un dandy très pâle, à la bouche méprisante et à l'œil noir comme l'Érèbe, le futur lord Beaconsfield, plus connu sous le nom illustre de Benjamin Disraeli, Indian Godolphin avait remporté, quatre ou cinq saisons de suite, les plus élégantes des épreuves de sauts d'obstacles et plusieurs concours hippiques. Quand la gloire des jeunes années avait commencé à s'estomper, Indian Godolphin s'était intallé dans le confort douillet des écuries de Glangowness. C'est alors que, tout enfant, Sybil, avec l'assentiment de son père, avait commencé à le monter.

Au bout de quelques années, le souverain déchu des barrages et des murs descendit encore d'un cran : on l'attela à une voiture légère qui servait à faire les courses et à aller prendre les invités du week-end à la gare la plus proche. Indian Godolphin paraissait résigné à son sort lorsqu'un samedi matin, resté fameux, un lad l'attela comme d'habitude pour aller chercher un général à la retraite et un ancien consul à Meshed ou à Mazâr-i-Sharif qui arrivaient par le train de 12 h 53. La gare était située à une bonne dizaine, peut-être à une douzaine ou à une quinzaine de miles du château. Le lad, qui avait fait la noce à la ville la veille au soir, se sentant un peu barbouillé, un jeune Irlandais qui faisait la cour à Sybil, Sean O'Shaughnessy, avait décidé de le remplacer au pied levé. La carriole partit avec un peu de retard. Quelques minutes avant d'arriver à la gare, en venant de Glangowness, le chemin traverse la voie ferrée. Le train étant déjà annoncé, le passage à niveau était fermé. Sean, la cigarette aux lèvres et bayant aux corneilles, fit un mouvement de poignets pour freiner Indian Godolphin qui trottait joliment. Alors quelque chose explosa dans la tête de l'éternel vainqueur à la retraite : il revit toute sa jeunesse.

Est-ce parce qu'il faisait un temps délicieux et que le soleil brillait comme au temps de ses six ans ? Est-ce parce qu'un groupe de villageois écossais en train de causer au bord de la route lui rappela brutalement la Royal Enclosure et la reine Victoria ? Il vit dans la barrière blanc et rouge du passage à niveau un obstacle surgi des temps immémoriaux et, passant soudain au petit galop, il la franchit dans un style impeccable, sous un tonnerre qui lui rappelait obscurément les acclamations d'autrefois. Sean O'Shaughnessy eut à peine le temps de sauter de la voiture et de rouler sur le chemin. Déjà le train arrivait dans un vacarme affreux.

Les restes périssables d'Indian Godolphin furent recueillis et enterrés avec les honneurs dus à leur rang et aux puissances du rêve. Six mois plus tard, peut-être en compensation, Sean O'Shaughnessy épousait Sybil McNeill, petite-fille de lord Landsdown et d'une Indienne meurtrière.

2

Dans le foisonnement du monde, le puzzle de ma mémoire s'organisait lentement. Sur la terrasse de San Miniato, tout au long de la courte semaine du passage de Javier, dans des conversations interminables qui se prolongeaient tard dans la nuit, je revoyais des images, je renouais entre eux des événements et des êtres, je ressuscitais mon passé. Il se confondait avec Marie, avec Sean, avec Florinda et Jérémie, avec Indian Godolphin, avec tous les lents artisans de ce monde improbable et pourtant très réel où j'aurai passé les deux tiers ou les trois quarts de siècle de mon séjour ici-bas.

Il n'y avait plus qu'à laisser se dérouler, sous forme de passions et de hasard, de volonté, de désirs, de désastres et de bonheur, les conséquences de ce passé. C'était le monde et la vie. C'était ce qu'on appelle l'histoire. C'était, modeste et minuscule à ma pauvre mesure, incomparable, unique, le spectacle — ou le rêve — la farce, le mélodrame auquel, dans sa bonté cruelle, et peut-être, ruse suprême, peut-être en son absence, un dieu obscur m'avait convié.

Un élément d'information capital allait malheureusement s'ajouter aux secrets d'amour dévoilés : la Putiphar de Lublin était la femme du chef de la police, non seulement pour la ville elle-même, mais pour toute la province. Dans l'histoire de Jérémie, les Montaigu étaient juifs et les mœurs, la politique, l'histoire faisaient des Capulet leurs ennemis héréditaires. Notre Cid de collège n'avait pas seulement quinze ou vingt ans de moins que sa Chimène : des siècles de haine et de persécutions les séparaient l'un de l'autre. Tristan était fils de rabbin et le roi Marc était flic.

La passion entre l'adolescent et la femme de trente ans ne survécut pas très longtemps aux assauts des uns et des autres, aux ragots, à la pression sociale, à la fureur séparée et conjointe du mari de Mme Putiphar et du père de Jérémie-Joseph. Dès qu'elle n'était plus dans ceux de son jeune amant, la coupable ne voyait de salut que dans les bras conjugaux. Elle était folle d'un enfant dont elle exécrait la famille. Et le jeune homme n'en pouvait plus de désespérer le rabbin. Une espèce de haine succédait à l'amour et les deux sentiments, au lieu de se remplacer et de s'exclure l'un l'autre, se mettaient à coexister dans le cœur des amants. Dix fois, ils se séparèrent dans les larmes. Et, dix fois, ils se jetèrent à nouveau dans les bras l'un de l'autre. Alors, les choses prirent un tour plus sérieux.

A des signes d'abord imperceptibles, puis de plus en plus manifestes, le rabbin sentit que sa vie devenait plus difficile. Des autorisations de routine lui furent soudain refusées. On le convoqua plusieurs fois à la police sous des prétextes futiles. Des amis de toujours — des catholiques, et même des juifs — lui battaient un peu froid. Des menaces précises succédèrent aux symptômes plus ou moins ambigus. Plusieurs juifs de l'entourage immédiat du rabbin furent arrêtés pour des affaires fabriquées de toutes pièces ou depuis longtemps classées. A l'horreur de Jérémie, aux aguets des nouvelles, le filet se resserrait autour de sa famille. Le pire, pour l'adolescent, était qu'il ignorait la part prise par sa maîtresse dans ces mesures qui le déchiraient : en était-elle la victime, au même titre que lui-même, impuissante et attristée, comme elle le lui assurait en le serrant entre ses bras dans leurs rencontres secrètes, ou plutôt la complice, par haine atavique contre les juifs, par vengeance contre un clan qui la rejetait et la détestait, par un mélange atroce de haine folle et de fol amour ? Des pensées affreuses s'emparaient de Jérémie et le laissaient tout à coup pantelant et glacé : n'avait-il pas fourni, sans le vouloir et dans l'exaltation de la passion, des informations à sa maîtresse ? Elle l'interrogeait sans relâche sur la vie qu'il menait, sur les gens qu'il fréquentait. Des noms, des renseignements, peut-être des secrets dont il n'était pas conscient avaient pu être livrés par lui à une ennemie des siens. Et même s'il s'agissait de cauchemars et de fantasmes, s'il peignait des diables sur les murs, s'il s'inventait des périls, la seule liaison entre un juif et la femme du chef de la police était un crime et un danger. Il se disait tout à coup qu'il aurait pu et dû retourner la situation à son profit et au profit des siens. Alors, peut-être, au lieu d'être le Joseph coupable de la femme de Putiphar, il aurait été, dans le sexe opposé, l'équivalent d'Esther dont les charmes, si forts auprès d'Assuérus, avaient sauvé son peuple menacé par Aman. Mais il ne rapportait pas la moindre révélation à sa communauté. Loin de détourner les coups, il semblait les attirer. Alors, il décidait de rompre un honteux attachement. Il retrouvait sa maîtresse avec la ferme résolution de mettre fin à leurs relations — et elle, de son côté, nourrissait peut-être les mêmes desseins. Et, chaque fois, la passion physique se montrait la plus forte.

La famille du rabbin Finkelstein finit un beau jour par se trouver elle-même en première ligne. Des pierres furent jetées dans ses fenêtres par des excités. Une espèce de pogrom semblait sur le point d'éclater. Le rabbin en personne avait été prévenu par des voies détournées que sa sécurité n'était plus garantie. Les questions lancinantes se posaient de nouveau à Jérémie : était-ce lui, le mari policier, était-ce Capulet, le roi Marc, l'ombre de don Gormas assoiffé de vengeance, qui tirait les ficelles de la persécution ? ou alors se pouvait-il — mais non ! c'était impossible — se pouvait-il que ce fût elle-même, sa Chimène pleine de traîtrise, son Yseult criminelle, sa Juliette devenue folle ? Un soir où, accablé, le rabbin ne parvenait plus à dissimuler son angoisse, Jérémie se leva, très pâle :

— Père, dit-il, et vous, ma mère, je crois qu'il me faut vous quitter et m'en aller au loin.

La mère se mit à pleurer. Le père redressa la tête, qu'il tenait baissée, hésita un instant, repoussa sa chaise, s'avança vers son fils et, le prenant entre ses bras :

— Mon petit ! dit-il très bas. Mon tout-petit.

— Sais-tu ce qu'est devenue la Putiphar de Lublin ?

— Tu ne le sais pas ?

— Je ne l'ai jamais su.

— Eh bien ! son mari a grimpé assez vite les échelons de la hiérarchie, il a fini à la tête de l'Okhrana, il assurait la protection personnelle du tsar Nicolas II et il a été assassiné d'un coup de pistolet à Tsarskoïe Selo en 1917.

— Fichtre ! Et elle ?

— Peloton d'exécution le 16 juillet 1918, dans la cave de la maison Ipatiev à Iekaterinbourg, en compagnie de la famille impériale et de ses serviteurs.

— Seigneur ! Voilà l'ombre de l'histoire sur la première maîtresse de Jérémie... Tu crois qu'elle était au courant des mesures de son mari contre le rabbin Finkelstein ?

— Comment savoir ? Je ne suis même pas tout à fait sûr que le mari ait été au courant de la liaison de sa femme avec Jérémie Finkelstein. On peut tout imaginer — et d'abord que les persécutions n'avaient rien à voir avec les amants de Lublin. Après tout, les pogroms en Pologne n'ont jamais eu besoin de prétextes sentimentaux. On peut aussi supposer que le chef de la police, dûment informé, comme il se doit, par ses propres services, ait voulu rendre à sa femme la monnaie de sa pièce en persécutant les amis et la famille de Jérémie. Il n'est pas impossible, enfin, c'est l'hypothèse la plus cruelle et la plus intéressante, que tout ait été manigancé par la maîtresse de Jérémie elle-même, pour se venger de l'hostilité de la famille de son amant — et peut-être, qui sait ? les choses et les sentiments ne sont pas toujours simples, pour tourmenter son amant.

— Ou peut-être, mieux encore, pour se punir elle-même à travers son amant ?

— Pourquoi pas ? Peut-être la Putiphar de Lublin était-elle une personne plus compliquée que nous ne croyons ? Peut-être les plumes de son chapeau cachaient-elles de ces mécanismes qui fascinent les romanciers, les juges, les confesseurs, les médecins ? Je crains que son secret ne figure dans aucune de nos archives et qu'elle ne l'ait emporté avec elle dans la fosse d'Iekaterinbourg.

— Je me demande où et comment Jérémie Finkelstein a appris la mort tragique de son ancienne maîtresse...

— Oh ! en 1918, les nouvelles de Russie mettaient beaucoup de temps à parvenir... Et puis les années avaient passé. Jérémie était loin, sa situation avait beaucoup changé, il avait fait fortune, il avait perdu sa femme, sa fille était sur le point d'accompagner à Londres un mari ambassadeur : il était presque devenu un autre homme... C'est nous qui établissons comme un lien immédiat entre les événements et leur conclusion. Dans la réalité, tout s'étire et se dilue et, quand une aventure trouve enfin son épilogue, ses débuts, bien souvent, sont, sinon oubliés, du moins enfouis dans le passé et sous les avalanches de l'existence. J'imagine que la nouvelle de l'assassinat de Mme Putiphar, si elle parvint jamais à Jérémie Finkelstein, le frappa, peut-être cruellement, mais à la façon de ces rayons venus d'une étoile déjà morte.

Nous restâmes longtemps silencieux. La nuit était

tombée depuis longtemps sur la terrasse de San Miniato. Je me levai.

— Attends ! Il y a encore quelque chose que tu ignores et que Jérémie Finkelstein ignorait également.

— J'en ignore tant... Vas-y.

— Eh bien ! Tous les secrets de l'histoire finissent par être percés par l'historien. Tu sais qu'avant de se retourner, surtout depuis Staline, contre les juifs la révolution communiste a compté beaucoup de juifs parmi ses partisans. Je suis tombé, grâce à un ami, sur la liste des révolutionnaires qui composaient le peloton d'exécution à Iekaterinbourg. Il y avait un Finkelstein parmi eux.

— Un Finkelstein ! J'imagine que le nom est assez répandu. Tout de même, quelle coïncidence !

— Ce n'est pas une coïncidence. C'était le petit-neveu de Jérémie, compagnon de Trotski, communiste convaincu, exécuté sous Staline. Le dernier être humain aperçu par Mme Putiphar en train de tomber sous les balles d'un peloton d'exécution était le petit-neveu de son amant de Lublin : il était en train de tirer sur elle.

Cristina Isabel naquit neuf mois, jour pour jour, après la rencontre à Bahia entre Pericles Augusto et Florinda, la belle négresse. Les choses s'étaient passées avec une simplicité mi-biblique, mi-païenne.

— Tu danses bien, avait dit Pericles Augusto.

— Merci, monsieur. Tu ne danses pas ?

— Pas souvent.

— Avec moi, peut-être ?

— Avec toi, toujours.

— Alors danse, monsieur.

— Comment t'appelles-tu, danseuse ?

— Florinda, pour te servir.

Et la cariatide s'était écroulée jusqu'à terre avec une grâce mystérieuse.

— Tu es belle, Florinda.

— Merci, monsieur. Danse avec moi.

Et, sous les acclamations du cortège de petits Noirs, au son d'orchestres invisibles qui surgissaient soudain des coins de rues et des portiques d'églises, sous le soleil brûlant déjà sur son déclin, Florinda et Pericles Augusto avaient dansé deux heures. Une foule bruyante et colorée avait fini par s'attrouper. Elle encourageait les danseurs en frappant dans les mains, en poussant des cris et en riant. Quand, ruisselants de sueur, épuisés, titubants, Florinda et Pericles Augusto s'étaient enfin arrêtés de danser, une centaine de personnes les entouraient.

— Tu vois, dit Pericles Augusto, nous avons beaucoup d'amis.

— Si nous étions riches, dit Florinda, nous les inviterions tous à venir souper avec nous.

— Si nous étions riches, dit Pericles Augusto, je les flanquerais tous à la porte pour rester seul avec toi.

— Tiens ! dit Florinda, voilà quelque chose que même les pauvres ont toujours le droit de s'offrir.

Alors, ils étaient partis, tous les deux, et ils étaient descendus jusqu'à l'océan. Pericles Augusto avait raconté sa vie et son métier, ses voyages, les petites villes du Nordeste, qui étaient moins belles que Bahia, ses folies et ses espérances. Florinda avait parlé de ses maîtres, de la misère, du pelourinho, de son existence nouvelle depuis la fin de l'esclavage, de la drôle d'impression et de l'espèce de vertige que donne la liberté.

Le soir, il l'avait emmenée dans une grande cabane sur la mer tenue par un mulâtre qui avait été cuisinier pendant vingt ans sur un bateau hollandais et, au milieu d'une foule bruyante, dans une odeur de cannelle, de girofle et d'huile de dende, ils avaient mangé des camarões et une feijoada. Quand ils sortirent de chez le mulâtre, la nuit était déjà close. Des milliers d'étoiles brillaient très fort dans le firmament où triomphait la Croix du Sud.

— Tu devrais venir chez moi, dit Pericles Augusto. On dormirait ensemble.

— Je veux bien, répondit Florinda. Si tu ne me l'avais pas proposé, c'est moi qui te l'aurais demandé.

Pericles Augusto habitait une auberge de commerçants et de marins à peu près à mi-chemin de la cathédrale et de la mer. Par un excès de luxe inouï, il occupait une chambre à lui tout seul. Le lendemain était un dimanche. Florinda dormit très tard. Quand elle se réveilla, avant même d'ouvrir les yeux, elle tâta avec la main : il n'y avait plus personne. Elle se dressa d'un seul coup. Pericles Augusto avait disparu. C'était la conclusion naturelle d'une aventure sans lendemain. Elle se sentit soudain très seule et très triste. Elle pleura un peu.

Dix minutes plus tard, la porte s'ouvrait. Pericles Augusto entra avec des mangues, des bananes, deux tasses de café très chaud et un morceau de pain. Elle se jeta sur lui, renversa le café et le couvrit de baisers.

— Viens, lui dit-elle, viens. Il faut aller à la messe.

— A la messe ? demanda Pericles Augusto, qui n'avait pas mis les pieds dans une église depuis une bonne dizaine d'années.

— A la messe, dit Florinda.

Elle l'emmena dans une église couverte d'or et d'azulejos.

— Si c'est un garçon, souffla-t-elle en s'agenouillant devant l'autel surchargé et en se serrant contre lui, nous l'appellerons Carlos Henrique.

— Et si c'est une fille ? demanda Pericles Augusto en clignant des yeux.

— Si c'est une fille..., répondit Florinda, et elle hésita un instant. Si c'est une fille, Cristina Isabel.

— Tu aimes les rois et les reines, dit en souriant Pericles Augusto, qui avait beaucoup lu. Et puis tu sais ce que tu veux.

— Je n'aime pas seulement les rois et les reines, dit Florinda très vite. Mais je sais ce que je veux.

Ce fut une fille.

La nouvelle de l'humiliation de leur envoyé plénipotentiaire mit un peu plus d'un mois à parvenir au Foreign Office, puis au Premier ministre de Sa Majesté britannique. La reine Victoria fut prévenue avec ménagement :

— J'ai une information peu plaisante à soumettre à Votre Majesté, commença le Premier ministre en mesurant ses mots. Je viens d'apprendre...

— S'agit-il du prince de Galles ? demanda la reine.

— Non, non, Votre Majesté. Il s'agit d'une affaire de gouvernement et du prestige de la Couronne.

— Ah ! bon, dit la reine.

Et le Premier ministre se mit à raconter à sa souveraine les aventures, que nous connaissons déjà, du dictateur du Paraguay, de Mlle Asunción, née Mado de Maubeuge, et de sir Reginald sur son âne.

La reine se mit aussitôt dans une colère épouvantable.

— Je ne connais pas sir Reginald, qui doit être un diplomate d'importance secondaire. Mais il a fort bien fait de refuser d'humilier la dignité britannique devant une de ces créatures françaises, et plus particulièrement parisiennes, dont raffole le prince de Galles. Et son honneur est le mien. Qu'on réunisse les ministres.

Devant le Conseil des ministres, le chef du Foreign Office exposa les événements. Il fit l'éloge de sir Reginald et accabla de son mépris le couple présidentiel. Sa Majesté bouillait.

— Les choses étant ce qu'elles sont, dit le Premier ministre, il n'est pas question de laisser impuni l'affront fait à la Couronne. La question qui se pose est celle des mesures de rétorsion. Je distingue trois actions possibles qui sont, par ordre de...

— Qu'on envoie la flotte ! explosa la reine.

Les ministres se regardèrent. Un grand silence se fit.

Ils passèrent à Venise tout l'automne et tout l'hiver. De leur fenêtre du Danieli — ils occupaient la chambre qui, quarante ans plus tôt, avait été celle de George Sand et d'Alfred de Musset — ils avaient sous les yeux le plus célèbre et le plus beau de tous les paysages urbains. Le bassin de Saint-Marc s'étendait devant eux. A gauche, la riva degli Schiavoni menait à l'Arsenal, gardé par tous ses fauves de pierre, asymétriques à souhait : trois d'un côté, un seul de l'autre. On distinguait au loin l'îlot des Arméniens que, malgré son pied bot, et sans doute à cause de lui, lord Byron, rageur, s'obstinait naguère à gagner à la nage, et, derrière encore, le Lido, où des tentes à rayures abritaient en été les collations, les siestes et souvent les amours de l'aristocratie des baigneurs. Droit devant eux, avant-garde de la Giudecca, l'isola San Giorgio élevait son haut campanile en face de la Piazzetta et des deux colonnes surmontées de l'effigie de saint Théodore et du lion de saint Marc. A droite, la Douane de mer et l'église de la Salute, monument propitiatoire et commémoratif de la fin de la dernière peste, marquaient le début du Grand Canal qui déroulait ensuite jusqu'au palais Labia son cortège invraisemblable de splendeurs et de fables, coupé en son milieu par le dos-d'âne du Rialto.

Wronski passait des heures à rêver à son balcon et à écouter la rumeur du quai et du bassin. De temps en temps, il appelait Marie qui lisait ou brodait derrière lui :

— Hein ! regarde : est-ce assez beau ? Cette lumière sur les briques, ce rose mêlé au bleu, cette nature minérale... On dirait un immense jardin, avec ses arbres, ses grottes, ses buissons, ses fleurs partout — et ce sont des pierres et la main de l'homme.

Marie se penchait, regardait, se serrait contre Wronski. Le paysage était féerique. Depuis son départ de Vienne, elle allait de surprise en surprise et d'émerveillement en émerveillement. Elle s'emplissait de beauté, il lui semblait la respirer en même temps que l'air de la lagune.

Piotr Vassilievitch et Marie de Cossigny se marièrent devant un pope, un matin radieux d'automne, à San Giorgio dei Greci, à deux pas de la Scuola di San Giorgio degli Schiavoni où la légende de saint Georges, le caniche de saint Augustin et les religieux en fuite devant le lion de saint Jérôme mettaient Marie en joie. Après la cérémonie, où quelques amis intimes de Wronski avaient dansé autour d'eux tandis que son témoin tenait au-dessus de la tête de la mariée une couronne de fleurs blanches, ils retournèrent tous les deux, la main dans la main, voir les fresques de Carpaccio.

Ils étaient allés en gondole, le long de la riva degli Schiavoni. Ils revinrent à pied, par l'église de San Zaccaria et par sa place si belle. Une grande paix, un bonheur calme s'étaient emparés de Marie. Elle avait de l'estime, de la reconnaissance, presque de l'admiration pour Wronski et ses idées nobles et généreuses. Et elle les prenait pour de l'amour. Piotr Vassilievitch était émerveillé par Marie, par sa grâce, par son courage. Il trouvait à la protéger l'exaltation que la politique lui avait refusée.

De temps en temps, ils entreprenaient à travers Venise, dans le soleil encore chaud d'octobre ou dans les brumes de l'hiver, de longues promenades à pied qui les entraînaient jusqu'aux Frari, jusqu'à San Sebastiano où les scènes bibliques de Véronèse étaient en train de s'effacer, jusqu'à San Nicolò dei Mendicoli, qui était l'essai, dans la pauvreté, de ce que serait Saint-Marc dans toute la gloire de l'opulence. Au retour, ils allaient souvent s'asseoir à la pointe de la Douane de mer. La jeune femme posait sa tête sur l'épaule de son mari et ils regardaient tous deux le soleil se coucher sur le palais des Doges et sur l'île de San Giorgio. Marie revenait de ces expéditions épuisée et ravie. Elle s'appuyait, déjà lourde, au bras de Piotr Vassilievitch et lui disait des choses tendres.

Un jour d'automne, ils poussèrent, dans une embarcation menée par quatre gondoliers, jusqu'à l'île de Torcello, abandonnée et déserte. Ils errèrent une heure ou deux autour de la basilique aux mosaïques merveilleuses et de l'église ronde de Santa Fosca. En revenant par la lagune, Marie demanda à un des marins qui bredouillait toutes les langues avec une complaisance un peu affectée comment s'appelaient les pieux de bois, souvent groupés par trois, qui traçaient dans la mer des espèces de chenaux.

— On les appelle des *ducs-d'albe,* répondit le marin, mais nous disons plutôt *brigole.*

— Il y a un oiseau de mer sur chacun d'eux, comme une décoration obligatoire.

— Ce sont des mouettes, madame. *Seagull. Möwe.*

— Et en italien ?

— *Gabbiano.*

— En russe, dit Wronski, *tchaïka.*

La fraîcheur du soir commençait à tomber. Marie, couverte d'un châle, se serrait dans les bras de Wronski. Elle était enceinte de six mois.

Jérémie Finkelstein arriva à New York après un voyage interminable, mais étalé dans le temps, ponctué d'oncles et de tantes et de toute une galerie de rabbins. En carriole jusqu'à Lublin, en train de Lublin à Varsovie, où il fut pris en charge par un rabbin ami de son père, en train encore jusqu'à Berlin où il passa plus d'un an au titre de commis dans une librairie tenue par un lointain cousin de sa mère. Et puis Paris et Londres où toute une partie de la famille s'était établie depuis le début du siècle. Au jeune homme éperdu, âgé maintenant de dix-sept, bientôt de dix-huit ans, tous ces décors successifs faisaient l'effet d'un rêve. Il pensait encore souvent, avec des sentiments mêlés, à la dame de Lublin. Mais une sorte de soulagement se mêlait de plus en plus à la tendresse et au regret. Il se sentait libre, tout à coup. Parce qu'il était fort en hébreu et en Histoire sainte, son père, tout naturellement, le destinait au rabbinat. Il s'imaginait toujours qu'il finirait par devenir rabbin. Mais déjà le spectacle du monde, dont il ne connaissait presque rien, le remplissait de bonheur et d'une sorte d'exaltation. Lublin, dans son enfance, lui paraissait une ville immense. Varsovie l'émerveilla. Berlin, qui n'était encore que la capitale de la Prusse, mais qui se préparait déjà à son rôle impérial, le laissa sans voix.

Le rabbin de Varsovie avait été mis au courant, à mots couverts, par le père de Jérémie, dans une lettre ampoulée et presque incompréhensible, des aventures du jeune homme. Plus tard, beaucoup plus tard, Jérémie Finkelstein plaisantait volontiers les scrupules du saint homme :

— Il aurait mieux fait de dire : « Mon fils baise un peu trop avec la femme d'un flic ; tâche donc de voir ce qu'on peut faire. »

Le rabbin Mocher ben Yehouda n'avait pas compris grand-chose à la lettre du rabbin Finkelstein. Assez cependant pour se douter qu'il se passait quelque chose de louche et d'un peu inquiétant. Sa mission de saint-bernard l'épouvanta. Il avait peu de goût pour les intrigues policières et aucune vocation à guérir les cœurs blessés. Dès le premier instant, il ne pensa qu'à une chose : fourguer le jeune homme à quelqu'un d'autre comme on essaie de refiler le valet de pique à ses partenaires au jeu du *Schwarze Peter* que nous appelons mistigri. Le cousin de Berlin arrangeait tout. Il offrait l'avantage supplémentaire d'avoir besoin dans son commerce, qui marchait le tonnerre, de l'aide d'un garçon éveillé, capable de lire l'hébreu. Deux mois à peine après son arrivée à Varsovie, Jérémie reprenait le train pour de nouvelles aventures. Il avait eu le cœur gros en quittant le shtetl, sa famille, sa mère en larmes, ses frères et sœurs éberlués, son père inquiet et grave. Dans le train de Berlin, à sa propre stupeur, il exultait.

La porte de Brandebourg l'éblouit. Unter den Linden l'enchanta. La ville, un peu solennelle, sérieuse comme son père, d'une activité bourdonnante et pourtant ordonnée, lui plut beaucoup. Les juifs, à Berlin, en ce temps-là, étaient nombreux et considérés. Peu de nations — les pays arabes, peut-être aussi, à la fin du Moyen Age et à l'époque classique — ont accueilli les juifs avec autant d'estime et de cordialité que les Allemands au XIXe siècle et au début du XXe. Il se fit des amis très vite et maîtrisa l'allemand en quelques mois. L'oncle, propriétaire du Buchhandel *Zum Goldenen Buche,* était un personnage irrésistible, très différent des rabbins qu'avait jusqu'alors fréquentés Jérémie. Très grand, très fort, une barbe considérable où couraient des fils blancs, des cheveux rarement peignés, des yeux noirs très brillants, une voix puissante qui n'hésitait jamais à proférer des jugements aussitôt regrettés, Karl-Hans Liebermann ne croyait ni à Dieu ni à diable.

— Ah, ah ! disait-il à Jérémie, quand il le trouvait tard la nuit ou au petit matin, sous la lampe de l'arrière-boutique, plongé dans la lecture de la Torah ou du Talmud, de la Kabbale ou du Zohar, ah, ah ! toujours en train de guetter les sephiroth et le surgissement du nom de Dieu ?... Ah, ah !

Et il partait d'un rire énorme, digne des héros d'Homère ou de Rabelais.

Il aimait par-dessus tout les plaisirs de la vie : rire, manger et boire, s'amuser, faire la fête. S'y ajoutaient l'opéra, dont il raffolait, les bons livres, naturellement, et le socialisme. Il avait lu avec passion, sans toujours les comprendre, les œuvres de contemporains et de compatriotes qu'il lui était arrivé de rencontrer dans des réunions publiques ou privées — et d'abord de Karl Marx et de Friedrich Engels, pour qui il nourrissait une dévotion qui n'allait, en dehors d'eux, qu'à Spinoza et à Heine. Le savant et gai géant exerça aussitôt sur Jérémie une profonde influence. Pendant un an, à Berlin, le jeune homme lut jour et nuit des livres que le rabbin, son père, eût fait jeter au feu.

Mais ce qui le frappa peut-être le plus dans ce séjour allemand, si studieux, et en fin de compte si heureux, ce fut la révélation de son pouvoir sur les femmes. Il avait longtemps cru que l'aventure avec Mme Putiphar était un événement unique et un peu incompréhensible, une exception, quelque chose d'inouï qui ne se renouvellerait plus jamais. « Mon apax », disait-il, mais seulement à lui-même et en secret, tout fier d'avoir trouvé dans un livre ce terme grec qui désigne les mots dont on ne trouve qu'un seul exemple dans toute la littérature et dont le sens précis, du même coup, reste souvent incertain.

Voilà qu'il découvrait une chose qui lui faisait un peu honte, et presque horreur : il plaisait aux femmes. Sa naïveté et sa modestie l'empêchèrent d'abord de se rendre compte de ce qui devint assez vite une évidence. De jeunes femmes, et de moins jeunes, venaient et revenaient dans la boutique de Karl-Hans sous les prétextes les plus futiles et réclamaient Jérémie quand il n'était pas là. Il crut, avec un mélange de fatuité et d'humilité, que sa compétence en matière de livres était si vite devenue telle qu'il s'était rendu indispensable. De menus indices le détournèrent de cette piste. Les femmes le poursuivaient parce qu'il leur plaisait. Il pensa mourir d'humiliation.

Le plus grave était que Karl-Hans avait une fille charmante et très laide. Plus tard, beaucoup plus tard, Jérémie s'étonna, un beau jour où il pensait au passé, de n'avoir jamais su son vrai prénom. S'appelait-elle Liliane, Élisabeth, Lisbeth ou même Lilith ? Tout le monde l'appelait Lili. Elle était jaune de visage, massive, presque aussi grande que son père, lourde et épaisse jusqu'à la monstruosité, très myope avec d'énormes lunettes, absolument délicieuse. Elle avait le cœur le plus pur et le plus frais. Jérémie ne comprit qu'au bout de plusieurs mois que Lili aussi l'aimait.

Comme partout où s'exerce l'influence britannique, le breakfast, à Glangowness, constituait une cérémonie solennelle et muette. La table était couverte de Quaker Oats, de porridge, de bacon, d'œufs brouillés, frits ou au plat, de cakes, de fruits, de gelées de toutes sortes, de petites saucisses, de jambon d'York et de ces harengs innommables, appelés, je crois, kippers, dont se nourrissent inlassablement Bertram Wooster et l'irrésistible Jeeves dans les romans de P.G. Wodehouse. Le tout était arrosé de thé servi dans de grandes théières qui constituaient sans aucun doute le comble de l'élégance et dont des housses de feutre conservaient la chaleur. La tradition exigeait que lord Landsdown eût sa théière personnelle avec un thé particulier — une variété exclusive, si je me souviens bien, de Lapsang Souchong, préparée très spécialement par Fortnum et Mason pour trois ou quatre générations de McNeill et dont les boîtes portaient en sous-titre ces mots flamboyants que je me récitais comme un poème : *Traditional Smoky Flavoured China Tea,* avec un mode d'emploi à tourner la tête : *This exclusive and delicious tea deserves the very best attention. Warm the teapot, allow the tea to brew for five minutes, then stir and serve,* sans oublier une publicité commerciale et hautaine : *Fortnum and Mason first began trading in 1707. They have served seven regns of British monarchy and have been honoured many times with Royal Warrants of Appointment.* Ces précautions, ces conseils, ces distinctions époustouflantes, tout cela un peu en vain : la rumeur voulait que la théière de lord Landsdown fût remplie de whisky.

Ce n'est que bien plus tard que j'ai connu à mon tour les délices du breakfast au château de Glangowness. Mais le temps y coulait si lentement et les traditions s'y conservaient avec une telle rigueur que les échos du passé me parvenaient distinctement. Le grand-père, portant encore beau, mais accablé sous les ans, des quatre filles O'Shaughnessy, je m'imaginais le voir, en jeune homme impatient, dans l'immense salon de Glangowness, en train de parler avec son beau-père, à mots couverts et prudents, des bijoux criminels de l'arrière-arrière-grand-mère indienne.

L'aventure, les dangers, les choix brutaux et déchirants ne reposaient pas seulement dans le passé. Le jeune Sean O'Shaughnessy ne se contentait pas de sauter de carriole devant les passages à niveau franchis dans un style impeccable par Indian Godolphin et d'épouser la fille des Landsdown. Il était irlandais. Et terriblement britannique. Il avait appris en famille et presque au berceau ce qu'étaient les malheurs des nations déchirées.

Le père de Sean s'appelait Brian. Brian O'Shaughnessy était le filleul de Daniel O'Connell. Un petit nombre seulement des lecteurs français de ces souvenirs collectifs connaissent le nom d'O'Connell, lié pourtant avec éclat aux luttes des Irlandais pour leur émancipation. Avocat, homme politique, catholique militant, Daniel O'Connell a dominé la vie irlandaise pendant tout le début du XIXe siècle avant de finir rejeté par les jeunes générations, plus ardemment engagées dans l'action violente. Non plus, comme dans le passé, pour acquérir des droits identiques à ceux des Anglais, mais pour se séparer d'eux.

Brian O'Shaughnessy avait un frère cadet, Edmund. Cet Edmund était le filleul d'un McNeill, cousin assez proche de nos Landsdown. Par un chassé-croisé ironique, aucun des deux frères ne partageait les opinions de son parrain : le filleul du leader irlandais et catholique était partisan d'un rapprochement avec Londres, mais le filleul du grand seigneur écossais et protestant embrassa avec fougue la cause de l'indépendance. Edmund O'Shaughnessy fut un des fondateurs des Fenians qui menèrent pendant des années, avant de disparaître à leur tour devant des formes de lutte nouvelles, le combat contre l'Angleterre.

Sean O'Shaughnessy racontait volontiers une nuit extraordinaire, dans les années cinquante ou soixante, un peu après la grande famine qui allait envoyer en Amérique tant d'Irlandais désespérés, où ses grands-parents, les parents de Brian et d'Edmund, donnaient chez eux, dans le Connemara, à une bonne centaine de miles à l'ouest de Dublin, après une chasse au renard, un de ces bals de campagne dont raffolent les hobereaux. Toutes les autorités de la région étaient présentes à ce bal, un général anglais, un sous-secrétaire d'État venu de Londres pour je ne sais quelle inspection, le collaborateur le plus proche du Premier Lord de l'Amirauté, bien d'autres civils et militaires liés de très près à ce que les autonomistes commençaient à appeler la puissance d'occupation, lorsqu'une espèce de remous se fit vaguement sentir près du buffet frugal, surtout fourni en bière et en whisky, où se tenait le maître de maison. Des serviteurs successifs, dans un grand état d'agitation, venaient de le prévenir qu'un homme, perdant abondamment son sang, était en train de mourir près des écuries dans les bras de Mr Edmund. On vit alors le spectacle étonnant d'un petit groupe d'hommes et de femmes qui, ayant abandonné la lumière et la musique des salons, se dirigeaient en silence et en hâte, à la lueur de la lune, vers les communs du château. En arrivant près des écuries, le cortège, qui semble tiré d'un de ces médiocres tableaux d'histoire qui fleurissaient à l'époque, s'arrêta soudain : des gémissements se faisaient entendre. Deux hommes se détachèrent du groupe et avancèrent, dans la nuit, une lanterne ou un flambeau à la main, vers le coin obscur d'où venait le bruit d'une respiration haletante, hachée de brèves paroles. Dans la lumière qui tremblait, ils virent tout à coup Edmund qui tenait sur ses genoux la tête d'un jeune homme brun. Du sang coulait lentement des lèvres qu'Edmund semblait baiser, tant son visage était proche de celui du mourant.

Toujours donnée par Pandora ou par l'une de ses sœurs, qui devait l'avoir reçue à son tour de l'un des frères Romero, une vieille photo jaunie de Cristina Isabel traînait au fond de ma malle. Très différente des photographies d'aujourd'hui, c'était un carton très dur et très épais, ce qui lui valait sans doute de n'avoir été ni gondolé ni déchiré tout au long de tant d'années. On y voyait, mais à peine, une petite fille qui était déjà une grande fille, ou peut-être une jeune fille qui, avec ses grandes boucles et ses yeux rêveurs, était encore une enfant. Mieux vaudrait dire qu'on la distinguait, ou même qu'on la devinait, tant les traits s'étaient effacés. La photo n'était pas vraiment en noir et blanc : plutôt en gris et en bistre. Derrière, d'une écriture malhabile, était inscrit le seul prénom, malheureusement sans date : Cristina Isabel. Je ne sais pas pourquoi, de cette seule image à moitié délavée et de ce seul nom au dos se dégageait avec force comme un parfum d'amour évanoui et pourtant persistant.

Les grandes familles blanches et riches de Rio ou de São Paulo, toujours à l'affût des nouveautés européennes, naturellement mises à part, ce devait être une des premières photographies populaires du Brésil. Le petit carton dur et poussiéreux à la main, je rêvais, sur ma terrasse de San Miniato, à tout ce qu'elle traînait derrière elle de signification technique, sentimentale et historique. Ce n'était pas un appareil portatif, familial et privé qui avait pris cette photo. Flanqués de la petite en habits du dimanche, Pericles Augusto et Florinda avaient dû se rendre en grande pompe à la foire où, derrière une immense machine, déjà éprouvée par les voyages et rafistolée à coups de ficelles, trônait, stupeur et miracle mêlés d'un peu d'épouvante, un photographe ambulant. Il n'était pas très difficile d'imaginer toute la scène. Peut-être le père et la mère avaient-ils posé aussi pour le magicien des temps modernes ? Mais seule l'image de l'enfant avait été conservée. Ou peut-être, je ne sais pas, la séance de photographie coûtait-elle un peu trop cher pour que toute la famille pût être immortalisée ? Et seule la petite, bien entendu, avait été choisie pour incarner tout le clan, encore réduit par la force des choses à son expression la plus simple. De la même façon — mais en sens inverse — quelques siècles plus tôt, dans une civilisation tout à fait différente, une famille de drapiers flamands ou de parlementaires bourguignons désignait tout naturellement son aîné ou son chef pour se faire peindre par un élève de Van Eyck ou de Roger Van der Weyden — ou de la Pasture — de passage dans leur ville.

Cristina Isabel ne présente sur sa photo presque aucun trait de la race noire. Sans doute, autant qu'on puisse en juger, a-t-elle le teint brun et mat. On ne la prendrait pas pour une Suédoise, pour la mère de Greta Garbo ou la grand-mère d'Ingrid Bergman. Mais elle pourrait être sicilienne, provençale ou corse — la petite nièce de Mistral ou la grand-tante d'Anna Magnani. Sa robe est d'une stupéfiante élégance. Avec ses pantalons qui dépassent sous la jupe et sa profusion de dentelles, on dirait la sœur tropicale des petites filles modèles. Est-ce la plus belle pièce de la garde-robe sans doute modeste — mais peut-être, qui sait ? plus fastueuse qu'on ne l'imagine — de la fille de Florinda ? Ou serait-ce, par hasard, une robe prêtée par le photographe et qui ferait partie du décor au même titre que la plante grasse qu'on devine à l'arrière-plan, devant une ombre de paravent ?

Toutes ces questions, naturellement, renvoient au problème central dont la photo n'est qu'un reflet : quand Cristina Isabel a entre dix et douze ans — peut-être neuf, peut-être treize : surtout à cette époque, sous ce climat et dans cet accoutrement, allez savoir ! — quelle est la situation de Pericles Augusto, son père ? Il est hors de doute que sa condition s'est considérablement modifiée. Si j'en crois une ou deux lettres, sans doute postérieures de plusieurs années, mais qui évoquent le temps de l'enfance de sa fille et qui figurent encore, grâce à Dieu, dans le trésor inépuisable de la malle magique de San Miniato, Pericles Augusto, en une dizaine d'années, est passé de la catégorie des marchands ambulants à la petite-bourgeoisie.

Encore faudrait-il examiner ce que peut bien signifier la petite-bourgeoisie à Bahia, dans la seconde moitié du XIXe. Certainement pas la même chose que la petite-bourgeoisie, vers la même époque, à Marseille ou à Tours, à Francfort ou à Manchester, ni même qu'à São Paulo ou à Rio de Janeiro, cinquante ou soixante ans plus tard, au temps, par exemple, de Getulio Vargas, le dictateur progressiste, annonciateur en un sens du général Perón, quand l'industrialisation du pays commence à porter ses fruits et à enrichir, sinon les masses toujours pauvres et parfois affamées, surtout dans le Nordeste déshérité jusqu'au désastre, du moins un nombre restreint, mais croissant, de familles privilégiées. Ce qui se passe, avec Pericles Augusto, c'est d'abord qu'il est établi, et ensuite qu'il est assuré. Deux conditions essentielles à la définition du bourgeois. Établi à Bahia. Assuré contre l'avenir et ses incertitudes. Paradoxalement, c'est Florinda, l'ancienne esclave, qui lui procure la stabilité : elle l'éloigne d'Olinda, elle lui épargne les déplacements, elle l'installe à Bahia dans quelque chose de permanent, ou de plus ou moins permanent, qui ressemble à un foyer. Plus de voyages risqués sur mer, à l'intérieur des terres ou en remontant l'Amazone. Ce sont les autres maintenant qui viennent trouver Pericles Augusto dans un semblant de bureau. Ah ! n'imaginez pas un immeuble rue de la Paix ou dans le West End, ni même du côté des Halles, ni même deux pièces modestes sur le port de Bastia ou de Livourne. Le bureau de Pericles Augusto, à Bahia, vers la fin de l'empire ou les débuts de la république brésilienne, un peu avant ou un peu après l'abolition définitive de l'esclavage en 1888, ressemble plutôt à un bistrot ou à un café-tabac, à une cabane en pleine ville, à un capharnaüm où s'entassent les bouteilles, les filets de pêcheur ou les instruments de musique. N'empêche. Il n'est plus à la merci des foires, des trocs avec les Indiens, des expéditions périlleuses. Il est installé, il est établi, il commence à monter des affaires. Elles continuent peut-être à reposer — en beaucoup plus grand — sur le commerce des armes, mais elles le mettent, sa famille et lui, à l'abri de là misère et du besoin, elles lui permettent de regarder l'avenir avec cette sérénité que seul l'argent régulier — je veux dire, non pas qui suit les règles, mais qui tombe régulièrement — est capable de fournir.

Et puis il y a Bahia, qui est belle et gaie avec ses maisons de toutes les couleurs et ses églises qui regorgent d'or, le soleil qui tape comme un sourd et l'océan à deux pas : Cristina Isabel aime à venir le longer, entre son père et sa mère, dans ses promenades du soir. Il arrive qu'un commerçant, un fonctionnaire, un banquier parfois, réponde au salut de Pericles Augusto et soulève son chapeau en souriant à l'enfant.

Nadia Wronski avait à peine quelques mois quand Piotr Vassilievitch présenta à sa femme un homme, encore dans la force de l'âge, qui avait une barbe et du génie : c'était Verdi. Marie Wronski ne se faisait pas trop prier pour raconter, au temps de Gaston Doumergue ou de Lloyd George — car les vieilles dames avouent des fautes qu'elles n'auraient pas reconnues un demi-siècle plus tôt, comme si l'incapacité à les commettre de nouveau pouvait servir d'absolution — sa première rencontre avec le futur auteur du *Requiem.* La scène, puis toute une partie de leur histoire commune, se passe dans une merveilleuse maison de la Giudecca, à Venise, où j'ai coulé, à mon tour, à la veille ou au lendemain de la Seconde Guerre mondiale, non plus avec Marie Wronski, mais avec son arrière-petite-fille, des journées inoubliables et quelques soirées magiques, toutes peuplées encore des souvenirs des Wronski.

Lorsque, venant de la place Saint-Marc, du palais des Doges et de l'isola San Giorgio, Verdi passe en gondole entre la Giudecca à bâbord et les Zattere à tribord, il voit sur sa gauche, à peu près en face de la Salute, puis des Gesuati — qu'il s'agit surtout de ne pas confondre avec les Jesuiti — les deux églises des Zitelle et du Redentore. Une centaine de mètres avant le Redentore, chef-d'œuvre de Palladio, s'ouvre une petite rue obscure qu'il lui faut suivre jusqu'au bout, tout au long d'un canal. Elle s'achève en cul-de-sac sur un mur percé d'une porte. Il sonne. Servante d'un maître russe et d'une maîtresse française, une vieille paysanne ukrainienne vient lui ouvrir. Elle murmure dans sa langue quelques mots dont il ne comprend rien. Il passe sous un porche, sous une espèce de loggia. Et, tout à coup, devant lui, à sa droite et à sa gauche, s'ouvre un immense jardin. Toute rose, précédée d'une petite cour, la maison s'élève au milieu du jardin.

A droite, le verger, avec ses arbres fruitiers, ses orangers, ses citronniers, donne sur de vieilles maisons et sur des campaniles. A gauche, deux ou trois allées entre des parterres de fleurs mènent jusqu'à la lagune, non plus la petite lagune entre Giudecca et Zattere, mais la grande lagune qui est déjà presque la mer et au bout de laquelle s'élèvent au loin le Lido vers le nord, Malamocco au milieu et, tout en bas, Chioggia, si chère à Goldoni.

Les fenêtres de la maison donnent sur les deux côtés à la fois. Elle n'a que deux étages, quatre ou cinq chambres au premier, un grand salon, un petit salon, un bureau-bibliothèque, une salle à manger et la cuisine au rez-de-chaussée. Au milieu d'un cadre protégé et surprenant, le tout représente, presque au cœur de la cité de pierre, une sorte d'asile champêtre, plus proche de la maison de campagne que du palais vénitien. Dans ce miracle de la culture qu'est la Venise des fêtes et de l'architecture, on dirait presque un coin de Toscane aux bords de la lagune.

Du décor ou de l'hôtesse, je ne sais pas ce qui enchanta le plus le héros national et esthétique de l'Italie ressuscitée. J'imagine que, malgré plombagos et agapanthes, Marie Wronski l'emporta haut la main sur la vision d'une Venise campagnarde et florentine. Marie sut tout de suite que commençait pour elle un temps de souffrance et de bonheur mêlés. Le bien-être calme qu'elle ressentait auprès de Wronski était sur le point de se faire balayer par la tempête. La gratitude sans faille qu'elle s'était juré de garder à Piotr Vassilievitch était battue en brèche et déjà ébranlée par une passion dévorante.

— Votre Majesté..., commença le Premier ministre en toussotant pour s'éclaircir la gorge.

— Quoi, Votre Majesté ?... coupa la reine, hors d'elle, imitant le Premier ministre.

— Votre Majesté n'est pas sans savoir..., reprit non sans courage, en se lançant dans la bataille, le chef du Foreign Office.

— Qui me délivrera des diplomates et de leur diplomatie ?

— Il ne s'agit pas de diplomatie mais de géographie, reprit, piqué au vif, le ministre des Affaires étrangères, qui s'arrêta brusquement en rougissant, épouvanté de son audace.

— Est-ce parce que c'est loin, monsieur, que vous vous mettez à avoir peur ? Les Indes aussi sont loin, et le Canada ou l'Afrique ne se situent pas précisément dans les faubourgs de Londres. D'ailleurs, la mer est notre royaume et ce qu'elle sépare de nous par des milliers de milles marins est encore à côté de nous puisque la Navy est là.

— Justement..., dit le Premier ministre avec une sobriété exemplaire.

— Sir Reginald sera surpris d'apprendre — et flatté, j'espère, et déçu et profondément attristé — qu'il n'a eu qu'un seul avocat au conseil des ministres de la Couronne britannique. Et que ce défenseur n'était autre que la reine.

Le royal entretien se poursuivit sur ce ton pendant plusieurs minutes. Il fallut bien finir par annoncer à la reine que le Paraguay était le seul pays de l'Amérique du Sud à ne pas donner sur la mer.

La déception de la reine fut à la mesure de sa surprise et de son ardeur guerrière. Le Paraguay n'avait pas de côtes, il s'opposait lâchement à un bombardement naval. Que faire ? Le Conseil délibéra pendant une heure ou deux. Il finit par se prononcer pour une sanction exemplaire : en représailles contre le traitement indigne infligé à sir Reginald, le Paraguay serait rayé des cartes et son territoire partagé entre ses voisins, dont c'était le rêve secret. Chacun pourra constater que sur les cartes anglaises de la seconde moitié du XIXe siècle le Paraguay n'existe pas. Confondu avec celui de son ministre plénipotentiaire, l'honneur britannique se vengeait des insultes de Mado de Maubeuge en ignorant délibérément son pays d'adoption. Mais l'histoire d'Asunción ne s'arrête pas ici. Au moins par ses conséquences, elle survit largement à la disparition du Paraguay sur les cartes de Sa Majesté.

Les amours des femmes laides sont autrement émouvantes que ces caprices de déesses, de modèles et de vedettes dont nous abreuvent le cinéma et l'imprimerie à bon marché. Jérémie et Lili passaient par la force des choses des journées entières ensemble dans la boutique de Karl-Hans. Ils parlaient. Ils parlaient des livres qu'ils avaient lus, des pays dont ils rêvaient, de toutes ces grandes espérances qui agitent les jeunes gens. La nuit était souvent tombée depuis longtemps sur Berlin que les deux amis étaient encore assis l'un en face de l'autre, avec une lampe entre eux comme l'épée de Tristan. Elle se tenait très droite, les coudes posés entre les livres, la tête appuyée sur ses deux mains haut croisées. Lui se laissait aller, à moitié étendu sur la table, la figure cachée dans le creux de son bras. Quelquefois, épuisé par les longues journées de travail commencées avec l'aube, Jérémie s'endormait. Alors Lili restait immobile à le regarder dormir et à écouter dans la nuit sa respiration régulière. L'hiver, quand la chaleur du poêle commençait à faiblir, il lui arrivait aussi de se lever sans bruit, de prendre le châle qui la couvrait et de le poser doucement sur les épaules du jeune homme, peut-être en train de rêver à des mondes inconnus.

Une intimité assez douce s'établissait entre eux. Elle était un peu inégale. Jérémie s'intéressait à tout, voyait le plus de monde possible, se faisait des amis un peu partout, se laissait griser par l'atmosphère puissante du Berlin juif et savant de la fin du XIXe siècle. Lili se refermait, au contraire, sur elle-même. Et elle se confondait de plus en plus avec Jérémie Finkelstein.

Un jour, une jeune femme assez belle pénétra dans la boutique de Karl-Hans et s'adressa à Jérémie pour obtenir quelques livres. Elle resta quelque temps à parler de choses et d'autres, et surtout de littérature, avant de se retirer. Cinq ou six jours plus tard, elle surgissait de nouveau. Et elle revint régulièrement pendant tout le printemps. Il y a des personnages qui semblent n'apparaître que pour servir de réacteurs et de révélateurs. Beaucoup de femmes et de jeunes filles fréquentaient la librairie. Plusieurs ne cherchaient même pas à dissimuler qu'elles s'intéressaient à Jérémie. Aucune n'avait autant provoqué l'irritation de Lili. Elle parvenait de plus en plus difficilement à cacher son impatience, son agacement, bientôt sa mauvaise humeur. On eût dit que la visiteuse, à peu près anonyme et que le jeune homme ne voyait jamais qu'en public, payait pour toutes les autres et concentrait sur elle toutes les souffrances cachées de la fille de Karl-Hans. Jérémie se désolait du chagrin de Lili.

Il décida de parler à Karl-Hans.

Tout se passa comme si Edmund O'Shaughnessy avait reçu une mission de l'Irlandais mourant. Il se considérait comme l'héritier de ce soldat obscur qui avait donné sa vie à la lutte contre l'envahisseur britannique. Il devint l'ennemi des siens qui ne se jetaient pas, à ses yeux, avec assez de résolution dans la vieille bataille des Celtes contre les Normands et des catholiques contre les protestants.

Toute la fin de l'autre siècle et le début de celui-ci sont marqués, chez les O'Shaughnessy, par les folles aventures du rebelle bien-aimé. A la limite du grand banditisme, Edmund O'Shaughnessy apparaît, pendant plus de trente ans, dans toutes les opérations contre la souveraineté britannique. Il est naturellement difficile de se prononcer avec certitude sur des événements par définition clandestins, mais il semble bien que ce soit lui qui ait imaginé le premier de porter le combat au cœur même de l'Angleterre. Pendant que Brian et ses parents se rendaient aux réceptions de Windsor et de Buckingham, s'inclinaient devant les personnes royales, faisaient figure de bons et loyaux serviteurs, Edmund fabriquait des bombes et attaquait des banques pour renflouer les finances de la résistance irlandaise.

Par bien des côtés, Edmund était resté très proche des siens, et très O'Shaughnessy. Très grand, très mince, le visage très étroit, le front largement dégagé par des cheveux implantés très en arrière, il avait à la fois, et paradoxalement, quelque chose de très britannique et l'air d'un moine espagnol. Une nuance de fanatisme se mêlait à beaucoup d'élégance. Edmund se rendait souvent en Amérique où il allait chercher des fonds auprès des Irlandais émigrés. Il voyageait toujours en première classe, avec un confort qui touchait au grand luxe. Pendant les quelques jours que durait la traversée, il était le compagnon le plus gai, le plus recherché, un véritable boute-en-train qui émerveillait les passagères par ses tenues d'un raffinement au bord de l'excentricité. A peine arrivé à New York, il devenait ou redevenait un homme d'affaires et presque de main. Il retrouvait ses accointances au sein des organisations clandestines d'Irlandais, unis par plus d'un lien aux syndicats naissants d'une part, à la Mafia de l'autre — sans même parler de la police où il comptait beaucoup d'amis et peut-être de complices. Pas plus qu'en Irlande ou en Angleterre, les traîtres, en Amérique, ne trouvaient grâce à ses yeux. On assurait qu'une bonne dizaine d'exécutions d'immigrés irlandais sur les quais de New York, à Chicago ou à San Francisco avaient été ordonnées personnellement par Edmund O'Shaughnessy.

Brian, pendant ce temps, entrait au service de Sa Majesté britannique. Sorti d'Eton, puis d'Oxford — et son fils, à son tour, sortira d'Eton, puis d'Oxford — il devenait, avec beaucoup de charme et de grâce, le type même du diplomate anglais. Il servait aux Indes, où le souvenir du passage de lord Landsdown était encore vivant chez beaucoup d'officiers et de *civil servants,* au Maroc, à Vienne, où il ne manquait pas d'utiliser les services de Gustave Herbignac pour son ravitaillement en cognac et en porto, à Berlin et à Paris où il se liait assez étroitement avec mon grand-père encore jeune. Filleul de Daniel O'Connell, il n'était pas indifférent au sort de ses compatriotes irlandais, si durement frappés par la famine du milieu du siècle et par la discrimination britannique et protestante. Mais il pensait que la lutte devait être menée en dehors de toute violence et surtout que le but restait l'assimilation des Irlandais aux Anglais et non leur séparation. Lui, Irlandais, avait le sentiment, en servant l'Angleterre, de servir aussi l'Irlande, puisque, diplomate, ambassadeur d'Angleterre, intime de la Couronne, il était parvenu, en dépit de ses origines irlandaises, aux plus hautes dignités de l'Empire britannique.

Malgré tout ce qui les séparait, les deux frères étaient restés liés. Ils se rencontraient, de temps à autre, dans la vieille maison du Connemara, à la chasse au renard ou aux grouses, à Dublin ou même à Londres. Et c'était d'interminables conversations qui pouvaient rappeler celles que nous avions, à Plessis-lez-Vaudreuil, autour de notre grand-père et de la table de pierre, au moment de l'affaire Dreyfus. Mais, là encore, les différences éclataient jusqu'à l'opposition entre notre monde latin et leur monde anglo-saxon. Nos discussions à nous étaient des disputes d'avocats. Nous sommes un peuple d'avocats, entraînés de temps en temps, mais surtout par la parole, dans la révolution, dans la guerre, dans le drame, dans l'épopée. L'idée de la nation et de l'empire est toujours présente chez les

Anglais. Ils ont, bizarrement, car c'est nous qui sommes des Latins, quelque chose de romain. L'affaire Dreyfus, après tout, n'a pas entraîné d'autre mort d'homme que les suicides des âmes faibles. Bien avant les événements de notre lointaine Indochine et de notre Algérie plus proche, l'affaire d'Irlande n'a cessé, au seuil même de l'Angleterre, et tout au long d'une centaine d'années, d'accumuler les morts, par attentat ou par pendaison. C'est sur un fond de cadavres sanglants, de coups de main, d'explosions, que Brian et Edmund s'entretenaient amicalement.

— Quand je pense, s'écriait Edmund sur un ton théâtral, que toi, le filleul d'O'Connell, tu ne jures que par les Anglais !

— Et quand je pense, répliquait Brian, que toi, le filleul d'un McNeill, tu ferais tirer sur les Anglais et sur les Écossais !

— Tu veux que je te dise ? Tes Écossais n'ont qu'une chose à faire : s'allier aux Irlandais pour lutter contre les Anglais.

— Et moi, je crois que les Irlandais ne devraient penser qu'à une chose : se faire les égaux des Anglais, aussi riches, aussi puissants, aussi libres. Et la meilleure façon d'y parvenir sera encore et toujours de devenir des Anglais.

— Les Irlandais devenir des Anglais ! Est-ce que tu entends ce que tu dis ?

— Accepter que les Irlandais restent inférieurs aux Anglais ! Est-ce que tu comprends ce que tu fais ?

Un vieux whisky les réconciliait.

Le Vent du soir

Je rêvais ainsi, sur la terrasse de San Miniato que je ne quittais presque plus, à un passé du monde. C'était un passé bien partiel : le passé de quelques hommes et de quelques femmes dont l'histoire s'était mêlée à la mienne et que je m'étais mis à aimer.

A eux tous, ils représentaient une goutte d'eau dans l'océan de la totalité. Cette idée de la totalité, dont je n'étais moi-même qu'un fragment minuscule, m'a toujours fasciné. Il me semblait parfois qu'autour des quatre sœurs O'Shaughnessy et des frères Romero s'organisait quelque chose qui résumait, à son tour, assez bien, les aventures des hommes dans ces cent dernières années.

Que d'événements, que de talent, que de génie, que de foi et d'amour restaient à l'écart du petit groupe dont je suivais les trajets à travers l'espace et le temps ! Je m'imaginais quelquefois, armé d'un télescope, en train d'observer, au cœur des Indes britanniques, le crime d'amour de la future lady Landsdown ; dans le Nordeste du Brésil, l'itinéraire sentimental et social d'un marchand ambulant ; en Pologne et à Berlin, l'ascension d'un jeune juif, intelligent et charmant ; à Venise et à Vérone, la vie passionnée d'une Française, épouse d'un grand seigneur russe ; au Paraguay, les imbroglios historiques et sentimentaux d'un adversaire sans scrupules de la reine Victoria ; en Écosse et en Irlande, l'existence apparemment routinière et traditionnelle d'une famille aristocratique, alliée aux Plessis-

Vaudreuil. Le télescope, en vérité, n'était qu'un microscope. Le filet gigantesque que je jetais sur le monde n'était qu'une nasse dérisoire, un filet à papillons, un dé à coudre pour Lilliputienne. Comme presque tous ceux qui ont rêvé d'atteindre à l'universel, par la prière, par l'art, par l'écriture, par l'action militaire ou révolutionnaire, je voyais mes songes se dissoudre sous mes doigts. C'était un secteur infiniment minuscule que je parvenais à balayer dans l'espace et dans le temps.

Le pire n'était pas là. Le pire résidait dans mon échec évident à couvrir même l'échiquier ridiculement restreint où se jouait ma partie. De Marie Wronski ou de Jérémie Finkelstein, je ne savais presque rien. Je rapportais leurs dates de naissance et de mort, les noms de ceux et de celles avec qui ils avaient vécu, quelques événements essentiels, deux ou trois traits de caractère qui ne pouvaient échapper à personne. Mais le reste ? le tissu des jours ? l'odeur des nuits ? la qualité particulière du temps qu'ils avaient vécu ? Voilà, au cœur des aventures les plus improbables, mais surtout dans le quotidien et sa banalité, ce que j'aurais voulu rendre. Chaque mois, chaque semaine, presque chaque heure se tournent des films, se jouent des pièces de théâtre, s'écrivent et se publient des livres, souvent médiocres, parfois excellents, aux ambitions les plus diverses. Les uns racontent des histoires ; les autres veulent distraire et amuser ; d'autres encore, changer le monde ; d'autres, jouer avec les mots et les faire éclater ; d'autres, inventer des frissons nouveaux et décrire des passions, des sentiments, des idées, restés jusqu'alors inaperçus et dont ils seraient, en quelque sorte, les découvreurs et les inventeurs. Mon propos était différent : je voulais me souvenir du monde et de ces choses étonnantes et surtout de ces choses simples, parfois jusqu'à l'évidence — mais quoi de moins clair que l'évidence ? — qui ne cessaient de s'y passer.

Il me semblait qu'à force d'art, de talent, de génie, presque tout avait été dit sur les mécanismes du cœur. Que les effets de surprise étaient un peu éventés. Que les abîmes du langage avaient été déjà consciencieusement explorés. Qu'il n'y avait, en effet, comme de plus grands que moi l'avaient écrit il y a déjà plusieurs siècles, plus beaucoup à inventer et plus beaucoup à trouver. Mais il me semblait aussi qu'il y avait quelque chose de plus fort que l'usure et le découragement, quelque chose qui fournissait plus de matière et d'énergie que nous n'en consommions, quelque chose qui ne se lassait pas de jaillir et de faire du nouveau : c'était l'histoire et le temps qui passe. Il me semblait que chaque époque se devait de laisser de nouveaux témoignages de ce qu'elle avait été, de ce qu'elle avait espéré, de ce qu'elle avait édifié, de ce qu'elle avait réussi et manqué. C'est ce que j'essayais d'entreprendre. Pour empêcher les morts de mourir tout à fait et pour qu'un peu de leur chaleur survive dans nos mémoires.

J'y parvenais avec peine. Il aurait fallu savoir comment était habillée la cliente qui provoquait la jalousie de Lili Liebermann dans la boutique de son père, le temps qu'il faisait à Venise le jour du mariage de Marie de Cossigny, les marques de champagne et de cognac importées dans la Vienne impériale par Gustave Herbignac, les paroles exactes de la reine Victoria au cours du Conseil des ministres qui raya le Paraguay, sinon de la surface de la terre, du moins des cartes britanniques. Est-ce que je connais la réponse à ces questions et à des milliers d'autres ? Bien sûr que non. Autant l'avouer tout de suite : j'invente peut-être plus que je ne me souviens. Et mes souvenirs eux-mêmes sont passés par tant de canaux que les acteurs de ce que je raconte ne se reconnaîtraient peut-être pas dans l'image que je donne d'eux. Déjà lorsque je dépeignais Sosthène de Plessis-lez-Vaudreuil, mon grand-père, aux côtés de qui j'ai passé tout près d'un demi-siècle avant de m'établir à San Miniato, il m'arrivait de me tromper. Que dire de Piotr Vassilievitch ou de Pericles Augusto, dont j'ai, bien entendu, visité les demeures et rassemblé les écrits, mais que je n'ai jamais rencontrés — et pour cause, puisqu'ils auraient aujourd'hui plus de cent cinquante ans — et que je ne connais que par ouï-dire ! La mémoire aussi est une sorte d'invention.

Que mon lecteur ou ma lectrice veuillent bien me pardonner de leur offrir un monde composé de souvenirs si fragmentaires et si imparfaits. Peut-être, soudain, au détour d'une aventure ou d'un décor, reconnaîtront-ils pourtant quelque chose des récits qu'ils ont eux-mêmes recueillis et de leur propre passé. Peut-être aussi de leur présent, commandé par une histoire qui l'ordonne et le domine. Et peut-être enfin, tant les hommes restent semblables à eux-mêmes à travers les changements, peut-être de leur avenir.

Quelques semaines ou quelques mois après la cérémonie du baisement de pied, Asunción avait épousé le dictateur. Vaguement mécontent d'avoir fini par céder à ce qu'il avait tant désiré, le président profita aussitôt de cette situation nouvelle pour tromper la présidente et courir à nouveau derrière les dames d'Encarnación et de Villarica. Asunción s'en moquait bien. Elle avait vécu dans le plaisir et elle découvrait tout à coup qu'elle n'aimait que le pouvoir. Elle aurait plutôt poussé son président de mari dans les bras de ses rivales pour être plus certaine de diriger sans partage les affaires du pays, qui témoignaient d'une tendance croissante à se confondre avec les siennes propres.

Lui passait de lit en lit, regrettant l'Europe et ses vieux cabarets. Le pouvoir, la crainte, l'argent ont une charge érotique : il rencontrait peu de résistance et il finissait par se lasser de tant de facilités. Un jour, pourtant, ou une nuit, il tomba sur plus forte que lui. C'était une femme qui n'était plus toute jeune, mais encore belle, châtain assez clair malgré ses origines mexicaines et cubaines, d'un charme irrésistible, célèbre jusqu'à Lima ou Santiago du Chili et qui s'appelait Conchita Romero. Elle était la femme du colonel Romero, ancien attaché militaire à Paris et à Londres, qui avait aidé, à ses débuts, l'apprenti dictateur, avant de se séparer de lui et de mourir d'une chute de cheval en laissant une veuve, un fils unique et une fortune qui ne prêtait pas à rire en plantations de tabac ou de coton et en champs de canne à sucre.

Depuis la mort de son mari, Conchita Romero vivait très à l'écart dans une des plus belles et des plus anciennes maisons du pays, où une Nanny anglaise et un précepteur français s'occupaient de son fils, âgé de dix ou douze ans. Le président la revit à un dîner offert par le ministre d'Espagne, qui n'avait pas négligé, cette fois, de porter sa Toison d'or, et auquel assistaient les représentants de l'Allemagne et de l'Italie et M. Duchaussoy de Charmeilles, tous extrêmement désireux de s'insinuer dans les faveurs du dictateur en profitant de l'éclipse de l'influence britannique et tout prêts, pour y parvenir, à oublier, par un mélange assez commode de patriotisme et de lâcheté, les humiliations dont ils avaient été l'objet, grâce à Dieu collectif.

Le dictateur connaissait déjà, bien entendu,

Conchita Romero. Mais il l'avait perdue de vue pendant plusieurs années. Il la retrouva avec plaisir. Elle lui parut belle, calme, épanouie, lointaine, terriblement excitante dans sa solitude un peu hautaine. Négligeant Leurs Excellences, les anecdotes diplomatiques de M. Duchaussoy de Charmeilles, les récits de chasse ou de fêtes de l'Espagnol ou de l'Allemand, il se jeta, avec sa fougue habituelle, qui ne s'embarrassait guère de convenances, à la tête et aux pieds de la veuve du colonel. Les diplomates toussotaient, prenaient l'air vaguement gêné, fumaient le cigare à l'écart. Leurs femmes faisaient des mines et chuchotaient entre elles derrière leurs éventails. Elle souriait. Elle dit, en passant, qu'elle raffolait de confitures, qu'un puma l'avait amusée dans le célèbre zoo de Hambourg, que les plus belles fourrures se trouvaient à Windsor et à Buckingham, sur les épaules des épouses de brasseurs et de baronnets. Le lendemain matin, elle recevait chez elle, avec un mot enflammé, cent vingt-quatre pots de confitures d'abricots et d'oranges amères. Un mois plus tard, un minuscule puma de quelques jours faisait, au bout d'une laisse, une entrée remarquée parmi ses porcelaines anciennes et ses vases de Sèvres. Six semaines passaient, et lui parvenaient en même temps un manteau de vison blanc et une lettre où une mise en demeure se dissimulait assez mal sous les déclarations. Conchita n'ignorait rien du caractère et des habitudes du dictateur. Elle comprit aussitôt que le temps des ronds de jambe et des baisemains était passé.

— Je vous dois beaucoup...
— Bah ! n'en parlons plus.
— Je veux vous le dire, au contraire, et vous dire aussi...
— Quoi encore, mon garçon ?
— C'est un peu difficile, Karl-Hans...
— Tu veux de l'argent ?
— Pas du tout. C'est...
— Eh bien ! parle, bon sang !
— C'est à propos de Lili.
— A propos de Lili ?...

Karl-Hans leva la tête, hésita un instant. Avec le plaisir et le socialisme, Lili était la grande affaire de la vie de Karl-Hans. C'était un spectacle étonnant de voir avec quelle attention, avec quelle tendresse ce géant de père s'occupait de sa géante de fille. Jérémie lut sur le large visage les émotions qui l'agitaient. Les sentiments de Lili pour le jeune homme n'avaient pas pu échapper à son père. Jérémie comprit en un éclair que Karl-Hans se préparait à accueillir — avec amitié ? avec froideur ? — quelque chose qui ressemblait à une déclaration d'intentions et à une demande en mariage.

— A propos de Lili ?...
— Oui... Vous savez combien je l'aime...
— J'ai cru le remarquer, dit Liebermann avec un sourire. Et je crois qu'elle t'aime beaucoup aussi.
— Justement..., dit Jérémie.
— Eh bien ! où est le drame ?
— Je voudrais tant qu'elle soit heureuse !

— Ça dépend surtout d'elle. Un peu de moi. Peut-être aussi de toi...

— C'est ce que je me dis. De moi...

— Alors ?

— Alors, dit Jérémie en regardant Karl-Hans dans les yeux, je crois que je ne pourrai jamais rendre Lili heureuse. Karl-Hans...

— Oui ?... dit doucement Karl-Hans en mettant la main sur l'épaule du garçon.

— Karl-Hans, dit Jérémie, il faut que je parte. Il faut que je quitte Berlin.

Il n'est pas tout à fait sûr que la fin du XIXe siècle soit une époque brillante de l'humanité : elle manque, sinon d'élan et d'enthousiasme, du moins de grandeur et de beauté. Comparée au XVIe, au XVIIe, au XVIIIe, elle manque d'élégance et de grâce. Le triomphe de la bourgeoisie et la naissance de la grande industrie font surgir un dieu nouveau qui couvre de son ombre toutes les activités et tous les sentiments : l'argent. Par des voies différentes et parfois opposées, des esprits d'exception — Nietzsche, Wagner, Karl Marx, Rimbaud, Dostoïevski — se révoltent contre les menaces obscures qu'ils devinent dans l'avenir. L'exploitation des plus faibles se combine insidieusement avec un moralisme de façade. L'hypocrisie triomphe. Le conformisme des esprits progresse à pas de géant. L'aventure, le charme, l'indépendance morale livrent des combats d'arrière-garde. Une espèce de grisaille s'étend sur l'univers.

La paix, en même temps, semble s'installer sur la planète. Entre Sébastopol, Sadowa, la guerre de Sécession américaine, la guerre de 70 et la catastrophe de la Première Guerre mondiale s'étend un demi-siècle, coupé de conflits coloniaux et d'arrière-pensées de revanche, où le canon résonne moins fort. Ce qui se passe surtout, c'est que l'espérance s'empare des peuples. A l'exemple d'un Hugo ou d'un Tolstoï, ils s'imaginent qu'une aurore se prépare sur le monde. Lié à la technique et à l'industrie dont il est le jumeau et l'ennemi, le socialisme exprime les aspirations des meilleurs. Selon une formule devenue fameuse, il constitue les fiançailles de l'humanité avec le bonheur. Le monde ne se réveillera de ces songes enchantés que devant les charniers et les camps de concentration du socialisme national et du socialisme communiste. Vers la fin du XIXᵉ siècle, le pire est encore caché. L'homme, pour le meilleur, paraît capable de tout.

Le monde s'ouvre. Héritier, d'un côté, de la traite des Noirs et de l'esclavage, le colonialisme incarne, de l'autre, la croyance des privilégiés en un progrès universel dont ils seraient les dispensateurs avant d'en être les bénéficiaires. La technique et la science ne montrent que leur visage de bonheur et de liberté. Le chômage des masses, l'inflation, le massacre des forêts et des mers, les moyens scientifiques d'une catastrophe finale sont encore cachés sous l'avenir. Les temps approchent où le tour du monde ne demandera que le temps mis par César ou par Napoléon, par Léonard de Vinci ou par Chateaubriand pour traverser les Alpes. Longtemps si affreusement difficile, la vie, au loin, semble devenir plus facile. La misère urbaine se substitue dans l'impatience à la misère des champs.

Le voyage vers l'Amérique cesse de constituer un exploit. L'Empire britannique s'étend sur le monde entier avant de se mettre à décliner. Les ambitions dépassent les cercles de la province et de la capitale pour s'élargir aux nations, aux continents, à la planète. Des fortunes se constituent aux dimensions de l'univers. Ce qui se passe à Londres, à Paris, à Berlin, bientôt à Tokyo ou à Pékin, à New York, bien entendu, se répercute et se transmet au fond de l'Afrique et de l'Asie. Par la presse, le télégraphe, la machine à vapeur, les voyages, le monde se transforme en un seul pays avant de devenir, par le cinéma, la radio, la télévision, un village minuscule. Une vie se refait en Amérique comme elle se faisait à Paris, à Madrid, à Londres du temps de Rastignac ou de Julien Sorel, de Goya, de Wellington couvert de gloire ou du jeune Disraeli.

A la veille de Sedan et du triomphe impérial de la Prusse, la traversée de l'Atlantique fut moins dure pour Jérémie Finkelstein que son départ de Lublin pour Varsovie et pour Berlin.

Piotr Vassilievitch assistait, imperturbable, sans un mot de reproche, peut-être presque heureux, à la passion mutuelle qui entraînait sa femme et le génie qu'il admirait jusqu'à la vénération. Je sais : beaucoup, jusque dans sa propre famille et chez ses descendants, lui ont marqué du mépris à cause de cette résignation où ils voyaient de la complaisance et de la complicité. Les choses, je crois, les sentiments, les réactions des uns et des autres étaient beaucoup moins simples. Il est tout à fait clair, d'abord, que Piotr Vassilievitch ne tirait aucun intérêt personnel de la liaison de sa femme. Même pas cette griserie de snobisme, cette contamination de gloire dont ont parlé avec légèreté des historiens superficiels ou des musicologues moins perspicaces que savants. Tout était grave et élevé dans les relations entre ces trois êtres qui se situaient bien au-dessus des mensonges et des mesquineries. Jamais Giuseppe Verdi n'avait été aussi heureux depuis la mort de Margherita Barezzi, sa femme. Jamais Marie n'avait connu et jamais elle ne connaîtrait une passion aussi violente que celle qui l'animait pour cet homme exceptionnel qui marquait son époque, dans l'art et dans la vie publique, d'une empreinte ineffaçable. Et Wronski lui-même, loin de donner l'image d'un mari bafoué, ridicule ou aveugle, est l'incarnation même de la bonté et de la sagesse. Il y a des traits, chez lui, du prince Muichkine de Dostoïevski. On dirait qu'assoiffé du bonheur de Marie il veille sur elle jusque dans la passion qui éloigne de lui la jeune femme éblouie. Éblouie par un génie dont il était le premier à être ébloui. Il n'est pas possible de penser que Piotr Vassilievitch ait pu rien ignorer de la liaison de sa femme avec le musicien. Mais il n'est pas permis non plus de supposer qu'il l'ait encouragée. Il l'a acceptée parce qu'il était impossible de s'opposer à un torrent qui l'emportait lui-même.

Le trio Verdi-Marie-Wronski était encore vivant dans le souvenir de la génération milanaise, véronaise et vénitienne qui a précédé celle qui s'éteint aujourd'hui. Si l'influence de Marie Wronski sur Verdi est bien moins établie et surtout bien moins connue que celle de Giuseppina Strepponi, la maîtresse en titre, puis la seconde femme de l'auteur de *la Traviata,* c'est qu'à aucun moment la liaison ne fut affichée. Mais elle fut publique, sans vacarme, sans éclat, avec une dignité qui forçait l'estime des plus malintentionnés. Quelques années plus tard figure dans les carnets de Giuseppina un passage qui a trop peu retenu jusqu'ici l'attention, pourtant toujours aux aguets, des historiens de la musique et des biographes de Verdi qui ont considéré séparément les trois phrases suivantes, sans établir un lien entre elles : *Peut-être le moment le plus triste de ma vie. Aujourd'hui, la comtesse Wronski est arrivée, toujours très belle. Tout est sombre, sombre, sombre autour de moi.* Est-ce que Piotr Vassilievitch de son côté souffrait sans le montrer ? Il est permis de se demander si Marie Wronski ne souffrait pas encore davantage d'avoir à trahir, presque malgré elle, la confiance et la dévotion de l'homme courtois et bon, d'une générosité de cœur inépuisable, à qui elle devait tout. Lorsqu'elle remontait la Brenta, au cours d'une semaine de Pâques que les admirateurs de Verdi connaissent bien, entre son mari et son amant, que ressentait-elle donc ? Quand elle refaisait dans Venise, avec Verdi, les promenades de jadis avec Wronski, les délires de l'amour suffisaient-ils à lui procurer les vertiges de l'oubli ? Pour avoir lu pas mal de lettres de Marie et de son amant, pour avoir recueilli autant de témoignages que j'ai pu de la bouche de ceux qui avaient fréquenté Marie Wronski à Venise, pour m'être entretenu avec la comtesse Wronski elle-même dans les dernières années de sa vie, moi tout jeune encore, elle déjà très âgée, oui, je me demande qui, de Giuseppina, de Marie ou de Wronski, a le plus souffert de cet amour enchanté.

Les lettres de Marie Wronski à Verdi et de Verdi à Marie Wronski seront publiées un jour. Par un assez étrange scrupule, les quatre sœurs O'Shaughnessy, pour une fois du même avis, se sont obstinément opposées, de leur vivant, à cette publication. Elles m'avaient confié quelques fragments de cette correspondance. On y trouve pêle-mêle, dans un mélange savoureux de français et d'italien, des jugements inédits de Verdi sur Mazzini, sur Manzoni, sur Leopardi, des confidences sur la naissance d'œuvres déjà écrites, telles que *Nabucco* ou *Rigoletto,* et sur des projets qui se réaliseront ou non, des considérations sur la politique, sur le Parlement, sur l'unité italienne, et des protestations d'attachement, pleines de tendresse et de feu. Marie, de son côté, exprime avec une simplicité et une humilité bouleversantes un amour qui, tout de suite, a renoncé à se combattre.

Verdi à Marie Wronski : *L'image de vos cheveux dans le vent de la lagune s'est gravée dans mon cœur. Ah ! comme j'aurais voulu rester avec vous dans la maison au bord de l'eau ! Après les malheurs qui m'ont frappé, je croyais que la musique et l'Italie seraient mes seules amours. Vous avez peuplé toute une région de mon cœur que je croyais déserte à jamais. Laissez-moi appuyer, dans le souvenir et l'espérance, ma vie contre la vôtre.*

Marie Wronski à Verdi : *Mon ami, je ne sais résister ni à votre présence ni à votre absence. L'une me brûle, l'autre me glace. Je me dis quelquefois qu'il aurait mieux valu que vous restiez toujours pour moi une légende inaccessible. Et puis, je bénis le ciel qui m'a mise sur votre chemin. Et puis, je m'en veux de le bénir. Et puis, je m'abandonne à sa volonté, qui se confond pour moi avec la vôtre.*

Verdi à Marie : *Vous devez vous persuader du bonheur que je vous dois. L'idée de vous perdre me tue. L'idée de vous revoir me ressuscite. Vous me donnez à chaque instant l'envie de vous dire des roses.*

Marie à Verdi : *Vous pouvez tout me dire, sauf que je ne vous aime pas. Je suis souvent effrayée par la place que vous avez prise dans mon cœur et dans ma vie. Vous savez ce que je dois à Piotr Vassilievitch. J'ai pour lui de la gratitude, de l'affection, du respect. Ce que je ressens pour vous ne peut pas s'exprimer. Les mots ne parviennent pas à tout dire. Peut-être, vous, le pourriez-vous, avec votre cœur et votre génie, avec votre musique qui agit si fort sur moi qu'il me faut souvent me priver de l'écouter ?*

Verdi à Marie : *Dites à Wronski... ou plutôt, non, ne lui dites rien. Ce n'est pas à lui, c'est à vous de savoir que, si vous n'étiez pas là, je serais heureux et fier de l'avoir pour ami.*

Marie à Verdi : *Wronski. Vous savez les sentiments exaltés qu'il nourrit à votre égard. Quand je vous vois ensemble, tous les deux, je suis parfois obligée de lutter avec honte contre quelque chose d'obscur qui ressemble à de la jalousie.*

Par un paradoxe assez facilement explicable, la résistance de Conchita Romero fut très loin de lui valoir la sympathie de la femme de son admirateur. Asunción gouvernait. Elle se moquait bien des frasques de son amant devenu enfin son mari. Nous le savons déjà : parce qu'elles l'occupaient ailleurs et qu'elles l'éloignaient du pouvoir, elle les encourageait plutôt. Mais un attachement malheureux risquait d'être plus durable qu'une victoire immédiate. C'est en ne cédant pas aussitôt qu'une de celles qu'Asunción, avec son illogisme naturel, appelait « les putains » ou « les roulures des plantations » pouvait avoir des chances de s'insinuer peu à peu dans l'esprit du président. En se refusant au dictateur, Conchita Romero se faisait deux ennemis : le président d'abord et Asunción ensuite.

Des motifs plus privés et plus sentimentaux s'ajoutaient aux considérations politiques et publiques. Mado de Maubeuge s'irritait de voir une femme résister à l'homme auquel elle s'était donnée.

— Pour qui se prend-elle, celle-là ? confiait-elle, un jour d'épanchement, à M. Duchaussoy de Charmeilles qui ne savait trop quelle attitude adopter en face de cette interpellation et qui cherchait en vain dans les précédents diplomatiques une réponse à la question.

Dans les cercles très restreints de la communauté hispanique au Paraguay, vers la fin du XIXe siècle, les rumeurs circulaient assez vite. Conchita ne mit pas très longtemps à être informée de la double hostilité qui se développait contre elle. Si elle n'avait pas compris d'elle-même les dangers qui se mettaient à rôder autour d'elle, les formules ambiguës d'un colonel chargé des basses œuvres et des missions confidentielles du dictateur — et qui ne se confondait pas avec le colonel introducteur des ambassadeurs que nous avons déjà vu au travail — auraient suffi à les lui révéler :

— Avez-vous songé, madame, lui avait confié d'un air rêveur, au cours d'une rencontre apparemment fortuite, l'estimable militaire, aux avantages que pourrait présenter pour votre fils la protection active du président ?

Le colonel avait prononcé une phrase de trop : il ne fallait pas mêler à l'affaire le nom d'Aureliano. Si la complaisance de Conchita pouvait valoir à l'enfant « la protection active » du dictateur, un refus ne risquait-il pas d'entraîner une rancœur non moins active ? La décision de Conchita Romero fut prise dans l'instant même. Elle consulta son confesseur. Puis, l'argent venant tout de suite après l'honneur et Dieu, elle consacra quarante-huit heures à régler un certain nombre d'affaires et à réaliser des opérations financières qui se révélèrent assez sages. Et elle quitta le pays avec son fils Aureliano.

De Marie Wronski, Venise, à Giuseppe Verdi, Milan :

Mon ami,

Il arrive à de grands bonheurs d'entraîner de grands troubles. J'éprouve un grand trouble qui est un grand bonheur. J'espère que ce bonheur pour moi sera un bonheur pour vous. J'attends un enfant. Et cet enfant est de vous.

Je vois de ma fenêtre cette vue sur la lagune que vous aimez tant. Mais c'est vous que je vois, ce sont vos mots que j'entends, ce sont vos mains que je sens sur mes épaules et sur mes cheveux. Vous m'avez donné ce qu'un homme peut donner à une femme de meilleur et de plus beau. Je me jette à vos pieds et je vous remercie. Vous ne me quitterez plus désormais. Vous êtes en moi et vous êtes à moi comme je suis à vous depuis le jour où, pour la première fois, je vous ai aperçu.

Un peuple entier vous admire et vous aime. Je vous admire et je vous aime. L'enfant que je porte en moi sera élevé dans votre culte. L'amour que j'ai déjà pour lui n'est que le reflet de mon amour pour vous. Il en sera la preuve et le témoignage. J'espère qu'il vous ressemblera.

Je ne sais pas, mon ami, les sentiments que vous éprouverez lorsque vous lirez cette lettre. J'essaie de vous imaginer, et je n'y parviens pas. Marquerez-vous de la joie, de l'impatience, de la lassitude, de l'indifférence ? C'est notre enfant, Giuseppe, que je porte dans mon sein. Je crois que vous l'aimerez comme je l'aime et comme je vous aime.

Vous m'avez demandé deux fois de venir vivre avec vous. Je vous ai répondu qu'il m'était impossible de quitter Piotr Vassilievitch, à qui je devais plus que la vie. J'ignore ce que vous inspirera la venue de notre enfant. Vous savez, n'est-ce pas ? avec quelle force j'espère qu'elle vous rapprochera encore de moi. Mais, au milieu de ce bonheur qui m'envahit et me submerge, j'ai pensé à Wronski. Il a pris mon premier enfant et il lui a donné son nom. Je ne lui retirerai pas le second. Je ne sais pas ce que vous-même, ou d'autres, s'ils apprenaient jamais ce qui s'est passé entre nous, pourrez penser de ma décision. Il faudrait, pour porter un verdict équitable, connaître exactement les liens qui nous unissent tous les trois, savoir ce que je ressens pour vous et ce que je ressens pour mon mari, savoir les sentiments de mon mari pour nous deux. Je crois, mon ami, que le passé ne nous lâche jamais et qu'il faut s'acquitter de toutes les dettes que nous avons contractées. Oh ! Giuseppe ! avec quelle joie je vivrais avec vous ! avec quelle félicité je serais votre femme ! Mais je porte le nom que Wronski m'a donné et a donné à ma fille dans des moments de détresse. J'imagine avec quelle dureté les gens pourraient me juger, de l'extérieur, pour m'être conduite comme je l'ai fait avec Piotr Vassilievitch. C'est mon affaire, et la sienne. Je sais aussi avec certitude que le plus grand chagrin que je pourrais lui faire serait de lui enlever l'enfant qui est à vous et à moi. Giuseppe, mon chéri, est-ce que vous, au moins, vous me comprenez ? Oh ! je voudrais tant que vous soyez assez grand, assez bon, assez généreux pour... Mais je sais que vous l'êtes.

Je verse quelques larmes en vous écrivant. Ce sont des larmes de bonheur. Il s'y mêle la tristesse de ne pas être dans vos bras. Vous savez — le savez-vous ? — que je voudrais y vivre et y mourir.

Je vous embrasse,

MARIE.

La réponse de Verdi à Marie Wronski ne nous a pas été conservée.

L'histoire est comme un paysage traversé en voiture ou survolé en avion. Il est possible de passer très vite, de courir en quelques heures d'un bout à l'autre d'un continent, de deviner sous vos yeux la botte de l'Italie, la pointe de la Floride, la masse hostile et superbe du désert, des Alpes, de l'Himalaya. Il est possible aussi de s'arrêter à chaque pas, de prendre des chemins qui s'ouvrent à votre droite et à votre gauche, de flâner dans les champs, dans les prés, dans les forêts, dans les villes. Du trèfle à quatre feuilles qui frappe vos regards dans l'herbe, de la table de cuisine où vous prenez vos repas jusqu'à la planète et au-delà, il y a continuité. Vous pouvez adopter l'allure de votre choix, vous pouvez vous installer à chaque étage de l'édifice de l'espace et du temps. Vous pouvez voir défiler très vite les événements et les hommes, les paysages, les siècles et les océans. Vous pouvez descendre aussi aux détails les plus minuscules, aux plis les plus secrets et les mieux dissimulés des vallées et des cœurs. Tout est une question d'échelle. Il me semble parfois que cette notion de seuil ou d'échelle est un des nœuds cachés de la métaphysique.

Voulez-vous, un peu lassés de notre attelage à plusieurs chevaux, que nous allions un peu plus vite, que nous sautions à pieds joints au-dessus des pays et des années ? Voici le jeune Jérémie Finkelstein en train de débarquer à New York. Il ne sort pas des premières classes où se prélassent les hommes d'affaires, les diplomates, les ecclésiastiques de haut rang, les aristocrates sans argent à qui il en reste encore un peu, les vedettes du théâtre ou du café-concert, les musiciens célèbres, les médecins de renom et Edmund O'Shaughnessy. Il a fait la traversée sur le pont des émigrants. Sa santé est bonne, sa jeunesse le lui permet. New York n'est pas encore le mythe du XXe siècle, la terre promise des ambitieux. L'illustre *skyline* ne découpe pas encore ses profils de gratte-ciel sur l'horizon de l'avenir. L'Europe règne toujours sur le monde et New York est le refuge des égarés plutôt qu'un paradis. Mais, riche de promesses et d'illusions, la grande ville de la côte est accueille et dévore déjà tous ceux que l'Europe rejette et qui viennent tenter fortune sur un sol libre et neuf. Du haut du bastingage, entouré d'autres juifs, d'Italiens, d'Irlandais, de repris de justice et de génies en herbe, il rêve en contemplant le rivage où s'élèvera bientôt la statue de la Liberté. Les hommes n'en finissent jamais de se jeter malgré eux dans les mêmes situations. Un caractère, un tempérament, un destin ne sont rien d'autre que la somme de ces situations. Est-ce que ce sont les situations qui constituent le destin, ou est-ce le caractère qui crée les situations ? Chacun décidera à son gré. Lui aura passé sa vie à fuir devant des femmes. C'est le sourire aux lèvres qu'il met le pied sur le quai.

Un an à peine après la naissance de Nadia, voici Marie Wronski qui attend son enfant dans la maison de la Giudecca. Verdi triomphe à Milan. Piotr Vassilievitch traîne à travers Venise, à travers l'Italie, à travers la Suisse et l'Allemagne, à travers l'Europe qu'il continue à sillonner de comité révolutionnaire en palace et en salon, sa mélancolie irrépressible et son impuissance congénitale à réussir quoi que ce soit. Son cœur tourmenté éprouve toujours de l'admiration pour Verdi et de la tendresse pour sa femme.

Cristina Isabel est une petite fille ravissante sous le soleil couvert de Bahia. Elle passe sur les longues plages de sable le long de l'océan le plus clair du temps qu'elle ne consacre pas à l'école. Elle ne manque ni de souliers ni de robes. Voilà qu'elle monte à cheval le matin de bonne heure ou le soir, quand un peu de fraîcheur s'insinue sous la chaleur écrasante. Les affaires de son père, Pericles Augusto, deviennent de plus en plus florissantes. Florinda est très loin d'être devenue l'égale de ses anciens maîtres, mais, à la génération des enfants, le fossé infranchissable finit, sinon par se combler, du moins par se réduire — ou commence à se réduire — entre les grands propriétaires et les commerçants enrichis qui aspirent à jouer, en Amérique du Sud, le rôle, presque hors d'atteinte pour eux, de la bourgeoisie européenne.

Après des voyages rocambolesques qui, à plusieurs reprises, ont frôlé l'aventure, Conchita Romero s'est installée en Argentine, sur les bords du lac Nahuel Huapi, non loin de la petite ville de Bariloche. C'est le bout du monde. Il faut des jours et des jours pour se rendre à Buenos Aires. Son estancia s'appelle *Arroyo Verde* — le Ruisseau vert. Elle a réussi à liquider tous ses intérêts au Paraguay et à tirer le meilleur prix possible des plantations et des forêts laissées par son mari. Là-bas, parmi les Guaranis, Asunción est soulagée. Tout péril est écarté. Le président a été furieux. La proie n'était peut-être qu'un leurre, mais la chasse l'amusait. Il a d'abord donné des ordres pour faire... et puis, non, à quoi bon ? il les a annulés. Il se console avec la sœur du consul de Prusse, une espèce de walkyrie blonde qui n'a pas froid aux yeux. Le représentant du roi Guillaume suit l'intrigue avec intérêt — un intérêt où la famille et la diplomatie ont également leur place. Et ses chers collègues, avec un peu d'inquiétude, mêlée d'admiration pour ces armes nouvelles et anciennes, maniées avec plus de force que de subtilité. Aureliano Romero est un grand garçon aux yeux noirs et aux cheveux noirs, séparés par une raie. On s'adapte vite, à son âge. En l'espace de quelques mois, il est devenu plus argentin que les plus argentins.

Au château de Glangowness, il ne se passe rien, comme d'habitude. Mais l'Irlande, et les Indes, et la Colombie britannique ou la Saskatchewan, et l'Afrique du Sud, et l'affaire de Fachoda, et la Navy sur toutes les mers, et l'Égypte, et la personne de la reine sont présentes au petit déjeuner entre le porridge et les harengs. Les générations succèdent aux générations. Le jeune ménage Landsdown du temps de l'ancêtre venue des Indes est devenu à son tour un vieux couple sec, vêtu de tweed, aux cheveux blancs, aux yeux bleus, abreuvé de porto, délavé au whisky. Fatigués de dîner en tête à tête aux deux extrémités de l'immense table fin de siècle, les grands-parents Landsdown vont mourir ou sont peut-être déjà morts. Ce n'est pas extrêmement grave : l'héritage n'est pas un vain mot. Transmis toujours par les femmes, Glangowness est déjà prêt à passer entre les mains du jeune ménage formé par Sean O'Shaughnessy et par son épouse Sybil, fille unique des Landsdown et dernière descendante de la lignée illustre des McNeill. Un lointain cousin de Sybil, le seul à porter encore le nom, a été tué, aux côtés du fils de l'impératrice Eugénie, dans la guerre contre les Zoulous. Sybil attend un enfant. Ils espèrent l'un et l'autre que ce sera un garçon. Il portera le nom d'une famille qui remonte aux rois d'Irlande.

3

Marie Wronski passa à voyager les premiers mois de sa grossesse. Elle ne tenait plus en place. Que fuyait-elle ? On la vit à Milan, à la Scala, sur les bords du lac Majeur, à Rome, où le Saint-Père la reçut en même temps que la princesse Borghèse, la princesse Torlonia et la princesse Colonna, à Taormina, en Sicile, en Ombrie, à Florence, en Toscane, où elle s'arrêta quelques jours à San Miniato, chez une amie, dans la maison même où j'écris ces pages. La chambre où elle habitait et qui s'ouvre sur la terrasse est la chambre où je vis depuis la mort de mon grand-père. Les souvenirs de Marie Wronski accumulés dans ma malle, les lettres, les photographies, les éventails, les gants me sont venus de ses arrière-petites-filles au terme d'un autre circuit. Ils ont reparu dans un cadre qui leur était familier et où, si peu que ce fût, Marie avait vécu.

Il m'arrive, bien inutilement, de rêver le passé et de refaire l'histoire. Je me dis que Marie Wronski aurait pu accoucher à San Miniato de son deuxième enfant. La face du monde n'en aurait pas été changée ; le cercle de ma vie en eût été plus parfait. Mais Marie voulait avoir l'enfant dans sa maison de la Giudecca. Elle finit par rentrer à Venise.

L'accouchement fut difficile et long. Piotr Vassilievitch se montra parfait, comme toujours. Attentif, dévoué, il entourait Marie de tendresse et de soins. Toute une nuée de domestiques s'agitait autour du berceau et de la double layette bleue et rose qui avait été préparée pour faire face à toutes les éventualités et pour accueillir, selon la volonté de Dieu, un garçon ou une fille. Marie avait sa femme de chambre personnelle, sa camériste, une Française qui avait longtemps travaillé au Danieli avant de s'attacher à elle. Par la force des choses, tout le vieux personnel venait plutôt du côté de Wronski. Il y avait, toujours solide, la vieille babouchka de Piotr Vassilievitch, Ludmilla, une Ukrainienne de la région de Kiev, sombre et mystique, qui s'occupait avec amour de la petite Nadia, mais qui était surtout d'un dévouement absolu et d'une fidélité à toute épreuve au dernier descendant des maîtres qu'elle servait depuis un demi-siècle. Il y avait aussi un jeune Vénitien, d'une trentaine d'années, qui s'appelait Zambrano. Zambrano avait l'air de sortir d'un tableau de Giorgione. Débrouillard, un peu inquiétant, d'une agilité exceptionnelle, toujours en mouvement, on aurait dit un de ces ruffians italiens qui dissimulent un poignard ou une fiole de poison dans la manche de leur pourpoint. Son grand-père avait servi de gondolier à lord Byron : il était le beau-frère de la fameuse Margherita Cogni, dite la Fornarina, qui partageait avec deux ou trois grandes dames les faveurs vénitiennes du poète. Zambrano servait d'intendant et de commissionnaire à Wronski, qui l'avait découvert dans un casino plus ou moins clandestin de Venise. Il amusait Marie qu'il faisait rire mais qui se méfiait un peu de lui.

Tout ce petit monde était mobilisé pour la naissance du frère ou de la sœur de Nadia. Zambrano avait fait venir une sage-femme de Burano et la maison de la Giudecca était transformée en clinique. Les premières douleurs se firent sentir le jeudi dans la journée. L'enfant ne naquit que le vendredi à l'aube. Marie souffrit beaucoup. Quand elle demanda à voir le nouveau-né, elle entendit comme dans un cauchemar la voix de son mari lui annoncer d'un ton grave que l'enfant était une fille et qu'elle était morte.

A peu près à la même époque, un peu plus tôt, un peu plus tard, Jérémie Finkelstein faisait carrière à New York. Karl-Hans Liebermann l'avait recommandé à l'un de ses amis qui s'occupait d'ouvrages rares. Jérémie avait passé un an ou deux à rechercher des manuscrits, des incunables, des éditions originales pour des bibliophiles et le commerce des livres n'avait plus de secrets pour lui. Un double hasard miraculeux lui avait fait découvrir coup sur coup, dans une grange où étaient empilées de vieilles cartes, puis dans une collection particulière, un parchemin du XIe siècle qui prouvait de façon irrécusable la découverte de l'Amérique par Éric le Rouge quatre siècles avant Colomb et une lettre de Washington à Malesherbes qui confirmait point par point la fameuse visite controversée de Chateaubriand au grand Américain. Devenu en quelques mois un des experts les plus qualifiés de New York, il entretenait des liens non seulement avec de riches amateurs, mais avec des bibliothèques publiques, des fondations, des sociétés d'assurances et des banques. Une de ces banques, la First American and Poughkeepsie Inc., cherchait à diversifier ses investissements. Elle s'attacha en exclusivité les services de Jérémie.

Très vite, Jérémie révéla un véritable génie des affaires. Il continuait, comme au shtetl et comme il l'avait promis à son père, à lire la Torah, le Talmud, le Zohar, la Mishna. Il poursuivait la lecture de Marx et d'Engels qu'il avait entreprise à Berlin sur les indications de Karl-Hans. Il y ajoutait désormais non seulement d'innombrables catalogues de libraires, mais une foule de rapports, de bilans, de publications techniques et de journaux spécialisés. Des livres, il glissa insensiblement à la presse et aux imprimeries. De là, à la distribution des journaux et aux chemins de fer. Parce qu'il connaissait bien le marxisme et qu'il était en relations amicales avec beaucoup d'industriels et d'hommes d'affaires à qui il arrivait d'aimer les livres, il constituait une sorte de lien assez rare entre le capitalisme triomphant et le syndicalisme naissant. Au moment où il contribuait au développement du syndicalisme dans les imprimeries et les chemins de fer, le jeune homme vif et roux fut remarqué par Vanderbilt. Contrairement à la plupart des conseillers des grandes affaires, Jérémie Finkelstein expliqua au tycoon que le capitalisme avait plus à attendre qu'à craindre d'un syndicalisme puissant, capable de représenter et de canaliser la masse des travailleurs et avec qui traiter. Mais ce qui impressionna le plus le magnat de l'industrie, ce ne furent pas les capacités intellectuelles de Jérémie Finkelstein. Ce fut son attitude à l'égard de Margaret.

Margaret était la petite-fille du puissant Vanderbilt. Elle avait, en ce temps-là, dix-sept ou dix-huit ans et les jeunes arrivistes se pressaient en foule sur ses pas.

Avec la vivacité et le charme que nous lui connaissons, le jeune Jérémie ne déplut pas à Margaret. Elle le rencontra à plusieurs reprises, par hasard d'abord, puis chez des amis et même chez ses grands-parents qui appréciaient l'intelligence et l'originalité d'esprit. Au mécontentement de son grand-père — beaucoup plus que de sa grand-mère, qui n'était pas insensible à la gaieté rêveuse du jeune homme — Margaret témoigna aussitôt un peu plus que de l'intérêt et de la bienveillance à Jérémie Finkelstein. Ce qui surprit le millionnaire, ce qui transforma son mécontentement en une réelle perplexité, ce fut l'indifférence et presque l'hostilité affichées par Jérémie devant les avances de la jeune fille. Les rôles étaient renversés : c'était l'héritière qui courait après l'immigrant pauvre, et l'ambitieux qui se dérobait. Devant cette situation, qui lui apparaissait, avec raison, paradoxale, mais très classique — d'un classicisme nouveau, et pourtant très ancien — le magnat flaira d'abord un piège.

— Ah, ah ! disait-il à sa femme, lorsqu'ils parlaient ensemble de l'avenir de leur petite-fille, le gaillard est fort, très fort. Là où les imbéciles se jetteraient en avant, lui fait semblant de reculer. Regarde comment il ferre le poisson et...

— C'est ta petite-fille que tu traites de poisson ?

— Tendre poisson, mais poisson. Proie naïve, appât, gibier de prince, morceau de roi. Et lui est le pêcheur. Sacré pêcheur. Sacré chasseur.

Le raisonnement était intelligent. Ce qui ne l'empêchait pas, comme souvent, d'être tout à fait faux. Au bout de quelques mois, il fallut bien se rendre à l'évidence : malgré sa fortune prodigieuse, Margaret Vanderbilt, d'une beauté et d'un charme plutôt au-dessous de la moyenne, n'intéressait pas vraiment Jérémie Finkelstein. Ou alors, il aurait fallu supposer que le jeune homme continuait à feindre quand il n'en était plus besoin, qu'il faisait semblant de dire non quand il n'avait qu'à tendre la main pour s'entendre dire oui. Les constructions sentimentales sont comme les hypothèses scientifiques : elles s'écroulent quand il faut, pour les soutenir, trop d'hypothèses de renfort. Les grands-parents Vanderbilt renoncèrent à l'idée que Jérémie Finkelstein jouait l'indifférence à l'égard de leur petite-fille. Il ne voulait pas d'elle, voilà tout. Elle en fut assez malheureuse pendant quelques semaines ou quelques mois. Et eux — le grand-père surtout, mais aussi la grand-mère — en conçurent, à l'égard du jeune homme, une sorte de considération d'autant plus admirative qu'elle était à la fois soulagée et vaguement blessée.

Marie mit longtemps à se remettre du coup qui l'avait frappée. Elle resta plusieurs mois entre la vie et la mort. Son mal était le chagrin. Elle avait mis tant d'espoir dans la naissance à venir que la mort de l'enfant enlevait tout sens à sa vie. Elle se sentait coupable à l'égard de Wronski, coupable aussi à l'égard de Verdi. Elle avait écrit au grand homme un billet de deux lignes : *L'enfant est mort. Adieu.* Elle passa une année ou un peu plus à pleurer. Wronski s'ingéniait à la distraire et à la consoler. Marie s'occupait de Nadia en pensant à Aïda : c'était le nom qu'elle voulait donner à sa petite fille morte. A nouveau, ils voyagèrent.

Verdi envoya plusieurs lettres à Marie. Elle ne lui

répondit pas. Elle s'acharna à couper tous les liens avec lui. Il finit par lui rendre les lettres qu'elle lui avait adressées depuis des mois et des mois : c'est ainsi que ces amours secrètes sont parvenues jusqu'à moi. Elle semblait se considérer comme responsable de tout ce qui était arrivé. Elle donnait l'apparence d'avoir honte de son malheur. Elle disparut. Elle revint à plusieurs reprises passer quelques jours à San Miniato. Le reste du temps, elle partait, seule ou avec Wronski, pour la Suisse, pour l'Allemagne, pour la France, pour l'Angleterre ou s'enfermait à la Giudecca. Son existence semblait terminée. La gloire de Verdi devenait universelle.

Wronski s'absentait beaucoup. Il avait des affaires en Allemagne et en Suisse. Il était toujours doux et bon. Les années passèrent.

A Bahia, beaucoup ne soupçonnaient même pas que la mère de Cristina Isabel était une esclave noire. Devenue extrêmement belle, élancée, gracieuse, la jeune fille, comme presque toutes les Brésiliennes, avait le teint mat et sombre, des yeux noirs, les cheveux noirs, des dents éclatantes. A quinze ans, elle perdit sa mère, emportée par la typhoïde ou par la fièvre jaune, les témoignages varient et le diagnostic lui-même semble avoir été un peu flou. Pericles Augusto fut désespéré : Florinda n'avait jamais cessé de le rendre très heureux.

Son allure, sa gaieté, sa fidélité à ses maîtres, son franc-parler avaient fait de Florinda une espèce de légende. Elle avait été une mère excellente et sa fille l'aimait beaucoup. Entre la mère et la fille se dressait pourtant un mur, élevé non par l'incompréhension ou par l'hostilité, mais par les événements et la marche du temps. Florinda appartenait à un monde, et Cristina Isabel à un autre. La fille n'avait pas à rougir de sa mère et elle ne cachait rien de ses origines. Mais, quand elle évoquait le souvenir de sa mère, elle éveillait souvent la stupeur de ceux à qui elle s'adressait :

— Quoi ! vous êtes la fille de Florinda ! La grande Florinda ? La Florinda des chansons, la Florinda des danses ? Comme c'est drôle ! je ne l'aurais jamais deviné.

Florinda entrait en même temps dans la légende et dans l'oubli. Pericles Augusto, passé, avec Florinda, du petit commerce au grand commerce, passait, sans Florinda, du commerce aux affaires. Cristina Isabel rêvait, avec insouciance, d'un avenir enchanté.

Au bord du lac Nahuel Huapi, Aureliano Romero nageait, montait à cheval, apprenait le latin, courait les filles, s'apprêtait à partir pour Cambridge où St. Catharine's College l'attendait. L'exil avait réussi à Conchita Romero : bien loin de s'appauvrir, elle s'était enrichie sans mesure dans des spéculations heureuses. Ses milliers d'hectares dans cette pampa qu'un écrivain français définirait plus tard comme « un vertige horizontal », ses milliers de têtes de bétail, ses brasseries et ses cimenteries qui avaient avantageusement remplacé ses plantations et ses forêts paraguayennes lui permettaient largement d'offrir à Aureliano tout ce qu'un jeune Américain du Sud pouvait attendre de l'existence vers la fin du XIXe siècle. Conchita Romero rêvait de l'Europe pour son fils. Elle comptait fermement sur une belle-fille anglaise ou française. Elle mourra en ignorant que ses espoirs allaient devoir sauter une génération et ne seraient réalisés que par ses petits-fils.

A Glangowness, toujours rien, comme d'habitude. Ah ! si ! répondant aux vœux de ses parents, une nouvelle génération d'O'Shaughnessy a pris l'apparence d'un garçon. Ses parents l'ont appelé Brian, en souvenir de son grand-père.

Sur la terrasse de San Miniato, je songe à ce monde évanoui. Parce que je vis seul depuis la disparition de Plessis-lez-Vaudreuil, depuis la mort de mon grand-père, depuis l'éclatement de la famille, ces ombres surgies du passé sont mon seul entourage. A force de les fréquenter sans les avoir jamais vues, il me semble que je les connais aussi bien et peut-être mieux que le fermier ou la postière, le curé ou le carabinier que je rencontre tous les jours. Elles me sont proches et familières. Je m'en veux de n'avoir pas été chercher plus loin — par ignorance ou par paresse — les racines de leur existence. Alors que j'ai pu reconstituer à peu près leurs parcours et leurs décors depuis le milieu du siècle dernier, des bribes de récits seulement me sont parvenues en désordre sur leurs origines dans les siècles antérieurs.

Des horizons lointains de Florinda et de Pericles Augusto, je ne sais presque rien. L'Afrique pour l'une, le Portugal et l'Italie pour l'autre. Sans documents écrits, sans archives, sans traditions orales inlassablement transmises de génération en génération par des oncles et des tantes, des nourrices, des voisins de campagne, sans Mémoires et sans souvenirs, que pourrais-je faire d'autre que d'inventer ? J'imagine qu'il ne serait pas nécessaire de remonter très loin pour trouver chez les leurs le même mélange de gloire et d'humilité, de puissance et de pauvreté que chez les Plessis-Vaudreuil, les McNeill ou les O'Shaughnessy. Au-delà de l'enrichissement ou de l'anoblissement, nos sentiments, nos passions, et peut-être nos ancêtres nous sont communs à tous. J'ai calculé quelque part qu'il suffisait de remonter à la vingtième génération — les grands-parents de nos arrière-grands-parents couvrent déjà six générations — pour tomber sur un peu plus d'un million d'ancêtres en ligne directe. Au-delà, les chiffres se multiplient à une vitesse vertigineuse et dépassent très vite la population globale de la planète.

Pour chacun d'entre nous, il y a de tout dans ce passé. Des voleurs, des prêtres, des assassins, des rois, des mendiants, des prostituées, des saintes, des lépreux, des imbéciles et des génies. Et, surtout avec le jeu des relations hors mariage et des filiations illégitimes, il est au moins probable que toutes les populations d'une même région descendent des mêmes aïeux. Après tout, l'espèce humaine naît tout entière d'Adam et Ève, de Noé, des pierres lancées par Deucalion, des ineffables lémuriens, de quelques algues bleues, de la boue primitive. On comprend assez bien que, dans ce chaudron infernal et géant, la couleur de la peau ait mené à des distinctions qui ont pu aller jusqu'au racisme : ceux-là, en tout cas, n'ont rien à voir avec nous, ceux-là, en tout cas, ne peuvent pas être nos frères. Moralement, bien entendu, et même historiquement, ou préhistoriquement, l'argument ne vaut pas un clou. Il rassure en réduisant à un nombre plus restreint le cercle de nos alliances et de nos parentés. Nous trouverions peut-être, nous trouverions sûrement des ancêtres communs à Florinda, la négresse, et à Pericles Augusto, et à vous, et à moi : il suffirait de remonter assez loin dans la nuit obscure des temps. Ce qui est plus certain encore, c'est que les mêmes avatars et les mêmes tribulations dont nous faisons nos délices chez les Plessis-Vaudreuil, les O'Shaughnessy, les McNeill, se retrouveraient, avec toutes les modifications dues à la technique et au climat, chez les ancêtres de Florinda. Elle aussi avait eu, parmi les siens, des chefs et des serviteurs, des maîtres et des esclaves, des rebelles et des artistes. Sur la terrasse de San Miniato, à deux pas des coups de génie de Benvenuto Cellini ou de Donatello, des portes de bronze de Ghiberti, des chefs-d'œuvre de Michel-Ange, des terres cuites de Lucca della Robbia sur la façade de l'hospice de Pistoia, des tableaux d'Uccello ou de Piero della Francesca, du cortège des Rois mages de Benozzo Gozzoli et des souvenirs des Médicis, il m'arrivait de rêver aux rites et aux croyances de cette Afrique profonde dont j'ignorais presque tout et que les miens traitaient de sauvage.

Et Pericles Augusto ? Il était de la race des navigateurs, des découvreurs de terres, des mystiques, des condottieri : je jurerais qu'il est inutile de se donner beaucoup de mal pour trouver dans son passé des compagnons de Christophe Colomb ou d'Amerigo Vespucci, des combattants de Grenade ou de Lépante, des victimes ou des bourreaux de la sainte Inquisition. Les visages des siens apparaissent sur les tableaux des Murillo ou des Goya, des Giotto, des Bellini, des primitifs italiens. Il ricane avec l'Arioste, il part avec le Tasse, il reste avec don Quichotte, il navigue avec Camoëns, il s'enivre et se bat avec le Caravage, il fait la noce avec Boccace, il massacre les indigènes et il épouse leurs filles. Je devine ses talents dans tous les poignards de Tolède, dans les nœuds manuelins, dans les gondoles de Venise, dans les guitares napolitaines. Il traîne derrière lui, de l'autre côté de l'océan, un parfum persistant de Méditerranée. Entre le Brésil et l'Italie, le Portugal sert de pont. Un peu de Scaramouche, du Capitan, de Pantalon et tout le génie cocasse de la commedia dell'arte ont débarqué à Recife, à Olinda, à Bahia avec Pericles Augusto.

Je sais tout, en revanche, de l'interminable généalogie des McNeill en Écosse, des O'Shaughnessy en Irlande. Ils n'en sont plus à compter, dans la galerie de leurs ancêtres, les généraux victorieux, les ducs, les princes, les rois. Pour un observateur omniscient, il y aurait, dans ces lignées éclatantes, des surprises symétriques et inverses de celles que nous réserve le passé des plus pauvres et des plus humbles. On raconte que tous les McNeill descendent d'un bûcheron saxon qui était, au XIe siècle, le vrai père de la fille unique d'un haut et puissant seigneur d'où sortent les huit branches, nées de huit garçons successifs, de l'illustre famille. Sans parler des innombrables abbés, laquais, pages, aventuriers, valets de chiens, braconniers qui, tout au long des siècles, s'étaient attiré les faveurs des épouses des McNeill et des O'Shaughnessy.

Il y a quelques dizaines d'années à peine, en plein XVIIIe siècle, deux O'Shaughnessy successifs avaient été les héros sombres et inversés d'une série d'aventures qui, de Walter Scott à Barbey d'Aurevilly, ont inspiré bien des conteurs. Brutal, buveur, jovial, débauché, moins proche de ses pairs que des paysans du Connemara, le premier d'entre eux, Kevin, s'était entiché, parce qu'elle lui résistait, de la fille d'un cabaretier. Elle était amoureuse d'un garçon qui, parti pour la guerre, tardait à en revenir. Elle restait fidèle à l'absent et, ne voulant rien entendre de l'odieux ivrogne, elle refusait de lui céder. Un jour où le père et la mère de la jeune fille s'étaient rendus à un baptême ou à une noce dans le voisinage et avaient laissé la petite garder seule le cabaret, ce sacré O'Shaughnessy s'était amené à cheval. Il s'était installé, il avait enlevé ses bottes, desserré ses chaussures et commandé à boire. La petite l'avait servi, sans répondre à des plaisanteries de plus en plus osées et en haussant les épaules devant les avances et les propositions dont l'ivrogne était prodigue. Il avait voulu faire boire l'enfant, qui s'y était refusée. Alors, se jetant sur elle, il l'avait violée après l'avoir assommée à moitié.

De ce viol était née une fille. La mère mourut, en partie de honte et de désespoir, en lui donnant le jour, quelques heures à peine après le retour du garçon qu'elle attendait depuis des années. Taciturne, renfermé, saisi de brusques délires, formidable chasseur, le fils de l'ivrogne bientôt frappé par le gâtisme et la folie était plus tourmenté et sans doute pire que son père. Encore tout jeune, il avait coutume de défier ses adversaires en des duels un peu particuliers : c'était des duels de bouteilles où il s'agissait d'ingurgiter en un minimum de temps un maximum de whisky ou de bière. S'étant pris de querelle avec un abbé, il lui avait proposé de régler leur différend par un de ces duels de bouteilles. Mal lui en avait pris : sorti de *Tom Jones* ou d'un roman libertin du XVIIIe, l'abbé était un buveur redoutable. Le prêtre l'emporta sur le seigneur qui, beau joueur, lui fit accorder en récompense de ces mérites éclatants une cure vacante sur ses terres. Quinze ou vingt ans après le viol, ce digne fils de son père tomba éperdument amoureux de la fille de la morte qui, belle, sauvage, imprévisible, était devenue au sortir de l'enfance un mélange de sorcière et de séductrice. Elle, moitié par vice, moitié par désir de venger sa mère, fit moins d'histoires que la fille du cabaretier à la génération précédente et s'installa presque à demeure dans le lit du sombre chasseur qui était son demi-frère et dans le château des O'Shaughnessy.

Au cœur de la seconde moitié de ce XVIIIe siècle si merveilleusement policé, si élégant, si raffiné, une formidable sarabande, aux relents de Moyen Age, se déroule dans ce coin reculé du Connemara. Jusqu'à ces toutes dernières années où tant de traditions s'évanouissent et tant de souvenirs se perdent, les gens du pays ne manquaient jamais de se signer lorsque étaient prononcés les noms redoutables de Brenton O'Shaughnessy et de sa maîtresse Maureen.

Des tissus de légendes où se mêlait un peu de vérité couraient à travers le pays. On racontait que des scènes invraisemblables se déroulaient au château, que gentilshommes, ribaudes, valets de ferme ou de chiens, et même un prêtre en courtibaud — « Je l'ai vu, de mes yeux vu ! » — prenaient part aux orgies, que la maîtresse du châtelain passait de bras en bras et que des jeux où l'humiliation et le sang avaient leur large part se combinaient aux débauches les plus ignobles. Un beau matin, au terme d'une de ces nuits de sabbat qui les faisaient se réfugier, terrorisés, dans les combles du château où étaient situées leurs chambres et où les bruits ne parvenaient qu'assourdis, valets et caméristes retrouvèrent le corps de Brenton O'Shaughnessy percé de coups de poignard et baignant dans son sang. Tous les joyeux compagnons s'étaient évanouis. Maureen avait disparu. Personne ne la revit plus jamais dans le Connemara.

Toutes ces scènes du passé qui s'animaient pour moi sur la terrasse de San Miniato, je ne leur accordais pas une importance démesurée. Je ne crois pas que le passé suffise pour comprendre l'avenir. Je vais jusqu'à penser que l'idée, si répandue, qu'il l'éclaire et l'explique ne signifie pas grand-chose. Ce qui est vrai jusqu'à l'évidence, c'est que le passé construit le socle sur quoi s'élève le présent, c'est qu'il accumule les conditions de toute histoire future. Le propre de la vie est de jaillir spontanément. Toujours l'inattendu a le plus de chances de survenir. Mais il faut d'abord qu'il parte de ce qui existe. Et que ce qu'on n'attend pas sorte de ce qu'on connaît. L'histoire est la contrainte de la vie. Le passé est ce qui empêche l'avenir d'être n'importe quoi.

Sans doute imaginez-vous déjà vers quoi vont nos personnages et vers quoi nous allons ? A moins de vingt-cinq ans, Jérémie Finkelstein, expert en livres rares, bibliophile averti, spécialiste des problèmes d'imprimerie et de presse, introduit dans les milieux patronaux et syndicaux des chemins de fer, homme de confiance des Vanderbilt, avait déjà parcouru, depuis le shtetl et Lublin, un chemin considérable. Loin de le desservir, son accent polonais et allemand assez fort lui donnait, en américain, un charme supplémentaire, une sorte de touche de drôlerie. Toujours assoiffé de lecture, voilà qu'il se mettait à perfectionner son espagnol et son portugais pour s'entretenir plus aisément, lui, juif ashkenaze, avec ses coreligionnaires sépharades de New York et pour lire dans le texte Cervantes et Camoëns. Chaque semaine, depuis des années, Jérémie écrivait à son père et à sa mère. Leur grand rêve à tous était de se retrouver en famille d'un côté ou de l'autre de l'Atlantique. Mais les voyages en bateau coûtaient cher. Jérémie n'avait pas fini de rembourser à Karl-Hans les sommes que le bon géant lui avait avancées, au désespoir de Lili qui voyait s'éloigner le seul homme qu'elle eût jamais aimé. L'argent n'intéressait pas vraiment le jeune homme : il lui venait par surcroît. Ce qui faisait courir Jérémie Finkelstein, ce n'était ni les femmes, à qui il plaisait tant, ni les dollars, dont il envoyait une partie à Berlin et une autre partie en Pologne : c'était plutôt une sorte de conquête du monde, qui n'était peut-être, par d'autres moyens, que la suite et le développement des leçons du rabbin, son père, sur la réalisation du nom de Dieu. Quand Jérémie Finkelstein évoquait, à New York, à la lumière de ses lectures de Karl Marx et d'Engels, les saintes paroles de son père, il se disait que la lente découverte par les hommes du nom caché de Dieu n'était rien d'autre que l'histoire.

Je me demandais parfois, sur la terrasse de San Miniato, si une des conditions de survie dans mes souvenirs n'était pas le succès. Je sais bien que, chez les juifs de Pologne ou chez Marie de Cossigny, comme chez les Plessis-Vaudreuil, j'ai souvent été fasciné par les grandes catastrophes. Mais ces catastrophes s'inscrivaient dans des histoires pleines de rebondissements, où les malheurs succédaient à la prospérité et où l'abaissement même supposait des sommets. Où sont les pauvres, dans ces pages, et ceux à qui il n'arrive jamais rien ? Les pauvres, les vrais pauvres, le prolétariat sans autre histoire que collective, les masses d'Afrique ou d'Asie, incultes et sans espoir, ceux qui sont liés dès l'enfance à des machines et à des routines dont ils ne s'écartent que pour mourir, ceux qui n'ont pas de destin ne figurent pas dans mes souvenirs. Parce qu'ils n'ont pas de place dans l'histoire. Le plus mauvais passeport pour entrer dans l'histoire, c'est l'absence d'histoire. De Spartacus aux journées d'Octobre, la révolution n'est peut-être rien d'autre que l'effort surhumain de ceux qui n'ont pas d'histoire pour entrer de force dans l'histoire. Alors, passés enfin du côté des vainqueurs, ils se mettent à briller eux aussi dans les ignobles annales des hommes où ne figurent que ceux à qui le hasard ou la force ont procuré la chance de pouvoir faire quelque chose. Peut-être n'y a-t-il de beauté et de vraie grandeur que chez les vaincus et les oubliés de l'histoire ? « La justice, écrit Simone Weil, s'inspirant des tragiques grecs, cette fugitive du camp des vainqueurs. »

L'idée de raconter ce qui se passe quand il ne se passe rien m'a longtemps tourmenté. Rien ne serait plus difficile que de raconter l'histoire, non pas même d'un échec éclatant, mais d'une vie où rien n'arrive parce qu'il n'y a ni fortune, ni pouvoir, ni prestige, ni savoir, ni espérance. C'est là que le talent serait enfin nécessaire. Avec les aventures, la plupart du temps improbables, des Romero et des O'Shaughnessy, nous suivons un chemin radicalement opposé. D'abord parce que l'argent ne manque ni chez les uns ni chez les autres ; ensuite parce qu'en dépit et au sein même de l'immobilité il se passe à chaque instant quelque chose dans ces familles qui tiennent une large place dans leur temps. Et sans doute y trouverait-on des individus partis de rien, et sans doute les puissances financières qu'elles représentent finissent-elles par s'effriter. Mais toujours, se commandant l'un l'autre, prêts à intervenir alternativement et à se succéder, les deux puissants génies du succès et de l'échec sont cachés derrière les bosquets. Mes souvenirs, comme le roman, sont liés à un cadre économique et social qui définit les règles du jeu. Et on dirait que ces Mémoires-ci, toujours comme le roman, s'intéressent d'abord à l'ascension des individus et à la chute des groupes.

Peut-être certaines des aventures que je vais maintenant rapporter vous paraîtront-elles invraisemblables. Il vous suffira de vous renseigner pour être convaincu de leur réalité. N'importe quel Italien à peu près informé de l'histoire secrète de Venise au début de ce siècle et vers la fin de l'autre vous raconterait comme je vais le faire, dans des termes sans doute différents, mais voisins, l'histoire du fils du comte Wronski.

La fille de Marie Wronski n'était pas morte. Elle n'avait pas pu mourir : il n'y avait jamais eu de fille. Marie avait donné le jour à un garçon parfaitement constitué. Pour des raisons obscures et très claires, Wronski l'avait fait disparaître.

Parce qu'il se livre à ce crime, le personnage falot de Wronski prend tout à coup des dimensions formidables et tragiques. Cet homme qui a tout raté a une passion dans sa vie. Et la femme qu'il aime ne lui a pas donné d'enfant. Bien pis : elle a une fille et un fils — et aucun des deux n'est de lui.

Avec beaucoup d'élégance et de générosité, il a donné son nom à la fille. Donner son nom au fils est au-dessus de ses forces. Le comte Wronski est un libéral, en un sens un révolutionnaire, mais l'honneur du nom pèse très lourd sur ses épaules. Quand il a sauvé, en l'épousant, Marie de Cossigny de la misère et du déshonneur, c'était par un libre choix. Il y avait de l'allure dans son geste. Peut-être même n'avait-il pas détesté, nous l'avons déjà suggéré, donner une leçon aux Narichkine. En reconnaissant la petite Nadia, il se grandissait à ses propres yeux, dans l'audace sociale et l'indépendance d'esprit.

Les choses étaient très différentes avec l'enfant de Verdi. Pour beaucoup de motifs, il ne doutait pas de la paternité du musicien. Une hypothèse extrême et, je dois le dire, assez tentante a été souvent avancée par des intimes de Wronski. Piotr Vassilievitch aurait compris immédiatement que l'enfant n'était pas de lui pour la raison la plus simple : c'est qu'il ne pouvait pas en avoir et qu'il le savait parfaitement. Beaucoup de ses innombrables déplacements à travers l'Europe auraient eu d'autres buts que le renversement de l'absolutisme en Russie. Il aurait été chercher, en Suisse, en Allemagne, en Angleterre, en France, des remèdes à sa stérilité — ou peut-être à son impuissance. A partir de là, d'innombrables chemins s'ouvrent à l'imagination. La politique, où il échoue avec tant d'obstination, n'aurait servi que de paravent et d'alibi à ses vraies préoccupations. Il n'aurait passé pour un libéral exalté, tenté par la révolution, que pour mieux camoufler, ou peut-être compenser, son impuissance fondamentale. A la façon de ces homosexuels qui s'efforçaient jadis de dissimuler leur vraie nature sous une affectation de virilité, Wronski aurait caché son impuissance sous un tourbillon politique. Mais, à l'instar du masque et du visage qui finissent par se ressembler, l'alibi lui-même avait fini par être contaminé par ce qu'il était destiné à recouvrir : toute l'activité de Wronski avait été frappée de stérilité et d'impuissance. Au moins aurait-il réussi — était-ce enfin un succès ou un nouvel échec ? — à transférer l'impuissance du plan physique au plan moral. Pour mieux donner le change, il aurait été enchanté d'endosser la paternité de la fille de Marie. Le sacrifice devenait alors un service qu'il se rendait à lui-même.

Là encore, des amis, tels que Javier par exemple, ont pu me reprocher, quand j'évoquais avec eux, sur la terrasse de San Miniato ou ailleurs, des souvenirs de souvenirs, de n'avoir pas poussé assez loin mes investigations. Bien des années après la naissance et la disparition de l'enfant, à l'époque de la révélation publique des événements longtemps cachés et du scandale soudain déclenché, plusieurs ont prétendu — je n'en crois rien — que, soupçonné bien à tort d'impuissance, Wronski était un homosexuel à qui était arrivée la surprenante aventure de tomber amoureux fou d'une femme qu'il ne désirait pas physiquement. On allait jusqu'à donner le nom d'un amant de Wronski : Zambrano, naturellement. On ajoutait, pour faire bon poids, que Marie, par vengeance, était devenue la maîtresse de Zambrano et que, bien loin d'être de Verdi, comme de sourdes rumeurs commençaient à le susurrer, ni bien entendu de Piotr Vassilievitch, l'enfant était en vérité du ruffian vénitien. Pures fabulations, à mon sens, mais qui faisaient leur chemin dans les salons de Venise où couraient bien d'autres bruits. On murmurait que le jeune Narichkine, lieutenant au régiment Préobrajenski, avait beaucoup plu à Wronski. Et que le mariage avec Marie était, on ne savait pas très bien, soit une vengeance, soit au contraire une sorte de lien mystique et détourné avec l'objet d'une flamme cachée. Et, parce qu'il était tout de même impossible de faire passer Verdi pour un homosexuel, même honteux, l'amitié exaltée pour le musicien était présentée comme une passion malheureuse.

L'hypothèse est amusante. Mais guère plus. Elle n'est pas seulement gratuite. Elle ne tient aucun compte d'un élément important, probablement ignoré dans les milieux vénitiens : la liaison avérée de Wronski avec Hortense Herbignac. Il est vrai que cette liaison milite aussi contre la thèse, sinon de la stérilité, au moins de l'impuissance. Il faudrait — mais quel historien s'attacherait à une tâche aussi dérisoire et pour laquelle l'exigence de textes a quelque chose de comique ? — rechercher le caractère exact des liens entre Hortense et Wronski. Ma conviction, peu appuyée, je l'avoue, par des documents catégoriques, est que Wronski aimait les femmes, mais que son comportement à leur égard était conforme à l'image générale qu'il fournit de lui-même et qui se résume en une incapacité fondamentale à jamais rien réussir.

Ceux qui auraient souhaité me voir remonter plus loin encore dans le passé de nos personnages mettaient souvent l'accent sur la figure étonnante qu'était la mère de Wronski. Ambassadeur en Perse et à Londres, le grand-père de Wronski avait été renvoyé, une seconde fois, en mission extraordinaire à Téhéran où il avait trouvé la mort, à la veille de l'avènement de la dynastie des Kadjars, dans une de ces émeutes populaires qui annonçaient déjà Mossadegh, Khomeiny, les ayatollahs, le Toudeh ou les moudjahiddine du peuple. Un oncle avait été tué tout jeune à la bataille de Borodino. Le père de Wronski était mort en Sibérie où il avait été déporté avec les décembristes. Son frère s'était mis très tôt à poser des bombes et à faire la noce. Piotr Vassilievitch avait été élevé dans un monde de femmes dominé par sa mère.

Il n'est pas impossible — il est même très probable — que cette mère aux idées très arrêtées, à la volonté implacable, ait été le type même de la mère castratrice. Je confie l'affaire à mes distingués confrères, plus versés que moi dans ces domaines. Le plus sage des proverbes affirme qu'il faut toujours éviter de péter plus haut que son cul. Ce que les Romains disaient déjà en termes plus choisis : *Sutor, ne supra crepidam...* Notre temps ne manque pas de commentateurs et d'interprètes capables de gloser à l'infini sur la signification et l'origine des fantasmes de Wronski et de ses pulsions. Je me contente, pour ma part, avec une charmante modestie, de raconter des histoires. Chacun les accommodera à sa façon et en tirera, à son gré, les conséquences qu'il voudra.

Cette mère, tout de même... Très grande, très forte,

alors que Wronski était plutôt frêle et donnait, malgré sa barbe, une impression de fragilité, elle est l'un des modèles de la terrible Mme Fichini dans *les Petites Filles modèles* de la comtesse de Ségur. D'innombrables récits circulent à son sujet. De peur de tomber dans l'excès contraire à celui des talmudistes du marxisme ou de la psychanalyse et de passer pour un compilateur d'anecdotes, je me garderai bien de les rapporter ici. Il suffira de savoir qu'elle étouffait d'amour le jeune Piotr Vassilievitch et qu'elle terrorisait les serviteurs sans nombre de son palais de Saint-Pétersbourg et de sa villa de Crimée où, comme dans les récits de Tourgueniev, elle possédait encore, vers le début du siècle, des serfs domestiques qui, sans quitter jamais la condition servile de *dvorovi*, passaient successivement de l'état de cocher ou de pêcheur à celui de cuisinier ou de jardinier.

Ce n'est pas par miracle ni par inspiration divine qu'un certain nombre de détails sur la vieille comtesse Wronski, née Dolgorouki, sont parvenus jusqu'à moi. Peut-être quelques-uns d'entre vous se souviennent-ils vaguement d'un bal donné par mon grand-père à Plessis-lez-Vaudreuil au temps de mon enfance. C'est au cours de cette fête que nous avions appris la mort, avec toute sa famille, de l'oncle — assez éloigné — Constantin Sergueïevitch qui venait jadis chasser à courre à Plessis-lez-Vaudreuil. Née également Dolgorouki, la mère de l'oncle Constantin Sergueïevitch était la sœur de la comtesse Wronski. C'est ainsi que j'ai recueilli, encore enfant, de la bouche de son neveu, toute une série de récits sur la vieille et rude comtesse. Une de ses formules était passée chez nous à l'état de dicton, de comptine ou d'incantation. La scène se passe, précisément, à Venise où, quelque trente ou quarante ans avant son fils, la comtesse a loué, selon son habitude et celle de sa famille, trois étages du Danieli : un étage pour elle-même, un étage vide au-dessus d'elle pour éviter tout bruit et un étage sous les toits pour ses domestiques. La comtesse va au Lido, à la Fenice, chez ses amies la comtesse Albrizzi ou la comtesse Marcello. Elle se promène en gondole. Il lui arrive d'aller à pied du côté de San Trovaso ou de Santa Maria dei Miracoli, parfois même jusqu'aux Frari, où elle ne détesterait pas se faire enterrer entre la tombe de Titien et le monument à Canova. Elle est entourée à Venise par deux personnages remarquables : l'un, portier au Danieli, est l'arrière-grand-père de l'illustre Tortorella, concierge au Bauer-Grünwald, que beaucoup de mes lecteurs ont certainement encore connu et qui les aura aidés à obtenir un fauteuil d'orchestre à la Fenice ou la dernière place vacante sur le Venise-Londres ou le Venise-Zurich ; l'autre est un maître d'hôtel, entré vivant dans la légende, qui ne la quitte jamais et porte le nom éclatant de Benvenuto Fioravanti. Pour je ne sais quel motif, le cher Fioravanti, d'une distinction rare et plus prince italien que tous les Orsini et tous les Colonna réunis, était en train d'essuyer une de ces algarades dont la comtesse détenait le secret. Il se défendait comme il pouvait lorsque la comtesse, à bout d'arguments, lui décocha un dernier trait :

— Dites-moi, Fioravanti, est-ce que vous me prendriez, par hasard, pour une racine d'estragon ?

Ce qui donnait dans l'italien inimitable de la Wronski une exclamation assez éloignée des phrases harmonieuses de Leopardi ou de Manzoni :

— *Crede Lei, Fioravanti, que sono una radice d'estragon ?*

La question : « Est-ce que tu me prends pour une racine d'estragon ? » était devenue en famille une de ces scies que nous nous servions sans nous lasser. Je crains que les plus jeunes d'entre nous ne se souviennent ni de son origine ni de la comtesse Wronski.

Avec une mère comme la sienne, Piotr Vassilievitch était peut-être une espèce de racine d'estragon. Je n'ai jamais été capable de décider si une forme de bonté le rendait plutôt sympathique malgré ses coups de folie ou si sa faiblesse le rendait franchement antipathique. Il avait gardé, en tout cas, assez de lucidité pour reconnaître à Marie des circonstances atténuantes. C'était lui d'abord qui s'était entiché de Verdi, qui avait été fasciné non seulement par le génie, mais par la surabondance de vie de l'auteur de *Nabucco.* A celui qui ne réussissait jamais rien s'opposait celui à qui tout souriait. Les malheurs ne manquent pas dans la vie de Verdi, qui ne rencontre pas seulement sur son chemin bon nombre d'obstacles et de difficultés, mais qui perd sa femme et ses deux enfants. Il surmonte peines et chagrins et il triomphe par le génie, par la beauté, par la force du caractère. Avant même l'accomplissement des projets et des promesses, Piotr Vassilievitch est subjugué par le musicien. C'est lui qui ne cesse d'en faire l'éloge et qui le présente à Marie. Il ne faudrait pas insister beaucoup pour me faire accepter l'idée qu'il jette la femme qu'il aime dans les bras de l'homme qu'il admire. J'ai repoussé tout à l'heure l'image d'un Wronski complaisant. C'est que rien n'est bas dans cette histoire. Tout se situe à des hauteurs qui excluent la médiocrité. Simplement, tout à coup, Wronski se trouve placé devant une situation qu'il refuse avec violence : il ne veut pas être le père de l'enfant de Verdi.

Il ne le veut pas, mais... Je me suis demandé s'il n'avait pas accepté un moment l'éventualité de donner à Marie — et de garder du coup pour lui-même — l'enfant d'un homme de génie. Tout est toujours simple dans les relations entre les hommes — et tout est toujours affreusement compliqué. Dans le cas des rapports entre Wronski et Verdi, à peine ai-je avancé une explication ou une hypothèse qu'elle me paraît déjà fausse. Non, non, Wronski n'est pas un mari complaisant — mais... Non, il ne veut pas être le père de l'enfant de Verdi — mais... A lire la correspondance entre Marie Wronski et Verdi, il est impossible que l'idée ne nous effleure pas d'une espèce d'échange entre Marie et son mari : lui ferme les yeux sur la liaison de Marie et sur la paternité de Verdi ; et elle, en revanche, offre à son mari — qui ne peut pas avoir de descendance — l'enfant né de son amant. Et puis quelque chose d'obscur s'oppose à cet accord tacite que personne n'a jamais signé, mais que Marie considère comme acquis. Une conspiration se noue entre la vieille babouchka, Zambrano et Wronski. Lorsque entre enfin en scène la sage-femme de Burano choisie par Zambrano sur les instructions de Wronski, les jeux sont faits. Le sort de l'enfant est scellé.

La réponse à une dernière question reste encore incertaine : le sexe de l'enfant a-t-il joué un rôle ? Pourquoi Wronski a-t-il annoncé à Marie que l'enfant était une fille alors que c'était un garçon ? Si ç'avait été une fille, aurait-elle été laissée à sa mère ? Je suis convaincu que, de toute façon, la décision de Wronski était prise. C'est par un reste de tendresse, car il y a de la tendresse dans ce crime, qu'il déclare à Marie qu'elle a donné le jour à une fille. N'y a-t-il pas là tous les traits d'un raisonnement d'homme un peu lâche ? Puisque Marie a déjà une fille, elle sera moins désespérée de ne pas avoir une deuxième fille que de perdre son premier garçon. Il y a une autre hypothèse, qui paraîtra peut-être plus satisfaisante à beaucoup : le seul souci de Wronski était de brouiller les pistes. Car il ne pousse pas jusqu'au bout son dessein criminel. La fameuse affaire

Wronski n'est pas la répétition, en plus petit, du massacre des Innocents. C'est la réédition d'un roman populaire ou de l'histoire d'Œdipe. Il ne fait pas tuer l'enfant qu'il arrache à sa mère. Il se contente de l'enlever, de laisser croire qu'il est mort et de le faire disparaître.

S'il y avait des tueurs et des vainqueurs dans le passé des McNeill et des O'Shaughnessy, des sorciers, des esclaves, des navigateurs, des chefs dans celui de Florinda et de Pericles Augusto, des aristocrates égoïstes et rêveurs du côté des Wronski, des Espagnols conquérants et des Indiens conquis, secrètement unis par une commune tristesse et un commun orgueil, parmi les ancêtres des Romero, il y avait bien autre chose et de plus important derrière le moindre geste et la moindre pensée de Jérémie Finkelstein : il y avait le peuple juif.

Vers la fin du XIXe siècle, Jérémie Finkelstein appartenait déjà — ou encore — à ces générations de jeunes juifs, élevés dans la religion, très fidèles à leurs croyances, mais pour qui Israël ne représentait plus le seul horizon de l'existence ni le début et la fin de tout. La double influence du socialisme et du capitalisme l'avait ouvert à d'autres espérances. Il ne s'imaginait plus de retour en Pologne, ni peut-être même en Europe. Il se voyait assez bien en citoyen américain, installé à jamais sur le nouveau continent, entretenant bien entendu des relations fraternelles avec ses coreligionnaires, mais plus ou moins libéré de ce qui donnait, fondamentalement, ou plutôt exclusivement, un sens à la vie de ses parents et de ses grands-parents. Ce renversement d'attitude et le modernisme du Nouveau Monde n'empêchaient pas Jérémie Finkelstein de se sentir d'abord juif. Il était l'héritier du peuple élu et l'Éternel était à ses côtés.

L'éternité ne l'accompagnait pas seulement sous ses aspects mystiques. Il savait que le temps lui appartenait et qu'il remontait par les siens jusqu'aux origines du monde. Les O'Shaughnessy et les McNeill connaissaient les noms et prénoms de chacun de leurs ancêtres pendant près de dix siècles et puis, vers le temps de Guillaume le Conquérant, ou d'Harold et d'Édith, avec son cou de cygne, ou à la rigueur du roi Arthur et de ses compagnons, de Merlin, de saint Patrick, la lignée se perdait dans l'obscurité de l'histoire transformée en légende. Jérémie Finkelstein ne se souvenait même pas du nom de ses arrière-grands-parents. Mais il était certain de sa race et qu'à un moment ou à un autre la diaspora avait jeté en tempête sa famille hors de la Terre sainte. Au-delà, et très loin, les siens se rattachaient aux douze tribus d'Israël, et Salomon et David et Isaac et Abraham faisaient le lien entre lui et le déluge, le paradis terrestre, la création de l'univers par le Dieu terrible et bon dont les syllabes ineffables étaient interdites et cachées, par le Dieu de vengeance devenu le Dieu de justice.

Jérémie Finkelstein avait encore un autre avantage sur les Plessis-Vaudreuil, sur les O'Shaughnessy ou les McNeill, dont il ignorait jusqu'au nom : son passé était un avenir, ses souvenirs et ses traditions étaient une espérance. Il payait cette espérance par beaucoup de souffrances. Les vieilles familles chrétiennes d'Europe, catholiques ou protestantes, nourrissaient aussi l'espoir d'une épiphanie glorieuse et de la résurrection des corps. Mais l'évolution politique, économique et sociale ne leur laissait aucune chance de survivre telles qu'elles étaient dans ce monde jusqu'à la fin des temps. Elles avaient eu leur lot de grandeur, de richesse, de pouvoir, de prestige. Elles ne pouvaient que descendre, s'affaiblir et décliner. Parce que les juifs avaient été abreuvés de malheurs et d'humiliations, la Terre promise était devant eux. L'histoire était le dévoilement progressif du saint nom du Très-Haut et les juifs étaient l'instrument de ce savoir secret qui n'était rien d'autre que le salut.

Mon fils, lui écrivait du shtetl, d'où il n'avait pas bougé, le rabbin devenu vieux,

> Mon fils,
> Je bénis le Tout-Puissant qui t'a donné le savoir et l'argent sans te faire perdre la foi.

Impossible de mieux dire. Le rabbin aurait même pu ajouter à la liste des bienfaits divins la nationalité américaine. Car, à peu près à mi-chemin entre la fin de la guerre de Sécession et le début de la guerre contre l'Espagne, grâce à l'appui des Vanderbilt et de quelques autres, Jérémie Finkelstein était devenu citoyen des États-Unis.

Le fils de Marie et de Verdi fut élevé en Suisse, à l'insu de tous, sous le nom de Nicolas Cossy. La fortune de Wronski pourvut à tout. L'enfant fut confié à une nourrice dans un village des Grisons, aux confins de l'Engadine, entre Saint-Moritz et Merano, non loin de la frontière italienne, au cœur d'un paysage admirable : Münster ou Mustair. Au début surtout, Wronski passait deux fois par an, s'assurait que le bébé était en bonne santé et qu'il ne manquait de rien, versait de l'argent à la nourrice et disparaissait. Les choses durèrent ainsi pendant plus de cinq années. Nicolas était un enfant fort et gai, avec de subits accès de mélancolie. Il menait la vie des fils de paysans aisés de l'Engadine ou des Dolomites.

A six ou sept ans, Nicolas fut envoyé tous les jours chez le curé de Münster, qui habitait, près de son église, très ancienne et très belle, une assez grande maison. Il apprit, outre l'italien et le romanche qui étaient ses langues quotidiennes, le latin, l'allemand, le français, un peu d'anglais, d'histoire et de mathématiques. Il aimait la neige l'hiver, les longues promenades l'été. Il était heureux. Wronski venait de plus en plus rarement, de peur de susciter des questions auxquelles il aurait été difficile de répondre. Nicolas se souvenait à peine des passages de cet homme barbu, aux gestes maladroits, qui semblait toujours pressé et il s'interrogeait très peu sur les mystères de son existence. Les seules difficultés naissaient des conversations avec ses camarades.

— Dis, Nicolas, qu'est-ce qu'il fait, ton père ?

— Il voyage.

— Tu le vois souvent ?

— Assez souvent.

— Tous les mois ?

— Non, pas tous les mois. Mais souvent... Enfin, pas très souvent. Il voyage, tu sais.

— Et ta mère ?

— Elle est morte.

Nicolas avait pensé spontanément qu'il était plus

simple et plus logique de dire et de croire que sa mère était morte et que son père n'était jamais là. La nourrice, qui n'en savait pas plus que lui, abonda dans le même sens quand il l'interrogea, en lui dictant les réponses.

— Mummy !

— Oui, Nicolas. Qu'est-ce qu'il y a ?

— Papa, il ne vient plus ?

— Ton papa a très peu de temps, mon chéri.

— Il voyage beaucoup ?

— C'est ça. Il voyage beaucoup.

— Et maman ?

— Ta maman ?

— Pauvre maman ! Pauvre Nicolas !

— Il ne faut pas pleurer, mon chéri. Ta Mummy est là pour t'aimer.

— Tu crois qu'elle est au ciel, maman ?

— Sûrement, mon chéri. Elle est sûrement au ciel.

La maman de Nicolas était très loin d'être au ciel. A quelque deux cents kilomètres de son fils disparu, elle était très malheureuse.

Nicolas avait un peu plus de douze ans quand il se fit dans sa vie une sorte de bouleversement. Mummy, après avoir reçu des instructions du barbu, qui, au moins d'après ses déclarations, n'était décidément pas le père, mais un intendant (« Ah ! tant mieux ! » se dit l'enfant, qui ne gardait pas un souvenir impérissable de ses rares contacts avec l'homme barbu et pressé), emmena Nicolas à Zernez, gros bourg situé à une trentaine ou une quarantaine de kilomètres au nord-ouest de Münster. Pour qu'il pût aller tous les jours à l'école de Zernez, la nourrice installa le petit chez le boulanger, qui disposait d'une chambre très convenable. Une fois par mois, alternativement, l'écolier retournerait à Münster ou Mummy viendrait lui rendre visite à Zernez. Ils pleurèrent un peu l'un et l'autre en se quittant pour la première fois. Comme la plupart des enfants, Nicolas était très attachant.

Il ne resta que deux ans à Zernez. Quand il eut quatorze ans, Mummy entreprit avec lui le plus long voyage de toute sa vie : il les mena jusqu'à Pontresina, aux portes de Saint-Moritz. Il y avait là une école qui acceptait des internes. Nicolas Cossy y passa encore deux ans. En quittant Pontresina, il parlait l'anglais, l'allemand, le français presque couramment, avec un léger accent italien, et il parvenait à vivre sans sa Mummy.

Cristina Isabel était encore toute jeune, seize ans peut-être, ou dix-sept, quand Jérémie Finkelstein, de passage à Bahia, en route vers São Paulo, puis Buenos Aires, où il devait traiter des affaires de transport et de messageries de presse, la rencontra dans le hall du meilleur hôtel de la ville, où il était descendu. C'était l'époque du carnaval. Elle était venue s'occuper d'une fête qui devait se dérouler, quelques jours plus tard, au bénéfice de pauvres ou d'orphelins, dans une des salles de l'hôtel. Elle disposait des chaises, arrangeait des tentures, vérifiait l'emplacement des flambeaux, s'entretenait avec le portier et essayait de vendre les billets de la tombola qui devait être tirée à la fin de la fête. Quand elle aperçut un homme aux cheveux blonds presque roux, bien vêtu malgré la chaleur, visiblement étranger, elle se jeta sur lui avec l'effronterie de la jeunesse.

— Bonjour, monsieur.
— Bonjour, mademoiselle.
— Vous n'êtes pas d'ici ?
— Non, mademoiselle, je suis américain.
— De New York ?
— Oui, mademoiselle, de New York.
— Ah ! vous avez de la chance !
— Mais je ne suis pas né à New York.
— Tiens ! Et où donc êtes-vous né ?
— En Pologne, mademoiselle.
— Oh ! là, là ! C'est en Russie, la Pologne ?
— Oui..., si vous voulez..., à peu près.
— Vous êtes russe ?
— Non, je suis américain.
— Mais vous étiez russe ?
— Non. J'étais juif.
— Vous ne l'êtes plus ?
— Si. Je le suis encore.
— Alors, vous êtes juif et américain.

— Eh bien ! mademoiselle, bravo ! On ne saurait mieux dire. Vous avez mis dans le mille en trois mots. Je suis un juif américain.

Cristina Isabel n'avait jamais vu un juif américain. Celui-là, qui parlait portugais avec un accent amusant, lui parut d'autant plus sympathique qu'il lui acheta d'un coup vingt billets de tombola.

— Qu'est-ce qu'on peut gagner ? demanda Jérémie.

— Attendez..., dit Cristina Isabel en consultant une liste. Euh... Ah ! voilà ! Un chien, une barque de pêche, un service à thé, un...

— Ou peut-être rien du tout, dit Jérémie en riant.

— J'espère que vous gagnerez, lui dit Cristina Isabel avec un sourire étourdissant.

— Comment savoir ?

— Ah ! pas avant trois jours !

— Dans trois jours, je ne serai plus là.

— Ah ! dit Cristina Isabel.

Il fallut bien échanger noms et adresses pour pouvoir prévenir, en cas de succès, l'heureux gagnant de la tombola. Jérémie Finkelstein restait trois mois à São Paulo, six mois en Argentine : une lettre adressée à Buenos Aires, aux bons soins du consul général des États-Unis, serait sûre de l'atteindre. Jérémie proposa à Cristina Isabel de prendre une tasse de thé avec lui. Elle répondit en souriant qu'elle préférait une batida.

— Qu'est-ce que c'est, une batida ? demanda Jérémie.

— C'est une boisson brésilienne.

— Avec quoi ?

— De la cachaça.

— Et qu'est-ce que c'est que la cachaça ?

— De l'eau-de-vie de canne.

— Forte ?

— Pas très forte.

Elle était très forte. Jérémie but deux verres, peut-être trois, avec beaucoup de plaisir. En remontant dans sa chambre plus tard qu'il ne l'avait prévu, il se sentit légèrement ivre.

La vie de Nicolas prenait des allures mystérieuses, et parfois fantastiques. Transmis, non plus par sa Mummy qui avait disparu de sa vie et dont il recevait des nouvelles de plus en plus espacées, mais par un notaire de Genève, Me Brûlaz-Trampolini, de l'argent et des instructions désespérément sèches et brèves parvenaient au jeune homme deux ou trois fois par trimestre. Le notaire lui-même était en relation, sous le sceau du secret professionnel, avec un Italien du nom de Zambrano, qui avait l'air d'un paysan rusé, mâtiné d'aventurier, et qui s'était présenté comme l'homme de confiance d'une haute personnalité désireuse de rester dans l'ombre. A sa première rencontre avec Zambrano, Me Brûlaz-Trampolini, qui avait une réputation de notaire habile, et souvent trop habile, avait flairé une histoire de liaison royale ou princière et de filiation naturelle. Il avait vaguement consulté le *Gotha,* mais le nombre des archiducs et des princesses royales en âge d'avoir un fils entre dix et douze ans l'avait découragé. En 1889, une dizaine d'années avant sa mort, le drame de Mayerling, dont toute l'Europe parlait, réveilla ses souvenirs. Est-ce que par hasard... ? Mais non : l'enfant dont il s'était occupé quelques années plus tôt était bien trop âgé. Les Naundorff, les Gaspard Hauser, l'archiduc Jean Salvator, l'impératrice Charlotte, ces brillants et malheureux Wittelsbach qui souffrent souvent du cerveau lorsque la maladie trouve où se loger, le prince de Galles parce qu'il était coureur, les Saxe-Cobourg-Gotha parce qu'ils étaient si nombreux, une foule d'aventuriers de haut vol lui vinrent tour à tour à l'esprit. Il finit, de guerre lasse, par abandonner recherches et suppositions et il se contenta d'empocher les honoraires confortables que lui versait Zambrano. Mais une combinaison de conscience professionnelle et de curiosité — sait-on jamais ?... — l'incita à aller rendre visite en personne au jeune Nicolas Cossy, sur le point de quitter Pontresina et dont le dénommé Zambrano lui avait fourni l'adresse pour lui permettre de faire parvenir les instructions et les fonds remis sous enveloppe scellée.

Venant de Genève par Lausanne, Zurich et Coire où il avait des affaires successives à régler, Me Brûlaz-Trampolini, au terme d'un assez long voyage, arriva à Pontresina par un bel après-midi de mai. Le temps était ravissant. La route, fatigante, avait été superbe. Après s'être restauré d'un jambon du pays et de deux œufs au plat arrosés d'un verre de vin et suivis d'un peu de repos, il se dirigea vers le collège. Pontresina, à cette époque, était un tout petit village. Les constructions qui enlaidissent aujourd'hui jusqu'aux sites les plus sublimes et les mieux protégés n'avaient pas encore surgi de terre. Il avait plu la veille et l'avant-veille. L'air était léger. Le notaire prit plaisir à marcher un quart d'heure.

Un vieil homme coiffé d'une toque lui ouvrit la porte du collège. Il demanda à voir le directeur, qui le reçut presque aussitôt. C'était un homme entre deux âges, les cheveux gris, bedonnant, plutôt aimable. Me Brûlaz-Trampolini lui expliqua en peu de mots le motif de sa visite.

— Les cours viennent de s'achever. Le jeune Nicolas va être prévenu aussitôt. Je vous laisserai entre vous.

— Je vous remercie, dit le notaire. Je suis porteur d'instructions qui...

— Je sais, dit le directeur. J'ai reçu une lettre... (Il s'interrompit un instant pour chercher un papier sur son bureau.) Ah ! voici : elle est d'un certain M. Zembrano ou Zambrano...

— Zambrano, dit le notaire.

— Zambrano. Elle m'annonçait que vous alliez vous mettre en contact avec moi. Je n'osais espérer une visite, ajouta-t-il en souriant.

— J'avais affaire à Zurich et à Coire. Le détour n'était pas considérable. J'avais envie de faire un tour dans les Grisons. Et il fait si beau !...

— Notre pays ne manque pas d'attraits... Vous allez voir Nicolas. Je crois que son séjour ici lui aura fait du bien.

— Je ne le connais pas. Je ne l'ai jamais vu.

— Ah ? dit le directeur en levant sur le notaire un regard interrogateur. C'est un enfant solitaire, un peu renfermé, gai pourtant. Il semble se plaire chez nous.

— Son passage à Pontresina s'achève...

— Je le sais aussi. Et je le regrette.

On frappait à la porte. Nicolas entra. Me Brûlaz-Trampolini éprouva un choc. Grand, les cheveux châtains, paraissant plus vieux que son âge, les lèvres un peu boudeuses, le teint abricot — « les marches dans la montagne », pensa le visiteur — les yeux verts, l'allure virile et douce, le jeune homme dégageait un charme inexprimable. Une espèce de bonheur s'empara du notaire qui s'étonnait lui-même de s'intéresser à autre chose qu'à son propre intérêt. Il se dit qu'il avait bien fait de venir jusqu'à Pontresina.

Bahia, le 27 mars.

Monsieur le juif américain,

Vous avez bien de la chance : votre chevreau vous attend. Il n'arrête pas de bêler. Il faudrait être sans cœur pour ne pas vous écrire aussitôt. Je l'avoue : j'aurais écrit de toute façon. Pour dire que vous aviez perdu ou pour dire que vous aviez gagné. Vous avez gagné. Bravo ! C'est un chevreau.

Gardez-vous un mauvais souvenir de votre séjour à

Bahia ? Si l'épreuve n'a pas été trop dure, pourquoi ne revenez-vous pas ? Je vous déposerais en main propre le fruit de vos heureuses spéculations. J'espère que vous les compterez au nombre de vos affaires les plus réussies. J'ai demandé à mon père si je pouvais aller à Buenos Aires pour remettre un chevreau à un juif américain. Malheureusement, il dit que non.

Si vous ne me donnez pas signe de vie d'ici un an, je considérerai le chevreau comme ma propriété personnelle. Merci beaucoup. Je garde pourtant l'espoir de vous être reconnaissante de votre présence plutôt que de votre absence.

Le chevreau, qui vous attend, me charge de vous embrasser.

CRISTINA ISABEL.

La lettre était rédigée en portugais, avec des mots en anglais. Elle était adressée à

M. Jérémie Finkelstein
aux bons soins de M. le Consul général des États-Unis
Buenos Aires
Argentine.

Moins de cinq mois plus tard, Jérémie Finkelstein épousait Cristina Isabel dans la même église où, seize ou dix-sept ans plus tôt, l'ancienne esclave Florinda et Pericles Augusto s'étaient jetés au pied de l'autel. Quand Pericles Augusto regardait sa fille en pensant à sa femme, des larmes de regret et de chagrin se mêlaient dans ses yeux aux larmes de fierté et de joie. La religion des enfants avait posé un problème. Jérémie avait accepté que les filles soient élevées dans la religion catholique. Les garçons seraient baptisés. Mais Jérémie s'était réservé le droit de leur apprendre l'hébreu et l'histoire du peuple juif et de leur faire lire la Torah, le Talmud, le Zohar. A la porte de l'église, pendant la cérémonie, les passants avaient pu voir un chevreau attaché à la grille.

Plus de quinze ans avaient passé. Marie Wronski n'oubliait rien. Elle s'habituait au malheur. Ses cheveux étaient devenus blancs. Sa fille, aussi grande qu'elle, était ravissante. Un jeune prince Colonna et un jeune prince Orsini tournaient déjà autour d'elle. Le jour de ses seize ans, Wronski avait donné un bal pour elle. La fête s'était déroulée dans un petit palais du Grand Canal que Wronski avait acquis dans des conditions assez curieuses.

Pendant tout un automne, Wronski avait prêté sa maison de la Giudecca à son frère qui s'y était installé avec ses deux fils encore tout jeunes. Il avait loué pour trois mois le petit palais du Grand Canal qui appartenait à un autre Russe, grand buveur, chasseur fameux, joueur effréné, qui avait épousé en quatrièmes ou cinquièmes noces une actrice de la Fenice. Wronski, depuis longtemps, rêvait d'une maison sur le Grand Canal et, puisque sa fortune et les circonstances lui fournissaient l'occasion de réaliser ce projet ne fût-ce que pour un temps, il n'avait pas longtemps hésité. Un matin de très bonne heure, le jour à peine levé, tout le monde dormait dans le palais lorsque Piotr Vassilievitch fut réveillé par un vacarme. Il se leva, alla à la fenêtre, vit une seule gondole dans le Grand Canal, immobile et silencieux à cette heure matinale. La gondole était arrêtée devant le ponton du palais et, descendu de l'embarcation, Wladimir Pavlovitch, le propriétaire, frappait à coups redoublés, en poussant des jurons et des cris, contre la porte de bois donnant sur le canal.

— Holà ! cria Wronski en se penchant par sa fenêtre, un peu de silence, je vous prie !

— Ouvrez ! ouvrez !

— Silence ! Il y a des gens qui aiment dormir jusqu'au lever du soleil.

— Ils ont tort ! Par tous les diables et tous les saints, ouvrez !

— Êtes-vous ivre, mon ami ?

— Ce n'est pas la question. Ouvrez !

— Allez-vous-en !

— Je vous en prie. Ouvrez ! J'ai à vous parler.

— Revenez à midi.

— Je ne peux pas attendre. Ouvrez ! C'est une question de vie ou de mort.

Piotr Vassilievitch finit par descendre et par ouvrir la porte. Ce n'était pas une question de vie ou de mort. En un sens, c'était pis : c'était une question d'honneur. Wladimir Pavlovitch avait joué toute la nuit. Et il devait sur parole des sommes considérables à un lord anglais qui vendait des canons à qui voulait en acheter.

— Voulez-vous que je vous prête la moitié de ce que j'ai ici ? Vous me rembourserez quand vous pourrez.

— Je ne pourrai jamais.

— Alors, que faire ? demanda Wronski, sincèrement tourmenté.

— J'avais une idée en venant vous voir.

— Laquelle ?

— Eh bien ! Je vous vends cette maison.

Et il dit une somme qui représentait à peu près la moitié de la valeur du palais. Wronski hésita quelques instants.

— C'est une mauvaise affaire, dit-il.

— Pour qui ?

— Pour vous.

— Je vous en serai toute ma vie plus reconnaissant que si elle était excellente.

— Eh bien ! dit Wronski après un nouveau silence, c'est entendu.

— Merci ! dit Wladimir Pavlovitch en lui serrant les deux mains.

— Vous aurez l'argent à midi.

— Ce sera parfait. J'avais vingt-quatre heures. La maison sera à vous avant la fin de la matinée.

Ils burent un peu de vodka, et même beaucoup. Wladimir Pavlovitch n'en avait pas vraiment besoin. Il partit en pleurant. C'était de joie.

— C'est la première fois, disait Piotr Vassilievitch à ses compatriotes, que je buvais autant de vodka au lever du soleil.

— Allons donc ! lui répondait-on. Combien de nuits avons-nous fait durer jusqu'au petit matin blême, et souvent au-delà !

— Je veux dire, reprenait Wronski, en sautant de mon lit.

Le bal fut une réussite. Nadia Wronski eut beaucoup de succès. Marie se surprit à sourire en regardant sa fille danser dans une grande robe rose et blanc à large crinoline. Wladimir Pavlovitch avait été invité. Il improvisa un chemin de fer ou un trente-et-quarante, entre hommes, dans le fumoir du second étage. Et il gagna une fortune.

Trois semaines plus tard, le palais fermé jusqu'au printemps, la maison de la Giudecca louée pour tout l'hiver à de riches Écossais, Piotr Vassilievitch appelé par ses affaires en Allemagne et en Suisse, Marie partit pour Londres et pour Paris où des bals l'attendaient.

Nadia l'accompagnait. Elles étaient, toutes les deux, l'adolescente et sa mère, encore jeune sous ses cheveux blancs, des voyageuses irrésistibles. Nadia répétait : « Paris ! Paris ! » et elle rêvait de rencontres imprévisibles et radieuses.

Dix ou quinze ans avant la fin du siècle, il ne se passait presque rien en Argentine, en Écosse, en Irlande. L'Irlande était affamée et vidée par l'émigration. La dictature du général Rosas était presque aussi loin que les guerres napoléoniennes. La guerre contre le Paraguay avait été gagnée. Venus de toute l'Europe et surtout d'Italie, les immigrants affluaient à Buenos Aires et dans toute l'Argentine. Les capitaux suivaient. La crise, la guerre, le socialisme, le bouleversement des mœurs ne frappaient pas encore les châteaux, les moors mauves de lavande et les lacs de l'Écosse. Ici aussi bien que là, les moutons étaient au moins aussi importants que les hommes. Il ne restait qu'à faire durer les choses comme elles étaient et à s'enrichir.

Arc-boutée sur ses brasseries, ses cimenteries, ses banques, ses estancias, Conchita Romero devenait chaque jour un peu plus riche. Elle menait ses affaires comme un homme, tuant sous elle directeurs, avocats, techniciens, fermiers, banquiers. La bière Romero était devenue une institution. On la buvait partout en Argentine. On commençait à l'exporter vers l'Amérique du Sud, vers l'Espagne, vers le Mexique et même parfois vers les États-Unis. La réussite de Conchita Romero se mettait à dépasser les frontières de sa nouvelle patrie. Elle s'en réjouissait pour son fils, un grand garçon de quinze ans dont les sourcils très noirs et touffus se rejoignaient au-dessus du nez. Il était parti pour l'Angleterre et il devenait à St. Catharine's College, à deux pas des vitraux admirables de la chapelle de King's College et de Trinity College avec son pont sur la Cam, un de ces gentlemen britanniques qui allaient peupler les champs de courses, les conseils d'administration et les clubs de Buenos Aires. Aureliano Romero ne serait jamais un chercheur, un artiste, un géant de l'industrie, un novateur, ni un créateur. Avec des capacités intellectuelles merveilleusement moyennes, il répondait en partie, mais seulement en partie, aux ambitions maternelles et il dépenserait avec grâce, en laissant tout ce qu'il fallait à la génération à venir, la fortune édifiée par Conchita Romero.

Il serait naturellement possible de décrire ici la vie quotidienne dans un collège anglais dans les années quatre-vingts. Je serais capable aussi de dépeindre Jermyn Street ou Duke Street, les fiacres dans les rues de Londres, les toilettes de la reine Victoria, les maîtresses du prince de Galles, les grouses des chasses d'Écosse et le moindre des brins d'herbe de Hyde Park ou de Balmoral. Tout ce qui se passe sur cette planète est de mon ressort. Je suis une sorte d'agent secret spécialisé dans ce monde, et un peu dans les autres. Mais, de crainte de les irriter, je laisse à mes confrères britanniques, de Samuel Butler à Evelyn Waugh et de Geoffrey Chaucer à la chère Nancy Mitford, une exclusivité dans le domaine britannique. Je suis peut-être le seul mémorialiste à écrire en collaboration avec tous les (bons) auteurs et à renvoyer inlassablement, non seulement à moi-même, mais à Borges et à Conrad, à Wodehouse et à Rudyard Kipling, à Thomas Hardy et à Jane Austen.

Renseignez-vous un peu, rien n'est plus amusant, sur la vie en Angleterre et dans les collèges anglais à la fin du XIXe siècle. Allez voir *les Chariots de feu.* Lisez Dickens et Galsworthy. Vous y verrez l'amorce du destin britannique, et bientôt à nouveau sud-américain et argentin, mais toujours anglophile et souvent anglomane, d'Aureliano Romero.

A Glangowness, toujours rien. Il ne s'agit pas de s'y enrichir, mais de conserver ce qu'on a. Avec son sang McNeill et sa lourde hérédité d'assassins et de femmes du monde, Brian O'Shaughnessy est un enfant heureux.

Ce qui domine peut-être les vingt-cinq siècles qui viennent de s'écouler, c'est une certaine idée que se font les adultes de l'éducation des jeunes gens. Des Perses, de Socrate, d'Aristote à Charlemagne, de saint Thomas d'Aquin, du trivium et du quadrivium à Érasme, à Rabelais, à Montaigne, de la Renaissance à la Révolution, de Jean-Jacques Rousseau à la reine Victoria, du lycée impérial à mai 1968, tout tourne autour de ce que les aînés imposent à leurs cadets.

Nicolas Cossy s'était retrouvé au Rosey, sur les bords du lac Léman. Là, à Rolle, entre Genève et Lausanne, venait de se fonder un collège fréquenté par des Russes, des Italiens, des Français, des Anglais, des Allemands, et même des Suisses, dont les parents répondaient à des préoccupations très diverses et à une même et commune condition : ils avaient tous de la fortune. Entourés de mystère et d'une sorte de considération, cinq ou six élèves souffraient ou jouissaient d'une situation un peu particulière : personne ne savait très bien d'où ils venaient. Nicolas Cossy se comptait parmi eux.

Parmi ceux-là mêmes que ce secret entourait, une différence s'établissait : les autres, même s'ils le cachaient, savaient qui ils étaient et Nicolas l'ignorait. L'un était le fils d'un trafiquant et son père essayait de le blanchir comme les dirigeants de la Mafia, plus tard, blanchiraient leur argent ; deux autres descendaient plus ou moins clandestinement de familles royales ou princières ; le père d'un autre encore avait assassiné sa femme. Tous se doutaient obscurément des amours ou des drames qui les avaient réunis. Nicolas n'en savait rien. Il était opaque à lui-même.

Deux ou trois fois, les meneurs qui surgissent de toute collectivité, et plus particulièrement des groupes de jeunes gens, avaient essayé de profiter de la solitude de Nicolas et de faire de lui une tête de Turc et un souffre-douleur. Mal leur en avait pris. Il y avait eu deux dents brisées et des touffes de cheveux arrachées. Un respect mêlé de crainte l'entourait depuis lors. Nicolas n'avait plus que lui-même pour réussir à le faire souffrir.

Le plus dur était le dimanche. Quand les autres partaient avec une mère ou un cousin pour aller se promener dans les montagnes bernoises ou le long du lac de Genève, le désespoir s'emparait de Nicolas. Il restait là, brisé d'orgueil et de honte, sans une lettre, sans un espoir, sans un souvenir, sans même un nom où se raccrocher. Il avait compris assez vite que son nom de Cossy ne signifiait pas grand-chose. Il lui arrivait de feuilleter des livres d'histoire, des Mémoires, des journaux, des listes de fournisseurs avec le désir secret de voir son nom apparaître quelque part. Il trouva un Cossy peintre en bâtiments à Zurich ou à Bâle, un Cossy coiffeur à Montreux, un Cossy grenadier de l'Empire dans les Mémoires de Mme de Boigne ou de Mme de La Tour du Pin.

De temps en temps, il recevait une lettre, souvent amicale, presque affectueuse, de Me Brûlaz-Trampolini. Mais le notaire n'en savait pas plus long que lui-même sur les origines du jeune homme. Aurait-il su quelque chose que le secret professionnel et l'intérêt l'auraient rendu muet. Nicolas restait seul. Sensibles à sa détresse et à son charme, le directeur du collège, plusieurs professeurs, les parents de ses camarades, le notaire lui-même l'entouraient autant qu'ils le pouvaient, l'invitaient à déjeuner ou à dîner chez eux le dimanche, l'emmenaient en promenade les jours de fête. Il connut Lausanne, Vevey, Montreux, le plateau de Gruyère, la vieille ville de Fribourg, l'Oberland bernois. Une année, pour la Pentecôte, le professeur d'anglais l'entraîna avec ses enfants vers le lac des Quatre-Cantons. Une fraîcheur de sentiments et l'habitude d'être abandonné le faisaient s'émerveiller devant ce qu'il voyait. Il se baignait dans les lacs et marchait dans la montagne.

Ses études donnaient satisfaction. « A qui ? » se demandait-il. Avec l'appui du directeur, du notaire, des quelques autres qui s'intéressaient à son sort, il se préparait un avenir un peu mieux que convenable. « Pourquoi ? se disait-il. Pour qui ? Pour quoi ? » La mélancolie des origines perdues se mêlait en lui à une surabondance de vie et à un besoin de tendresse. « Il n'est pas possible, se disait-il, que quelqu'un ne surgisse pas pour m'éclairer et me guider. »

Le jeune ménage Finkelstein — ils faisaient quarante ans à eux deux — eut aussitôt à New York un succès considérable. Lui, intelligent et fin, elle, attirante et naïve, suscitaient la curiosité et la sympathie. Leur double appartenance à des minorités un peu plus que contestées, souvent rejetées par les détenteurs de la fortune et de la considération — lui, juif, elle, à demi noire — ajoutait à leur charme une nuance de défi. Pericles Augusto, toujours à l'affût des bonnes affaires, avait accompagné sa fille, pour quelques mois, à New York. Il mettait sur le tout une touche de comique et de truculence.

Les difficultés, les rebuffades et même les méchantes affaires ne manquèrent pas, dans les premiers temps. Cristina Isabel était irrésistiblement brésilienne. Le visage mat, l'élégance naturelle, la physionomie mobile et éveillée, l'élocution vive et rapide, l'accent un peu grasseyant et chuintant, elle plaisait beaucoup aux hommes. Mais il arrivait aux portiers des hôtels et des grands restaurants de lui trouver le teint un peu sombre et de lui refuser l'entrée. Se souvenant alors brusquement des traitements réservés aux siens dans le shtetl près de Lublin, Jérémie, si doux, se mettait dans des fureurs prodigieuses. Mme Putiphar et son policier de mari, les pierres jetées contre le rabbin, les craintes de toute sa famille, les grands rires de Karl-Hans et la modestie déchirante de Lili, contrastant avec son grand corps, tout cela lui revenait à l'esprit d'un seul coup et la cause des nègres lui semblait se confondre avec la cause des juifs. D'autant plus que sa qualité de juif, qui ne l'avait guère gêné et peut-être plutôt aidé au bas de l'échelle sociale, se mettait à lui nuire de plus en plus au fur et à mesure que, même de loin, il s'approchait des sommets. Dans les salons de New York, chez les Vanderbilt, au théâtre pendant les entractes, il avait surpris plus d'une fois des sourires, des allusions, des conversations en train de s'éteindre au moment où il arrivait. Il se mettait lentement à comprendre qu'à un certain niveau de la finance et de la politique américaines les juifs, si extraordinairement commodes par leur agilité intellectuelle dans les tâches subalternes, devenaient très vite un peu gênants. Le double handicap du jeune couple, qui stupéfiait et indignait Cristina Isabel, peu habituée, à Bahia, malgré la proximité de l'esclavage dans le temps, à ces barrières de race, fournissait à Jérémie un motif nouveau d'action. Il se jura de lutter contre une intolérance dont il souffrait physiquement et moralement. Son ambition naturelle trouvait un ressort capable de la relancer.

D'autres satisfactions compensaient ces tensions et ces adversités. Un ou deux ans à peine après leur arrivée à New York, une fille naissait à Jérémie et à Cristina Isabel. Ils l'appelèrent Rosita. Pericles Augusto, qui avait prolongé son séjour à New York en apprenant l'imminence de l'événement, s'installait avec satisfaction dans son rôle de grand-père et de protecteur latin et blanc du couple juif et demi-noir. Il faisait le bonheur des Américains, à qui il apparaissait comme un clown, pittoresque et roublard.

La vie à Paris aurait été délicieuse pour Marie Wronski si l'ombre de son malheur n'avait pas plané sur ses plaisirs. Dix-sept ou dix-huit ans plus tard, elle n'arrivait pas à oublier. Son succès pourtant — et celui de sa fille — avait été total. Elles avaient dîné chez Maxim's, chassé chez la duchesse d'Uzès, rencontré le général Boulanger, dansé un peu partout et elles s'étaient promenées en calèche ouverte, entourées de cavaliers, aux Champs-Élysées et au bois de Boulogne. Nadia Wronski parlait le français couramment et elle passait ses matinées à courir à travers Paris, du Quartier latin à l'Arc de triomphe, des grands boulevards à la Sainte-Chapelle. Elle avait appris par cœur la superbe inscription napoléonienne, à mi-chemin du code civil cher à Stendhal et de l'épopée à la Hugo, gravée sur l'arc de triomphe du Carrousel et elle se taillait un joli succès en la récitant dans les dîners avec un accent indéfinissable :

A la voix du vainqueur d'Austerlitz,
l'empire d'Allemagne tombe.
La Confédération du Rhin commence.
Venise est réunie à la Couronne de fer.

Ce n'était pas seulement sa parfaite connaissance de l'arc de triomphe du Carrousel qui assurait le succès de Nadia Wronski dans les salons parisiens. Très blonde, très insouciante, tantôt mélancolique et tantôt gaie — « Ah ! le sang russe !... murmuraient les mères des jeunes gens dans les ventes de charité et dans les bals du faubourg Saint-Germain. Savez-vous quelque chose de ces Wronski ? » — elle fit tourner bien des têtes à Paris au début du second septennat du président Grévy. Sa mère lui avait communiqué, outre une passion pour Stendhal, assez méritoire pour l'époque, une conception romanesque de l'existence. Nadia trouvait superficiels et un peu plats les jeunes gens monarchistes ou ralliés du Paris républicain.

A leur arrivée à Paris, au printemps, la mère et la fille étaient tombées sur une ville en folie. Les rues, les places, les avenues semblaient vidées de leur population au profit des Champs-Élysées, bloqués par un immense cortège et dont il était impossible d'approcher.

— Est-ce la révolution ? demanda Nadia à sa mère.

— Je ne sais pas, ma chérie. Mes compatriotes sont si étranges ! Ils sont capables de tout. Après avoir chassé ou exécuté leurs rois, je les vois assez bien en train d'accueillir et d'acclamer une princesse, un empereur, un général victorieux ou peut-être même vaincu — ou alors une actrice.

Non, ce n'était ni une émeute, ni un coup d'État, ni le triomphe d'une comédienne : c'était l'enterrement de Victor Hugo. Un immense catafalque avait été dressé sous l'arc de triomphe de l'Étoile et tout le peuple de Paris accompagnait jusqu'au Panthéon la dépouille du poète. Le soir, dans les bosquets de l'avenue du Bois et des Champs-Élysées, on raconte que les soldats venus rendre les honneurs et les bonnes des quartiers bourgeois célébrèrent à leur façon le culte de l'obsédé sexuel qu'avait été Hugo. Au milieu de la foule immense, une certaine Mme Farigoule, qui attendait un enfant, contemplait, émerveillée, le déchaînement recueilli de Paris. L'enfant qu'elle portait dans son sein deviendra Jules Romains : il chantera mieux que personne depuis Hugo et Zola les misères et la gloire du peuple de Paris. Commencé ainsi à l'ombre de la littérature, le voyage des dames Wronski devait s'achever sous le signe de la technique triomphante : elles virent s'élever en face des jardins du Trocadéro les fondations de la tour Eiffel.

Entre-temps, les deux dames s'étaient établies à deux pas de la place Vendôme et de la rue de la Paix, en face du jardin des Tuileries, dans l'hôtel installé par M. Meurice dans la salle du manège de l'ancien couvent des Feuillants. L'Anglais qui avait ruiné, un soir, à Venise, Wladimir Pavlovitch avait remis à Marie une sorte d'annonce publicitaire, déjà vieille de plusieurs années, qui l'avait amusée : « Meurice exprime tous ses remerciements aux Anglais qui l'ont honoré de leur patronage et s'efforcera de continuer à mériter leur bienveillant appui. Il vient d'ouvrir quatre nouveaux appartements en face le jardin des Tuileries. Les prix du service, fixés à l'avance et très modérés, sont indiqués sur des imprimés placés dans chaque chambre. Meurice se flatte qu'aucun hôtel en Europe n'est mieux réglé ni mieux organisé pour donner le plus grand confort aux Anglais, dont il a le souci constant de respecter les habitudes et les traditions, et il espère continuer à mériter toujours leur approbation. » Marie Wronski et sa fille, qui étaient un peu russes, un peu françaises, un peu italiennes et qui parlaient fort bien l'allemand, n'avaient pas une goutte de sang anglais. Elles furent pourtant enchantées du confort britannique qu'au cœur même de Paris, à deux pas de l'arc de triomphe si cher à la jeune Nadia, leur offrait M. Meurice.

En un peu plus de trois ans, passés surtout en

France, mais avec des escapades à Londres, à Rome, à Madrid, à Berlin, Marie et Nadia Wronski reçurent quatre ou cinq fois une visite, toujours hâtive, de Piotr Vassilievitch, installé à nouveau et au moins en principe, car il continuait à être sans cesse sur les routes, dans son palais du Grand Canal. Il était devenu taciturne, nerveux, irritable. Il paraissait malade. Marie l'interrogea avec douceur sur ses affaires. Il répondit à peine. Sans doute perdit-il, vers cette époque, par négligence, par légèreté, par paresse, une bonne partie de sa fortune. Mais elle était si considérable — encore augmentée récemment par la mort d'un cousin célibataire au siège de Goek-Tépé, la forteresse des Turkmènes — et Wronski était si généreux que Marie et Nadia ne souffrirent guère de ces revers. Piotr Vassilievitch se contentait de s'enfoncer toujours davantage dans la conviction, d'ailleurs fondée, qu'il avait tout manqué. La mélancolie l'envahissait. Des idées de suicide s'emparaient de lui. Parmi les trésors de la malle figure une lettre signée P.V., adressée à Marie, « hôtel Meurice, à Paris », où, volontairement ou non, avec une sorte de rage, il laisse percer de sombres intentions. Marie se tourmentait d'autant plus qu'elle se sentait coupable à l'égard de son mari. A peu près au même moment où les nouvelles de Wronski devenaient franchement mauvaises, elle apprenait à Paris le triomphe d'*Otello* à la Scala de Milan.

La vie se poursuivait ainsi, assez douce, un peu lente, à peine coupée de ces hasards et de ces cruautés qui font crier au destin, lorsqu'une nouvelle plus sérieuse que les humeurs hypocondriaques de Piotr Vassilievitch ou les aventures du général Boulanger éclata dans le ciel de la comtesse Wronski : sa fille unique, Nadia, était malade.

4

Les années passaient. Le cinéma, qui est le véritable héritier du roman de la grande époque, serait seul capable de rendre sensible à l'esprit et à l'œil l'évolution de deux hommes tels que Jérémie Finkelstein et Pericles Augusto — le gendre et le beau-père. Pendant qu'un Wronski, malgré sa fortune, dégringolait doucement les échelons, autant imaginaires et moraux que proprement économiques, de la vie collective et sociale, le père et le mari de Cristina Isabel les grimpaient avec allégresse. Dans deux styles très différents : le gendre dans le genre sérieux et le beau-père sur le mode comique.

D'où Pericles Augusto — dont je n'ai jamais su le vrai nom et que le Tout-New York, puis le Tout-Londres et le Tout-Paris appelèrent successivement par son prénom — pouvait bien tirer ses ressources toujours croissantes reste pour moi un mystère. Sans doute, déjà à Bahia, et encore du vivant de Florinda, avait-il considérablement changé de statut et d'existence. Nous l'avons vu passer de l'état de marchand ambulant à une condition presque bourgeoise. La mutation se poursuivait à New York avec un succès constant. Pericles Augusto parlait régulièrement de rentrer à Bahia, mais il s'incrustait chez sa fille et son gendre. Il avait laissé derrière lui, au Brésil, des affaires florissantes. Il en créa de nouvelles à travers les États-Unis.

Je suis persuadé que Jérémie Finkelstein lui avança des fonds. Mais, contrairement aux effets un peu faciles que pourrait tirer un romancier d'une telle situation, le beau-père ne dilapida pas les ressources du gendre. Il les fit fructifier. C'était l'époque où le Sud, longtemps ébranlé par les séquelles d'une défaite qu'il ne parvenait pas à accepter ni à surmonter, se mettait enfin à revivre et à se développer. Suivant l'exemple de son gendre qui s'éloignait de plus en plus souvent de New York et de sa banlieue, Pericles Augusto se jeta dans le Sud profond où il se retrouvait un peu chez lui. Il savait parler aux Noirs puisqu'il en avait épousé une, et il était blanc : il était bien préparé à gagner sur tous les tableaux. On le vit dans le Sud et dans l'Ouest, en Floride, au Texas, en Californie, dans des accoutrements invraisemblables et dans le rôle de l'homme d'affaires qui est en même temps un sage, un juste et un bon vivant. Vers la fin de sa vie, il participait encore à la fameuse colonisation d'Oklahoma. Le territoire où s'élève aujourd'hui la ville d'Oklahoma avait longtemps constitué une réserve d'Indiens. Sous la pression d'un *lobby* auquel participait activement Jérémie Finkelstein, le gouvernement décida de le reprendre aux Peaux-Rouges pour l'ouvrir à la colonisation. Tout à fait à la fin des années quatre-vingts, un 22 avril, à midi, rangés sur une seule ligne de départ qui s'étendait au loin, des milliers de colons, à pied, en voiture, à cheval, à bicyclette, étaient prêts à s'élancer pour essayer, selon la loi, d'occuper les meilleurs lots. Un coup de pistolet leur donna le départ : coiffé d'un chapeau à larges bords, vêtu d'un pantalon de cuir à franges et d'une chemise blanche à cravate noire filiforme sous un de ses célèbres gilets multicolores, ce fut Pericles Augusto qui le tira. Le 21 avril, le territoire d'Oklahoma était encore un désert où erraient, soumis mais libres, et parfois révoltés, quelques rares Indiens faméliques. A la fin de l'année, ce qui sera plus tard la ville d'Oklahoma comptait déjà très près de 100 000 habitants.

Tout cela, plus le coton, le tabac, le maïs, le blé, plus l'or et l'argent, plus les journaux et l'influence occulte, fournissait des champs d'action et des ressources à Pericles Augusto. Les États-Unis furent bientôt trop petits pour sa soif d'expériences et d'aventures nouvelles. A la veille de sa mort, on le rencontrait dans les lieux de plaisir de l'Europe enfin conquise, à Auteuil ou à Longchamp, chez Maxim's, dans les clubs les plus fermés de Londres, où il faisait sensation. Quelques critiques légers, quelques historiens d'occasion ont émis l'hypothèse que Pericles Augusto pourrait être le modèle du Brésilien dans *la Vie parisienne* d'Offenbach. Il aurait pu : l'anecdote est jolie et aurait mérité d'être vraie. Malheureusement, *la Vie parisienne* est de quelque vingt années antérieure au débarquement à Paris de Pericles Augusto. Quand le père de Cristina Isabel, pour la première fois, arpente les Champs-Élysées ou traverse la place de la Concorde en sortant de chez Maxim's, les troupes françaises descendent dans le Sud-Oranais, poussent vers le fleuve Niger, s'installent solidement autour du Fouta-Djalon, lorgnent déjà vers le lac Tchad, établissent le protectorat sur les Hovas de Madagascar. L'affaire de Lang-Son vient de faire tomber Jules Ferry, traité de « Tonkinois ». Déroulède s'agite, le général Boulanger est ministre de la Guerre. Des grèves éclatent à Decazeville. Millerand et Jaurès évoluent vers le socialisme. En Angleterre, Joseph

Chamberlain rompt avec Gladstone et les Fabiens insufflent un esprit socialiste dans les Trade Unions renouvelées. Assez éloigné de ces préoccupations qui le dépassent, Pericles Augusto consacre plutôt ses ressources et son temps à une dame qui n'est plus toute jeune mais qui a encore de beaux restes, qui a été le modèle de la Nana de Zola et qui porte le nom sonore de Valtesse de La Bigne. Elle occupe ces messieurs en attendant l'époque des Émilienne d'Alençon, des Cléo de Mérode et des Liane de Pougy qui ne sont pas encore en âge, il y a un peu plus de cent ans, de paraître sur la scène.

La petite toux sèche de Nadia Wronski avait alerté sa mère. Puisqu'on avait la chance d'être à Paris plutôt qu'à Venise ou même à Rome, le plus raisonnable et le plus simple était de consulter un médecin. Par la rue du Faubourg-Saint-Honoré, puis par la rue Royale, elles se rendirent toutes les deux, à pied, chez un illustre professeur qui habitait près de la Madeleine, à un quart d'heure du Meurice, ou à une demi-heure, et qui leur avait donné rendez-vous.

Elles attendirent à peine quelques minutes. Une bonne les introduisit. Le médecin était un homme assez grand, plutôt fort, chauve, avec un lorgnon et une barbe noire. Il écouta Marie puis, se tournant vers Nadia :

— Eh bien ! dit-il, nous allons voir cela.

Il examina Nadia assez longtemps, l'ausculta, demanda le relevé de ses températures que Marie avait heureusement préparé, posa quelques questions.

— Je ne crois pas que ce soit très grave, dit-il en conclusion. Mais vous avez bien fait de venir me voir. Mademoiselle, de toute évidence, a la poitrine fragile...

— Ah ! mon Dieu !... s'exclama Marie.

— Non, non ! rien de sérieux. Il faut éviter l'humidité, le brouillard, les froids subits, la fatigue... Si vous deviez travailler, mademoiselle, je vous conseillerais de vous reposer le plus possible, mais vous pourriez poursuivre vos occupations. Puisque vous me semblez assez libre de votre temps...

Et il s'interrompit un instant pour jeter un coup d'œil interrogateur. Sous prétexte de temps, il pensait à l'argent.

— Tout à fait libre, dit Marie. Nous sommes de passage à Paris, nous habitons Venise et Nadia peut organiser sa vie absolument comme elle le désire — et comme vous le conseillerez.

— Parfait ! Parfait ! L'idéal, dans ces conditions, serait de passer quelques semaines à la montagne. Je suis sûr que trois mois suffiraient tout à fait. Ou quatre. Mademoiselle est un peu pâlotte. Un peu d'air vif et sec nous rendrait des joues roses — qui seraient encore plus ravissantes, si la chose était possible.

On avait prévenu Marie que le professeur était un coureur de jupons impénitent et qu'il ne pourrait pas se retenir de faire un brin de cour à la fille ou à la mère, et probablement aux deux.

— Je vais vous faire une ordonnance. Mais l'essentiel, à mon avis, est le changement d'air. Paris, naturellement, est une sorte de changement d'air pour des Vénitiennes... Mais je préférerais des pins, des foins, des lacs de montagne et le grand soleil de la campagne à l'air un peu confiné de nos théâtres et de nos restaurants.

Marie écoutait le professeur en passant en revue toutes les possibilités qui s'offraient.

— J'imagine qu'avec la lagune et les brouillards d'hiver Venise n'est pas l'endroit rêvé ?

— Certes non, chère madame. J'aimerais encore mieux Paris... Au moins les pauvres Parisiens auraient-ils quelque chance de vous rencontrer...

— Est-ce que les Dolomites ou Salzbourg...

— Tout ce qui se situerait entre 800 et 1 200 mètres me paraîtrait recommandable. Après tout, il y a un trimestre à passer et je suis sûr que vous vous arrangerez pour le rendre délicieux.

Marie et Nadia se retrouvèrent dans la rue, un peu troublées, à peine émues, amusées par le professeur et très gaies à l'idée de la vie nouvelle que les mécanismes mystérieux du corps et de la médecine, aussi incompréhensibles les uns que les autres, étaient en train de leur imposer.

Un beau matin, Nicolas fut appelé chez le directeur. Il avait l'habitude de ces convocations subites et un peu inquiétantes qui signifiaient pour d'autres la sanction d'un chahut ou d'un travail trop médiocre, mais pour lui des nouvelles venues il ne savait d'où et qui décidaient arbitrairement de son existence à venir. En se rendant chez le directeur, il se disait qu'il n'accepterait plus longtemps d'être traité comme un objet insignifiant et précieux, comme un esclave de grand luxe, et qu'il préférait se prendre en charge lui-même et renoncer définitivement aux servitudes et aux facilités qui lui étaient offertes sans un mot, avec une sorte d'éloignement qui confinait au mépris.

Il ne fut pas très surpris, en poussant la porte après avoir frappé, d'apercevoir, assise dans un fauteuil, une vieille connaissance : Me Brûlaz-Trampolini. Les événements ne sont jamais très différents de ce qu'on attend, mais ils ne se passent jamais comme on le prévoyait. Me Brûlaz-Trampolini lui coupait l'herbe sous les pieds : le notaire venait lui annoncer qu'il était rendu à la liberté et que plus personne, désormais, ne s'occuperait de sa vie.

Lorsqu'on nous offre du dehors cela même que nous souhaitions, le choc est parfois trop fort. A la satisfaction qu'il éprouvait se mêlait soudain un peu d'inquiétude. N'avait-il pas été imprudent de vouloir voler de ses propres ailes ? Que ferait-il dans ce monde dont il ne connaissait rien ? L'espace d'un instant, un vertige d'indépendance s'empara de Nicolas. Et puis le bonheur l'envahit. Les liens qui l'attachaient à un passé ignoré, qu'il était bien forcé de haïr faute de pouvoir l'aimer, étaient enfin coupés.

— J'ai reçu l'ordre, disait le notaire, de mettre à votre disposition, sous la forme qui vous conviendrait le mieux...

Les mots et les phrases, et leur sens, parvenaient à Nicolas comme au travers d'un brouillard. Il regardait le notaire et le directeur, immobiles, figés. Et lui aussi, debout, ne faisait pas un mouvement. Il n'y avait que les lèvres de Me Brûlaz-Trampolini pour remuer dans la pièce sombre, aux rideaux à moitié clos contre le soleil du dehors. Il avait envie de danser.

— ... sous la forme qui vous conviendrait le mieux, une somme assez importante... et même... (il toussa pour s'éclaircir la voix), et même très importante, qui est déposée, sous mon nom, à l'Union de banques suisses à Genève. Je souhaiterais avoir avec vous, à ce propos, une conversation longue et sérieuse dont vous devinez l'importance pour votre propre avenir.

Tout ce qu'il y avait de comique dans la situation frappa soudain Nicolas. Il regarda le directeur, qui ne savait plus quelle contenance prendre. L'élève le plus isolé, le plus démuni, devenait tout à coup son propre maître. Les relations se renversaient. Entré dans le bureau directorial sous les apparences d'un enfant qu'on pouvait punir, il en sortirait comme un égal ou comme un supérieur à qui sont dues de l'estime et de la considération. Et le notaire, qui était jusqu'alors une sorte de tuteur à qui il était soumis, allait devoir obéir aux ordres qu'il lui donnerait.

On eût dit que Me Brûlaz-Trampolini avait deviné les pensées qui agitaient le jeune homme.

— Si vous me permettez de vous donner un dernier conseil, lui dit-il, avant d'exécuter vos décisions, c'est de ne pas vous laisser griser par votre liberté. Vous allez passer d'un seul coup de la dépendance et de la soumission à quelque chose qui ressemble à une espèce de petite fortune. Pour tout le monde, et surtout pour un très jeune homme, c'est une rude épreuve.

Nicolas n'était ni bête ni bas. Il regarda le notaire avec amitié. Le notaire, qui était une fripouille et à qui l'affaire rapportait gros, se sentit presque ému.

Piotr Vassilievitch, qui vivait en reclus dans son palais du Grand Canal, fut de très peu de secours. Les échecs successifs semblaient l'avoir dégoûté d'un monde où, à aucun moment et dans aucun domaine, il n'avait trouvé sa place. Il était arrivé au bout d'une carrière qui n'avait jamais commencé. Le destin de Marie et de sa fille ne l'intéressait plus.

Marie dut décider toute seule des dispositions à prendre. Elle avait d'abord pensé s'installer pour quelques mois dans les Dolomites qui ne sont pas loin de Venise. L'indifférence de Wronski ne rendait cette solution ni très agréable ni nécessaire. Deux amies de Marie, une Française, la baronne Philippe Faure, et une Anglaise qu'elle avait connue au Meurice et qui avait épousé un industriel du nom de Hubert Baer, lui avaient chanté les louanges d'un petit village au centre de la Suisse. Il s'appelait Gstaad. Non, non, ce n'était pas une de ces cités-sanatoriums à la façon de Leysin ni un trou perdu au fin fond des Grisons. Gstaad était un endroit très tranquille et charmant, assez facilement accessible, avec un bon hôtel, et les tuberculeux du monde entier ne s'y donnaient pas rendez-vous. Marie consulta sa fille. Nadia voyait la Suisse d'après ces gravures d'un romantisme tardif où des voyageurs encordés traversent des glaciers sur de fragiles passerelles de neige jetées au-dessus des crevasses. Elle battit des mains, enchantée.

Les deux dames, venant de Berne qu'elles avaient gagné par train, arrivèrent à Gstaad dans une grande berline, leurs deux têtes enfoncées dans des bonnets de fourrure et riant beaucoup. L'endroit leur plut tout de suite. La route de Berne à Gstaad était très belle, avec des vues superbes sur de hautes montagnes enneigées. Les promenades semblaient ravissantes. Il y avait des Anglais, quelques Autrichiens, un vieux ménage russe, beaucoup de fleurs et des chevaux.

La première préoccupation de Marie fut de trouver un médecin. Il y en avait un qui était plus ou moins attaché à l'hôtel et qui paraissait un brave homme. Il vint voir Nadia quelques jours à peine après son arrivée. Il trouva la jeune fille en bon état, mais...

— Enfin, docteur, lui dit Marie, dites-moi, est-ce inquiétant ?

— Inquiétant ? Non, bien sûr, ce n'est pas inquiétant.

Et il appuya fortement, avec un accent suisse prononcé, sur le mot *inquiétant.*

— Mais... ? dit Marie.

— Mais il faut être très prudente, très raisonnable, sous peine de complications. Vous avez bien fait, ajouta-t-il, d'être venues ici assez vite. Du calme, du repos, pas d'agitation, pas de contrariétés. Ce qu'il y a de mieux pour être bien portante, c'est d'abord d'être heureuse.

Et, d'un geste de père de famille, il pinça la joue de la jeune fille.

Nicolas Cossy était dans le bureau de Me Brûlaz-Trampolini, au cœur de la vieille ville de Genève. Quelques jours plus tôt, il avait quitté le Rosey, entouré d'une rumeur flatteuse qui surgissait on ne sait d'où. Genève l'avait d'abord effrayé. Par toute son éducation, sinon par son allure, il était un garçon de la campagne, et presque un paysan. Ses vêtements ne pouvaient donner aucune indication sur des origines qu'il ignorait lui-même : il portait encore l'espèce d'uniforme plus ou moins commun à tous les élèves des grands collèges de Suisse. Sa haute taille, sa bonne mine parlaient en sa faveur. Deux ou trois fois, il avait surpris, avec étonnement, des jeunes filles ou des femmes en train de le regarder à la dérobée. Tout ce mouvement, si neuf pour lui, n'était pas désagréable. Mais la foule dans les rues et le bruit lui tournaient la tête. Il se demandait où couraient tous ces gens et ce qui les faisait s'agiter.

— L'argent, bien sûr ! répondait le notaire, confortablement installé dans un fauteuil en face de Nicolas et fumant un cigare. L'argent qu'il faut gagner et puis qu'il faut dépenser après l'avoir gagné, ce qui permet à d'autres d'en gagner également pour le dépenser à leur tour. Voilà la clé de toute économie politique : il ne s'agit que d'amorcer un système qui se met ensuite à fonctionner tout seul. Voulez-vous y entrer vous aussi ?

Cette façon de poser les problèmes avait désarçonné Nicolas qui s'attendait à une séance de comptes, avec des crayons en train de tracer des chiffres sur du papier quadrillé. Au lieu de ce pensum, le notaire lui avait montré un fauteuil et offert un cigare. Nicolas, qui n'avait jamais fumé, ne savait trop quelle contenance prendre. Il avait à la fois envie et un peu peur d'essayer. Il avança la main — et refusa.

— Il faut d'abord savoir ce que vous avez envie de faire. La vie de la plupart des jeunes gens de votre milieu passe insensiblement et sans heurts de la famille à la carrière. Vous, vous vous trouvez brutalement en face de votre existence : elle se met, en un clin d'œil, à ne plus dépendre que de vous. Est-ce que vous avez une passion ? Est-ce que vous aimez la peinture, la musique, la danse, la littérature ?

Est-ce que... Une espèce de panique s'empara de Nicolas. Il n'avait même jamais pensé à rien de tel. La peinture et la danse, il ne savait à peu près pas ce que c'était. La musique, il avait entendu, comme tout le monde, quelques valses de Strauss, un peu de musique militaire, peut-être la *Petite Musique de nuit* ou la *5e Symphonie* de Beethoven. La littérature n'était guère pour lui qu'une matière scolaire comme le latin ou les mathématiques. Il hésita. Tout un monde nouveau s'ouvrait devant lui. Pourquoi ne s'était-il jamais trouvé personne pour lui montrer des tableaux ou l'asseoir devant un piano ?

Le notaire s'aperçut aussitôt du trouble de Nicolas. Il n'avait aucune intention de le torturer.

— Bon, bon ! N'en parlons plus. Tant mieux, peut-être... Vous savez, les artistes et les écrivains n'ont pas toujours la vie très facile. On parle sans cesse de ceux qui ont réussi. Mais les autres !... Alors, quoi ? L'armée ? la banque ? les affaires ?...

Le monde chavirait. Nicolas était comme un homme resté trop longtemps dans l'obscurité et rendu soudain à la lumière. Sa liberté l'éblouissait.

— Il n'est pas tout à fait exclu que vous puissiez vivre de votre fortune et de vos rentes. Mais, d'abord, votre existence serait plutôt modeste. Ensuite, à votre âge, je crois qu'il faut avoir un métier. Si j'étais votre père, je vous le conseillerais. Et au besoin je vous y contraindrais. Mes fonctions auprès de vous ne me permettent que de vous donner mon avis.

Nicolas n'osait pas demander à combien s'élevait la somme qui constituait sa fortune. Il lui semblait qu'elle ne lui appartenait pas tout à fait et qu'il y aurait de l'indélicatesse à se précipiter sur ce bien qui lui tombait du ciel. La réponse, quelle qu'elle fût, à la question qu'il ne posait pas ne lui aurait d'ailleurs servi à rien : au-delà d'un certain niveau, les chiffres ne lui disaient pas grand-chose.

Il n'avait pas envie de ne rien faire. Il se sentait plutôt un appétit d'action. Mais il ne savait pas ce qu'il voulait.

— La meilleure solution serait sans doute de vous jeter dans l'existence. D'entrer dans une banque ou dans une affaire. De faire le tour du monde sur un navire. D'être envoyé par un journal en Afrique ou en Inde. Le choix du métier ne serait pas définitif. Vous pourriez continuer à vous interroger sur votre vocation. Vous auriez acquis de l'expérience et vu de quoi le monde est fait.

Le notaire réfléchissait tout haut et il y avait quelque chose de touchant dans cet affairiste presque marron, d'une réputation exécrable, que seul l'argent intéressait, et qui se donnait du mal pour ce jeune homme perdu qui ne lui était d'aucune utilité, mais qui avait du charme.

— Je vous remercie, dit Nicolas d'une voix très basse, de tout ce que vous faites pour moi.

— Allons ! allons ! ce n'est rien. Vous me rendrez ça quand vous serez célèbre, millionnaire ou ministre. En attendant, le bateau ou l'Afrique ne me paraîtraient pas mal. Mais il faut un peu de temps pour mettre l'affaire sur pied. Voulez-vous, d'ici là, faire un tour dans une entreprise — banque, commerce ou assurance ? Voilà au moins quelque chose que je suis capable d'organiser dans la semaine.

De l'autre côté de l'Atlantique, Rosita Finkelstein se livrait à l'activité la plus simple du monde et la plus décisive : elle grandissait. Voilà déjà la troisième génération que nous voyons monter avant de redescendre et, bientôt, disparaître : d'un côté, Florinda, Cristina Isabel, Rosita ; de l'autre, le rabbin de Pologne, Jérémie

Finkelstein et la même Rosita, au croisement de deux mondes qui n'avaient rien en commun — le monde juif et le monde noir.

Rosita adorait sa mère, qui était très douce et tendre. Objet fragile du Sud perdu dans les rigueurs du puritanisme activiste de la côte est et de la Nouvelle-Angleterre, Cristina Isabel s'habituait assez mal au froid et au rythme trépidant de Boston, de Philadelphie ou de New York. Elle rêvait de Bahia, de son Brésil natal, des longues plages blondes le long de la mer, des maisons bleues et rouges. Dès qu'elle le pouvait, elle se précipitait vers le Sud, avec Jérémie, son mari, en Floride, en Louisiane, là où le soleil était plus chaud. Jérémie l'entourait d'attentions et de tendresse. Il était un mari et un père excellent, comme il avait été un bon élève, un employé modèle, un amant mieux que convenable, un homme d'affaires remarquable, comme il aurait pu devenir, si les circonstances l'avaient poussé dans ce sens, un rabbin très savant ou un dirigeant socialiste de premier plan et un révolutionnaire qui aurait compté. On aurait dit que ce juif russe et polonais, devenu riche et américain, était capable de tout faire.

Mais, de toute la famille, le préféré de Rosita était encore son grand-père. Que de journées merveilleuses elle avait passées, dans les rues et dans les parcs, au théâtre ou au cirque, avec Pericles Augusto ! Toujours gai, toujours drôle, toujours inattendu, le grand-père entraînait sa petite-fille dans des promenades quotidiennes qui prenaient des allures d'aventure et de fête. Dès qu'il se passait quelque chose, Pericles Augusto, mystérieusement informé, venait chercher Rosita. Ils avaient vu des Indiens, des Esquimaux, des Chinois, des tziganes, ils avaient assisté à des réunions politiques qui se terminaient en bagarres contre le Ku-Klux-Klan, ils passaient des journées entières sur les champs de courses ou dans des kermesses où la bière coulait à flots à l'ombre des loteries, des girafes, des géants et des nains. Plus d'une fois, les initiatives de Pericles Augusto avaient déchaîné des drames familiaux. Le soir où il avait emmené Rosita, âgée de six ou sept ans, voir un match de boxe plutôt sanglant entre un champion allemand et un nègre gigantesque, Cristina Isabel s'était emportée contre son père et lui avait reproché, en termes assez vifs, d'être toujours resté un enfant. Ce vieil enfant que Rosita avait eu quand elle était encore toute petite finit par mourir comme il avait vécu : dans la joie, avec le sourire, et vêtu, comme toujours, d'un invraisemblable gilet qui lui rappelait sans doute, dans l'aisance enfin conquise, ses accoutrements d'Olinda. Rosita mit longtemps à se remettre du chagrin que lui causait la disparition de cet être improbable, plein de chaleur et de fantaisie. Et puis elle oublia. Mais en se souvenant toujours.

Ainsi passait parmi les hommes, inséparable de leur moindre geste et de leur moindre pensée, régnant sur l'univers, lien impalpable entre les générations, racine et forme sans contours, sans figure, sans consistance — et pourtant omniprésentes — de tout ce qui surgit en ce monde, matière et cœur de l'histoire, le personnage tout-puissant qui est le premier de ce livre comme il est le premier aussi de tous les souvenirs et de tous les projets : le temps.

Nadia n'était pas vraiment malheureuse, mais elle traversait une période soudain un peu difficile. Après les tourbillons de Paris et les premiers plaisirs de la campagne — les promenades du matin et surtout du soir, avant le coucher du soleil, quand l'air, tout à coup, devenait un peu plus frais et que sa mère lui jetait en hâte, avec un front soucieux, des pagailles de châles sur le dos, les cloches des vaches dans les prés, les vues époustouflantes sur les sommets des Alpes bernoises et sur les lacs de montagne, le lait bu tiède dans les fermes avec un pain rude et entier qui n'avait rien à voir avec les fines baguettes de Paris — il lui arrivait de s'ennuyer. L'admiration lui manquait que lui avaient témoignée tant de jeunes gens empressés. Elle s'en voulait un peu d'avoir laissé passer dédaigneusement plus d'une occasion de bonheur ou peut-être simplement de plaisir auxquelles elle pensait avec mélancolie. Elle lisait Stendhal plus que jamais et la plénitude et l'ardeur de l'existence de ses héros la remplissaient d'une sorte d'angoisse. Et si sa vie était menacée ? Si son état était plus sérieux que ne l'avouait sa mère ? Si une existence normale lui était à jamais interdite ?

Elle n'avait pas peur. Mais elle avait envie de vivre et de profiter de sa jeunesse. Elle se disait qu'elle n'avait pas vécu. Et que, si son passage sur cette terre était plus court que prévu, il était temps de s'y mettre. Elle avait connu des bals et des voyages, le Grand Canal à Venise, la vie brillante de Paris. Elle avait vu plus de choses que la plupart des jeunes gens et des jeunes filles de son âge. Mais tout cela restait extérieur. Elle attendait autre chose. Elle voulait autre chose. Et elle ne savait pas très bien quoi.

— Maman ! disait-elle à Marie lorsqu'elles se promenaient toutes les deux, bras dessus, bras dessous, sur les chemins dans la montagne. Maman ! Dites-moi la vérité : est-ce que vous croyez que je vais mourir ?

— Ma chérie, répondait Marie, bouleversée, ne dis donc pas de bêtises ! Tu sais aussi bien que moi ce qu'il en est. Nous avons vu deux médecins. Ils sont du même avis : il faut que tu te reposes et que tu ne te tourmentes pas. Et tout ira très bien.

— Mais, maman...

— Oui, ma chérie ?... Et la mère, s'arrêtant, passait avec tendresse la main sur les cheveux de sa fille. Oui ?...

— Mais, maman, est-ce que vous croyez que je pourrai mener une vie normale, avoir un mari et des enfants, je ne sais pas, être heureuse ?

— Ça, ma chérie, disait Marie d'une voix à la fois très basse et presque violente, je te le promets, je te le promets.

Nicolas avait eu le choix entre plusieurs propositions que lui avait soumises Me Brûlaz-Trampolini. Une compagnie de navigation à Hambourg, une société de banque à Milan, une chaîne d'hôtels à Genève et à Lausanne.

— L'avantage d'Hambourg et de Genève, c'est que vous pourriez mettre un peu d'argent dans l'affaire où vous travailleriez. Vous seriez en quelque sorte en visite chez vous-même.

Nicolas hésitait. L'étranger le tentait et, bizarrement, il répugnait à quitter le pays d'où il tirait ses seuls souvenirs. Lui qui n'avait pas d'origines, à quoi donc se sentait-il attaché ? A l'image de Mummy, à l'église de Münster, à l'école de Zernez, au décor de Pontresina, au collège du Rosey, à Me Brûlaz-Trampolini ? Cette seule litanie avait quelque chose de dérisoire. Pourtant, renonçant à l'Allemagne ou à l'Italie, il se décida pour la chaîne hôtelière. Me Brûlaz-Trampolini s'occupa de tous les détails. Nicolas passa trois semaines à s'initier, très en gros, aux affaires à Genève. Puis, toujours en pays de connaissance, il partit pour Lausanne.

Brian O'Shaughnessy — le jeune, et non plus son grand-père, le frère d'Edmund, qui portait le même prénom et avait parcouru les mêmes étapes — avait été inscrit à Eton dans la semaine même de sa venue au monde. L'histoire de son enfance et de sa jeunesse est aussi calme et aussi heureuse que celle de son pays pendant la même période. Histoire heureuse au moins pour ceux que leur naissance et leur fortune placent au rang des privilégiés. Une vingtaine d'années plus tard, il est encore permis à Lloyd George, alors chancelier de l'Échiquier, de s'écrier, à l'indignation des conservateurs : « Je peux nommer douze personnes dont les revenus suffiraient pour maintenir dans l'aisance 50 000 ouvriers et leurs familles. Pensez-y, pensez-y! 250 000 personnes, femmes et enfants, peuvent vivre sur le revenu que ces douze personnes touchent sans l'avoir jamais gagné. »

Je ne suis pas sûr que les McNeill et encore moins les O'Shaughnessy aient jamais compté parmi les leurs une de ces douze personnes. Mais ils appartenaient sans aucun doute aux quatre ou cinq cents familles les plus fortunées d'Angleterre. Étendues sur des dizaines et des dizaines de milliers d'acres, les seules terres de Glangowness auraient suffi largement à faire vivre leurs propriétaires dans une aisance très proche de l'opulence. Et bien d'autres ressources, mobilières ou immobilières, venaient s'adjoindre à celles-là. A peu près jusqu'à l'époque du mariage de Sybil avec Sean O'Shaughnessy, tout est organisé par l'histoire avec un soin méticuleux pour protéger l'ordre établi. Paradoxalement, un conservateur progressiste de génie, issu d'une famille juive de Venise établie en Angleterre au milieu du XVIIIe siècle, Benjamin Disraeli, allant plus loin que ses adversaires libéraux, avait fait passer le chiffre des électeurs d'un peu plus d'un million à deux millions et demi. Mais l'autorité des propriétaires était à peine ébranlée. Les syndicats n'avaient pas d'existence légale. D'après la loi *Maître et serviteur,* à la dénomination éloquente, le patron qui renvoyait un ouvrier n'était tenu qu'à une indemnité, l'ouvrier qui quittait son patron était emprisonné. Et surtout le gros de l'opinion publique était très loin d'être favorable aux ouvriers, en qui elle voyait d'abord des révolutionnaires. En dépit des opinions de son beau-père, lord Landsdown, conservateur convaincu, Sean O'Shaughnessy, peut-être parce qu'il était d'origine irlandaise, et que les libéraux avaient manifesté moins d'hostilité que les conservateurs à la cause de l'Irlande, s'était engagé aux côtés de Gladstone et de Joseph Chamberlain.

A la fureur de Disraeli — « La postérité rendra justice à ce maniaque sans principes, cet extraordinaire mélange d'envie, de rancune, d'hypocrisie et de superstition, Mr Gladstone qui, soit comme Premier ministre, soit comme leader de l'opposition, qu'il prêche, qu'il prie, qu'il discoure ou qu'il gribouille, a toujours eu un trait constant, c'est qu'il n'est jamais un gentleman » — Gladstone s'interrogeait sur le sort de l'Irlande : « Le pays tout entier a senti se poser devant lui la question d'Irlande. L'Irlande a, depuis des siècles, un compte ouvert avec le pays et nous n'avons pas assez fait pour le balancer en notre faveur. Si nous avons quelque sentiment chevaleresque, j'espère que nous ferons tous nos efforts pour effacer ces taches qu'aux yeux du monde civilisé notre traitement de l'Irlande imprime sur l'écusson de l'Angleterre. Si nous avons quelque compassion dans l'âme, j'espère que nous prêterons l'oreille au lamentable refrain qui nous arrive d'Irlande et dont la triste vérité n'est que trop attestée par le flot continu de l'émigration. Mais, avant tout, si nous voulons la justice, nous irons de l'avant, au nom de la vérité et du droit, ne perdant jamais de vue ceci : que lorsque la lumière est faite, lorsque l'heure a sonné, un délai de justice est un déni de justice. »

Situé à l'aile gauche du parti libéral, Joseph Chamberlain n'avait pas assez de sarcasmes pour les conservateurs, « le vieux stupide parti », pour les lords style Landsdown « qui n'ouvrent ni ne filent et qui vivent du bien d'autrui », pour l'Église « qui mange le bien du pauvre », pour l'impérialisme britannique, vénéré à Glangowness, « qui exporte la civilisation dans nos caisses d'opium et l'importe à la pointe de nos baïonnettes ». Les positions plutôt radicales de Joseph

Chamberlain auraient pu entraîner des tensions familiales au sein des calmes soirées de Glangowness lorsque, brusquement, Chamberlain, précisément sur la question de l'Irlande dont il entendait maintenir l'union avec l'Angleterre, rompit avec le vieux Gladstone qui approchait de ses quatre-vingts ans et s'allia aux conservateurs. A la sombre jubilation de l'oncle Edmund, qui n'était plus tout jeune non plus et qui n'avait jamais eu confiance dans les effusions britanniques, l'ordre se remettait de lui-même dans les esprits les plus libéraux soudain transmués en unionistes. Sous les ricanements de l'oncle Edmund et à la satisfaction du vieux lord Landsdown qui se retrouvait soudain dans le même camp que son adversaire Chamberlain, les élections de juin 1886 envoyèrent à la Chambre Sean O'Shaughnessy en député unioniste.

Le jeune Brian était assez indifférent à ces péripéties qui passaient au-dessus de sa tête. Pour son père, pour ses deux grands-pères, la querelle du protectionnisme ou les progrès du catholicisme depuis la conversion de Newman — « Cette conversion, disait Gladstone, a marqué la plus grande victoire que l'Église de Rome ait remportée depuis la Réforme » — représentaient des événements d'une portée prodigieuse. Pour le jeune Brian, comme pour nous, il s'agissait plutôt de tempêtes dans les lacs à peine agités de la prospérité et de la sérénité. Le seul sentiment collectif auquel il fût vraiment sensible, au moment où, quittant Eton, il allait partir pour Oxford, c'était celui de la grandeur de l'Empire britannique. Son père, qui sortait pourtant d'une famille celte et catholique, lui avait répété cent fois une tirade de Chamberlain qu'il avait fini par savoir par cœur : « Oui, je crois en cette race, la plus grande des races gouvernantes que le monde ait jamais connues, en cette race anglo-saxonne, fière, tenace, confiante en soi, résolue, que nul climat, nul changement ne peut abâtardir et qui, infailliblement, sera la force prédominante de la future histoire et de la civilisation universelle. Et je crois en l'avenir de cet Empire, large comme le monde, dont aucun Anglais ne peut parler sans un frisson d'enthousiasme. »

A peu près à la même époque, Brian, au hasard de ses lectures, découvrit sous la plume d'un jeune écrivain un poème qui le bouleversa. Le poème se présentait comme un dialogue entre les terres de l'Empire et la vieille Angleterre :

Et nous voulons nous faire une promesse : aussi
longtemps qu'en nous durera notre sang,
Je saurai que votre bien est le mien, vous sentirez
que ma force est la vôtre,
Afin qu'au grand jour d'Armaggedon, à la
dernière de toutes les grandes guerres,
Notre maison se tienne toute, et que
n'en croulent point les piliers.

Le jeune poète s'appelait Rudyard Kipling.

Lorsque Brian O'Shaughnessy, frais émoulu d'Eton, fait son entrée dans le grand hall d'All Souls College, à Oxford, il y a déjà plusieurs années qu'Aureliano Romero a quitté l'Europe, l'Angleterre, Cambridge et St. Catharine's College. Il est retourné en Argentine s'occuper, auprès de sa mère à qui il s'apprête à succéder, des brasseries familiales et de l'empire industriel créé par la dame d'acier. Mais, une fois tous les deux ou trois ans, il revient en Europe où il aime revoir ses amis, flâner dans Jermyn Street ou entre la rue Royale et la rue de Rivoli pour se commander des costumes, des chemises et des souliers, applaudir les toreros célèbres dans les arènes de Séville ou dans celles de Madrid ou de Pampelune le jour de la San Isidro ou de la San Fermin, et surtout assister, sur la Tamise, à la fameuse course d'aviron entre Oxford et Cambridge.

Un beau matin de printemps, le jeune Argentin, vêtu de façon peut-être un peu trop élégante et voyante, se sentait au comble de l'excitation : l'équipe de Cambridge, où il comptait encore plusieurs amis, était en train de l'emporter sur celle d'Oxford. Le spectacle était enchanteur. Il faisait une de ces journées de soleil que se réservent jalousement les pays où il pleut beaucoup. Dans un élan où la souplesse semblait effacer tout effort, les longues embarcations filaient à toute allure sur le miroir étale du fleuve, à peine froissé de temps en temps par une risée subite. Les gestes des rameurs donnaient l'impression d'une régularité et d'une harmonie merveilleuses. Une longue rumeur montait des deux bords de la Tamise où des milliers de spectateurs criaient leur joie ou leur déception. Les robes de couleur des femmes avaient l'air d'appartenir à ces tableaux français qui faisaient scandale, à peu près à la même époque, de l'autre côté de la Manche : dans le tremblement de la lumière, elles jetaient des taches vives dont les combinaisons changeantes dansaient devant les yeux.

Aureliano Romero était venu avec une jeune femme française qu'il avait pêchée deux ou trois jours plus tôt dans un de ces endroits où l'on s'amuse. Elle était brune, très vive, et elle criait très fort. A eux deux, l'Argentin et la Française, ils faisaient un vacarme — souligné par des gestes de la main et du bras, accompagné de sauts et de cabrioles — qui étonnait leurs voisins. A quelques brasses à peine de l'arrivée, les champions d'Oxford avaient rejoint ceux de Cambridge. Aureliano se déchaîna. Il prit sa compagne sur les épaules et, juchés l'un sur l'autre, ils se mirent à émettre, à deux niveaux différents et de toute la force de leurs gosiers étrangers, des bordées d'injures, assez peu britanniques par le fond et la forme, à l'adresse des gens d'Oxford.

— Well ! dit quelqu'un derrière eux, en anglais, de la voix la plus calme. Well ! ça ira comme ça. Est-ce qu'on peut regarder tranquillement, et chacun sur ses pieds, la fin de cette jolie course ?

Et, mettant ses mains en cornet autour de sa bouche, il lança quelques quolibets à l'endroit de Cambridge.

Aureliano se retourna d'un seul coup. Il avait toujours sur le dos son frêle fardeau français. En face de lui, il vit un garçon très jeune et blond, extrêmement bien physiquement, qui se tenait debout aux côtés d'une jeune fille rousse, visiblement aussi anglaise que son compagnon.

— Je fais ce que je veux, dit Aureliano. Et Mademoiselle aussi.

Et du doigt il montra la jeune personne qui s'agrippait à sa tête.

— Dans ce pays..., commença le jeune homme en bégayant un peu, dans ce pays...

Une immense clameur éclatait. La course était finie. Ni Aureliano, ni son adversaire, ni les deux jeunes filles qui les accompagnaient n'avaient rien vu de l'arrivée.

— Qui a gagné ? Qui a gagné ? glapit la jeune guenon française, toujours perchée sur son cocotier sud-américain.

— Comment veux-tu que je sache ? répondit Aureliano. Cet imbécile d'Oxford a tout gâché.

— L'imbécile d'Oxford n'a rien pu voir, répliqua très vite le jeune homme blond, parce que deux abrutis de Cambridge accouplés en hauteur faisaient un vacarme terrible et bouchaient le paysage.

— Hé là ! dit Aureliano.

L'Anglais haussa les épaules. La Française, un peu tard, avait sauté à terre. L'Argentin attrapa le jeune homme par le bras et ils roulèrent ensemble dans la poussière. Ce fut un joli combat. Des spectateurs, autour d'eux, ravis de ce supplément et d'avoir quelque chose à faire après la fin de la course, se mirent à parier, les uns sur le grand brun, les autres sur le joli blond. Le soir, un œil au beurre noir pour l'un et deux doigts en compote pour l'autre, ils dînaient tous les quatre dans une de ces guinguettes qu'on voit le long de la Tamise.

Ce fut la première rencontre entre Aureliano Romero et Brian O'Shaughnessy. Ils n'échangèrent même pas leurs noms, ou ils les oublièrent aussitôt pour ne se souvenir que de leurs prénoms. Plus tard, beaucoup plus tard, après la guerre et la crise, au milieu des téléphones et des automobiles et des premiers avions, à l'ombre du marxisme et du fascisme naissant, il leur fallut quelques efforts pour se rappeler l'un et l'autre, par-delà vingt-cinq ans d'éloignement et d'oubli, qu'ils s'étaient battus comme des chiffonniers, entre une poule française plutôt criarde et une future infirmière du Kent ou du Sussex, vers la fin de l'autre siècle, sur les bords de la Tamise.

Souvent, le matin, quand il faisait beau, pendant que sa mère sommeillait encore ou prenait son petit déjeuner dans l'immense lit où elle dormait seule, Nadia sortait se promener. Elle aimait ces débuts de journée où il n'y avait encore personne sur les chemins de montagne qu'elle suivait sous les sapins. Elle partait sur la route de Rougemont et de Château-d'Oex ou, de l'autre côté, le long de la rivière, en direction de Lauenen. De temps en temps, elle croisait un paysan qui la saluait en schwyzertütsch. Elle répondait en un allemand hésitant et échangeait parfois quelques mots sur le temps ou les animaux. Dans ces promenades solitaires, elle pensait souvent à son père, si lointain, et à sa mère, malheureuse. Elle ne savait rien du drame qui s'était passé quand elle avait à peine un an. Ni son père ni sa mère ne lui en avaient jamais soufflé mot. Elle constatait simplement que son père n'était jamais là, qu'il devenait ombrageux et bizarre, et que sa mère semblait toujours accablée par quelque lointaine malédiction. Au sein de ce climat de désolation, qui lui avait parfois pesé si lourd dans la maison de la Giudecca ou dans le palais du Grand Canal, elle avait presque honte de se sentir vive et gaie. Elle-même, au milieu de cette gaieté naturelle, connaissait des crises de découragement, et presque de dépression. L'idée qu'elle était malade, qu'elle ne serait peut-être jamais capable de mener une vie normale, la plongeait dans l'abattement. Mais le caractère enjoué et courageux qu'elle avait hérité de sa mère reprenait vite le dessus. Et elle ressentait à nouveau ce grand appétit du monde et de la vie qui était sa force et son charme.

En rentrant à l'hôtel, ce matin-là, elle était si perdue dans ses pensées qu'elle faillit heurter un jeune homme qui passait la porte dans l'autre sens. Elle bredouilla une excuse. Il assura de son côté que, non, non, toute la faute était sienne. Et il disparut. En montant l'escalier, Nadia se demanda dans quelle langue ils avaient échangé ces quelques phrases. En français ? en allemand ? en italien ? en anglais ? Elle ne parvenait pas à se rappeler avec précision les mots qu'il avait employés. Et, chose plus curieuse, elle ne se souvenait même pas de ses propres paroles. Voilà ce que c'était de n'avoir pas de langue à soi et d'avoir été élevée dans un milieu polyglotte et cosmopolite ! L'impossibilité de retrouver ce dialogue insignifiant et bref la tourmenta vaguement.

Nicolas Cossy apprenait lentement à vivre. J'imagine que son travail à Lausanne ne devait rien avoir de très passionnant. Mais, après les années de collège et surtout de subordination à ce dieu inconnu et détesté qui décidait de son sort, la liberté semblait sans prix. Entre les heures de bureau, Nicolas flânait dans les rues, regardait les devantures des boutiques, entrait dans les librairies pour y acheter des livres, s'amusait du moindre incident. Il rêvait souvent à son avenir et faisait mille projets qui se détruisaient les uns les autres. On aurait dit un convalescent en train de reprendre goût à l'existence.

Après trois ou quatre mois passés à Lausanne, Nicolas fut envoyé dans plusieurs de ces hôtels qui faisaient la réputation touristique de la Suisse. On le vit à Vevey, à Lucerne, à Bâle, à Zurich. Et puis, voilà longtemps déjà que vous l'avez deviné, il partit pour Gstaad.

A Pontresina ou au Rosey, beaucoup de ses camarades professaient un certain cynisme à l'égard de l'amour et des femmes. Peut-être parce que, dans ce milieu où l'argent jouait un grand rôle, il appartenait en fin de compte à la catégorie des humiliés, cette attitude l'irritait jusqu'à l'indignation. Les filles faciles ne l'attiraient pas. Il accompagnait rarement dans leurs bordées, d'ailleurs souvent modestes, les meneurs et les fanfarons. Il passait volontiers pour naïf. A Genève, Me Brûlaz-Trampolini avait essayé, une fois ou deux, plutôt par curiosité et pour tâter le terrain, de l'entraîner dans l'une ou l'autre de ces soirées genevoises rendues plus piquantes encore par leur caractère feutré. Devant l'hostilité crispée de Nicolas, il avait vite renoncé.

— Vous êtes un rêveur, disait le notaire au jeune homme, avec un mélange indéfinissable de mépris et d'envie.

— Que voulez-vous, répondait Nicolas, avec l'existence qu'on m'a faite, mieux vaut rêver ma vie.

La fille devant l'hôtel l'avait d'abord frappé par sa beauté. Il s'était retourné sur elle en un geste dont il n'était pas coutumier. Il aurait voulu que le bref échange, en anglais, ne s'interrompît pas aussitôt. Plusieurs fois, dans la matinée, l'image très blonde et pure lui revint à l'esprit. Mais ce n'était plus tant sa beauté qui l'occupait et le retenait. Il avait rencontré, ici ou là, pas mal de filles très belles qu'il avait à peine remarquées. Celle-là, comment dire ? il la trouvait, je cherche le mot juste..., il la trouvait sympathique. Moins attirante qu'apaisante, moins excitante que sûre. Il aurait aimé la connaître.

Tout à coup, il se sentit seul. Non pas par je ne sais quel vertige métaphysique, mais, de la façon la plus simple, en pensant à sa vie. D'autres avaient une mère, des sœurs, une famille, une maison où il était possible de parler aux siens. Il n'avait personne à qui parler. Il était seul. Ah ! bien sûr, à Pontresina ou au Rosey, il s'était fait des amis. Mais il avait souvent le sentiment qu'on le traitait comme un grand malade, comme un orphelin qui aurait perdu père et mère dans un accident de montagne ou dans un incendie. C'était sa vie même et entière qui était un incendie, qui était un accident, qui était un désastre. Il se sentait une envie de rencontre et de chaleur, une envie de se confier à quelqu'un. Lui qui ne parlait jamais de femmes, il aurait voulu pouvoir raconter à quelqu'un sa rencontre lumineuse du matin. L'idée ne lui venait même pas de retrouver la jeune fille. Il rêvait seulement de pouvoir parler d'elle.

Il sentit distinctement le rouge lui monter aux joues. Il venait de comprendre qu'il disposait de tous les moyens de savoir au moins le nom de la fugitive apparition. Il rentra très vite à l'hôtel, se rendit au bureau et, du ton le plus calme, comme s'il s'agissait d'une vérification comptable ou de la confection des menus, il demanda qu'on lui soumît la liste des réservations et celle des voyageurs.

Il parcourut les noms rapidement. Il y avait beaucoup d'hommes seuls, quelques appartements occupés par deux hommes, une bonne douzaine de couples qu'il était impossible d'exclure — peut-être la jeune personne rencontrée dans la porte était-elle une très jeune mariée ou encore l'épouse très jeune d'un homme mûr ou, qui sait ? d'un vieillard ? — cinq couples avec un garçon, deux couples avec une fille, quatre familles nombreuses, deux hommes accompagnés d'une jeune fille qui portait le même nom qu'eux, six femmes seules dont le statut le fit rêver un instant, et deux mères avec leur fille, leur petite-fille ou leur nièce. Il y avait des noms aux sonorités allemandes, françaises, anglaises, italiennes, espagnoles, russes, scandinaves. Il y en avait de mystérieux qui semblaient ne provenir de nulle part. Nicolas, découragé, referma le gros livre.

Dans les hôtels comme sur les bateaux, les repas constituent une cérémonie rituelle strictement codifiée. C'est un spectacle fascinant, et souvent désolant, que ces couples et ces familles qui absorbent en silence, avec des gestes forcés, sur des nappes impeccables, une nourriture universelle, d'où tout ce qui peut rappeler une région ou une saison est banni avec soin. Le directeur de l'hôtel avait invité Nicolas à venir partager ses repas dans son appartement privé. Nicolas avait accepté et il s'était retrouvé au sein d'une famille mi-italienne, mi-suisse. Le jour de la rencontre devant l'hôtel, il prétexta la curiosité pour prendre son repas seul à une petite table, dans un coin de l'immense salle à manger d'où les clients jouissaient d'une vue célèbre sur les montagnes qui entourent Gstaad.

Ni à déjeuner ni à dîner, il ne vit apparaître la jeune femme de la porte. Il ne découvrit que des célibataires revêches et des ménages moroses. Avec la mauvaise foi inconsciente dont nous entourons nos démarches pour qu'elles ne nous fassent pas trop souffrir, Nicolas avait fini par se persuader que seule la conscience professionnelle l'avait attiré au milieu des clients. Il notait l'allure du service, la disposition des tables, l'ordonnancement des couverts, le nombre des sièges, la couleur des rideaux. Il ne put tout de même pas s'empêcher de noter aussi l'absence de la jeune femme.

Les mécanismes habituels se mirent aussitôt en marche. A la déception succéda une indifférence feinte destinée à frayer le chemin à un joli souvenir insignifiant et inutile, d'avance voué à l'oubli. Il se surprit à penser qu'elle n'était pas mal sur un ton intérieur qui s'efforçait à la désinvolture. Déjà l'oubli, à la fois craint et espéré, entreprenait son travail : deux fois au moins, il eut le sentiment de ne se rappeler aucun des traits de la personne qu'il était venu chercher dans la grande salle à manger. Elle n'était plus pour lui que le souvenir d'un souvenir. Les filets de sole au champagne et un fendant du pays l'emportèrent sans trop de peine sur ce fantôme évanoui.

Il se dit qu'elle avait dû faire partie du lot de voyageurs qui avait quitté l'hôtel le jour même. Ou peut-être ne l'avait-elle même jamais habité et n'était-elle qu'une visiteuse de passage dans ce village de montagne ? Le lendemain, Nicolas retrouvait son rond de serviette sur la table du directeur. Ce qu'il ne savait pas, c'était que Nadia et sa mère avaient passé la journée de la veille en excursion dans la montagne, que, fatiguées par la marche et le grand air, elles avaient dîné dans leur chambre et qu'elles étaient en train de déjeuner toutes les deux, en riant beaucoup, dans la sinistre salle à manger où il avait attendu pendant des heures, et sans se l'avouer à lui-même, le retour de la vision fugitive.

Aureliano Romero incarnait à Buenos Aires ce que l'Amérique du Sud avait de plus prometteur. Son physique, ses études, sa fortune, la situation et la personnalité de sa mère, son côté profondément argentin mêlé d'une touche britannique faisaient de lui le modèle et le point de mire de toute une société qui évoluait entre les chevaux, le sport, les femmes, les affaires, l'argent et qui recouvrait le tout de préoccupations, parfois sincères, où se mêlaient la religion, la patrie, un snobisme violemment européen et le souvenir de San Martin.

Aureliano n'avait pas les qualités exceptionnelles dont témoignait sa mère dans la conduite des affaires. Il travaillait moins qu'elle, il était moins obstiné, il ne possédait pas ce flair surprenant qui permettait à une femme sans diplômes et sans expérience de distinguer bien mieux que les requins de finance et tous les chevaux de retour les bonnes entreprises des mauvaises. Ce qu'il aimait par-dessus tout, c'était partir pour Arroyo Verde et galoper à cheval, pendant des heures, sur les terres qui lui appartenaient. La meilleure image de lui-même, il la donnait dans ces journées harassantes où, debout avant l'aube, il s'occupait des champs, de l'eau, des récoltes, du bétail. Il aurait pu être, il était un de ces personnages à grand chapeau et à chemise à carreaux qu'interpréteraient plus tard un John Wayne, un Robert Mitchum ou un Henry Fonda. Il courait les filles avec le sourire. Il était l'espoir des mères chrétiennes.

Entrecoupée de voyages en Europe et de longs

séjours à Buenos Aires, cette vie était destinée à se poursuivre pendant des années et peut-être jusqu'à la mort si un événement nouveau où se mêlaient la chance, le goût du changement, un peu d'ambition, le désir de briller sur d'autres terrains n'était pas intervenu. Par le jeu classique de ces névroses d'existence qui ne cessent de nous replacer dans les mêmes circonstances, Conchita Romero s'était mise très vite à tenir à Buenos Aires le même rôle qui ne lui avait que trop bien réussi au Paraguay. Fréquenté par les ministres et par des diplomates, le salon de Conchita Romero était devenu, à la fois en plus gai et en plus efficace, une sorte d'annexe clandestine du gouvernement argentin. On murmurait même à Buenos Aires qu'elle était la maîtresse du ministre des Relations extérieures. Ce qui est sûr, en tout cas, c'est que, pour cette raison privée ou pour toute autre, et peut-être même en considération des mérites propres du jeune homme, le ministre avait offert à Aureliano Romero un poste à l'étranger avec statut diplomatique. Aureliano hésita quelques jours. Sa mère le poussait à saisir sa chance. Il avait toujours été fasciné par l'Europe. Il accepta. Peut-être parce qu'il sortait de Cambridge et qu'il parlait anglais, on l'envoya à Londres avec le titre d'attaché. A son âge, c'était un poste superbe. Et il n'avait plus besoin de voyager à la rencontre de son tailleur.

Neuf ans, dix ans, douze ans. Rosita passait insensiblement de l'état de petite fille à la situation ambiguë de très jeune fille. Peu après la mort de Pericles Augusto, il y eut un autre drame dans sa vie. Cristina Isabel avait eu un deuxième enfant, un garçon que ses parents avaient appelé Simon. A la différence de Rosita qui avait le teint clair exigé par son prénom, le petit-fils de Florinda avait beaucoup de traits de sa grand-mère et la couleur sombre de sa peau. Jérémie, qui était fou de lui, l'appelait avec tendresse « mon petit nègre juif ». En dépit de sa fortune, il le voyait déjà, deux fois minoritaire et deux fois déshérité, en train de reprendre le flambeau de la révolte que le succès avait fait tomber dans ses mains. Avec l'ascension de Jérémie, toute la famille, du vivant encore de Pericles Augusto, s'était installée dans une grande et belle maison d'où la vue s'étendait sur des arbres et jusqu'à l'Hudson River. C'est là que devait mourir Pericles Augusto et que le malheur, une seconde fois, allait frapper Cristina Isabel et tous les siens.

Jérémie Finkelstein, désormais, était un homme important. Très maigre, très sec, toujours vêtu l'hiver d'une pelisse de fourrure qui était devenue légendaire, la tête fine et rousse émergeant d'un col très haut, il était devenu une figure familière des cercles les plus fermés et des conseils d'administration. La réussite et la fortune avaient fini par le faire vivre dans un milieu farouchement antisémite qui faisait une exception en sa faveur. A la tête de plusieurs des affaires les plus importantes du pays, souvent pris pour arbitre, en raison de sa réputation d'intelligence et d'équité, dans des conflits financiers ou industriels, auréolé d'une espèce de réputation d'élégance à la fois stricte et un peu originale où se mêlaient obscurément des souvenirs de son beau-père dont il était pourtant si éloigné, Jérémie Finkelstein était l'un de ces hommes qui donnaient l'image la plus frappante et la plus juste d'une Amérique jeune et puissante à laquelle, par un paradoxe dont il s'amusait, il n'appartenait que par accident.

La politique, naturellement, s'était emparée de lui. Il était devenu sénateur. L'histoire est ainsi faite que les mouvements syndicaux dont il avait été l'apôtre et l'ami au temps de sa jeunesse avaient fini par voir en lui un de leurs adversaires les plus actifs. Il était passé du côté des richards. Les pauvres, dont il avait été, ne se reconnaissaient plus en lui. Un peu d'amertume était venu à Jérémie devant ce qui lui apparaissait, secrètement, comme un échec. La fraternité des opprimés manquait, avec une cruauté dont les autres ne se doutaient pas, à ce juif arrivé.

Le drame éclata un matin : le petit Simon avait disparu de la chambre où il dormait avec une nurse. La fenêtre était brisée, la nurse avait été ligotée et bâillonnée par un homme dont elle ne pouvait rien dire, aucun bruit de lutte n'avait alerté la maison. Le soleil était levé depuis longtemps quand une femme de chambre épouvantée était venue réveiller Madame. La police partit aussitôt dans cinq ou six directions différentes : la nurse, la politique, la vengeance, l'argent, la folie enflammée par la réputation croissante de la famille Finkelstein, les relations douteuses de feu Pericles Augusto. L'enquête dura des mois. La nurse fut arrêtée, puis relâchée. L'enfant resta introuvable. Beaucoup prétendirent qu'il avait été tué. D'autres, que des négociations secrètes avaient été menées en vain avec les ravisseurs par Jérémie Finkelstein. D'autres, comme il arrive souvent dans les grands bouleversements de la vie privée et sociale, embrouillèrent encore un peu plus une situation déjà tragique et mirent en cause, sans aucune preuve et en frappant presque au hasard, l'existence pourtant transparente de Cristina Isabel, les relations de Jérémie avec la nurse de son fils et les habitudes excentriques, mais innocentes, de Pericles Augusto.

Le drame porta un coup terrible aux liens calmes et confiants, presque patriarcaux, entre Jérémie et Cristina Isabel. Ils surmontèrent l'épreuve, lui à force d'intelligence, elle à force de douceur.

— Vois-tu, disait Jérémie à sa femme, nous avions une vie trop heureuse. Dieu nous a envoyé cette épreuve pour nous rappeler que rien ne nous était dû de ce long bonheur qui nous semblait si naturel.

Elle le regardait. Des larmes venaient à ses yeux. Il la serrait contre lui.

Jérémie Finkelstein, en secret, avait beaucoup rêvé de la gloire. Son nom fut dans tous les journaux de New York, qui, pendant plusieurs semaines, ne parlèrent que de l'enlèvement du bébé Simon Finkelstein, fils du tycoon Jérémie, d'origine judéo-polonaise, petit-fils d'un hurluberlu italo-brésilien dont se souvenaient les habitués des champs de courses et des spectacles de boxe. Il admirait l'ironie de l'histoire qui comblait tous ses vœux en l'accablant de chagrin. Peu à peu, rien de nouveau ne venant, les journaux, après avoir rivalisé de révélations sensationnelles et de rumeurs vite démenties, se mirent à se taire un à un, chacun copiant sur l'autre à la façon d'un mauvais élève et imitant le silence qui se faisait sur l'affaire.

La vie reprit son cours autour de Rosita. Elle était plus renfermée, moins expansive, comme blessée. Après la présence éclatante de Pericles Augusto, il y eut l'absence de Simon. Ils avaient promis d'aller tous les quatre en Pologne voir le rabbin au shtetl. Ils s'y rendirent tous les trois. Le rabbin était maintenant très vieux, un peu absent, et il mourut deux mois après le retour à New York de Jérémie et des siens. Frappée successivement en amont par deux malheurs naturels et en aval par un autre qui l'était moins, la famille se retira dans une solitude volontaire. Une espèce de terreur sacrée les entourait. Leur dignité à tous les fit encore grimper dans l'estime des familles riches de New York, et plus particulièrement de celles qui hésitaient à les voir au temps de leur bonheur insolent. Rosita avait été une petite fille remuante et très gaie, avec toute la spontanéité brésilienne et latine. Elle devint une jeune fille silencieuse dont le petit frère noir et juif avait mystérieusement disparu.

En allant retirer au bureau de poste de Gstaad l'argent envoyé de Genève par Me Brûlaz-Trampolini, Nicolas aperçut au guichet, où elle attendait derrière un couple d'Anglais d'une lenteur invraisemblable, la jeune fille blonde de l'hôtel. Il fut presque surpris de sa propre émotion. Peut-être, s'il ne l'avait pas revue, n'aurait-il plus jamais pensé à elle. Parce qu'il la retrouvait au moment où elle glissait lentement hors de sa mémoire, il sentit quelque chose en lui qui ressemblait à du sang en train de s'arrêter ou de se mettre, au contraire, à couler un peu plus vite.

— Bonjour, dit-il à voix basse en s'approchant derrière elle. Bonjour, pour la deuxième fois.

Elle se retourna d'un seul coup, avec une expression de mécontentement et de surprise un peu hautaine.

— Ah ! c'est vous ! dit-elle avec un soulagement inattendu et comme si le seul fait de s'être croisés dans une porte d'hôtel transformait deux étrangers en amis de longue date.

— Je suis surtout content que ce soit vous, dit-il en souriant. J'avais très peur que cette porte d'hôtel ne vous eût fait disparaître à jamais.

Nadia écoutait cette fois avec beaucoup d'attention ; elle éprouvait une sorte de satisfaction bizarre à obtenir enfin la réponse à la question qu'elle avait oubliée après l'avoir à peine formulée : le jeune homme parlait anglais.

— Nous nous sommes déjà rencontrés, je crois, dit-elle avec un mélange de bonne éducation et de mauvaise foi, car elle n'avait pas le moindre doute sur l'identité de son interlocuteur — et même un peu brutalement. C'est bien vous, n'est-ce pas, que j'ai heurté avant-hier, ou le jour d'avant en rentrant à l'hôtel ?

— C'était bien moi, dit-il en hochant la tête d'un air faussement grave. Inoubliable.

— Bon ! Je me réjouis, pour une fois, de ne pas vous bousculer.

Ils se mirent à rire, tous les deux. Une sourde tempête de gaieté balaya le sombre bureau. L'employé des postes leva la tête. Il y eut un silence rompu par les explications interminables données par le ménage anglais dans un allemand terrible. Nicolas s'entremit en suisse allemand, régla l'affaire en quelques mots et se tourna vers la jeune fille.

— Je m'appelle Nicolas Cossy.

— J'aurais dû attendre que ma mère soit là pour vous adresser la parole. Mon nom est Nadia.

— Êtes-vous russe ?

— Un peu. Et vous ? Suisse ? Allemand ? Anglais ?

— Plutôt suisse, dit-il.

— Pourquoi plutôt ?

— C'est une affaire compliquée... Il hésita un instant. Et un peu triste.

— Mais vous avez l'air si gai !

— Peut-être parce que je vous revois...

— Si vous me faites déjà la cour, il faut que j'appelle ma mère.

— Vous êtes ici avec votre mère ?

— Depuis deux semaines, oui. Et encore pour quelques semaines.

Tout en parlant, Nadia avait acheté ses timbres et envoyé ses lettres. Ils sortirent ensemble de la poste.

Très vite, dans les rues silencieuses de Gstaad, Nicolas se mit à raconter à la jeune fille ses efforts infructueux pour la retrouver. Elle riait en l'écoutant.

— Si j'avais su que vous étiez russe et que vous étiez avec votre mère, mes recherches auraient été facilitées.

— Et qu'auriez-vous fait, je vous prie ?

— Je me serais déguisé en groom et je vous aurais apporté des fleurs. Je me serais déguisé en femme de chambre et je serais venu faire votre chambre. Je me serais déguisé en...

— Eh bien ! déguisez-vous donc en invité et venez prendre le thé demain avec ma mère et moi. Ma mère s'appelle la comtesse Wronski. Je suis sûre qu'avec les protections dont vous semblez jouir dans cet hôtel vous n'aurez pas trop de peine à nous retrouver.

L'agitation heureuse de sa fille fit presque peur à Marie. Nadia était rentrée à l'hôtel très excitée par sa rencontre. Elle raconta tout à sa mère, la bousculade dans la porte dont elle n'avait eu jusqu'alors aucune raison de parler, les retrouvailles à la poste, la conversation avec le jeune homme, son invitation pour le thé.

— Tu l'as invité à venir prendre le thé ?...

— Mais oui, maman. Vous semblez surprise. Est-ce mal ?

— Non, non... Ici ?

— Oui, ici... Enfin, dit-elle en riant, pas nécessairement ici, dans cette chambre, ni même dans notre salon, mais ici, à l'hôtel. Est-ce que cette idée vous contrarie ?

— Elle ne me contrarie pas du tout. Je suis enchantée que tu te distraies. Mais tu ne sais rien de ce garçon...

— Il a l'air très convenable. Il est drôle, charmant, plutôt beau...

— Le portrait même des gens dont il faut se méfier. Tu n'as aucune idée de ce qu'il fait, tu ignores tout de ses parents et...

A l'instant même où elle prononçait ces paroles, Marie Wronski se dit obscurément qu'elle employait les mots mêmes dont, quelque vingt ou vingt-cinq ans plus tôt, aurait pu se servir, et à son propre égard, la vieille princesse Narichkine.

— Oh ! maman !...

Et le visage d'enfant de Nadia prit une expression si consternée que sa mère se mit à rire et la prit dans ses bras.

— N'en parlons plus ! C'est entendu : nous le verrons demain, ton coureur de jupons, nous boirons du thé avec lui, et nous lui tirerons les vers du nez. Sais-tu au moins comment il s'appelle, ton montagnard impromptu ?

— Nicolas, dit Nadia. Il s'appelle Nicolas, Nicolas Croissy, ou Crossy. Ou quelque chose comme ça.

— Ah ? dit Marie, quelque chose comme ça... Enfin..., Nicolas..., c'est un joli nom.

Nicolas occupait au dernier étage de l'hôtel, non loin du secteur réservé aux domestiques, une grande chambre de coin avec une vue admirable sur la forêt et la montagne. Il passa une nuit délicieuse où de minces souvenirs indéfiniment ressassés s'ouvraient sur d'immenses projets. Le matin, il envoya quelques fleurs à la comtesse Wronski, avec un court billet, sur papier bleu, à en-tête de l'hôtel :

> Madame,
> Mademoiselle votre fille m'a autorisé à vous inviter à prendre le thé ce soir. Voudriez-vous que nous nous retrouvions dans un coin tranquille du salon vers quatre heures et demie ? Ce serait un grand honneur pour moi de vous être présenté. Je vous prie d'agréer, Madame, etc.

Ces quelques lignes étaient signées, d'une grande écriture un peu naïve : Nicolas Cossy. Je ne les invente pas, je ne les restitue pas de mémoire. Je les copie sur l'original : conservé depuis près d'un siècle, à peine jauni, un peu délavé et durci par le temps, je l'ai retrouvé dans ma malle et il est déplié sous mes yeux.

Les fleurs, l'attention, le mot et même l'écriture firent le plus heureux effet sur la comtesse Wronski. Elle descendit au salon avec moins d'agitation, mais presque autant de curiosité que Nadia qui lui avait emprunté pour l'occasion son collier de perles — sur une robe verte.

Nicolas attendait près d'une large baie qui donnait sur la montagne, déjà menacée par le soir. Il avait guetté longtemps les deux femmes au bas du grand escalier qui descendait dans le hall. Puis, ne voulant pas marquer la moindre impatience, il était allé s'installer dans un fauteuil du salon. Quand il les vit, soudain, toutes les deux, franchir le seuil de l'immense pièce presque vide avec l'air hésitant de ceux qui cherchent quelque chose ou qui attendent quelqu'un, il éprouva le même choc — mais différent — qu'à la poste, la veille. Hier, la présence de Nadia, oubliée, retrouvée, l'avait surpris brutalement. C'était l'impatience, au contraire, tout à coup apaisée, qui le frappait ce soir. Elles étaient là. Comme les choses vont vite ! Comme le temps passe ! La vision fugitive dans la porte de l'hôtel, son émotion rapide, ses recherches infructueuses, et jusqu'au souvenir de l'oubli insidieux, brutalement interrompu dans son travail de sape par la rencontre à la poste, l'habitaient secrètement et aboutissaient au bonheur qui l'occupait tout entier. Elle était là.

Chacun de son côté, Nadia et Nicolas se demandaient avec une espèce d'angoisse délicieuse, inavouée et presque insupportable, si l'impatience, d'un seul coup, allait laisser la place à la déception. Un bref instant de gêne s'installa entre le premier regard de reconnaissance échangé de part et d'autre et la banalité des formules de politesse.

— Maman..., dit Nadia, je...

Marie coupa court au trouble de Nadia. Elle tendit la main à Nicolas :

— Bonsoir, monsieur. Ma fille m'a déjà beaucoup parlé de vous.

Nicolas s'inclina, sans un mot. Il ne savait pas s'il devait ou non baiser la main, qui sentait bon. Un vertige le prit. Il n'avait pas imaginé que la mère, sous ses cheveux blancs, serait aussi belle que la fille. Sa timidité s'était évanouie. Parce qu'il la trouvait merveilleuse, il parla à Marie tout autant qu'à Nadia. Il se surprit à penser, très vite, qu'il ne fallait pas lui parler trop ni être trop aimable avec elle : elle risquait de penser qu'il voulait plaire à la fille en plaisant à la mère. Marie Wronski ne pensait rien de tel. Elle se disait que Nadia avait un goût très sûr.

Le lendemain, ils se promenèrent tous les trois, pendant près d'une heure, dans un chemin de montagne qui courait le long d'un ruisseau, parmi d'immenses sapins. Le surlendemain, après avoir admiré la vieille église de Rougemont, avec son auvent de bois, ils déjeunèrent ensemble dans une auberge minuscule où il n'y avait que quatre tables. Le premier soir, à l'hôtel, en buvant du thé, ils n'avaient échangé que des banalités sur la beauté du pays et le temps qu'il faisait. Ils parlèrent beaucoup plus d'eux-mêmes au cours de la promenade et du déjeuner. Nicolas en vint tout naturellement à raconter une enfance dont il ne disait jamais rien et à avouer qu'il n'avait ni père ni mère — ou, du moins, qu'il n'avait jamais reçu ni de l'un ni de l'autre le moindre signe de vie. Marie et Nadia avaient les larmes aux yeux en écoutant le garçon évoquer du ton le plus calme une existence à laquelle il avait eu tout le temps de s'habituer, dont la partie la plus dure était déjà loin derrière lui et qui se mettait soudain à lui paraître délicieuse.

— Mais, Nicolas, lui disait Marie — vous permettez, n'est-ce pas ? que je vous appelle Nicolas — votre nom, votre éducation, l'argent dont vous avez besoin pour vivre, tout cela, et le reste, n'est pas tombé du ciel. Vous vous rattachez bien quelque part au monde qui vous entoure. Avez-vous jamais cherché à savoir d'où vous veniez ? Peut-être sommes-nous même parents, ajouta-t-elle en riant, puisque votre nom est presque la moitié du mien.

L'allure, la simplicité, l'élégance naturelle de Nicolas avaient frappé Marie. Elle le trouvait charmant. Le mystère qui l'entourait n'avait fait qu'accroître la curiosité qu'il inspirait. Ce grand garçon châtain, éclatant de santé, lui rappelait l'histoire de Gaspard Hauser, qui courait alors toute l'Europe. Nadia était enchantée de voir sa mère séduite par sa conquête.

Nicolas parla de Rolle, du Rosey, de Pontresina, de Zernez, de Mustair, de Mummy et de Me Brûlaz-Trampolini. Il lui semblait tout à coup être au centre de l'univers. La vie d'un ministre n'était pas plus occupée que la sienne qui lui avait longtemps paru si vide. Jamais il n'avait discouru aussi longtemps. Jamais personne ne l'avait écouté avec autant d'attention. En quelques jours la mère et la fille étaient devenues, toutes les deux, les meilleures — et d'ailleurs les seules — amies de celui qu'elles appelaient, avec une ironie affectueuse et déjà presque tendre, « l'orphelin des montagnes ». Son monde à lui était comme illuminé de cette gaieté chaleureuse et nouvelle. Nadia, qui se sentait mieux, plus forte, moins fatiguée et qui ne toussait plus guère, paraissait plus heureuse dans ce trou de montagne où elle ne connaissait personne qu'elle ne l'avait jamais été à Venise, à Paris ou à Londres, parmi tout ce qu'il y avait de plus brillant et de plus divertissant. Marie se reprochait de temps à autre son inclination subite vers ce garçon inconnu. A plusieurs reprises, l'image de Verdi, qu'elle n'avait pas revu depuis si longtemps et qu'elle avait presque fini par oublier, revint flotter dans sa mémoire.

En rentrant à l'hôtel un soir, tous les trois, après une de leurs promenades au-delà du hameau de Lauenen, ils trouvèrent une dépêche un peu obscure, mais dont le sens ne faisait pas de doute : le comte Wronski venait de mourir. Nicolas consola de son mieux, avec une maladresse touchante, la mère et la fille en larmes, aussitôt vêtues de noir et qui se préoccupaient de leur départ. Avant de tomber dans une espèce d'indifférence aux autres et aux siens, Piotr Vassilievitch, avec tous ses défauts, laissait à sa femme et à sa fille le souvenir d'un bon père et d'un bon époux. Il était mort près de Munich, à Tutzing ou à Feldafing, je ne sais plus, sur les bords du Tegernsee ou peut-être, plutôt, du Starnbergersee, où il avait une grande maison qu'il habitait souvent pendant de brèves périodes, lors de ses séjours en Bavière. Il fallait s'occuper des obsèques et Marie hésitait encore sur les dispositions à prendre : fallait-il faire revenir le corps à Venise ou l'enterrer en Bavière ?

Très vite, à Venise, à Munich, à Moscou, à Paris, le bruit courut que Wronski s'était suicidé. Sur les causes de ce suicide, les opinions divergeaient. Les uns parlaient de dettes de jeu et de revers de fortune, les autres d'une maladie plus ou moins mystérieuse, les autres encore, sans trop de détails et avec des mines de conspirateurs, de déceptions sentimentales ou politiques. Nicolas n'eut vent que bien plus tard de ces rumeurs contradictoires. Il comprit en revanche dès la lecture de la dépêche annonçant la mort de Wronski qu'une des époques les plus heureuses de sa vie était en train de s'achever. Mais d'autres espérances s'ouvraient déjà devant lui.

Il accompagna jusqu'à Berne, en voiture, les deux dames enveloppées de voiles noirs et suivies de leurs malles. Il les embarqua dans un wagon qui partait pour Zurich et l'Allemagne. Quand le train s'ébranla, des mouchoirs s'agitèrent, sous les regards blasés mais soudain attendris des voyageurs et des employés, aux fenêtres et sur le quai. Ces signes d'amitié prenaient un sens nouveau. A la fin d'une dernière promenade où ils n'étaient plus que deux, Nicolas et Nadia avaient échangé, à l'ombre des grands sapins, en l'absence de Marie Wronski, mais avec sa bénédiction, des aveux, des promesses et d'interminables baisers qui laissaient des traces brûlantes dans le souvenir et le cœur des deux jeunes gens séparés.

5

Le siècle tirait vers sa fin. Le calme et bourgeois XIXe allait traîner encore jusqu'au premier coup de canon de 1914, ou peut-être jusqu'à cet automne de 1917 où un événement formidable devait changer la face du monde : la révolution bolchevique d'Octobre.

De la terrasse de San Miniato, noyée dans un soleil qui devenait de plus en plus pâle — car dans ma vie aussi, comme dans celle de Marie, de Nadia, de Nicolas, le temps ne cessait jamais de couler et de passer — je rêvais à ces époques que je n'avais pas connues, mais dont j'avais interrogé, avec patience, avec passion, tant de témoins et d'acteurs. J'aimais la vie des hommes, ses aventures, ses rebondissements, ses hasards, ses ressorts secrets. J'aimais ses histoires, indéfiniment répétées et pourtant toujours nouvelles. J'essayais surtout de comprendre — et c'était une tâche infinie — ce qui différenciait, à travers l'espace et le temps, les régions et les âges. La même histoire d'amour n'a pas la même consistance sous la Révolution française ou dans l'Inde des rajahs, à la cour de Frédéric II ou sous la reine Victoria. Les mêmes ambitions, les mêmes passions, le même désir de s'enrichir ou de jouer un rôle prennent des formes différentes à Moscou ou à Rome, sous les derniers Césars ou en mai 68. C'est ce qu'on appelle l'air qu'on respire, le milieu, le génie du lieu, l'esprit du temps.

A Londres, dans les dernières années de la reine Victoria, Aureliano Romero ne fit pas d'étincelles. Il ne fit pas non plus scandale, ni honte à ceux qui l'avaient envoyé. Il exerça convenablement, en s'amusant sans excès, son métier d'apprenti diplomate qu'il avait pris à cœur. De temps en temps, il partait pour Paris, s'amuser et faire la noce. Paris et la France entière constituaient à ses yeux, de l'autre côté de la Manche, une sorte de quartier réservé. En plus élégant, en moins bohème et avec des moyens financiers beaucoup plus considérables, il mena, à peu près, à Paris, la même vie que Pericles Augusto quelques années plus tôt. En Angleterre, très brun parmi les blonds, aussi grand, aussi bien élevé par sa mère que les fils de baronnets ou de colonels de l'armée des Indes, ses condisciples de Cambridge ou ses rivaux d'Oxford, il devint, très vite, avec beaucoup de succès, dans les salons et dans les clubs, le plus britannique des Sud-Américains.

Les femmes se l'arrachaient. Il fut le héros très local de plusieurs aventures qui firent un peu de bruit dans les cercles restreints du West End, mais qu'il parvint toujours à maintenir dans les limites des convenances. Il buvait, mais sans excès, des bordeaux excellents et du porto assez vieux, il allait au bal et aux courses, il tirait assez bien et chassait à courre, il était l'hôte idéal des week-ends à la campagne où il plaisait à tout le monde, de la dernière des soubrettes à la maîtresse de maison et des garçons d'écurie au pasteur du village. Que demander de plus ? Il avait moins d'esprit que Mr Oscar Wilde, mais l'auteur de *Lady Windermere's Fan* confia sur la fin de sa vie à un journaliste américain qu'il n'aurait pas détesté être Aureliano Romero alors qu'Aureliano Romero n'avait aucune envie de devenir l'amant éprouvé et réprouvé de lord Alfred Douglas.

A la chasse, dans des bals de charité, dans les salons de la duchesse de Rutland ou de la duchesse de Devonshire, Aureliano Romero rencontra plusieurs fois lord et lady Landsdown, parfois accompagnés de Sean O'Shaughnessy et de Sybil, leur fille. Dans un des derniers automnes du XIXe siècle, au cours de trois journées éclatantes de soleil, dont on parlait encore en Écosse plusieurs années plus tard, il se rendit même en week-end à Glangowness. Brian n'était pas là. Peut-être Aureliano aurait-il reconnu dans l'héritier de Glangowness le jeune étudiant d'Oxford avec qui il s'était battu sur les bords de la Tamise avant de dîner avec lui en compagnie de deux jolies filles excitées par le vin dans la douceur du soir.

La vie était merveilleuse. Difficile, mais merveilleuse. Malgré leur séparation, Nicolas recevait lettre sur lettre de Nadia Wronski. J'ai sous ma main toute une liasse de ces lettres enfantines et charmantes et des réponses enflammées de Nicolas. Wronski avait été enterré aux environs de Munich dans la plus stricte intimité et presque dans la clandestinité. Un service avait été célébré quelques semaines plus tard dans la petite église orthodoxe de Venise, tout près des Carpaccio de San Giorgio degli Schiavoni, où, une vingtaine d'années plus tôt, Piotr Vassilievitch avait épousé Marie déjà enceinte. Nadia avait invité Nicolas à venir la rejoindre à Venise. Mais Marie, qui avait beaucoup d'affection pour Nicolas qu'elle trouvait irrésistible, n'entendait pas se laisser forcer la main ni presser le mouvement. Elle fit comprendre à Nicolas, avec beaucoup de douceur, que la hâte de Nadia était intempestive. Elle voulait que sa fille réfléchît et qu'elle vît d'autres jeunes gens. Selon la vieille formule bourgeoise, elle avait cherché, sans trop d'illusions, à obtenir des renseignements sur Nicolas Cossy. Elle se doutait bien qu'elle ne trouverait personne pour lui parler de cet orphelin, supposé ou réel, qui semblait tombé d'ailleurs et ne savait rien sur lui-même. Elle ne recueillit pas la moindre information. Elle avait écrit, sous le sceau du secret, au directeur du Rosey qui lui avait confié ce qu'elle avait déjà appris par elle-même : que Nicolas Cossy était charmant et très droit, qu'il semblait désintéressé et sensible — mais il ne savait rien de plus sur sa famille et ses origines. Le nom de Me Brûlaz-Trampolini, que Nicolas lui-même avait prononcé au cours des longues promenades de Gstaad, était apparu à nouveau dans la lettre du Rosey.

— Tu comprends bien, ma chérie, disait Marie à sa fille, en se promenant place Saint-Marc ou dans le jardin de la Giudecca où elles s'étaient installées à nouveau après avoir revendu le palais du Grand Canal, tu comprends bien que tu ne peux pas prendre à la légère une décision qui engagera toute ta vie. Ce garçon est charmant, c'est une affaire entendue. Mais nous ne savons rien de lui.

— Je sais que je l'aime, disait Nadia avec un air buté, en retrouvant tout naturellement le langage éternel des jeunes premières de comédie, je sais que je l'aime. C'est bien assez.

— Tu l'aimes ! Tu l'aimes ! Tu l'aimes parce que tu l'as rencontré dans un bureau de poste pas vrai, entouré de sapins et de lacs de montagne. Et peut-être surtout parce que tu es séparée de lui. S'il vivait ici, à Venise, s'il était un des jeunes gens qui t'invitent à leur bal à Paris ou à Londres, tu ne le regarderais même pas.

— Essayons. Faisons-le venir, disait Nadia.

Marie se mettait à rire.

Nicolas, au loin, sentait obscurément que son sort se jouait à Venise. Sa vie lui semblait s'agrandir. Il lisait beaucoup, pour être digne de Nadia. De plus en plus souvent, il écoutait de la musique. Un monde nouveau naissait pour lui. Lui qui ne savait même pas la différence entre une symphonie et un concerto, il se précipitait au concert à Genève ou à Lausanne. Il se mit à prendre, presque en cachette, des leçons de piano. Avec des dons évidents, il avait appris très vite à jouer quelques pièces simples et il y trouvait beaucoup de plaisir. Des amis suisses et italiens avaient constitué un petit orchestre d'amateurs. Nicolas finit par se joindre à leur groupe et à y tenir le rôle modeste de débutant effarouché et doué. Il pensait sans cesse à Nadia et il se disait que l'univers était plein de ressources dont il n'avait aucune idée et qu'il découvrait peu à peu.

Au terme de sa mission d'attaché à Londres, qu'il avait remplie sans éclat mais à la satisfaction du ministère, Aureliano Romero, toujours soutenu par sa mère dont l'influence restait grande dans les milieux officiels de Buenos Aires, fut envoyé à Washington comme deuxième secrétaire. Il était bien engagé désormais dans la carrière diplomatique et les plus hautes ambitions lui étaient ouvertes.

Quelques mois après son arrivée aux États-Unis, il reçut une longue lettre de sa mère. Elle lui parlait de leurs affaires de ciment et de bière qui continuaient à être bonnes, de sa santé qui commençait à ne plus l'être et de l'âge qui venait. Pour la première fois, Aureliano sentit un peu de mélancolie dans cette âme de fer.

> Tu me manques beaucoup, mon chéri. Les années passent. Tu n'es pas là. Je me demande quelquefois si tous ces efforts que nous avons faits, toi et moi, étaient vraiment nécessaires. Nous aurions pu vivre heureux et tranquilles à Arroyo Verde. Oui, nous aurions pu... Il ne faut rien regretter et je suis fière de tes succès. Mais l'envie me vient de t'avoir auprès de moi. J'ai des problèmes de tendresse : j'ai besoin de t'en donner et d'en recevoir de toi. Les gens s'imaginent que je suis une femme d'affaires. La grande, la seule affaire de ma vie, c'est toi. Je rêve du jour où tu reviendras à Arroyo Verde. J'irai te chercher sur le quai où accostent les grands bateaux et où je t'ai mené avec fierté et tristesse quand tu partais pour l'Europe. Cette fois, tu arriveras.

Et peut-être ne seras-tu pas seul ? Je vois auprès de toi une jeune femme que je ne connais pas et que pourtant j'aime déjà. Et elle tient dans ses bras mon petit-fils ou ma petite-fille. Comme Arroyo Verde sera beau ce jour-là !

Aureliano répondit à sa mère par une lettre presque aussi longue, pleine de tendresse et de respect, et dont je traduis de mon mieux quelques lignes un peu exaltées :

Moi aussi, je pense souvent à mon retour auprès de toi. Je galope en rêve sur nos grands espaces vides. L'Europe est toute petite. On n'y respire pas comme chez nous. Ici, surtout dans l'Ouest où je ne suis pas encore allé, ils ont d'immenses étendues qui rappellent un peu les nôtres. Mais rien ne peut valoir Bariloche, le lac Nahuel Huapi et Arroyo Verde. Vive Arroyo Verde ! Si tu savais combien je suis impatient d'y retourner et de te revoir !

Mais j'y pense : pourquoi ne viendrais-tu pas ici passer quelques semaines ? Un peu de repos te ferait du bien. Je pourrais sans aucune peine t'accueillir chez moi. Tu verrais beaucoup de gens qui t'intéresseraient et t'amuseraient. Peut-être nouerais-tu même des liens précieux pour nos affaires ? Les Américains sont doués d'autant de qualités que de défauts. Ils sont insupportables et je les aime beaucoup. Beaucoup — mais moins que toi.

Si tu ne viens pas à moi, c'est moi qui irai à toi. Je ne te promets pas d'arriver marié, comme tu le souhaites, et à la tête de marmots braillards qui te serviraient de petits-enfants. Je tiens bien trop à ma liberté et mon affection pour ma mère suffit largement à m'occuper. Encore que... Figure-toi que j'ai rencontré la semaine dernière la plus délicieuse créature que j'aie jamais vue. Je suis sûr qu'elle te plairait. Mais chut !... n'en parlons plus.

Il en reparle aussitôt. Un astérisque à cet endroit renvoie à quelques mots tracés en post-scriptum, en travers de la lettre. Ils constituent évidemment l'essentiel du message d'Aureliano à sa mère et ils ont quelque chose de touchant à force d'angoisse rentrée :

> As-tu quelque chose contre les juifs ? Elle est juive.

C'était Rosita Finkelstein.

Brian O'Shaughnessy avait changé d'existence. Son passage à All Souls College l'avait introduit dans le monde non seulement du grec et du latin, où il s'était assez bien débrouillé, mais de l'aviron et du rugby dont il était devenu, à Oxford, un fanatique et presque une vedette. Élancé, assez mince, plutôt fluet, il ne donnait pas, à première vue, une apparence de puissance physique. Mais son agilité, sa résistance, sa vitesse sur le terrain avaient vite convaincu les responsables de l'équipe de rugby d'All Souls College. Il avait commencé à s'entraîner sur un rythme assez modéré. A la fin de son séjour à Oxford, il consacrait au rugby une bonne partie de son temps et il était une des figures les plus populaires de l'université. Il jouait avant et plusieurs de ses essais, toujours très purs et très élégants, marqués avec une facilité apparente qui touchait au miracle, fournissaient la matière d'une saga inépuisable que, bien après son départ, les anciens continuaient de dévider aux nouveaux devant des cadavres amoncelés de bouteilles de porto, de whisky ou de bière, dans la brume âcre des pipes, des cigarettes et des cigares.

Brian O'Shaughnessy incarnait la réussite du système d'éducation inventé par les Britanniques. Farouchement nationaliste, raisonnablement cultivé, il était devenu, sous les dehors, typiques jusqu'à la caricature, du parfait gentleman, une espèce d'athlète avec des manières exquises. On pouvait le sortir partout : bars louches, bals populaires, salons de thé, terrains de sports, cabinets de ministre, rings de boxe, fêtes à la cour, il était partout à sa place. Parfaitement accordée à sa naissance et à sa famille, sa double passion pour le plein air — *outdoor games* — et pour l'Empire britannique chanté par Rudyard Kipling, son idole et son modèle, l'entraîna tout naturellement vers les services de Sa Majesté dans les possessions d'outre-mer. La *Royal Navy* l'avait tenté dans son enfance. Ses études d'histoire et de droit le décidèrent plutôt pour des activités assez obscures et très claires que je situerais volontiers entre les affaires, l'armée, l'administration coloniale et le service de renseignement.

Au sortir d'Oxford et d'All Souls, il commença, en Afrique du Sud, de la façon la plus traditionnelle et la plus audacieuse à la fois, aux côtés d'un aventurier de génie, ancien phtisique incurable et parfaitement guéri, enrichi dans les mines d'or, passé lui aussi, mais tardivement, par Oxford, Premier ministre de la colonie du Cap, hanté par des rêves gigantesques : sir Cecil Rhodes. L'époque, si calme en Angleterre et dans l'ensemble de l'Europe, se révélait prodigieuse pour l'Empire. Le personnage de Cecil Rhodes était une légende à lui tout seul.

Une trentaine d'années plus tôt, à peu près à l'époque de la guerre franco-prussienne, une découverte appelée à un avenir imprévisible et sanglant avait bouleversé les deux États indépendants et boers d'Orange et du Transvaal : autour de Kimberley comme au Criqualand, il y avait de l'or et du diamant. Les Anglais occupèrent aussitôt le district de Kimberley et annexèrent le Transvaal. Ils étaient allés un peu vite. Les Boers se révoltèrent et écrasèrent les Anglais. Gladstone dut reconnaître l'indépendance des Boers.

Un lent travail d'annexions et d'isolement des États boers est alors entrepris par le gouvernement britannique. Sur le modèle de la vieille Compagnie des Indes, Cecil Rhodes fonde la Compagnie anglaise du sud de l'Afrique. Elle a pour ambition de conquérir à l'influence britannique les immenses territoires qui porteront plus tard le nom de Rhodésie et qui doivent constituer, dans l'esprit du fondateur, le maillon essentiel de son rêve d'illuminé romantique et pratique : le chemin de fer du Cap au Caire sous domination de Sa Gracieuse Majesté.

Lorsque, plus blond que nature, plus britannique que jamais, la tête toute remplie de la grandeur de son pays et de vers de Kipling, le jeune Brian O'Shaughnessy débarque au Cap à l'extrême fin du siècle, il est d'abord saisi par la beauté du paysage. Un grand souffle l'emporte : dans ce décor qui comble et dépasse ses espérances d'épopée, il va pouvoir donner sa mesure. On le présente à Cecil Rhodes. Il sait alors qu'il a trouvé un homme avec qui il fera bon se battre pour la gloire de l'Empire. L'ancien poitrinaire devenu Premier ministre prend place aux côtés de Kipling dans sa galerie des grands hommes.

En même temps que sir Cecil Rhodes, Brian O'Shaughnessy tombe au Cap sur un autre personnage hors série. C'est un médecin d'Édimbourg, familier des Landsdown. Il est souvent venu à Glangowness en voisin et en ami avant de s'établir en Afrique du Sud et de se lier avec sir Cecil. Il s'appelle Leander Starr Jameson et il est un des agents les plus actifs et les plus ambitieux de la British South African Company. Il a épousé les songes et les projets de Cecil Rhodes. Il est impatient d'en découdre avec un paysan têtu et retors, nourri de la Bible, descendant d'un immigré berlinois, fondateur du Transvaal, soutenu par les Allemands et par l'opinion publique européenne, artisan du soulèvement des Boers contre les Britanniques : le président Paul Krüger.

Nicolas n'en pouvait plus. Il supportait de plus en plus mal sa séparation d'avec Nadia. Loin de le calmer, la musique, récemment découverte, l'agitait plutôt. Il passait des heures et des heures, à Genève ou à Lausanne, à lire et à relire les lettres de Nadia Wronski. Le soir, il allait souvent au concert pour y trouver un peu de paix. Mais, sous leur gaieté apparente, Mozart ou Cimarosa lui faisaient sentir avec plus de cruauté encore sa solitude et son chagrin. L'hôtellerie l'ennuyait à mourir. Il ne savait pas quoi faire de l'argent dont il ne manquait plus. Les femmes qui s'offraient à lui parce qu'il était charmant et doux — une serveuse de Lausanne, l'épouse d'un vice-président de sa société — ne lui étaient d'aucun secours. Il ne pensait qu'à une autre, et elle n'était pas là. Sa vie lui apparaissait marquée d'un signe fatal : après la tristesse d'une enfance d'orphelin, transbahuté malgré lui de collège en collège, elle se perdait dans la solitude et dans l'insignifiance. S'il ne s'était pas réfugié, assez tard, dans la musique, s'il n'avait pas, surtout, rencontré Nadia Wronski, le suicide aurait été pour lui une tentation irrésistible. Trop faible pour agir sur le monde, trop rêveur pour se contenter de ce qui lui était donné par l'existence quotidienne, il ne savait plus où il en était et il se souvenait des quelques jours passés à Gstaad avec Nadia comme d'une parenthèse de bonheur et d'une oasis à l'allure de mirage dans le désert de sa vie.

L'envie de revoir Nadia l'emportait avec une violence qui l'étonnait et le ravissait. Il découvrait avec délices qu'il n'était pas seulement l'objet des forces qui, depuis toujours, agissaient sur lui du dehors et qu'il tenait enfin à quelque chose qui ne lui était pas imposé. Un matin, en se rendant à son bureau, il décida tout à coup d'aller rejoindre Nadia à Venise. Inutile de la prévenir : elle risquait de dire non. Toute sa gaieté naturelle lui était soudain revenue. Comme la vie était simple et belle dès qu'on savait ce qu'on voulait ! Il écrivit une lettre à Me Brûlaz-Trampolini pour lui demander d'envoyer à son nom un peu d'argent à Venise. Il laissa sur sa table de travail un mot un peu vague où, prétextant une grande fatigue, il annonçait son absence pendant quelques jours et donnait des précisions sur quelques affaires en cours. Puis il rentra chez lui pour préparer deux sacs de voyage où il jeta pêle-mêle un habit de rechange, quelques chemises, des cols très hauts, un jeu de cravates qui prenaient beaucoup de place, du savon à barbe, un interminable rasoir à manche de corne, deux ou trois caleçons longs, une paire de bottines à boutons qui montaient jusqu'à la cheville. Et il alla en voiture à la gare acheter un billet de chemin de fer pour l'Italie. C'était la première fois qu'il quittait la

Suisse pour un de ces pays étrangers dont il avait tant rêvé avec un effroi mêlé de curiosité, d'impatience et de désir.

A San Miniato, au cœur de l'hiver en train de me rattraper pendant que je rédige ces souvenirs, je rêve, à mon tour, près d'un siècle plus tard, au premier long voyage de l'orphelin des montagnes. Pas mal d'années plus tôt, sans même parler du comte Wronski, grand voyageur devant l'Éternel, et presque nomade professionnel, mais dans les limites du vieux continent, Jérémie Finkelstein, Pericles Augusto, Aureliano Romero avaient traversé plusieurs fois, dans les deux sens, non seulement la Manche et une bonne partie de l'Europe, mais l'océan Atlantique. A peu près au moment où le souvenir de Nadia Wronski hante la solitude de Nicolas Cossy, le jeune Brian O'Shaughnessy, avant bien d'autres voyages qui le mèneront, en quelques années, tout autour de la planète, part pour l'Afrique du Sud. C'est pourtant le court trajet du Léman à Venise qui m'émeut plus que les autres.

Brian O'Shaughnessy et, dans une certaine mesure, Aureliano Romero n'ont presque pas de mérite. Ils sont appuyés sur une force irrésistible : une famille riche et puissante dans un État organisé avec lequel elle se confond. Le comte Wronski a de la fortune, des amis partout, des affaires florissantes, des maisons dans tous les coins. Voyager, dans son cas, c'est aller, d'un bout de l'Europe à l'autre, de chez lui à chez lui. Pericles

Augusto ne fait guère de différence entre son pays ou ses pays d'origine et les contrées étrangères : il transporte partout avec lui sa gaieté et son entrain. Seul Jérémie Finkelstein, au début de sa carrière, mène une vie aventureuse. Quand il quitte à jamais sa Pologne natale et l'Europe pour une Amérique encore presque mythique, il se jette dans l'inconnu et je me suis souvent interrogé sur les sentiments du jeune juif en route vers un monde nouveau. Mais, sous son aspect fragile, il est autrement solide, moralement et même physiquement, que l'orphelin des montagnes qui le dépasserait pourtant d'une bonne tête si ces deux hommes si différents et qui ne se rencontreront jamais avaient pu, par miracle, à travers l'espace et le temps, se trouver soudain face à face.

Lorsque Nicolas se rend de Suisse à Venise, le tunnel du Simplon n'existe pas encore. Le Saint-Gothard, en revanche, a été percé quelques années plus tôt et un chemin de fer le traverse en direction de l'Italie. J'ai essayé de savoir, mais en vain, par où était passé Nicolas pour parvenir jusqu'à Venise : par Genève et la France ou peut-être par le Saint-Gothard ? Ce qui est certain, en tout cas, c'est qu'il emprunte le chemin de fer, ce monstre nouveau-né, pour se rendre à Venise. La grande période des voyages en berline est sur le point de se clore. Ce n'est que dans les régions reculées que subsistent, comme moyens de transport, le cheval et les diligences. Piotr Vassilievitch avait encore traversé l'Europe dans les grandes voitures, les landaus, les dormeuses, dont se servaient les voyageurs des temps en train de s'évanouir. Nicolas prend le train jusqu'aux portes de Venise. Après tant de milliers et de milliers de voyageurs, après le président de Brosses, après Rousseau, et Byron, et Musset, et George Sand, après Chateaubriand, après Wagner, après Marie et Wronski, avant Morand et Stravinski et des millions et des millions de touristes venus d'Amérique et du Japon et d'un peu partout dans le monde, il descend, lui aussi, en gondole, la plus belle avenue du monde. Une brume flotte sur Venise. Les palais du Grand Canal ont quelque chose d'irréel et d'écrasant à la fois. Un sentiment nouveau s'empare de Nicolas, qui n'a jamais rien vu d'autre que la cathédrale de Lausanne et les quais de Genève : c'est une sorte de suffocation, à la limite de la douleur. Devant cet excès de beauté insolemment déployée, l'enthousiasme le soulève, mêlé d'un peu d'angoisse. Il ne sait rien de ces façades qui se reflètent dans l'eau pour raconter tant de siècles et de paysages intérieurs enfin projetés dans les pierres. N'importe. La beauté et la grandeur sont contagieuses comme le mal. Il se dit que sa vie, trop longtemps, a été vide et sans objet. L'envie le prend tout à coup de faire enfin des choses dont les autres se souviendraient. Il se sent seul dans ce monde qui pourrait être si beau. Il pense à Nadia. L'incroyable cité lui a presque fait oublier qu'il n'était venu que pour elle, pour retrouver la jeune fille au prénom russe dont l'image, parfois, se met déjà à le fuir. Elles se mêlent maintenant toutes les deux dans ses rêves et dans son cœur, la fille de Marie Wronski et la ville des doges, des masques, des courtisanes, de la mer. De sa gondole sur le Grand Canal en train de passer sous le Rialto en direction de la Salute et de la Douane de mer, l'orphelin des montagnes voit tout un monde venir soudain vers lui par-delà les églises, les palais, les fondamente, les campi.

Les pauvres, les Indiens, les nègres, Conchita Romero les connaissait assez bien. Un juif, elle n'était pas très sûre d'en avoir jamais rencontré. L'affaire Dreyfus ne devait éclater que quelques années plus tard. Jusqu'à l'extrême fin du siècle, les juifs, dans le monde, ne posaient guère de problèmes. Littéralement, on ne les voyait pas. C'est tout. Leur rareté en Amérique du Sud rendait le problème encore moins sensible. Il y avait bien des banquiers, des hommes d'affaires, des usuriers, des colporteurs juifs. Mais leur nombre et leur puissance n'avaient aucune commune mesure avec la situation en Pologne, à Berlin, à Vienne. La lettre de son fils à la main, Conchita Romero essayait de se souvenir, les sourcils froncés, si et où elle avait bien pu tomber sur un de ces nez crochus et de ces teints olivâtres qui faisaient l'essentiel de la typologie du juif dans la littérature de l'époque. Ah ! elle avait connu au Paraguay un attaché commercial anglais — ou était-il américain ou allemand ? Justement, avec les juifs, on ne savait jamais — qui s'appelait Silberman, ou Zilbermann, ou peut-être Silberstein. Et puis Disraeli lui-même, le Premier ministre anglais de la bonne vieille reine Victoria, n'était-il pas juif ? Il était très bien, cet homme-là, ami de la reine et de l'aristocratie, conservateur, favorable à une Église sans doute schismatique et protestante mais malgré tout chrétienne. En y réfléchissant un peu mieux, Conchita Romero se souvenait aussi de toute une famille aux mœurs étranges, aux vêtements bariolés et en loques, à la réputation détestable, à qui il arrivait d'apparaître à Villarica ou à Asunción pour en disparaître aussitôt. Mais étaient-ce des juifs, ou plutôt des tziganes ?... Bah ! juifs, Arabes, Maltais, tziganes, et même Turcs ou Siciliens, tout ça, c'était un peu la même chose. Et Conchita s'effrayait tout à coup à l'idée d'avoir pour petits-enfants des Turcs, des tziganes, des Arabes. Elle écrivait à Aureliano des lettres très mesurées, mais qui ne manquaient jamais de chanter la gloire du Christ et de l'Église catholique. Une ou deux fois, Conchita Romero poussa un peu plus loin et se laissa aller à un éloge des croisades qui surprit un peu son fils, incapable d'établir un lien entre ces réminiscences historiques et Rosita Finkelstein qu'il rencontrait de temps en temps avec plaisir dans un bal à New York ou à Washington.

Nadia Wronski, à Venise, pensait sans cesse à Nicolas. Les beaux partis qui se présentaient, des princes romains ou siciliens, un diplomate autrichien, un Bismarck, un Hohenlohe, un Turenne, un Brissac, des lieutenants russes en pagaille, lui paraissaient fades et ennuyeux à côté de ce mystère surgi soudain de nulle part. La séparation et l'absence avaient fait leur œuvre. Marie se disait que sa fille oublierait peut-être un jour l'orphelin des montagnes. Elle était bien obligée de constater pour l'instant qu'il était le premier, et le seul — peut-être parce qu'il n'était pas là — à occuper le cœur de celle que sa mère voyait encore sous les traits d'une enfant.

Marie Wronski enviait sa fille. Elle n'avait jamais connu une passion si neuve, si forte, si unique. Elle avait aimé Verdi à la folie, mais elle avait déjà un mari et un enfant — et l'enfant n'était pas du mari — lorsque le génie avait fait irruption dans sa vie. Nicolas n'était pas un génie. Mais il avait un charme sauvage, une douceur, une séduction auxquels elle s'avouait à elle-même n'être pas insensible. Elle se demandait sans cesse si le bonheur de sa fille était dans cet inconnu et elle espérait, en même temps, et à peine secrètement, que la séparation de Nadia et de Nicolas ne serait pas définitive. Elle opposait argument sur argument à l'impatience de sa fille et elle aurait voulu céder aussitôt à des vœux qu'elle contrariait par devoir de prudence et pour jouer son rôle de mère.

Des rêves de passion encombraient l'esprit et le cœur de Nadia. Elle se voyait en train de fuir la maison maternelle, elle se voyait emportée en train, en bateau, en traîneau, elle se voyait au fond d'un vallon de verdure entouré de montagnes, dans les bras de Nicolas. Elle imaginait presque tout, sauf la réalité : transporté par Venise qu'il confondait avec son amour, Nicolas était déjà en train de débarquer sur la Piazzetta d'où il apercevait, au-delà de la Salute et de la Douane de mer, entre les deux colonnes qui portent saint Théodore et le lion de saint Marc, l'isola San Giorgio et la pointe de la Giudecca.

Dans le Transvaal boer du président Krüger, les Uitlanders s'agitaient. Les Uitlanders étaient des immigrants pauvres, souvent chinois ou indiens, la plupart du temps ouvriers dans les mines. Privés de tous les droits, ils se plaignaient avec véhémence d'être traités en inférieurs par les Boers qui tenaient le pays. L'occasion était trop belle pour qu'un homme de la trempe de Leander Starr Jameson la laissât échapper. Avec l'accord au moins tacite de Cecil Rhodes, Jameson encouragea en sous-main le soulèvement des Uitlanders contre le gouvernement du président Krüger. Sous couvert de géologie, de botanique, d'affaires, de diplomatie, il envoya des hommes à lui attiser les mécontentements et exciter les esprits. Des armes furent passées en fraude. Des agents secrets s'infiltrèrent parmi les ouvriers et les paysans du Transvaal et de l'Orange. Déguisé successivement en représentant de commerce, en missionnaire, en chercheur d'or, Brian O'Shaughnessy parvint jusqu'à Pretoria.

Les renseignements qu'il rapporta de son expédition décidèrent Jameson et Cecil Rhodes. Au moment même où les Uitlanders se soulevaient avec les armes fournies par les Britanniques, une colonne de francs-tireurs sous les ordres de Jameson envahissait le Transvaal. Derrière Jameson galopait, ivre d'un bonheur anglo-saxon digne de Fabrice del Dongo, le petit-fils de lord Landsdown.

Le raid Jameson échoua. Les cavaliers boers de

Krüger résistèrent victorieusement à la double offensive des Uitlanders de l'intérieur et des partisans britanniques. Brian fut blessé à la cuisse par une balle allemande tirée, dans ces collines d'Afrique, par un descendant de Frisons. Au même moment, plus au nord, à l'autre bout du rêve de Rhodes, une expédition anglo-égyptienne conduite par son sirdar, le général Kitchener, était en train de remonter le Nil vers le sud pour effacer le souvenir de la victoire sur Gordon des derviches du Mahdi et de la chute de Khartoum quelque dix ans plus tôt. Au fur et à mesure qu'elles avançaient, repoussant les derviches, les troupes de Kitchener établissaient le chemin de fer qui descendait à la rencontre de la voie qui montait du Cap. Le songe de Cecil Rhodes devenait réalité et, malgré l'échec temporaire du soulèvement des Uitlanders appuyé par le raid Jameson, les nouvelles du Soudan remplissaient d'enthousiasme Brian O'Shaughnessy sur son lit d'hôpital et tous les Anglais du Cap.

Pour me délasser, à San Miniato, du travail assez lourd que représente pour moi la rédaction de ces souvenirs qui sont d'abord ceux des autres, je relis *Armance,* portrait d'un impuissant sous la Restauration, à l'époque du vote par les députés royalistes du milliard des émigrés. Inquiet d'avoir dû introduire dans un roman d'amour des analyses sociologiques et des débats parlementaires, Stendhal y compare la politique dans un récit à un coup de pistolet au milieu d'un concert. Amené par la force des choses à parler de Disraeli, de Cecil Rhodes, de l'antisémitisme dans la Pologne des tsars, de la naissance de la grande industrie en Amérique du Nord, bientôt de la guerre de 14 et de la révolution bolchevique, je ne crois pas nécessaire de me chercher des excuses à la façon de Stendhal. L'histoire est à la politique ce que l'érotisme est à la pornographie — c'est-à-dire la même chose, mais à l'étage au-dessus et vue d'un peu plus loin. Les coups de pistolet de la politique que je suis bien obligé d'évoquer sont des coups de canon de l'histoire. Et c'est sur nous qu'elle tire. Impossible de parler avec un peu de sérieux des quatre sœurs O'Shaughnessy sans indiquer d'où elles sortent et sans tâcher d'expliquer, au moins superficiellement, ce qui leur sert de décor, de coulisses et de machinerie. La politique — ou l'histoire — est naturellement partout. Comment se souvenir de Wronski, qui est à la source de la fortune aussi bien de Nicolas que de Nadia et de Marie, sans le situer dans les temps de l'absolutisme tsariste ? Comment voir passer le grand Verdi sans rappeler le rôle qu'il a joué dans l'indépendance italienne ? Comment ne pas replacer dans leurs cadres successifs un Jérémie Finkelstein ou un Aureliano Romero ? Il est d'ailleurs très remarquable que la politique et l'histoire jouent un rôle encore restreint à la fin du XIXe siècle. En Europe au moins, et peut-être parce que la Révolution française est déjà passée par là, l'indépendance italienne, l'édification de l'Empire britannique, les premiers craquements de l'empire d'Autriche, l'affaire Dreyfus en France n'ont que des conséquences indirectes sur le destin des individus. Malgré la présence de l'Église, toujours puissante en Occident — ou peut-être à cause d'elle — il est encore possible au plus grand nombre d'échapper à la pression de l'histoire et de se retirer en soi-même. C'est avec la Grande Guerre et la révolution russe que le vent de l'histoire se mettra à souffler en rafales sur les hommes libérés de l'oppression séculaire et en même temps dépossédés au profit des grands monstres — l'État, le parti, les masses — de leur existence propre.

Aux environs de Guadalajara, au Mexique, vivait, vers la fin du siècle dernier, une famille de paysans pauvres. Elle avait été mêlée aux grands bouleversements du siècle précédent et, ce qui est assez rare au Mexique, elle ne s'y était guère enrichie. Le grand-père s'était battu contre les Français aux côtés de Juarez. Et puis, quand était venu le temps des désillusions et de la présidence de Porfirio Diaz, il était rentré chez lui et dans l'anonymat.

La famille était assez nombreuse. La malchance l'avait poursuivie. Un des fils du grand-père avait réussi à monter une petite exploitation agricole qui fonctionnait assez bien lorsqu'un de ces cyclones qui s'abattent de temps en temps sur le Mexique la détruisit de fond en comble. Il était redevenu ouvrier agricole au service des grands propriétaires fonciers, et la misère était revenue.

Le neveu de ce Mexicain accablé par les événements était un petit garçon dont l'enfance me fait parfois penser à celle de Jérémie Finkelstein. Aussi doué que le jeune juif, plus sombre, moins vif, peut-être plus obstiné, moins capable d'adaptation, le jeune Paco avait été remarqué par le curé de la paroisse. Très vite, il avait été décidé par tout le monde, et par le premier intéressé lui-même, que Paco deviendrait prêtre. Dans le Mexique d'il y a cent ans, comme dans l'Italie de la Renaissance, l'Église offrait encore une des voies les plus sûres de promotion sociale. Peut-être, plus tard, une fois curé, ou abbé, ou, pourquoi pas ? évêque, Paco Rivera pourrait-il aider les siens, les payer des sacrifices consentis à sa vocation et les sortir de la misère.

Il y avait fête ce soir-là, dans un palais du Grand Canal. Presque en face de l'ancienne demeure des Wronski, un peu plus près de la place Saint-Marc, le prince et la princesse M*** recevaient tout ce que la ville comptait de gens riches et titrés. De vieux tapis brodés d'or avaient été pendus aux fenêtres du palais et couvraient toute une partie de sa façade gothique. Des milliers de bougies éclairaient le palais et se reflétaient dans les eaux du canal. De grands laquais en livrée bleu et blanc avaient pris position dans les salons et les escaliers pendant que des gondoliers en costume traditionnel s'apprêtaient à accueillir sur le débarcadère en bois, enfoui sous un amas de fleurs et une forêt de plantes vertes, les invités dont les gondoles allaient faire la queue et se bousculer pour venir s'amarrer, dans un désordre indescriptible, aux grands piliers bariolés à l'allure de sucres d'orge et aux couleurs de berlingots. Le ponton, les mâts, la porte sombre sur l'eau étaient surmontés d'un auvent de toile aux couleurs de la famille qui avait compté parmi les siens, au temps de la splendeur de Venise, des provéditeurs, des podestats, des grands amiraux de la flotte, des inquisiteurs d'État et même un doge. La princesse, une Américaine encore jeune, mais aux cheveux déjà blancs, achevait de se préparer dans son cabinet de toilette, en compagnie de sa camériste, devant un immense miroir, lorsque des coups redoublés furent frappés à sa porte.

— Est-ce vous, Riccardo ? demanda la princesse, un peu surprise de cette impatience bruyante chez un homme qu'elle avait épousé d'abord à cause de manières calmes et merveilleusement comme il faut qui, surtout chez un Italien, avaient fait grande impression sur une famille puritaine de la Nouvelle-Angleterre.

— Signora Principessa ! Signora Principessa !

Et les coups contre la porte reprenaient de plus belle.

— C'est la voix de Vittorio, dit Anna-Maria, la femme de chambre.

— Signora Principessa !

— Eh bien ! que se passe-t-il ? Pourquoi tout ce vacarme !

— Venez vite, Signora Principessa !

La princesse était déjà presque prête. Elle envoya Anna-Maria entrebâiller la porte et se pencha légèrement pour apercevoir dans son miroir ce qui se passait derrière elle. Dans la porte entrouverte, les yeux de Vittorio, homme de confiance de belle allure, à la haute taille, au nez busqué, intermédiaire entre l'intendant et le maître d'hôtel, lui parurent exorbités.

Le Vent du soir

Aureliano Romero annonça ses fiançailles avec Rosita Finkelstein dans une longue lettre à sa mère. Elle figure encore, cette lettre, dans les archives qui me permettent d'écrire ces pages. Je n'ai jamais rencontré, et je le regrette, ni Conchita Romero ni Rosita, sa belle-fille d'abord détestée, et bientôt adorée. Mais j'ai été très lié avec les fils d'Aureliano et de Rosita Romero. C'est eux qui, sur mes instances répétées, dans des moqueries sans fin et des hurlements de rire, m'ont remis, parmi bien d'autres papiers destinés à être jetés et pourtant sans prix pour moi, la lettre d'Aureliano retrouvée dans les dossiers de leur grand-mère, femme d'ordre et de classement.

La lettre est un petit chef-d'œuvre de littérature conformiste et traditionnelle dans le style de la Belle Époque, avec les enjolivements propres au tempérament hispano-américain. Aureliano commence par protester de son attachement à sa mère et de son respect pour elle. Jamais il ne fera rien qui puisse la contrarier ; toujours il prendra les conseils et suivra les avis de la plus sage des inspiratrices. Mais voilà que son bonheur et son avenir sont tout à coup en jeu. Il a déjà plusieurs fois parlé à sa mère de la jeune Rosita qui est belle et charmante. Elle a bien sûr le malheur de s'appeler Finkelstein. Son père, figure bien connue de la banque et des affaires américaines, très lié avec les Vanderbilt, est venu de Pologne. Il a fort bien réussi et il est à la tête d'une fortune qui, sans être considérable, est déjà importante. Il est juif. Aureliano sait que sa mère peut avoir à l'égard des juifs des réserves et peut-être des préventions qu'il ne comprend que trop bien. Il croit pourtant que ceux-là sont meilleurs que les autres et qu'ils peuvent plaire à sa mère. Il la supplie en tout cas de ne pas se laisser entraîner par des préjugés qui peuvent lui coûter cher et de ne juger que sur pièces.

La morale des Finkelstein est stricte et rigoureuse. Tous les renseignements recueillis sur la famille s'accordent dans l'estime et dans la louange. La mère est brésilienne et ardemment catholique. Rosita aussi est catholique, et pieuse. Ses enfants, bien entendu, seront catholiques également. La religion, vraiment, ne pose aucun problème. Il n'y a que le nom... Mais celui des Romero, illustré par le père bien-aimé et trop tôt disparu, par le grand-père général et compagnon de Bolivar, par les ancêtres conquistadores, n'est-il pas assez éclatant ?

Un drame a assombri, il y a quelques années, la famille Finkelstein. Le petit frère de Rosita a été enlevé par des inconnus, et peut-être assassiné. Le mystère reste entier et n'a jamais pu être élucidé. Les Finkelstein ont fait face au malheur avec une rare dignité. La mère s'appelle Cristina Isabel. Elle est encore très jeune et on voit qu'elle a été une beauté. Jérémie, le père, est un homme mince et sec, aux cheveux roux, à la très grande sagesse, d'une courtoisie parfaite, d'une allure impressionnante malgré sa taille médiocre. Qu'elle vienne seulement, la mère admirable et admirée, et elle tombera à son tour sous le charme de Rosita qui n'aspire qu'à une chose, qui n'a qu'une idée en tête : devenir la bru de Conchita.

Vous savez le respect et la tendre affection que je n'ai jamais cessé de vous porter. Il n'y a personne au monde que j'admire plus que vous. Mon bonheur serait à son comble si ma vie pouvait se dérouler entre les deux femmes qui me sont les plus chères et que j'ai également envie et besoin d'entourer de mon amour.

Le tout se termine par des formules classiques de tendresse. Autant que la lettre elle-même, elles ont quelque chose d'ampoulé et d'affecté qu'elles doivent moins, semble-t-il, à un manque de sincérité qu'à cette absence d'emportement et peut-être d'imagination qui marque les limites d'Aureliano Romero.

Nicolas avait pris une chambre dans la première pension venue et il avait dormi quinze heures. Le lendemain matin, rasé de frais, il examina la situation.

Il n'avait aucun plan. La solution la plus simple était de se rendre chez les Wronski. Il était à peu près sûr que, la première surprise passée, Marie Wronski le recevrait avec joie. Et il ne doutait pas, bien entendu, de l'accueil de Nadia. Mais l'ivresse d'être à Venise, la beauté de la ville, le désir de profiter de l'effet de surprise, le fait aussi qu'il était arrivé sans autorisation et sans prévenir l'incitaient à une autre démarche. Il aurait voulu apparaître soudain dans une sorte de coup de théâtre et donner à la seconde rencontre avec Nadia l'allure romantique réclamée par le décor. Il traversa la lagune jusqu'à San Giorgio. De là, il se rendit à la Giudecca avec l'espoir de tomber comme par hasard sur la jeune fille en train de sortir de chez elle.

Il découvrit sans aucune peine la maison plus d'une fois décrite, au cours de leurs conversations en Suisse, par Marie et Nadia. Elle ne laissait rien voir, du dehors, de ses cours intérieures et de ses jardins, mais Nicolas reconnut aussitôt la demeure qu'il n'avait jamais vue. Il s'installa près de l'eau, en un point d'où il pouvait surveiller la rue étroite et sans embranchement qui menait jusqu'à la maison. Et il attendit.

Il attendit longtemps. La matinée se passa sans que Nadia apparût. Vers le milieu de la journée, il eut faim. Il se dirigea vers un restaurant d'où il pouvait continuer à apercevoir l'issue sur le quai de la mince ruelle qui menait jusqu'à la maison des Wronski. Là, la chance le servit. A la table voisine de la sienne, il entendit deux jeunes gens, presque trop bien habillés, qui parlaient, moitié en italien et moitié en anglais, avec des intonations recherchées et l'accent de l'autre dans chacune des deux langues, d'une fête qui allait se donner le soir même au palais M*** sur le Grand Canal et où ils devaient emmener Nadia Wronski.

A peine remis de sa blessure, Brian O'Shaughnessy n'eut plus qu'une idée en tête : aller rejoindre Kitchener au Soudan. Il y réussit assez vite avec l'appui de Cecil Rhodes et il arriva à temps pour participer à la bataille d'Omdurman, aux portes de Khartoum, qui marqua la revanche sur la défaite de Gordon devant le Mahdi et pour assister, dans la chaleur et dans le sable, tout près du confluent du Nil blanc et du Nil bleu, à l'anéantissement des derviches. Dans ses lettres à sa mère — Sybil O'Shaughnessy, née McNeill, vous vous rappelez, la fille de lord Landsdown, la petite-fille de la maharanée, la femme de Sean O'Shaughnessy — Brian laisse éclater sa fierté d'avoir été, si jeune, attaché à des hommes aussi exceptionnels que Jameson, Cecil Rhodes et le général Kitchener, qui commande devant Khartoum, avec le titre de sirdar, l'armée anglo-égyptienne. Ses émerveillements devaient se prolonger. Quelques semaines après son arrivée et la bataille de Khartoum, Kitchener, toujours suivi de Brian, entrait, à la tête de vingt mille soldats, dans un petit village sur le Nil où venait de s'installer une mission d'études française de quelque deux cents hommes commandés par un capitaine qui arrivait, au prix de fatigues et d'efforts inouïs, de la boucle du Niger et du golfe de Guinée. Le capitaine français s'appelait Marchand et le village était Fachoda.

Sybil O'Shaughnessy écrivait à son fils des lettres alarmées sur l'excitation des esprits en Angleterre et en France et sur la tension entre les deux pays. Brian répondait que personne n'était moins antifrançais que Kitchener qui avait commencé sa carrière en servant la France à vingt ans, en 1870, dans l'armée de Chanzy, contre les Prussiens. Les lettres de Brian étaient lues à haute voix, à Glangowness, devant les voisins venus prendre le thé ou les hôtes du week-end. Le nom de Kitchener devenait aussi célèbre en Angleterre que celui de Marchand en France. L'un, le colonial français à la petite barbiche, qui avait lutté contre Samory, guerrier musulman et féroce marchand d'esclaves, avait été vaincu sans bataille et avec honneur ; l'autre, dur, autoritaire, loyal, avec ses fortes moustaches et sa raie britannique au milieu, volait de victoire en victoire.

Brian O'Shaughnessy s'était attaché à lui et n'avait

pas tardé à devenir son officier d'ordonnance. Cette vie coloniale anglaise sous Victoria ou Édouard VII, dont nous trouvons l'écho dans les livres de Kipling ou de Forster et dont des films célèbres tels que *les Quatre Plumes blanches* ou *les Trois Lanciers du Bengale* peuvent nous donner une idée, enivrait le jeune homme qui avait trouvé dans l'armée et l'administration britanniques non seulement des camarades et des amis auxquels il restera fidèle toute sa vie, tels que le jeune Winston Churchill, mais sa vocation, sa voie royale. Il s'épanouissait dans un monde de sable, de sabres, de chevaux, de drapeaux claquant dans le ciel, de fraternité entre des hommes de même éducation et de même race, parmi des indigènes dominés qui s'initiaient peu à peu aux modes de vie de l'Empire. Le soir, au coucher du soleil sur les bords du Nil ou dans l'immensité du désert, en buvant de l'alcool avec les membres de l'état-major de Kitchener, il était fier d'être anglais.

Le siècle s'achevait. Dans la dernière année de ce XIXe, qui avait commencé sous le signe de la double montée du romantisme et de Napoléon Bonaparte et qui se terminait dans la gloire de l'Empire britannique étendu sur le monde entier, Brian O'Shaughnessy se demandait, au Caire, à Alexandrie, à Khartoum, sur les pistes de la haute Égypte, où le mènerait son destin, étroitement associé désormais à celui de Kitchener. La réponse ne tarda guère. Deux ou trois ans plus tôt, sur un lit d'hôpital au Cap, Brian avait appris avec exaltation que l'armée du sirdar était en train de remonter le Nil en direction de Khartoum. Voilà que, sur les bords du Nil, il apprenait comme en écho que la guerre, la vraie guerre faisait rage dans le sud de l'Afrique. Impatiente d'en finir une fois pour toutes avec les États boers, l'Angleterre avait pris prétexte à nouveau de la situation des Uitlanders pour exiger du président Krüger des mesures auxquelles il se refusait. La guerre éclata en octobre 99.

Il ne s'agit plus d'un raid comme celui de Jameson, il y a trois ans, écrivait Brian à sa mère. *Je sais par Kitchener que des troupes et des munitions arrivent en masse d'Angleterre et d'Australie. Malheureusement pour moi, la guerre là-bas sera courte. Je n'aurai jamais le temps de me faire muter à nouveau au Cap et d'y parvenir avant la victoire finale.* Il se trompait cruellement. La guerre des Boers devait durer deux ans et demi et les Anglais allaient y engager près d'un demi-million d'hommes, parmi lesquels le général Kitchener et les deux camarades : le jeune Winston Churchill et le lieutenant O'Shaughnessy, bientôt promu capitaine.

Nicolas passa son après-midi à trouver de quoi s'habiller convenablement pour un bal masqué fin de siècle. Il finit par choisir un costume peu original de médecin vénitien du temps de la peste qui ne lui revint pas très cher. Plusieurs fournisseurs débordés lui parlèrent de la fête du soir : tout Venise y était invité. Le soleil était à peine couché qu'il commença à se préparer. Lorsqu'il se regarda dans une glace, il s'étonna presque lui-même : avec son habit noir et son grand masque pointu comme sur les tableaux vénitiens, il se fit un peu peur, mais se trouva assez bien. Il prit une gondole très tôt et se laissa promener à travers Venise en attendant l'heure de la fête. La gondole glissait sans bruit et le froissement de l'eau n'était interrompu que par les cris du gondolier au croisement des canaux. Derrière le ghetto, du côté de l'Abbazia et de la Madonna dell' Orto où est enterré le Tintoret, il traversa des quartiers pauvres et presque déserts où quelques enfants à moitié nus jouaient avec des boîtes vides et des morceaux de bois. Peut-être parce que sa propre vie était sans assise profonde et avait été ballottée au gré d'événements qu'il ne commandait pas, rien ne fascinait Nicolas comme le destin des hommes. Que deviendraient-ils, ces enfants de Venise élevés dans la beauté et la misère à la fois ? Pour un ou deux d'entre eux qui s'échapperaient de leur monde grâce au hasard ou à leurs talents, les autres continueraient et resteraient dans les sillons où le sort les avait jetés. Sans doute seraient-ils plus tard, à leur tour, ce qu'étaient maintenant leurs parents et ils feraient des enfants qui seraient dans vingt ans ce qu'ils étaient eux-mêmes. Lui allait dans un bal de richards et de fêtards également héréditaires pour retrouver celle qu'il aimait et qui était peut-être seule à pouvoir donner un sens à sa vie. Il sentait monter en lui une bouffée de tendresse pour Nadia en même temps qu'un mélange de fureur et de dégoût pour le monde où elle vivait chaque jour et dont il n'avait qu'une idée assez vague. Il se demandait s'il était vraiment possible à une jeune fille élevée dans le luxe et les préjugés de s'intéresser à un garçon dont personne ne savait rien et qui ignorait tout de lui-même. Au milieu de ces doutes et de ces tourments, il savait pourtant avec certitude qu'elle avait besoin de lui autant qu'il avait besoin d'elle. La nuit s'avançait. Il donna ordre au gondolier de rejoindre le Grand Canal où se pressaient déjà d'innombrables gondoles pleines de Grands Turcs et de dogaresses et de se rendre au palais M***.

Le Vent du soir

Ici encore, bien entendu, je reconstitue comme je le peux les sentiments et les réflexions de Nicolas Cossy. Il est bien possible qu'il pense tout autrement, avec cynisme, peut-être, ou avec indifférence, ou avec lassitude, ou qu'il ne pense rien du tout. L'exercice auquel je me livre ressemble un peu à un puzzle, à une enquête, à un rapport de police. D'après ce que je sais, d'après ce que je crois, la reconstruction que je propose est la plus plausible de toutes. Mais je sais déjà que je me trompe ici et là, et que beaucoup de détails se sont passés autrement. Je crains fort, notamment, que ma chronologie ne soit un peu chahutée. Je ne prétends d'ailleurs pas rapporter en bon ordre les événements que j'évoque. Ils me reviennent un peu au hasard, au gré des souvenirs qui s'attirent et se bousculent les uns les autres. J'essaie d'y mettre un peu de clarté. Je n'y réussis pas toujours. Chacun sait, naturellement, que Fachoda ou la guerre des Boers se situent bien où je les place. Mais beaucoup d'aspects de la vie de Marie, de Nadia et plus encore de Nicolas, moins soutenue que celles d'Aureliano Romero ou surtout de Brian par les cadres politiques et sociaux de l'histoire, me restent encore un peu flous. Après plusieurs conversations avec de très vieux Vénitiens, je crois bien, par exemple, que le célèbre bal M*** est antérieur d'au moins cinq ou six ans aux aventures en Afrique de Brian O'Shaughnessy. Il semble, en effet, que ce bal resté fameux ait été donné encore du temps du gouvernement de Francesco Crispi — qui y assistait peut-être, d'après certains témoins, sous le déguisement anonyme d'un doge de Venise — et qu'il ait précédé assez largement la révolte de Menelik contre le protectorat italien, le désastre d'Adoua et la chute de Crispi, à peu près contemporaine de l'échec du raid Jameson.

Je vois bien aussi que l'angoisse de la princesse devant le visage de Vittorio aperçu dans le miroir est placée beaucoup trop tôt dans la journée de Nicolas qui vient d'arriver à Venise. Qu'importe : toutes les images qui ont tant tourné dans ma tête me reviennent en désordre et mon propos n'est pas de mettre sous vos yeux une bande dessinée de plus ni un de ces tableaux chronologiques et généalogiques dont se servaient jadis les enfants des écoles pour apprendre l'histoire de France, d'Angleterre ou d'Allemagne, mais bien plutôt de tâcher de ressusciter, sûrement pour mon plaisir — frappé d'un peu de mélancolie — et peut-être pour le vôtre, tout un monde évanoui qui s'agite encore en moi.

Le médecin noir au masque pointu passa sans aucune difficulté le double barrage de gondoliers vénitiens et de laquais à la française qui écartaient les curieux et filtraient les invités. Dans une cour intérieure où trônait une immense gondole de cérémonie de la fin du XVIIe ou du début du XVIIIe siècle et d'où montait vers les étages un large escalier de marbre, chef-d'œuvre et modèle d'architecture Renaissance, il se trouva happé par une foule hétéroclite et bigarrée où se côtoyaient des marins, des bergères, des courtisanes de Carpaccio avec de longs lévriers, des saints Georges qui tenaient en laisse des bassets ou de petits singes déguisés en dragons. Cette marée humaine l'entraînait vers l'escalier qu'il emprunta comme tout le monde. Au premier étage, entre d'admirables tapisseries des Flandres ou des Gobelins et des meubles du XVIe, la princesse, toute seule, en Esther de Véronèse, accueillait ses invités avec une grâce souriante. Derrière elle, deux ou trois buffets croulaient sous les pâtés et les fruits. Nicolas se promenait avec fièvre, cherchant des yeux Nadia et croyant la découvrir derrière chaque masque et sous tous les déguisements. Il soupçonna successivement une favorite du harem, une Desdémone éplorée derrière son loup de dentelle, une paysanne grecque masquée. Il s'efforçait de faire aussi vite que possible le tour de tous les salons pour qu'aucune jeune femme ne pût échapper à son inquisition.

Il monta au second étage. Là, des chambres immenses, dont plusieurs donnaient sur le Grand Canal, avaient été transformées en autant de petits salons où les masques venaient s'offrir et accepter des confidences, des galanteries, des petits fours, des serments. Il les traversa toutes tour à tour, s'arrêtant près d'un lit, près d'une fenêtre, échangeant quelques paroles pour écouter une voix qu'il pourrait reconnaître. Un vertige le prenait. Tout ce brillant, tout cet or, toute cette agitation l'enivraient et lui faisaient peur. Il se sentait perdu, ignoré. Quel abîme le séparait de ces gens qui riaient, qui parlaient haut, qui buvaient du champagne, qui portaient des trésors sur leur front ou autour de leur cou ! Il les haïssait parce qu'il les soupçonnait tous de connaître Nadia et d'édifier autour d'elle un mur de facilités et de compromissions qu'il ne parviendrait jamais à franchir. Le désespoir le prenait :

peut-être dans cette foule ne la retrouverait-il jamais ? Et elle, de son côté, qui ne le cherchait même pas, qui ne pouvait pas imaginer sa présence dans le bal, comment le reconnaîtrait-elle sous son costume et sous son masque ?

Il l'imagina absente du bal pour une raison ou pour une autre, au bras d'un fiancé élu la veille ou le jour même, en train de s'entretenir dans un coin reculé avec un soupirant. Soudain, il aperçut, déguisé en cardinal et le visage découvert, un des deux jeunes gens qui avaient parlé de la fête au restaurant de la Giudecca et qui se proposaient d'y accompagner Nadia Wronski. Nicolas décida de le suivre pour parvenir jusqu'à elle.

L'homme en rouge se rendit successivement dans plusieurs pièces, prenant un verre à un buffet, s'entretenant au passage avec des femmes et des jeunes filles dont aucune n'était Nadia. Nicolas se remettait à désespérer lorsqu'il remarqua, tout en continuant de surveiller le cardinal et de chercher Nadia, un manège qui l'intrigua. D'une porte qui donnait dans une des chambres sortait régulièrement, pour y retourner assez vite avec des objets volumineux recouverts d'une toile grossière et d'où suintaient quelques gouttes — du vin ? de l'eau ? du sang peut-être ? — un grand valet affairé. Chaque fois qu'il quittait la pièce, il la fermait à clé derrière lui. Ses absences duraient trois ou quatre minutes, au bout desquelles il revenait avec son fardeau, prenait sa clé, ouvrait la porte et s'enfermait à nouveau pour une vingtaine de minutes. Nicolas, par hasard, le vit sortir trois fois et rentrer trois fois. Après le troisième retour du valet, Nicolas s'arrangea pour être lui-même devant la porte au bout de vingt minutes. Il vit en effet le valet ressortir une nouvelle fois. Mais le scénario se déroula un peu différemment. Le valet, après avoir refermé la porte à clé, appela une jeune soubrette qui se tenait debout derrière un buffet. Il lui murmura quelques mots à l'oreille, lui glissa dans la main un objet qui devait être la clé et disparut. La soubrette ouvrit la porte avec la clé et pénétra dans la pièce mystérieuse. De plus en plus étonné, Nicolas décida de ne pas quitter la porte des yeux. La suite lui donna raison. Un quart d'heure ne s'était pas écoulé que la soubrette sortit en courant, visiblement bouleversée, le visage à l'envers. Elle claqua la porte derrière elle, mais sans la fermer à clé. En proie aux soupçons les plus fous, Nicolas n'hésita qu'un instant. Il s'assura d'un regard qu'il était bien le seul à avoir remarqué ce qui se passait dans ce coin de la fête et, tournant la poignée, poussant la porte, se disant qu'il pourrait toujours affirmer, s'il était pris sur le fait, qu'il avait agi par distraction ou qu'il s'était trompé, il passa la tête dans la pièce. Ce qu'il vit le glaça d'horreur. Entre quatre grands cierges qui éclairaient les murs d'une lumière tremblotante, un vieillard à la barbe blanche et au teint cireux était étendu sur un lit de glace. Des gouttes de glace fondue tombaient lentement sur le plancher, à un rythme qui contrastait avec les valses viennoises dont l'écho assourdi pénétrait jusque dans le caveau improvisé au milieu des gravures galantes et des poufs de soie jaune. Nicolas étendit une main tremblante. Dans un costume rouge et noir, probablement d'Othello, l'homme était mort, et déjà froid. Luttant contre l'envie de s'évanouir qu'il sentait monter en lui, le médecin de la peste se précipita hors de la pièce. Personne ne parut remarquer, parmi le brouhaha des conversations et des danses, la démarche titubante et égarée de l'homme au masque pointu. Au milieu du grand escalier, alors qu'il courait il ne savait où, Nicolas tomba sur Nadia. Elle était ravissante, un diadème au front, en déesse de la mer.

Pendant que Nicolas retrouve Nadia à Venise au bal de la princesse M***, pendant qu'Aureliano Romero, diplomate argentin dans la patrie de Washington, de Monroe et d'Abraham Lincoln, se considère comme promis, avec la bénédiction de sa mère qui tarde un peu à venir, à Rosita Finkelstein, fille d'un juif polonais et d'une demi-négresse brésilienne, pendant que Brian O'Shaughnessy s'attache successivement en Afrique australe, puis en Égypte, puis de nouveau en Afrique du Sud et bientôt aux Indes, à sir Cecil Rhodes et à lord Kitchener, le jeune Paco Rivera suit son destin à Guadalajara, au nord-ouest de Mexico. Son existence désormais est tracée à jamais. Les riches choisissent ; les pauvres subissent. Paco Rivera sera un prêtre brillant. A l'école, au séminaire, il est calme et soumis, avec de brusques flambées de passion dans les gestes et dans les yeux. Il les dissimule autant qu'il peut. Il veut, de toutes ses forces, devenir un bon prêtre et un pasteur des âmes. L'injustice le révolte. La violence lui fait horreur. Ce qu'il aime, dans la religion catholique qui est celle de sa famille depuis près de trois cents ans — mais seulement trois cents ans, ce qui est beaucoup et assez peu — c'est la justice, la paix, l'amour entre les hommes. Peut-être sera-t-il un saint, un grand mystique, un apôtre, un martyr ? Il sent en lui de ces ardeurs qui lui feraient, avec beaucoup de joie, offrir sa vie pour Jésus-Christ. De temps en temps, pourtant, une sueur d'angoisse s'empare de lui. Il se voit promis à toutes les flammes de l'enfer. De vieux appels venus de très loin, de ses ancêtres aztèques, ou olmèques, ou toltèques — mais sont-ils vraiment si loin, ces souvenirs collectifs qui ne datent que de quatre cents ans, les débuts de la Renaissance chez nous, l'imprimerie, l'annonce de la Réforme ? — le font soudain tressaillir. Le sang n'est plus seulement celui que le Christ Jésus a répandu pour les hommes par pitié et par amour, mais celui que les hommes ne cessent de faire couler pour que ce monde continue et que le soleil se lève demain. Dans ces instants d'égarement, la doctrine du Christ lui apparaît toujours comme un rêve d'amour et de beauté. Mais seulement comme un rêve. La terre des hommes qui souffrent et des cruels ancêtres est là, avec sa dure réalité et ses nécessités. O Seigneur Jésus, n'abandonnez pas ceux qui vous aiment et qui veulent croire en vous !

Nicolas, éperdu, avait entraîné Nadia hors de la fête macabre. Une gondole noire avait emmené le noir médecin de la peste et la radieuse reine des mers à travers les canaux de la ville qui ne cesse jamais de mourir. Son masque retiré, Nicolas avait entouré de ses bras la jeune fille tremblante d'émotion et de joie dans la fraîcheur de la nuit. Il lui racontait, entre les baisers et les mots de tendresse, son départ de Lausanne, son voyage, son impatience de la revoir, son désir de la surprendre, sa quête dans le palais M*** envahi par les masques, sa sinistre découverte. Comme d'innombrables invités, Nadia avait bien remarqué l'absence du prince à la fête. Mais Venise — et Rome, et Milan, et Londres, et Paris — ne devait apprendre que le lendemain la version officielle de sa mort subite à l'aube, après son dernier bal. Dans la nuit vénitienne, Nicolas échafaudait à toute allure les hypothèses les plus folles : crime passionnel ou rituel, messe noire, association secrète, cérémonie d'initiation... Son hostilité à un monde qui le séparait de Nadia le suffoquait à nouveau. Est-ce qu'elle pouvait rester loin de lui, entourée de tels dangers, dans un milieu infâme où le crime, la sottise, la frivolité, l'intérêt étaient les seuls ressorts à fonctionner encore ? Il dépeignait à Nadia les risques que courait leur amour et il lui disait et lui redisait avec passion tout ce que ces semaines et ces mois de séparation et de solitude lui avaient inspiré. Il voulait vivre avec elle, l'épouser, avoir des enfants d'elle. Il ne voulait pas qu'elle se marie avec un de ces imbéciles ou de ces criminels qui dansaient autour d'un cadavre. Regardez : comme le monde est beau loin de la bassesse et de la bêtise ! Leur vie aussi serait pure et belle. Il travaillerait, il ferait de grandes choses, il était capable de tout en s'appuyant sur elle. Il savait qu'elle était faite pour lui comme il était fait pour elle. Nadia écoutait, transportée. Ses rêves dans la solitude se faisaient réalité. Elle se confondait avec Nicolas. Il n'y aurait pas eu besoin de l'incident macabre du bal du palais M*** pour mettre le feu à leur passion. Mais ce mort au milieu des masques dans la nuit de Venise comblait les vœux secrets de l'orphelin des montagnes : son retour était un coup de théâtre.

La gondole glissait sur les eaux silencieuses. De loin en loin, un chant s'élevait. Les étoiles brillaient avec éclat dans un ciel où passaient soudain des nuages qui s'effaçaient aussitôt. L'agitation des jeunes gens s'apaisait peu à peu pour laisser place à la tendresse. Ils se tenaient par la main et se regardaient en silence. Ils n'avaient plus rien à se dire. Ils étaient ensemble : c'était assez.

Les vieux palais vénitiens avaient pris le relais des sapins des Alpes bernoises. Ils étaient les témoins de ce qu'il y a de plus banal et de plus neuf au monde : l'éclosion d'un amour. Après ces jours d'épreuve où ils ne se voyaient plus, les voilà réunis, et pour l'éternité — pour la brève éternité qui est le lot des hommes. Plus rien ne les séparera. Ils sont nés l'un pour l'autre. Quelque chose d'irrésistible jette chacun d'eux dans les bras de l'autre. Que la terre s'écroule. Ils s'aiment.

— *Dove andiamo, signor ?*

Ils sortent soudain de leur songe. Il y a encore des hommes et des choses qui existent en dehors d'eux. « Dove andiamo, signor ? » Jusqu'à la fin de sa vie mortelle, et peut-être au-delà, Nadia entendra ces trois mots, si quotidiens, qui décident de son destin. Et qu'importe que le décor soit celui de Venise à la fin du XIXe siècle ! Tant mieux pour eux si Palladio, et Longhena, et Carpaccio, et toute la famille des Bellini l'ont planté à leur intention. Ils seraient les mêmes à Pigalle, à Soho, sur les quais de New York, dans les bas-fonds de Calcutta. Ils s'aiment.

— Allons voir votre mère, dit Nicolas.

— Impossible, répond Nadia.

— Pourquoi ? reprend Nicolas. J'ai assez de respect et d'affection pour elle pour être sûr qu'elle a pour moi de l'estime et de l'amitié. Allons chez elle. Réveillons-la.

— Impossible, répète Nadia.

— Si elle est encore au bal, attendons-la. Si elle est rentrée, réveillons-la.

— Impossible.

— Vous ne voulez pas !

— Mais si, mon chéri, mais si ! Je ne veux rien d'autre. Mais ma mère n'est pas là. Elle est partie il y a une semaine pour Milan où elle avait des affaires à régler et elle ne rentre que demain.

— Demain ! demain !... Je ne veux plus attendre. J'ai attendu toute une vie et ma vie, maintenant, c'est vous.

— Mon amour, dit Nadia. Mon amour, mon amour.

Le gondolier est une ombre qu'on aperçoit à peine. Il en a vu bien d'autres. Ces deux-là, pour lui, sont un spectacle qu'il connaît par cœur. Ils sont plus jeunes et plus beaux que ceux qu'il transporte d'ordinaire, voilà tout.

— *Dove andiamo, signor ?*

Ils écoutent à peine, tout occupés d'eux-mêmes.

— Où habitez-vous ? demande Nadia.

— Dans la première auberge que j'ai trouvée.

— Je vais vous déposer. Et vous viendrez demain.

— Vous ne pouvez pas rentrer seule.

— Alors, déposez-moi. Et vous viendrez demain.

— A la Giudecca ! dit Nicolas au gondolier impassible.

Et ils repartent dans la nuit, serrés l'un contre l'autre. Lorsqu'ils arrivent à la Giudecca, le jour se lève sur Venise.

— Laissez-moi dormir n'importe où, supplie Nicolas, dans le salon, à votre porte, dans une chambre de domestique.

— Ma mère..., murmure Nadia. Et les gens de la maison...

— Qu'importe ? Demain, nous...

— Mon amour, dit Nadia.

Les mots sont une drogue, un élixir, un poison délicieux. Quand ils se mêlent aux gestes et à l'élan des corps, ils décident de nos destins. Neuf mois plus tard naissait, dans la même maison de la Giudecca où étaient déjà nés Nicolas et Nadia, la dernière des Wronski.

6

La passion des deux jeunes gens fut violente et brève. Le caractère russe de Nadia, l'ascendance italienne de Nicolas, mélangés l'un et l'autre d'indolence et de violence, se complétaient merveilleusement, unis par les liens du sang qui venaient de Marie. Emportés dans les tourments de la fatalité — ou peut-être plutôt de la nécessité, car quoi de plus naturel qu'un amour entre un frère et une sœur qui ignorent leur parenté ? — ils m'apparaissent comme les personnages par excellence d'une tragédie moderne.

Marie avait accueilli avec une apparente contrariété, mais en réalité avec joie, l'arrivée de Nicolas à Venise. Lorsque les deux jeunes gens lui firent part de leur amour, dont elle n'ignorait rien, et de leur désir de s'épouser, elle n'éprouva pas de surprise et n'opposa plus guère d'objections : une sympathie mêlée d'affection l'entraînait vers le jeune homme. Nicolas et Nadia eurent à Venise quelques jours de grand bonheur. Marie pensait à Piotr Vassilievitch, à Verdi, à sa propre jeunesse et elle voyait avec une tendre mélancolie les deux enfants partir pour les mêmes promenades à travers les campi et le long des canaux qu'elle avait faites elle-même, déjà enceinte de Nadia, un quart de siècle plus tôt. Nicolas écrivit à Me Brûlaz-Trampolini pour lui annoncer ses fiançailles et pour le prier d'excuser son absence de Suisse pendant un mois ou deux. Il ajoutait qu'il passerait le voir pour discuter de l'avenir et pour prendre ensemble toutes les dispositions nécessaires.

Marie aurait souhaité que le mariage se déroulât, comme le sien, à San Giorgio dei Greci. Mais Nicolas était catholique et Nadia, bien qu'orthodoxe, souhaitait que ses enfants aient la religion de leur père. On hésitait entre San Zaccaria, dont la belle façade sur une place ravissante unit trois styles différents, et San Nicolo dei Mendicoli, grandiose dans la pauvreté, sorte de Saint-Marc des origines, lorsqu'un coup de tonnerre éclata dans le ciel pour une fois serein de la famille Wronski : Me Brûlaz-Trampolini connaissait le secret de la naissance de Nicolas.

Avec une exaltation et une joie qui l'étonnaient un peu lui-même, Brian O'Shaughnessy avait retrouvé au Cap son sirdar de l'armée d'Égypte, le général Kitchener. Les choses n'allaient pas bien. Les Anglais découvraient en face d'eux un peuple héroïque de paysans en armes. « Autant attaquer les Suisses des Grisons ou d'Unterwald », écrivait Brian à sa mère. Les Boers connaissaient chaque colline, chaque repli, chaque buisson de leur terre. Ils avaient tous leur fusil et ils savaient s'en servir. Ils avaient tous leur cheval qui n'était pas pour eux une monture anonyme et commode, mais un compagnon d'armes, un ami, un membre de la famille. Les bandes de Boers à cheval ne constituaient pas une cavalerie avec tout ce que le mot, surtout à l'époque, comportait d'élégance, de bravade, d'esprit de caste, de charges folles, d'uniformes rutilants : c'était plutôt une troupe de centaures ou d'amazones qui auraient été des hommes et qui tiraient des balles au lieu de lancer des flèches. C'était une infanterie montée qui manœuvrait à cheval comme elle aurait manœuvré à pied, se servant de chaque accident de terrain pour se dissimuler, faisant ce qu'elle voulait de chevaux dociles et rapides qui obéissaient au doigt et à l'œil, vidant ses carabines au grand galop comme s'il s'était agi de tirer à partir de stands fixes sur des cibles immobiles dans une salle d'exercice. Le fusil de guerre d'une main, le pistolet à la ceinture, ces cavaliers formidables qui se battaient sur et pour leurs terres et qui rentraient le soir embrasser leurs femmes et leurs enfants, réserve et intendance de cette guerre sans pitié, avaient un talisman caché dans leurs fontes ou sous leurs vêtements : c'était la Bible.

Les Anglais, en face, manquaient de cavalerie. Les renforts et les munitions devaient venir de très loin, à grands frais, avec des délais considérables : d'Australie ou d'Angleterre. Dès le début de la campagne, ils subirent de graves défaites. Au lieu d'occuper, comme ils en avaient l'intention, le Transvaal et l'Orange qui s'était allié à Pretoria, ils virent au contraire, au nord-est du Cap, au sud du Transvaal et à l'est d'Orange, leur Natal envahi. L'échec du raid Jameson, volontairement marginal, n'avait pas vraiment mis en cause la dignité de la Couronne. Il n'en était pas de même avec le recul de l'armée anglaise et l'invasion du Natal. C'était la première vraie épreuve infligée au jeune Brian. Il s'en tira assez bien. Il incarna, pour sa modeste part, la plus grande peut-être et la plus décisive des vertus britanniques aux époques héroïques : le sang-froid dans les coups durs et la ténacité obstinée devant l'adversité.

Un semblant de panique s'était emparé de quelques esprits. Brian restait très calme, parlait peu, lançait des bons mots brefs, opposait aux revers un refus catégorique de les prendre en considération qui, pour un observateur malveillant, ou simplement extérieur, aurait pu ressembler à de la sottise.

— Dites donc, mon cher, disait le généralissime à son chef d'état-major, qui est donc ce jeune homme qui a l'air de considérer la perte du Natal comme une péripétie à peine fâcheuse dans une partie de croquet devant le château ?

— C'est le lieutenant O'Shaughnessy, mon général.

— Irlandais ?

— Yes, sir. Mais petit-fils de lord Landsdown.

— Je me doutais bien de quelque chose de ce genre. Militaire de carrière ?

— No, sir. Oxford ou Cambridge, je ne sais plus.

— Je m'en doutais aussi. Ça ne fait rien : pas mal. Nommez-le capitaine.

— Avec beaucoup de joie, mon général.

— Vous l'aimez bien, ce gommeux ?

— Beaucoup, mon général. Il était avec moi à Khartoum et à Fachoda.

— Eh bien ! nous en tirerons peut-être quelque chose s'il ne nous méprise pas trop du haut de ses blasons — et si les Boers ne nous le tuent pas.

Le généralissime s'appelait lord Roberts et, transféré d'Égypte au Cap avec toute sa gloire pour tirer l'Empire d'un mauvais pas, son chef d'état-major —

qui devait lui succéder bientôt comme généralissime — était lord Kitchener.

Non, non, il ne fallait pas céder à ces tentations envoyées par le diable. Il fallait réciter le *Padre Nuestro* et le *Dios te salve, Maria,* jeûner, prier, s'infliger des sacrifices et de menus tourments. Il fallait refuser de penser. Le corps couvert de sueur, le visage baigné de larmes, Paco Rivera était écroulé dans sa cellule aux pieds du crucifix. Les doutes montaient en lui. Il les combattait avec acharnement. Tout conspirait contre lui. Une traduction espagnole de la *Vie de Jésus* de Renan était parvenue entre ses mains. Il n'avait pas pu s'empêcher de la lire, avec horreur et passion. Lorsqu'il était arrivé à la vision de Marie-Madeleine apercevant le Christ au sortir du tombeau : « Pouvoir divin de l'amour ! moments sacrés où la passion d'une hallucinée donne au monde un Dieu ressuscité ! », il s'était mis à trembler de tous ses membres. Il s'était évanoui. Il était tombé malade. On l'avait transporté à l'infirmerie. Là, il avait été soigné par Pilar, une jeune infirmière indienne d'une piété un peu folle. Elle le regardait avec ses grands yeux noirs et se jetait à genoux devant lui pour lui demander sa bénédiction. Il lui mettait la main sur les cheveux. Elle le contemplait avec extase. Au bout de quelques-uns de ces exercices pieux, il s'efforça de l'écarter. Elle s'agrippait aux jambes du jeune homme, versait des larmes hystériques, mettait sa tête contre le corps tremblant de Paco. Il n'avait jamais connu d'autre femme que sa mère, ses tantes, ses sœurs. Elle le troublait malgré lui, comme Renan, autrement, l'avait troublé malgré lui. Elle le voyait, elle le sentait. La comédie de la bénédiction tournait au sacrilège.

— Écoute, Pilar..., lui disait Paco d'une voix blanche en la repoussant.

Elle n'écoutait rien. Elle s'arrêtait simplement de frotter sa tête contre lui et elle restait immobile, les bras autour des genoux du jeune séminariste pétrifié d'horreur parce que le plaisir le gagnait. Un jour où, au lieu de l'écarter, il n'avait pu s'empêcher de la serrer des deux mains contre lui, les choses allèrent un peu plus loin. Il crut mourir de plaisir, de chagrin et de honte.

Il me manque ici au moins deux éléments importants de notre puzzle. Zambrano avait parlé. Pourquoi ? Peut-être parce qu'il avait appris la nouvelle du mariage de Nicolas Cossy avec la fille du comte Wronski. Peut-être aussi parce qu'il allait mourir et qu'il ne voulait pas emporter avec lui le poids de son secret. En tout cas, j'imagine, par un scrupule d'honnêteté qui allait entraîner plus de catastrophes encore que le crime qu'il était censé réparer. Peut-être, s'ils n'avaient rien su, Nicolas et Nadia auraient-ils pu vivre heureux ensemble jusqu'à la fin de leurs jours ? Par une désastreuse coïncidence, Zambrano mourut de tuberculose moins de deux mois après l'arrivée de Nicolas à Venise. Il s'était tu jusqu'alors. Pour une raison ou pour une autre, déjà sur son lit de mort et sans que personne pût s'entretenir avec lui, il se crut tout à coup obligé de se confesser et de révéler le mystère à celui avec qui il avait été en relation : Me Brûlaz-Trampolini. L'autre point que j'ignore concerne l'enfant attendu par Nadia. Avait-elle parlé de son état à sa mère ? Le mariage était-il lié à cet état ou en était-il indépendant ? A un moment ou à un autre, avant ou après les fiançailles officielles, avant ou après les aveux de Zambrano, il fallut bien que Nadia annonçât à sa mère qu'elle attendait, selon une formule de l'époque, soudain ironique et amère, un heureux événement. Ce qui est sûr, c'est que Me Brûlaz-Trampolini écrivit une lettre à Marie pour lui révéler, avec des fioritures sans fin et des précautions inutiles, que, d'après les déclarations d'un nommé Zambrano qu'il avait rencontré deux ou trois fois à Genève, l'enfant qu'elle avait eu quelque vingt ans plus tôt n'était pas mort, que c'était un garçon élevé dans les Grisons, puis au Rosey, sous le nom de Nicolas Cossy et qu'il était sur le point d'épouser sa sœur Nadia, la fille de Marie de Cossigny et du comte Piotr Vassilievitch Wronski.

La foudre tombait sur les Wronski. La révélation de la survie de son enfant, qui aurait dû causer tant de joie à la comtesse Wronski, la rendit presque folle. Nicolas et Nadia n'osaient plus se regarder. L'amour qui les unissait était toujours aussi fort, mais il était condamné. Le mariage fut annulé, ou repoussé, on ne savait pas. L'égarement régnait dans la maison de la Giudecca.

A Venise, en Italie, en Europe, jusque dans la lointaine Amérique abreuvée de small talk et de gossips par la princesse M*** et ses semblables, la nouvelle, impossible à cacher, fit un bruit énorme. Elle alimenta toutes les conversations pendant trois ou quatre mois. Il n'était plus possible de réunir trois personnes d'un certain milieu, assez restreint il est vrai, sans que la conversation tombât sur le cas Wronski. Et puis, comme toujours, la lassitude l'emporta, d'autres événements survinrent, et l'oubli se fit.

Les trois Wronski, eux, ne pouvaient pas oublier. J'ai longtemps cherché à imaginer comment Marie avait appris la nouvelle, comment elle l'avait annoncée à ses deux enfants. Les avait-elle réunis pour leur apprendre qu'ils étaient frère et sœur ? Leur avait-elle parlé à chacun séparément ? Avait-elle envisagé d'imposer le secret au notaire de Genève et de garder pour elle la vérité, enivrante et désastreuse ? Et je me demande aussi quelle proportion de bonheur devant son enfant retrouvé avait bien pu se glisser pour elle dans l'horreur qu'elle ressentait à la seule pensée et à la vue de son fils et de sa fille.

Nicolas avait bien essayé de tenir pour négligeable la révélation du notaire. Bon, ils étaient frère et sœur. Et alors ? Leur amour ne s'en expliquait que mieux. Et puis Nadia n'était que sa demi-sœur, ce qui écartait déjà une bonne partie des risques d'une consanguinité qui n'avait d'ailleurs pas partout ni toujours été formellement condamnée. L'Égypte des pharaons faisait une apparition inévitable, et la plupart des familles royales, et les Borgia, au nom fâcheux, mais pour d'autres raisons, et tant d'obscures lignées paysannes qui ne se portaient pas plus mal que les bourgeois vétilleux. Il n'y avait qu'à se moquer des préjugés et des règles et à faire face avec audace. Pour des motifs sociaux, moraux, religieux, en raison d'obscurs interdits qui remontaient à la nuit des temps, Nadia ne pouvait pas. Marie non plus.

Alors, l'enfant ? Que fallait-il faire de l'enfant ? Fallait-il, à son tour, par habitude peut-être, par tradition de famille, demandait Nicolas avec une ironie cruelle, fallait-il le faire disparaître ? Nadia poussait un cri et venait se jeter dans les bras de Nicolas.

— Eh bien ! disait Nicolas, la vérité se fait jour, peu à peu, à travers les ténèbres. Il faut que ce soit moi qui disparaisse. Il faut que je retourne à ce néant dont je n'aurais jamais dû sortir.

Le mariage d'Aureliano Romero et de Rosita Finkelstein se déroula devant une nombreuse assistance en l'église St. Patrick, la nouvelle cathédrale catholique de New York, dont l'achèvement datait à peine d'une vingtaine d'années. Il y avait là une bonne partie de la haute finance de New York, des diplomates venus de Washington, toute la colonie argentine, un groupe compact de notables juifs, pas mal de Polonais émigrés en Amérique, d'innombrables représentants des grandes affaires avec lesquelles Jérémie Finkelstein était en relation, quelques chefs de syndicats, la presse, la haute société et une foule de curieux. Conchita Romero avait entrepris le long voyage de Buenos Aires à New York pour venir serrer dans ses bras Aureliano très ému et pour contempler avec un peu de méfiance la mère — qu'elle aurait préféré choisir elle-même — de ses futurs petits-enfants. Jérémie Finkelstein était au premier rang, dans une de ses célèbres pelisses, malgré le temps assez doux. Il était visiblement heureux du bonheur de sa fille et de ce mariage qui comblait ses vœux. Il avait vieilli. Beaucoup de ceux qui étaient à St. Patrick ce jour-là ne l'avaient pas vu depuis longtemps. A la différence des réunions régulières du genre des courses, des dîners en ville, des conseils d'administration, des bals de charité, les mariages, les enterrements, les cérémonies sociales d'exception chargées de réunir des gens qui se sont perdus de vue depuis longtemps constituent, et surtout constituaient, des points de repère redoutables et des pierres-témoins du temps en train de passer. Il avait passé sur le jeune Polonais éveillé et fiévreux qui avait débarqué sur les quais de New York un tiers de siècle plus tôt. Aucun miroir magique, aucune prédiction de voyante n'auraient pu lui faire imaginer qu'il épouserait une Brésilienne, qu'un de ses enfants lui serait enlevé, qu'il deviendrait une figure marquante du syndicalisme naissant, puis du capitalisme industriel, qu'il marierait, devant une assistance qui représentait, comme on disait là-bas, pas mal de millions de dollars, sa fille à un diplomate argentin.

La cérémonie s'achevait. Cristina Isabel, sous un immense chapeau, n'en pouvait plus de pleurer. Elle pensait à son père, à sa mère, à son pauvre petit Simon, au bonheur de sa fille. Toutes ces émotions la brisaient. L'assistance chantait des hymnes religieuses lorsque, dans un coin de l'église, timidement d'abord, et puis avec plus de force, s'éleva une vieille chanson polonaise en l'honneur de la Vierge de Czestochowa. Les yeux de Jérémie, en train de regarder sa fille avec fierté et bonheur, se remplirent soudain de larmes. Il était juif, bien sûr. Et américain, naturellement. Il était aussi polonais.

Le Vent du soir

Les Grecs de l'âge classique s'imaginaient que l'omphalos de Delphes était le centre du monde. Avec une apparence de raison, les Romains voyaient dans leur ville — la Ville par excellence — la capitale de l'univers. Les Chinois donnaient à leur pays le nom d'empire du Milieu. Plus d'une tribu primitive considérait ses membres comme les seuls hommes dignes de ce nom. Avec une modestie exquise de navigateurs éclairés et marchands, les doges de Venise, à l'apogée de la Sérénissime, se contentaient d'ajouter à leurs titres innombrables celui de Seigneurs du quart et demi de la Romanité. Nous savons tous aujourd'hui que la planète n'a pas de centre — ni peut-être l'univers — et qu'aucune race au monde n'a le privilège de l'humanité. Les Landsdown, à Glangowness, s'obstinaient à penser que les îles Britanniques constituaient le modèle de toute civilisation. Ils s'efforçaient de maintenir intact tout ce qui avait fait leur grandeur pour que le monde entier, peu à peu, pût profiter de cet éclat et se développer à leur ombre.

L'intolérance, en ce temps-là, était une vertu cardinale. La religion, la patrie, la famille, le nom étaient au-dessus de tout soupçon. La moindre incertitude sur leur excellence sans rivaux aurait enlevé tout sens à la marche de l'histoire. Le temps avait été longtemps le champ clos qui devait voir leur triomphe. L'idée de changement et de décadence s'était mise à faire des ravages avec la philosophie des lumières et surtout avec le drame cosmique de la Révolution française. Le temps avait cessé d'être un allié au-dessus de tout soupçon. Il ne suffisait plus de se servir de lui : il fallait apprendre à lutter contre lui. Flanqués des O'Shaughnessy dont le sang irlandais faisait des marginaux, souvent déchirés entre des fidélités opposées, les Landsdown, à Glangowness, considéraient le temps avec un mélange étonnant de méfiance et d'obstination.

Ils se voyaient au centre d'un réseau formidable dont la Navy tissait les fils. De l'Égypte à l'Afrique du Sud, du Canada aux Indes, à l'Australie, à la Nouvelle-Zélande, il leur semblait que toutes les rumeurs de la planète aboutissaient au silence de l'argenterie immémoriale et des meubles antiques amassés sous les hauts plafonds du château de Glangowness, superbe et vaguement ridicule à force de rapetassages néo-gothiques. Les cochers, les valets de chiens, les soubrettes, les fermiers, le pasteur entretenaient des liens mystiques avec le jeune Brian qui, aux frontières de l'Empire, menait le bon combat pour la Couronne britannique. Les sables du désert et les vents de toutes les plaines venaient mourir et revivre aux marches du perron. Dans le calme terrifiant de la campagne écossaise, la moindre tasse de thé prenait un parfum d'épopée.

Le monde craquait ici et là. Mais plutôt ailleurs. Il avait craqué en France avec la mort de Louis XVI, avec la chute de Charles X, avec l'exil de Louis-Philippe, réfugié en Angleterre. Il avait un peu craqué en Autriche avec la défaite de Sadowa. Il avait même craqué en Angleterre avec la guerre d'Indépendance des colonies rebelles d'Amérique. Mais, à travers vents et marées, l'Empire britannique demeurait invincible. Il ressuscitait de ses cendres. Il s'obstinait à créer des vicomtes et des baronnets pendant que les ducs français s'enfermaient dans le chagrin et la stérilité. Les Américains révoltés continuaient à parler anglais et étaient devenus des espèces de cousins mal élevés, mâtinés d'Italiens et enrichis dans le commerce. On les tapait à l'occasion et, dans les cas d'urgence et au milieu des lazzi, on épousait leurs filles. L'Angleterre, en fin de compte, n'avait connu que des succès dans sa lutte séculaire contre ces Français vaniteux et ridicules dont seuls les vins étaient bons. Les Prussiens, les Autrichiens, les Russes avaient été vaincus à Austerlitz, à Iena, à Friedland, à Wagram, qui avaient baptisé tant d'avenues et de ponts parisiens. Les Anglais avaient triomphé à Trafalgar et à Waterloo. Et ils avaient donné ces noms à un square, à un pont et à une gare.

Pendant que les Plessis-Vaudreuil, en France, ne voyaient que désastres et préludes à l'apocalypse dans la naissance de la Réforme, dans la Révolution française, dans l'affermissement de la République, dans la marche du temps, les Landsdown s'étaient très bien arrangés du protestantisme, de Cromwell, du système parlementaire et de l'*Habeas Corpus.* Fachoda avait été une jolie illustration de la partialité du Seigneur et de son engagement aux côtés des Britanniques. *Nearer, my God, to Thee* — Plus près de Toi, mon Dieu — signifiait que la Providence avait choisi son camp. Avec tous ces gens vulgaires qui s'enrichissaient de tous les côtés par d'autres procédés que les terres, les fermages et les chevaux et qui ne savaient même plus chasser décemment, il fallait naturellement se méfier du temps qui passe et de son cortège d'athées, d'intellectuels et de révolutionnaires. Mais l'Angleterre, grâce à Dieu, et l'Écosse, et, dans une certaine mesure, l'insupportable Irlande, solidement tenue en main, étaient encore capables de faire face et de rendre coup pour coup et, en vérité, de provoquer et de précéder les attaques. Le refrain secret de Plessis-Vaudreuil était *trop tard* et *plus jamais.* Bredouillant plutôt des *toujours* et des *encore,* les Landsdown se demandaient si, malgré la dureté des temps, l'heure n'avait pas sonné pour l'Angleterre de régner sur le monde.

Venues des quatre coins de l'Empire en expansion, les lettres de leur petit-fils, Brian O'Shaughnessy, contribuaient à entretenir les hôtes de Glangowness dans cette conviction très calme et secrètement exaltée.

Pour Marie, pour Nadia, pour Nicolas, les quelques semaines ou les quelques mois qui séparent la lettre de Me Brûlaz-Trampolini de la naissance de l'enfant furent un très lent calvaire. Ces trois êtres qui s'aimaient en venaient à se haïr. Chacun maudissait les deux autres et se maudissait soi-même. Et puis la souffrance des autres rejetait chacun vers la pitié, la tendresse et le désespoir.

La honte les empêchait de sortir. Ils vivaient en reclus dans la maison de la Giudecca, ne trouvant la force ni de s'aimer ni de se séparer. Venise leur devenait monstrueuse. Ils avaient parlé pendant des heures et des heures, fouillant dans leur passé, recoupant leurs souvenirs. Maintenant ils se taisaient, regardant par la fenêtre les reflets d'un ciel sinistre dans les eaux de la lagune.

Marie se demandait quel crime elle avait pu commettre pour être punie si cruellement. Nadia s'était interrogée sur l'enfant qu'elle portait. Voulait-elle le garder ? Mais, dans cet écroulement de l'univers autour d'elle, il n'y avait que l'enfant pour la rattacher à la vie. Souvent, la nuit, elle se réveillait d'un bref sommeil en hurlant de terreur et d'angoisse. Nicolas se précipitait auprès d'elle et la prenait dans ses bras. C'étaient quelques instants de répit et d'oubli. Nadia se serrait contre son frère sans jamais le regarder et, la tête contre la poitrine de l'amant interdit, balbutiait, sans pleurer, car elle n'avait plus de larmes :

— Laisse-le-moi ! Laisse-le-moi !

Nicolas, bouleversé, enfermé dans un silence dont il ne sortait presque plus, était convaincu d'avance. Marie mettait tous ses espoirs dans un petit-fils ou une petite-fille qui serait enfin innocent de ces drames et de fautes. Ce n'était qu'elle-même, en vérité, que Nadia avait à convaincre. Elle vivait comme un cauchemar la fin de son amour et l'attente de l'enfant.

Comment le *Manifeste du parti communiste* était-il parvenu entre les mains de Paco Rivera ? Je n'en sais rien. Il l'avait dévoré, avec un peu de peine mais avec fièvre, dans une traduction française qui ne devait plus jamais le quitter. Dès la première lecture, il avait trouvé dans le texte emporté et simple comme un double écho des rumeurs contradictoires et sourdes qui le déchiraient depuis toujours : l'appel à la justice et à la fraternité de l'Évangile, les cris de souffrance et d'impatience des Indiens opprimés. Il ne comprenait pas tout. Les rapports du despotisme féodal et de la bourgeoisie à ses débuts ne lui disaient presque rien. Beaucoup des traits du prolétariat industriel pour qui le manifeste avait été rédigé lui restaient très obscurs. Il imaginait assez mal la vie d'un ouvrier allemand ou d'un mineur français au sein des grandes entreprises qui avaient vu le jour en Europe dans la deuxième moitié du XIXe. Il n'avait aucune notion d'économie politique. Ses études de philosophie et de théologie où il avait brillé de mille feux — mais dans un Mexique encore arriéré — la lecture des ouvrages d'Aristote, de saint Augustin, de saint Thomas d'Aquin, du *Discours de la méthode,* des *Méditations* de Malebranche lui avait ouvert l'esprit, qu'il avait vif et ferme. Il n'était jamais allé jusqu'à établir un lien entre l'univers de la métaphysique et le monde réel, entre la société et la philosophie. Voilà que, grâce à l'imprimerie, les prophéties d'un juif allemand parvenaient, au-delà des mers, jusqu'à un séminariste mexicain, mi-espagnol, mi-indien. Elles lui criaient que le but et le sens de la pensée étaient de libérer les hommes de la tyrannie qui pèse sur eux. Il voyait sous ses yeux une force formidable et nécessaire s'avancer en désordre et balayer au passage l'injustice et la corruption : c'était la révolte des pauvres et des opprimés. « Prolétaires de tous les pays, unissez-vous ! » Paco pensait à ses frères indiens, aux paysans du Mexique, aux ouvriers agricoles des grandes propriétés, écrasés par la puissance et par l'avidité de l'aristocratie de la terre. Eux aussi n'avaient que des chaînes à perdre et un monde à gagner.

Le siècle ne commençait pas trop mal. Après les premières défaites et l'invasion du Natal, les lettres de Brian apportaient à Glangowness des nouvelles de victoires. Dès le milieu de 1900, la situation s'était inversée en Afrique australe : une armée boer était prisonnière, l'Orange était annexé à la Couronne britannique et la capitale du Transvaal, Pretoria, occupée. Le président Krüger partait pour Lourenço Marques, en Afrique orientale portugaise, s'embarquer, sur un croiseur hollandais, pour Marseille et pour l'Europe dont il espérait le soutien. Kitchener remplaçait Roberts comme généralissime.

Brian, dans ses lettres à son père ou à sa mère, commente avec une admiration mêlée d'effroi la guerre menée par Kitchener et les mesures implacables du nouveau généralissime auquel il est resté étroitement attaché en qualité d'officier d'ordonnance. Devant l'énorme supériorité britannique en hommes et en matériel et devant la défaite qui les frappait à leur tour, les généraux boers De Wet et Botha avaient changé de tactique : renonçant définitivement à toute bataille rangée, ils harcelaient les Anglais, multipliaient les coups de main, menaient une guerre de partisans. Kitchener leur répondit en ravageant le pays, en brûlant les fermes, en entassant non seulement les suspects, mais une bonne partie de la population civile dans les premiers camps de concentration de l'histoire contemporaine. C'est cette rigueur terrible que racontent les lettres de Brian.

Ma chère mère,

[...] La guerre est affreuse quand on la perd ; elle est affreuse quand on la gagne. Nous la gagnons. Je ne suis plus très sûr de m'en réjouir. J'ai passé la journée d'hier dans un de ces camps dont s'occupe notre ami Baden-Powell et où sont regroupées les familles des territoires reconquis : on croirait une exposition de la misère humaine. Ne me dites pas que ce sont les Boers qui nous imposent cette forme de guerre et cette forme, peut-être pire encore, de la pacification : je le sais. Mais, contraints et forcés, nous répondons à la cruauté par la cruauté. Où tout cela s'arrêtera-t-il ?

Le typhus, le choléra, toutes les espèces d'épidémies font des ravages dans les camps. J'ai vu des scènes déchirantes : des mères avec leur enfant mort dans les bras, des enfants de trois ans qui n'avaient plus personne pour leur venir en aide et à qui un caporal ou un sergent-major versait un peu de lait, des blessés et des amputés qui n'en finissaient pas de mourir. Le malheur des vaincus ne fait pas le bonheur des vainqueurs et ce sont des spectacles à vous dégoûter d'être soldat [...]. On parle beaucoup ici de descriptions terribles dans les journaux allemands ou français. Je ne suis pas parvenu à me les procurer. En avez-vous eu entre les mains ?

Je suis persuadé que la tournure prise par la guerre des Boers poussa Brian O'Shaughnessy à demander sa mutation aux Indes, qui réclamaient des officiers et des agents de renseignement pour faire face aux manœuvres des Russes en Asie centrale. Brian quitta l'Afrique australe quelques mois avant la paix de Pretoria qui mettait fin à la guerre. Une fois de plus, il ne faisait que précéder Kitchener, nommé commandant en chef de l'armée des Indes. A un journaliste du *Times* qui lui demandait ses projets, l'ancien sirdar de l'armée anglo-égyptienne, le généralissime des troupes britanniques en Afrique australe, la bête noire des Boers, répondit : « Je vais rejoindre, comme d'habitude — *as usual* — le capitaine O'Shaughnessy. »

Ce fut une fille. Elle vit le jour à Venise, dans les derniers mois du XIXe siècle, au premier étage de cette maison de la Giudecca où étaient déjà venus au monde sa mère d'abord, son père ensuite. La dernière des Wronski n'avait pas une goutte de sang Wronski. Et pourtant son père et sa mère étaient tous deux des Wronski. Un siècle mourait, un autre s'apprêtait à naître dans de formidables illusions. Brian O'Shaughnessy était encore en Afrique du Sud ; Rosita Finkelstein était déjà une Romero ; Paco Rivera se débattait, au séminaire de Cuernavaca, entre le Christ et Marx. L'enfant fut baptisée Sophie. Pour des raisons obscures — peut-être parce que la sagesse que supposait son prénom n'était pas vraiment de mise — tout le monde l'appela Hélène. Tout le monde savait aussi qui était le père de l'enfant. Mais, déclarée de père inconnu, elle reçut le nom de Wronski. Par un merveilleux paradoxe qui donna un instant de satisfaction à la famille éprouvée et surtout à Marie, c'était — ou ç'aurait dû être — c'était — ou ç'aurait pu être — le nom même de son père, qui s'appelait sans doute Cossy, mais qui, à défaut d'un Verdi, était aussi un Wronski. Par des détours mystérieux et très simples, la légalité formelle rétablissait un certain ordre des choses. Le nom de Cossy s'évanouissait. Et Nicolas lui-même disparaissait à nouveau. Sophie-Hélène Wronski ne connut jamais son père.

Il y eut à travers Venise recouverte par la neige une dernière et sinistre promenade de Nadia et de Nicolas. L'amour a beaucoup de mal à résister aux coups que lui assènent le monde, la société, les sombres conspirations du hasard et de la nécessité : Nadia et Nicolas continuaient de s'aimer, mais ils n'en pouvaient plus de lutter pour leur amour. Lorsque, bien plus tard, la conduite des quatre sœurs me stupéfiait ou m'indignait, il m'arrivait de penser à la promenade d'hiver dans une Venise de cauchemar. Peu de destins de notre temps auront été plus cruels, sous des apparences de bonheur, que ceux du clan Wronski. La vie de Nadia était gâchée. Celle de Nicolas n'avait même jamais existé. Tout cela était coupé à la racine, flottait dans le vide, sortait du néant. Le père d'Hélène y retournait.

Ils marchèrent une dernière fois dans Venise presque déserte. Le ghetto de Venise, entre le palais Labia et la Madonna dell'Orto, non loin de l'Abbazia, abandonnée et ruinée, est souvent vide en plein été. Au cœur de l'hiver, ils y étaient presque seuls. La promenade d'amour et de ressentiment des amants réunis et séparés, la dernière conversation entre le frère et la sœur : ce sont des souvenirs oubliés, rayés du temps et de la mémoire. Je n'en ai eu des échos que par de brèves allusions, aussitôt interrompues, de la comtesse Wronski. Ni la mère ni la fille ne parlaient volontiers de ces heures cruelles, couvertes de silence et de honte. Venise, pour elles, avait pris ou repris le visage de ce qu'elle a souvent été sous les masques de la fête, du plaisir et de la beauté : une ville de souffrance et de mort.

Ils se disaient des choses déchirantes, le frère et la sœur, la maîtresse et l'amant. J'imagine qu'ils maudirent la vie qu'ils avaient reçue l'un et l'autre. Qu'ils parlèrent de la fatalité à la façon des Grecs antiques. Qu'ils se vengèrent du monde en le jugeant atroce. Ils ne pouvaient même pas se servir de la consolation classique : « Comme ç'aurait pu être bien !... Comme nous nous serions aimés !... » Ils n'auraient pu vivre leur amour qu'en n'étant plus eux-mêmes. Et s'ils n'avaient pas été eux-mêmes, se seraient-ils encore aimés ?

Est-ce que la tentation les traversa, au moment de se quitter et de se rejeter l'un l'autre, de faire front malgré tout, d'oublier Venise et Marie, de faire comme si Wronski et Verdi et le Zambrano de malheur et le notaire du destin n'avaient jamais existé ? Nadia pleurait. Tout le long des canaux, sur le chemin du retour, dans le traghetto, sur les ponts, au milieu des places vides recouvertes par la neige, elle sanglota sans arrêt. Elle aurait voulu se jeter dans les bras de l'homme qui se tenait à côté d'elle, immobile, les bras ballants, et pleurer sur son épaule. Elle aimait cet homme et cet homme l'aimait. Il était là, tout près d'elle, elle avait un enfant de lui et elle n'avait pas le droit de le toucher. Littéralement, elle ne le pouvait pas. Il était interdit, pestiféré, sacré et maudit à la fois. En passant devant le palais Labia, elle crut qu'elle allait se trouver mal. Il dut la prendre dans ses bras pour l'empêcher de tomber. Ce fut un instant délicieux et horrible, une sorte de bonheur insupportable.

La place Saint-Marc était blanche et déserte comme les autres. Ils la traversèrent, l'air égaré, en se tenant par la main. Pour aller rejoindre la gondole qui les attendait près de la Piazzetta, Nicolas voulut couper le coin de la colonnade qui court le long du palais et passer entre le mur et la colonne angulaire. C'était le chemin, prétend l'histoire ou la légende, des condamnés à mort. Nadia le tira par le bras et murmura :

— Ça porte malheur.

— Et alors ? dit Nicolas.

Lorsque la gondole glissa le long de la Douane de mer, Nicolas, en silence, prit la main de Nadia.

Le lendemain, à l'aube, sans aucune espèce d'adieu, sans avoir jeté un regard sur sa fille endormie, Nicolas quittait Venise pour l'autre bout du monde.

Rosita Romero — née Finkelstein — fut tout de suite très heureuse. Les cœurs les plus simples sont déjà bien compliqués. Elle aimait dans son mari le contraire exactement de ce qu'elle avait tant aimé chez son père et son grand-père. Jérémie Finkelstein était un anxieux à l'affût de tout, d'une agilité extrême, d'une curiosité insatiable. Aureliano Romero était placide et calme. Un comte italien, propriétaire de chevaux de course et habitué de chez Maxim's, avait affirmé un soir, au Café de Paris ou au Jockey, et le mot avait fait fortune, que Pericles Augusto, au sommet de sa forme et de sa carrière, avec son accent à couper au couteau et ses accoutrements invraisemblables, était *effervescente e pirotecnico* — effervescent et pyrotechnique. Aureliano Romero était tout ce qu'on voudra, honnête, très propre dans tous les sens du mot, soigné, assez beau, intelligent à sa façon, digne de toutes les confiances — mais il n'était, à coup sûr, ni effervescent ni pyrotechnique. Quant à elle..., était-ce à cause de son sang noir et juif ? à cause du drame familial qui avait marqué son enfance ? à cause de la légèreté charmante de Cristina Isabel ou des malheurs historiques du côté de Jérémie ? Qui le sait ? On aurait pu soutenir, en tout cas, que

Rosita avait soif de paix et de considération. Malgré les craintes de sa belle-mère, qui avait décidé, pour voir, de passer quelques mois à New York, elle fut aussitôt pour Aureliano Romero la plus parfaite des épouses. Et, très vite, aux yeux de tous, la plus parfaite des mères. Conchita s'amadouait. Ses réserves s'évanouissaient. Ses préventions contre les nègres et les juifs tombaient devant sa belle-fille qui était le fruit de leur croisement. Elle quitta New York enchantée par le choix de son fils.

Les Romero sortaient beaucoup. Ils étaient de toutes les fêtes, de toutes les parties, de tous les pique-niques à la campagne, de tous les bals de charité. On les voyait partout. On les invitait avec des séducteurs français, des chanteurs italiens, des hommes d'affaires allemands, des princes russes de passage. Dans le Tout-Washington de la fin de l'autre siècle, ils brillaient de mille feux un peu ternes. Pour un ménage encore jeune et qui ne touchait aux affaires que très indirectement, ils passaient pour extrêmement riches. Et ils l'étaient. En partie en raison du mariage brillant de sa fille, Jérémie Finkelstein poursuivait et accélérait son ascension sociale. Après avoir assuré une dot brillante à Rosita, il la couvrait encore de cadeaux : une maison, des meubles anciens, des tableaux ou des dessins d'Helleu, de Boldoni, de Thomas Eakins, de Winslow Homer, de John Singer Sargent, des voyages en Europe. Et, pour Aureliano, des fusils de chasse et des chevaux. Aureliano lui-même était d'ailleurs plus comblé encore que sa femme, et il la comblait à son tour : jamais les affaires de Conchita n'avaient été plus prospères. L'argent coulait à flots.

Les choses sont si imprévisibles qu'il leur arrive de se passer à peu près exactement comme on les avait imaginées : soutenu par Jérémie Finkelstein, William

Mac Kinley était en train de faire triompher la cause de l'étalon-or contre William Jennings Bryan, défenseur du bimétallisme, et la guerre hispano-américaine s'achevait par la victoire des États-Unis et l'indépendance de Cuba lorsque Aureliano Romero et sa femme Rosita débarquèrent à Buenos Aires. Entourée de son état-major que la prospérité avait fait croître, Conchita Romero les attendait sur le quai. Elle fut très attendrie par le jeune Carlos qui portait le prénom de son grand-père, le défunt colonel, et qui avait déjà près d'un an. A peine installée dans la voiture qui les emmenait vers une propriété de la famille au sud-ouest de Buenos Aires, Rosita, rougissante, confia à sa belle-mère qu'elle attendait un autre enfant.

Plus encore que l'Égypte du khédive et le Soudan du Mahdi, plus que l'Afrique australe de Jameson et de Krüger, les Indes tournèrent la tête de Brian, qu'il avait pourtant solidement vissée sur les épaules. Il débarqua à Bombay et la misère de la foule indienne s'abattit sur lui à la façon d'une tornade. Le paysan égyptien était pauvre et résigné, il avait la grisaille des sables qui l'entouraient. Les Indes donnaient l'impression d'un malheur de toutes les couleurs, d'un flamboiement de faim et de mort. Suivi de mendiants et d'une troupe bruyante d'enfants qui l'amusaient et l'irritaient, Brian marchait à travers Bombay comme dans un monde mystérieux aux ramifications souterraines, aux secrets innombrables et dont il ne comprenait rien. Il avait été accueilli par un officier anglais, le lieutenant Turnbull, qui lui avait donné rendez-vous pour le lunch dans une espèce de club militaire britannique.

— Alors, demanda Turnbull après quelques mots de bienvenue, vos impressions ?

— Ma foi, répondit Brian, il n'y a qu'une chose de sûre, c'est que ça ne ressemble à rien de ce que je connais déjà.

— Le pire, reprit Turnbull après un silence, c'est que plus le pays vous deviendra familier, plus il vous paraîtra imprévisible et moins vous le comprendrez.

— Peut-être parce que, ailleurs, en Afrique, en Océanie, et même hier en Amérique, nous arrivions avec un passé et des traditions capables de s'imposer à une vie fruste et simple — tandis qu'ici c'est nous qui faisons figure de barbares devant tant d'expériences spirituelles accumulées ?

— Peut-être. Mais ce sont les barbares qui commandent. C'est nous. Heureusement. Il faut que vous voyiez ce pays comme un mélange inextricable de musulmans et d'hindous, de misère et d'immenses fortunes, de conservateurs arriérés et de révolutionnaires en puissance.

— Est-ce que le mélange est explosif ?

— Explosif ? Mais ils se massacreraient les uns les autres si nous n'étions pas là ! Nous maintenons un peu d'ordre, un peu de paix, et parfois même un peu de justice dans ce bordel formidable.

— Et les gens du pays (Brian disait : *the natives*) nous en veulent, j'imagine, d'essayer de mettre de l'ordre ?

— Ils préféreraient sûrement s'exterminer entre eux.

Brian avait vaguement entendu parler à Oxford et surtout à Glangowness de lord Dalhousie, « le grand proconsul », de la rivalité des Anglais et des Russes en Asie centrale et de la révolte des cipayes. Turnbull, ancien universitaire, qui avait étudié le sanskrit et qui parlait hindi et tamoul, lui révélait avec force détails les grandes lignes de ce qui s'était passé dans le sous-continent depuis quelque cinquante ans. Dans la chaleur moite de Bombay, Brian retrouva avec la satisfaction qui s'attache aux souvenirs qu'on réveille après un long sommeil la prédiction populaire qui donnait un siècle tout rond à l'occupation britannique, née de la bataille de Plassey en 1757. Et la fameuse histoire de la distribution, en 1857, de cartouches enduites de graisse de vache à des cipayes brahmanistes qui devaient, à leur horreur, les déchirer avec les dents.

— Mais ne vous y trompez pas, dit Turnbull, les causes militaires et sociales étaient au moins aussi décisives que ces histoires de bonnes femmes et de fanatiques exaltés. Les récits de la charge de la Brigade légère et des massacres sanglants de la guerre de Crimée se sont répandus jusqu'ici par les canaux mystérieux de la chronique populaire. Et nos échecs en Afghanistan devant l'avance des Russes et l'occupation par leurs troupes de Tachkent, de Samarkand, de Bokhara, de Khiva, de Goek-Tepé, de Merv ne nous ont pas fait de bien non plus. Vous savez, n'est-ce pas, pourquoi vous êtes ici ?

— Je le devine, dit Brian.

— C'est au nord, maintenant, que les Russes nous chatouillent. Au Pamir, au Tibet. Nous avons besoin de monde pour répondre aux Russes et pour tenir le pays. Savez-vous combien nous sommes d'Anglais dans cette immensité ?

— Je ne m'en doute pas, dit Brian.

— 2500 gaillards de notre *Civil Service.* Et 80000 officiers, sous-officiers et soldats, dans une armée qui compte plus de 200 000 indigènes. Vous voyez le problème ?

— Je vois, dit Brian.

— Vous pouvez peut-être commencer à comprendre ce qui s'est passé à Delhi, à Lucknow, à Cawnpore avec Nana Sahib... J'ai quelques documents là-dessus. Rien de très gai, je vous assure. Si ces histoires vous intéressent, venez donc dîner chez moi demain soir. Je vous montrerai deux ou trois choses.

Turnbull était jeune, assez beau, pas bête, plutôt sympathique. Brian n'avait rien de mieux à faire. Il accepta.

Aureliano Romero fut nommé à Buenos Aires au cabinet du ministre des Relations extérieures. Les décisions du gouvernement argentin, en ce temps-là, ne ressemblaient guère à ce que nous connaissons. C'était une affaire de famille, de relations, de clan. Le ministre dont Conchita Romero était l'amie, et peut-être la maîtresse, avait été écarté du pouvoir pendant quelques années. Il venait d'être rappelé aux affaires et il formait un nouveau gouvernement. A la demande de Conchita, qui voyait enfin le moyen de concilier ses ambitions politiques avec l'art d'être grand-mère, il invita son ministre des Relations extérieures à s'assurer le concours d'un jeune homme brillant, sorti de Cambridge, qui parlait anglais et français à la perfection, qui avait été en poste à Londres et à Washington et qui avait épousé une Américaine. Aureliano mena pendant quelques années une existence délicieuse : il jouait un rôle important et il était fou de Rosita, il exerçait le pouvoir et il le combinait avec la vie de famille pour laquelle il était fait.

Cette vie de famille en Argentine, au tournant du siècle, était très européenne, et plus particulièrement britannique. La mère d'Aureliano habitait une immense maison, presque un palais, au centre de Buenos Aires. Le rez-de-chaussée était consacré aux pièces de réception. Conchita s'était réservé le premier étage. Elle mit tout le second étage à la disposition du jeune ménage, qui bénéficiait en outre du personnel innombrable et du service de la maîtresse de maison. Le personnel était en grande partie anglais. Un butler, du nom de John, régnait sur ce petit monde. Le chef, M. Rousseau, était français. D'un snobisme inouï, il était le fils d'un marmiton ou d'un lad du duc de Morny et il avait servi comme pâtissier chez Maxim's et chez la duchesse d'Uzès. Par une rencontre surprenante — dont Conchita elle-même ne devait être informée que bien plus tard, lorsque le chef apprit par hasard et avec stupeur l'ascendance un peu mêlée de Mme Aureliano — M. Rousseau avait connu à Paris Pericles Augusto qui lui avait fait des descriptions hallucinantes du Brésil. Le jeune pâtissier, émerveillé, n'avait eu de cesse de se faire emmener à Rio de Janeiro, puis à São Paulo, par des Brésiliens de Paris. Il avait poussé ensuite jusqu'à Buenos Aires, où il avait monté une pâtisserie assez célèbre qui s'appelait *Duque de Morny* et dont les affaires ne tardèrent pas, malgré l'affluence de jeunes femmes élégantes, à battre un peu de l'aile. C'est là que Conchita Romero était venue le pêcher. M. Rousseau avait contribué à faire de la maison de la plaza San Martin le centre de la vie mondaine et gourmande de Buenos Aires.

Les femmes de chambre étaient françaises ou argentines. Les plus jeunes venaient de la campagne et étaient formées sur place, sous l'œil implacable de la maîtresse de maison. Une femme de chambre qui venait de chez les Romero était assurée de trouver du travail n'importe où. La police avait même découvert un trafic de faux certificats signés Conchita Romero : ils valaient de l'or auprès des femmes de diplomates ou d'hommes d'affaires de Buenos Aires. La nurse du petit Carlos était anglaise. Dès avant la naissance de l'enfant, Rosita, après une interminable correspondance, l'avait fait venir à Washington d'une école réputée des environs de Londres.

Pendant que Conchita donnait, au rez-de-chaussée, des bals et d'immenses dîners ou recevait chez elle, au premier étage, au milieu de meubles anciens et d'une vaisselle étincelante, ministres, industriels, diplomates, femmes du monde, Aureliano et sa femme, au second, entre leurs tableaux américains et les présents de Jérémie, menaient une vie sinon plus retirée, du moins plus familiale et relativement plus simple. Ils voyaient des jeunes ménages, des étrangers, des artistes. Le soir, comme à Washington, ils sortaient beaucoup : théâtre, opéra, soirées musicales, soupers chez des amis qui, les yeux tournés vers Paris d'où venaient leurs robes et leurs lectures, et surtout vers Londres où ils faisaient élever leurs fils, composaient la société élégante de Buenos Aires.

L'été — l'hiver pour nous — la scène changeait. Toute la famille émigrait pour trois mois vers la fraîcheur du Sud et s'installait à Arroyo Verde. Au bord du lac Nahuel Huapi, Arroyo Verde était séparé de Buenos Aires par quelque 1700 ou 1800 kilomètres. Chaque année, le départ était une affaire d'État et un véritable déménagement. Le voyage était très éprouvant, et parfois presque dangereux. Le train traversait des immensités plates où rôdaient encore des Indiens qui avaient échappé aux massacres successifs. Il fallait trois jours et deux nuits avant d'atteindre le lac entouré de montagnes. Là, commençait une autre vie. Aureliano retrouvait avec délices le décor, non pas de son enfance, égarée au Paraguay, mais de sa jeunesse argentine. Il se baignait dans le lac ou dans les rivières, il montait à cheval, il chassait avec les fusils offerts par son beau-père, il se promenait avec Rosita, le petit Carlos sur ses épaules. C'était le bonheur retrouvé. A la grande joie de toute la famille, entouré de tendresse, d'argent, de serviteurs, naquit à Arroyo Verde, dans les derniers jours de l'été, le célèbre Agustin.

Il y eut un drame : Pilar, un beau jour, se retrouva enceinte. Il n'est pas tout à fait certain que le séminariste fût le père de l'enfant. Pilar, après tout, ne couchait pas seulement avec lui. Mais aux questions angoissées de Paco Pilar répondait avec obstination, en secouant la tête, les larmes aux yeux : elle était sûre, elle savait. Elle avait surtout envie que l'enfant fût de Paco. Et Paco se disait que, même s'il n'était pas le père par la chair, il l'était par l'intention, par le péché, par l'esprit. Il se sentait coupable. Et comme libéré par le piège où il était tombé.

Pour reprendre la formule, un peu trop à la mode de nos années soixante-dix, d'un historien des mouvements révolutionnaires en Amérique centrale, il y a deux lectures possibles de la jeunesse de Paco Rivera. L'une, romanesque et sentimentale, considère Pilar comme l'élément décisif de la conversion inversée du jeune séminariste ; l'autre, plus théorique, ne voit dans la jeune femme exaltée qu'un accident insignifiant dans une évolution inéluctable. Le plus probable est sans doute que les deux séries de causes se conjuguent et se renforcent. L'affaire Pilar ne peut se produire que parce qu'elle s'inscrit dans une aventure intellectuelle. Et elle précipite, à son tour, la révolte du jeune prêtre.

Impulsif, violent, parfois borné, toujours excessif, Paco Rivera avait beaucoup de défauts. Mais il n'était ni lâche ni hésitant. Il regarda en face une situation où il n'était peut-être même pas impliqué. Il décida qu'il était responsable de Pilar. Il n'est pas impossible qu'il saisît ce prétexte pour accélérer les choses et pour sortir d'un état où, à force de contradictions, il ne se sentait plus à l'aise. Il alla trouver ses supérieurs. Il ne leur parla pas de Marx ni d'Engels. Il leur parla de Pilar. Une troisième lecture de la vie de Rivera est plus subtile que les deux premières : il savait parfaitement qu'il n'était pas le père de l'enfant, il soupçonnait Pilar de le savoir aussi. Mais cette sortie de l'Église était plus simple et plus rapide que des discussions interminables sur la philosophie de l'histoire et sur la transcendance. Ce qui va dans le sens de cette interprétation, c'est la résolution et la hâte mises par Paco à reconnaître un enfant dont, à peine franchies les portes du séminaire, il ne s'occupera presque plus. Oui, il n'est pas impossible que Pilar et le petit José Maria aient surtout servi à camoufler aux yeux de la hiérarchie le *Manifeste du parti communiste*.

Paco Rivera aurait été un bon prêtre. Son éloignement de l'Église ne lui fit rien perdre de son attachement passionné à la justice, de son amour pour les humbles. Tout se passait comme si la rupture des liens qui lui avaient été si chers lui faisait une obligation supplémentaire de courage et d'abnégation. A son retour dans le monde, certains ont essayé de prêter à Paco Rivera une vie de plaisir et de facilité. Rien n'est plus faux. Il ne s'occupait guère de son fils, mais il continuait à s'occuper des autres. Ils transportait dans le monde laïc toutes les rigueurs de l'Église. Délaissant les âmes des morts et leur salut éternel, il se tournait vers les vivants et leur bonheur ici-bas.

Je crois que le départ de Nicolas fut un soulagement pour Nadia. Elle n'en pouvait plus de fatigue, de tension, de chagrin. Tout à coup, il ne fut plus là. Pas une lettre, pas une nouvelle, personne pour l'avoir vu, pour raconter ce qu'il faisait. Ce fut, à nouveau, comme s'il n'avait jamais existé. Il n'y avait que cette petite fille, chargée mystérieusement, presque en secret, de perpétuer son souvenir. Dans ce monde où tout passe, et le chagrin et l'amour comme la puissance et la gloire, il ne laissait de traces que par elle.

La disparition de Nicolas fut peut-être plus cruelle pour la mère que pour la fille. Nadia avait trop souffert. Il fallait que la torture cesse et que Nicolas s'évanouisse. Il était impossible de continuer à vivre aux côtés l'un de l'autre. La déchirure était affreuse, mais elle était nécessaire. Marie, au contraire, avait retrouvé son fils et, à travers les drames, elle ne pensait qu'à le garder. Inconsciemment au moins, elle en voulait à

Nadia d'avoir provoqué, avec l'aide de la fatalité, vingt ans après la première, la deuxième mort de Nicolas. Pendant que sa fille essayait d'oublier, la mère n'arrêtait pas d'essayer de se souvenir. Elle tournait et retournait dans sa tête les événements invraisemblables de la vie de son fils. Elle rêvait de le retrouver à nouveau, sans Nadia cette fois-ci, et de profiter enfin de cet amour qui, à deux reprises successives, ne lui avait été offert que pour lui être retiré.

Nadia se sentait coupable envers Nicolas, coupable envers sa mère. Seule Hélène, la petite Hélène, apportait un peu de paix et de consolation aux deux femmes accablées autour de son berceau. Elle au moins ne comprenait pas. Le monde lui était encore fermé, avec ses pièges et ses ratés.

Nicolas voulait aller aussi loin que possible. Il hésita entre deux pays dont les noms à eux seuls étaient synonymes d'étrangeté et d'éloignement : le Pérou et la Chine. Il choisit la Chine, Dieu sait pourquoi. Le voyage prit des mois. Il s'arrêta à Genève où, pour la première fois depuis les révélations de Zambrano et pour la dernière fois, il revit avec une gêne partagée Me Brûlaz-Trampolini à qui il confia quelques lignes en guise de testament et qui lui donna de l'or et des lettres de change sur Calcutta et Tokyo. Et il s'embarqua à Marseille.

Il passa par Suez, par Aden, où il resta quelque temps, par Bombay, par Calcutta. Il débarqua à Shanghai. La Chine s'agitait. Me Brûlaz-Trampolini l'avait recommandé à des banquiers et à de gros commerçants. Il rencontra des mandarins que l'usage de l'opium rendait lucides et lointains : ils comprenaient presque tout et ne faisaient presque plus rien. Avec plusieurs d'entre eux, il eut de longues conversations qui le rattachaient un peu à ce monde et à la vie. Et c'étaient d'étranges cérémonies que ces échanges, tard dans la nuit, entre l'opium et le désespoir. Le spectacle de la rue, les fumeries, les intrigues politiques, les fortunes en train de naître du commerce maritime et des compromissions avec les étrangers, le grouillement d'une foule urbaine misérable qui ne donnait qu'une faible idée de la pauvreté des paysans, toujours sous le coup d'une famine ou d'une inondation, tout retenait Nicolas, l'amusait, l'épouvantait et le distrayait de ses malheurs. L'image de Nadia l'occupait encore tout entier, mais les centaines et les centaines de millions de Chinois se précipitaient en tous sens, dans une agitation indescriptible, pour édifier un barrage contre les dragons du souvenir.

Au bout de quelques semaines, il partit pour Pékin où des troubles avaient éclaté. Un journaliste italien sur le point de rentrer en Europe et rencontré à Shanghai, bavard incorrigible et vaguement mythomane qui faisait la joie des Chinois par son exubérance et sa grossièreté, lui avait proposé d'aller voir ce qui se passait dans la capitale de l'empire du Milieu et de préparer des articles qui, acheminés vers l'Europe par la voie la plus rapide, pourraient, s'ils convenaient, paraître sous un pseudonyme, quelques semaines ou quelques mois plus tard, dans les journaux de Milan, de Bologne ou de Gênes — *Il Caffe, Il Resto del Carlino, Il Secolo XIX.*

Le Vent du soir

J'écris, je me promène, je dors, je reçois des amis, je prends mes repas avec Filippo et Manuela, les gardiens de San Miniato, qui veillent, au milieu des intrigues locales et entre les matches de football à la télévision, sur ma tranquillité. Les rumeurs du monde extérieur ne me parviennent qu'affaiblies. Ma vie est terminée. Je l'ai échangée contre la vie des autres.

Je pourrais courir moi-même les aventures en Chine, au Mexique, en Afrique du Sud, en Inde. Je raconte plutôt celles des autres. Les autres se sont mêlés à moi. Par la mémoire et le rêve, je les fais rentrer dans le monde. Chaque matin, chaque soir, assis à ma table de travail ou sur la terrasse de San Miniato, je revis en souvenir et en imagination ce qu'ils ont vécu pour de vrai. Et je l'écris pour que vous le sachiez. Le même mot s'applique à ce qui leur est arrivé et à ce que je vous rapporte : c'est le mot histoire. Ils ont fait, à eux tous, les Romero et les Finkelstein, les Rivera et les Wronski, les O'Shaughnessy et les Landsdown, une fraction imperceptible de notre histoire collective. Emportés par le temps, ils ont contribué, pour une part infime, à lui donner sa figure. Et moi, avant de mourir, eux déjà disparus ou sur le point de disparaître, je vous raconte leur histoire.

Trimbalé par un Indien barbu, d'une maigreur invraisemblable, dans une carriole qui semblait vouloir rendre l'âme à chaque instant, Brian arriva assez tôt chez le lieutenant Turnbull. A sa grande surprise, la maison était très plaisante. Une vaste véranda de bois peinte en bleu précédait le bâtiment où d'immenses éventails maniés à la main, à l'aide d'un jeu de cordes, par deux serviteurs accroupis maintenaient, sinon la fraîcheur, du moins une température supportable. Deux ou trois objets assez beaux — deux statues, une colonnette sculptée — donnaient une note personnelle aux vastes pièces de couleurs vives. Abrité sous une moustiquaire, on apercevait au milieu du jardin un lit où le maître de maison devait aller dormir, les nuits où la chaleur devenait insupportable. Servi par un sikh enturbanné, barbe au vent, cheveux roulés sous le turban, le bracelet de fer au poignet, le kirjan au côté, le repas froid était mieux que convenable et une mystérieuse bouteille de bordeaux ajoutait au festin une touche paradoxale d'exotisme et de luxe.

Le dîner desservi, les deux hommes se dirigèrent, dans la nuit soudain tombée, vers la véranda de bois bleu pour fumer leur pipe et boire un verre d'alcool. Une musique lointaine parvenait jusqu'à eux. Il y avait dans le silence, à peine rompu par la mélodie et par de subites rumeurs qui retombaient aussitôt, quelque chose d'insolite et de vaguement menaçant.

Ils parlèrent temples, chevaux, cricket, polo. Le

lieutenant Turnbull promit au jeune O'Shaughnessy de l'emmener à Konarak, à Khajurâho, à Fatehpur Sikri et de l'initier au polo que tous les officiers pratiquaient avec passion. Un journal traînait sur la table. Brian s'en empara distraitement.

— Ah ! dit Turnbull, voilà la prose de Tilak !

— Tilak ?... demanda Brian.

— C'est le plus violent de nos journalistes nationalistes. Passez-moi le journal. Je vais vous en donner un échantillon.

Et Turnbull se mit à lire à haute voix, à la lueur de la lampe qui était posée sur la table :

— *La révolution est le seul moyen de salut que possède une société esclave. Qu'on se prépare dans chaque maison à la révolution générale. Une poignée de policemen et de soldats ne pourra jamais contenir la marée révolutionnaire. Un simple clignement d'yeux de votre part...*

» Vous savez ce que c'est, ce clignement d'yeux ? s'interrompit Turnbull.

— Ma foi, non ! dit Brian.

— Ce sont des bombes lancées, il y a quelques jours, sur le vice-roi et un groupe de hauts dignitaires par des fanatiques extrémistes. Je continue : *Un simple clignement d'yeux de votre part a répandu la terreur dans le cœur de l'ennemi. Nagez avec une nouvelle énergie sur l'océan de sang versé.*

» Qu'est-ce que vous en dites ? demanda Turnbull, après un silence.

— Eh bien ! répondit Brian avec beaucoup de calme.

— C'est le même Tilak qui avait fait paraître dans son journal une information pratique : *La seule condition d'abonnement est que chaque lecteur apporte la tête d'un Européen.*

— Mais qu'est-ce que nous leur avons fait, à ces gens, pour qu'ils nous haïssent à ce point ? demanda Brian.

— Je vous l'ai dit : nous les empêchons de se massacrer. Comme la plupart des hommes, les Indiens tiennent essentiellement à se tuer entre eux. C'est un droit fondamental, au même titre que le travail ou la nourriture. Et beaucoup plus que la nourriture, dont ils ont appris à se passer, et que le travail, dont ils ne voient pas l'utilité. Si nous n'étions pas là, brahmanistes et musulmans se jetteraient les uns sur les autres et se battraient à mort.

— Rien d'autre ? C'est vraiment tout ? Voilà la seule clé des Indes d'aujourd'hui ? Vous m'avez parlé ce matin de quelques textes que vous vouliez me faire lire..., j'imagine qu'il ne s'agit pas seulement de ce torchon découvert là par hasard ?

Turnbull hésita un instant.

— Vous avez raison, dit-il. Il y a autre chose. Attendez-moi un instant.

Il se leva et disparut, pour revenir peu après avec des documents à la main.

— Alors ? dit Brian. Que me rapportez-vous ?

— Vous vous rappelez notre conversation de ce matin sur la révolte des cipayes ?

— Très bien. Victoire de Plassey, 1757. Révolte des cipayes, 1857. Les prophéties populaires, les difficultés en Afghanistan, la guerre de Crimée et les cartouches à la graisse de vache.

— Bravo ! Les cipayes révoltés s'étaient emparés de Delhi, de Cawnpore et de Lucknow. A Delhi, ils proclamèrent empereur un descendant des Grands Mogols. A Cawnpore, ils choisirent pour chef un prince hindou : Nana Sahib. Nous avons mis un peu plus d'un an à reprendre les trois villes et à pacifier le pays. A

Cawnpore, avant de s'enfuir, Nana Sahib organisa un massacre. Tenez, lisez-moi cette page-là. C'est un extrait du rapport d'un certain colonel Neil.

Et Turnbull, montrant du doigt une page qu'il avait cornée, jeta sur la table un document imprimé.

A quelques milliers de kilomètres au nord-est de Bombay, Nicolas Cossy, ou Wronski, ou Verdi — il ne savait plus très bien qui il était ni comment il s'appelait — pénétrait dans Pékin. L'atmosphère était lourde dans la ville impériale. Venu en partie par train et en partie dans un chariot traîné par un bœuf antique sur les pistes carrossables qui sillonnent les plaines de la Chine du Nord — car, ici ou là, pour éviter à l'épine dorsale des dragons souterrains d'être blessée par les clous des traverses, les paysans avaient arraché les rails de la voie ferrée — Nicolas était impatient de visiter la Cité interdite. Il y avait déjà quarante ans que soldats français et anglais, au lendemain de la bataille du pont de Palikao, avaient incendié le Palais d'Été. Mais beaucoup de merveilles étaient encore intactes et, armé de plusieurs lettres de recommandation que lui avaient remises, pour des diplomates et des mandarins, non seulement Me Brûlaz-Trampolini et le journaliste italien de Shanghai, mais des banquiers et des hommes d'affaires chinois qu'il avait connus grâce à eux, Nicolas espérait bien, sinon approcher la mystérieuse impératrice Tseu Hi, au moins pouvoir se promener parmi les lions de pierre et les pagodes aux angles retroussés, aux piliers rouges et aux tuiles vernissées dont il rêvait depuis longtemps et dont la bruyante Shanghai ne lui avait donné qu'un avant-goût. Ce qui se passait à Pékin, en cette fin de printemps, inondée de soleil après le froid glacial, ne le lui permit pas. La révolte grondait dans la capitale de l'empire du Milieu.

A Shanghai déjà, le journaliste italien avait introduit Nicolas chez un vieux mandarin du nom de Yuan Che-tchang ou peut-être Yuan Li-tchang, grand admirateur de la société secrète des Taï-Pings qui, vers le milieu du siècle, à la suite de la guerre de l'opium et des concessions accordées par l'empereur aux puissances européennes, reprochaient à la dynastie mandchoue de trahir la Chine au profit des barbares. Devenus des fumeurs invétérés, les deux fils du mandarin avaient laissé péricliter les biens et les affaires de la famille et la haine d'une drogue qui ne cessait d'étendre ses ravages avait converti le vieillard à un nationalisme exacerbé. L'attitude de l'Angleterre l'indignait :

— Savez-vous que l'Angleterre veut transformer la Chine en un gigantesque marché d'opium dont les navires britanniques assureraient le ravitaillement ? Quand l'importation de l'opium a été interdite et que le gouverneur de Canton a fait détruire vingt mille caisses débarquées de bateaux anglais, quelle a été, croyez-vous, la réaction du gouvernement de Londres ?

— J'imagine, dit Nicolas, qu'il a été furieux et qu'il a fait des tas d'histoires...

— Il a déclaré la guerre. Ce fut la guerre de l'opium et le début de nos malheurs.

— Est-ce que les Taï-Pings sont liés à cette affaire ?

— Bien sûr ! Ils protestaient contre le traité de Nankin qui permettait aux Européens de faire du commerce — et surtout le commerce de l'opium — dans cinq ports, dont celui-ci. You know, my dear friend — le mandarin et Nicolas s'entretenaient en anglais — comme les Pavillons noirs du Tonkin qui se battaient contre les Français, ces brigands de Taï-Pings n'étaient que des patriotes.

— Mais ils étaient en révolte contre leur propre gouvernement !...

— Naturellement ! Puisque le gouvernement trahissait ! Malgré la guerre de l'opium et, quelques années plus tard, l'expédition franco-anglaise, la bataille de Palikao, l'occupation de Pékin et l'incendie du Palais d'Été, la dynastie mandchoue, qui détenait le pouvoir et qui voulait le garder, s'était entendue avec les étrangers.

— Et aujourd'hui ? demanda Nicolas.

— Aujourd'hui, c'est différent. A cause de Tseu Hi.

— Je ne comprends pas, dit Nicolas. Je croyais l'impératrice hostile à tout changement. Je croyais qu'elle s'était opposée au mouvement des Cent Jours qui voulait moderniser la Chine pour la libérer de la tutelle étrangère. Je croyais...

— Vous savez, dit le mandarin, la Chine est un pays compliqué. Pas plus compliqué que l'Europe où la grande Révolution française, qui se prétendait libérale, a abouti à l'absolutisme de l'Empire et où l'Église fondée par votre Christ Jésus pour protéger les pauvres contre les riches soutient les riches contre les pauvres... En Chine comme ailleurs, il faut avoir vécu longtemps sur place pour commencer à comprendre. L'impératrice est pour la tradition et le passé. Mais, à la différence de ses prédécesseurs, elle ne veut plus que la Chine soit la proie des étrangers.

— Comme les Taï-Pings alors ?

— Il n'y a plus de Taï-Pings. Mais il y a d'autres

sociétés qui ont pris le relais. Et au lieu de haïr, comme les Taï-Pings, une dynastie mandchoue qui, après tant de faiblesses, a pris enfin conscience de ses devoirs et ne s'incline plus d'avance devant les étrangers, elles la soutiennent et la servent. Et l'impératrice, en retour, les protège et les appuie.

Du mandarin, du journaliste italien et de quelques autres, Nicolas avait obtenu, à voix basse, le nom de la plus importante de ces organisations secrètes qui agissaient dans l'ombre et avec l'aide de l'implacable et cruelle impératrice : la Société du Long Couteau.

Les agitateurs de Pékin, à l'époque de l'arrivée de Nicolas dans la capitale de l'Empire, appartenaient à une section de cette Société du Long Couteau. Ils se désignaient eux-mêmes comme les Poings de Justice. On les appelait les Boxers.

Un halo de mystère entourait les trois dames, de trois générations successives, qui vivaient sans hommes dans la maison de la Giudecca. Le temps qui passe efface très vite le souvenir des bonheurs et des drames. Au bout de quelques mois à peine, l'image de Nicolas était devenue très floue dans la mémoire des Vénitiens. Le frère de Nadia retournait à son état naturel : celui de fantôme à l'existence incertaine et peut-être presque improbable. Quelques années plus tard, tout le monde se rappelait vaguement que la passion avait soufflé en tempête sur la famille Wronski, mais seuls les plus âgés étaient encore capables de donner un récit, d'ailleurs de plus en plus inexact, des aventures de Marie, de Verdi et de feu le comte Wronski.

Un brouillard, peut-être volontairement entretenu, enveloppe les relations de Marie et de Verdi après la mort de Wronski et la réapparition de Nicolas. Plusieurs historiens, surtout allemands — notamment Friedwängler dans sa monumentale *Histoire du sentiment musical au XIXe siècle* — soutiennent que Marie Wronski avait renoué des liens d'affection et peut-être de tendresse avec le musicien au sommet de la gloire et à la veille de sa mort. Nous avons déjà cité un passage des carnets de Giuseppina Strepponi où apparaît Marie Wronski, toujours belle et séduisante. Deux ou trois autres allusions, réputées très obscures, de la seconde femme de Verdi deviennent tout à fait claires dès que la figure de Marie est réintroduite dans le jeu. Un argument supplémentaire a été avancé : Marie Wronski s'occupait depuis longtemps d'une maison de retraite pour artistes et pour musiciens à laquelle Verdi, en mourant, légua une partie importante de sa considérable fortune. De là à supposer que l'influence de Marie s'exerçait à nouveau sur l'auteur de *la Traviata*, il n'y a qu'un pas — que j'hésite à franchir. Une reprise tardive des liens sentimentaux entre Verdi et Marie Wronski n'est peut-être pas à exclure. Je ne l'évoque ici qu'en attendant les travaux qui ne manqueront pas d'éclairer la fin de la vie du grand homme.

Ce qui est sûr, en revanche, c'est que d'autres soucis accaparaient Marie. Vous vous rappelez peut-être qu'à Paris, quelques années après la fin du Second Empire, à l'aube de la Belle Époque, à l'ombre des fiacres et du général Boulanger, au temps où Nicolas n'était pas encore entré, pour leur bonheur et leur malheur, dans la vie de la fille de Marie, la santé de Nadia avait donné des inquiétudes. Peut-être parce que le chagrin l'avait minée et ébranlée, peut-être parce qu'elle ne voyait plus d'issue à sa situation morale, sentimentale et sociale, peut-être surtout parce qu'elle avait envie de mourir, elle se remettait à tousser.

La ronde des médecins recommença. Dans cette maison de la Giudecca qu'elle avait tant aimée et où il lui semblait tout à coup n'avoir jamais cessé de souffrir, Marie écouta des professeurs à la mine grave lui expliquer que l'état de Nadia était maintenant très sérieux. Le mot de tuberculose se mit à flotter sur la lagune où pendant si longtemps avait régné la peste.

Le temps ne coule pas toujours au même rythme. Il y a de longues soirées d'été ou d'automne où il paraît presque immobile. Il y a des instants de bonheur qui s'évanouissent si vite que sa course haletante semble à peine les effleurer. Il passa comme un songe sur les dernières années de Nadia.

La mère et la fille eurent encore l'occasion, sous les voiles et les fourrures, vers le tournant du siècle, de partir ensemble, bras dessus, bras dessous, pour quelques-unes de ces randonnées à travers l'Europe qu'elles avaient déjà entreprises quinze ou vingt ans plus tôt, quand la mère n'avait guère plus que l'âge maintenant de la fille. Alors, malgré les chagrins qui ne font jamais défaut, l'avenir était devant elles. Elles savaient désormais, et la fille plus que la mère, que, d'une façon ou d'une autre, malgré la jeunesse de l'une et les succès de l'autre, elles étaient au bout du rouleau. Elles ne manquaient ni de courage, ni de gaieté, ni de toutes les élégances : elles rirent encore beaucoup. Ces rires succédaient à d'affreuses dépressions où la mère, obscurément, en voulait à sa fille de la disparition de son fils et où la fille en voulait à sa mère d'avoir donné le jour à son frère et à elle. Les familiers de plus ou moins fraîche date qui les entouraient et qui faisaient parfois la cour à ces femmes seules et jolies — car tous les récits qu'on en propose donnent une fausse idée de la vie en isolant des personnages qui entretiennent des liens, quelque ténus qu'ils soient, avec une foule de figurants — mettaient sur le compte du sang russe, dont Marie au moins n'avait pas une seule goutte, les alternances d'insouciance et de mélancolie de ces dames qui avaient bien d'autres motifs de s'amuser de la vie et de s'en désoler. On les revit en Suisse, à Londres, à Paris, où elles achetèrent des robes, non plus à tournure, mais à corset et droites, chez Paquin et chez Worth — j'ai sous les yeux la facture d'une « robe de jour » de Worth pour Marie : 1 500 francs, soit, à peu près, 30 000 francs d'aujourd'hui, un peu plus que le salaire annuel moyen d'un ouvrier de l'époque — deux déshabillés en mousseline, avec des dentelles et des nœuds de satin, chez Doucet, rue de la Paix, et, pour emporter le tout à Venise, de grandes malles chez Vuitton. Des fenêtres de l'hôtel Meurice où elles étaient à nouveau descendues, elles purent jeter un coup d'œil amusé sur le banquet géant offert dans le jardin des Tuileries par le président Loubet à vingt mille maires républicains. L'épilogue de l'affaire Dreyfus battait son plein, mais elles ne s'intéressaient guère au sort de ce capitaine d'état-major dont la cause leur semblait confuse. Bien entendu, ce qui se passait d'important dans les profondeurs de l'histoire — la montée irrésistible du socialisme avec les deux tendances rivales de Jaurès et de Guesde — leur échappait complètement. La mort du président Félix Faure dans les bras de Mme Steinheil ou le coup de canne porté contre le chapeau haut de forme du président Loubet, sur le champ de courses d'Auteuil, par le baron de Christiani — un charmant imbécile qui les avait invitées à souper chez Maxim's — les occupaient bien davantage. Camouflées sous les fleurs, sous les broderies, sous les ragots mondains, sous toutes formes de l'agitation sociale, ce qui les occupait surtout, c'était la maladie et la mort de Nadia.

Elle s'éteignit au début du siècle, dans la maison de la Giudecca, sans aucune nouvelle de Nicolas. Elle mourut le sourire aux lèvres : la mort lui était moins dure que la vie. Et elle partait pour un monde où elle rejoindrait son amour et où il lui serait permis de l'aimer. Marie perdait coup sur coup et sa fille et son fils, retrouvé pour quelques mois avant de disparaître à nouveau. Il ne lui restait qu'Hélène, sa petite-fille, l'enfant presque secrète, scandaleuse et adorée, du frère et de la sœur — deux fois la chair de sa chair.

La Cité interdite aurait paru très belle à Nicolas s'il lui avait été possible de la parcourir et de l'admirer. Un remue-ménage indescriptible l'en avait empêché : occupée et traversée en tous sens par des bandes de Chinois armés, la capitale de Tseu Hi était en effervescence.

Dès son arrivée, Nicolas s'était rendu au consulat d'Italie où, annoncée par le journaliste de Shanghai, son arrivée était attendue. Très ému par les événements, le consul était un Florentin déjà âgé, ancien compagnon de Garibaldi, qui avait passé trente ans en Extrême-Orient. Il mêlait Confucius et le Ponte Vecchio, Benvenuto Cellini et le Tao Te-king dans une conversation stéréotypée et un peu répétitive qui remplissait d'admiration les voyageurs de passage et dont le pivot immuable restait Marco Polo, ses fêtes, son *Million* et ses feux d'artifice. Veuf depuis près de quinze ans, le consul avait surtout une fille du nom de Gabriella dont les cheveux noirs, le visage ovale, les yeux fendus et gris-bleu avaient fait la mascotte du corps diplomatique. Gabriella n'avait pas beaucoup l'occasion de parler italien à Pékin. Nicolas était jeune, sombre, assez beau, et si, parmi tous les drames qui l'accablaient, il avait encore quelque lien avec un pays au monde, c'était avec l'Italie. Avec la vague réputation, sinon de scandale, du moins de mystère, qui le précédait jusqu'en Chine, il représentait enfin quelque chose de nouveau dans l'air confiné des légations et des concessions. Elle se jeta sur lui avec innocence et fraîcheur. Il avait besoin d'attention, de tendresse, d'oubli. Il se laissa faire.

La ville était toute pleine de rumeurs et d'hommes armés. Après une journée ou deux passées à évoquer, entre diplomates et hommes d'affaires, les origines de la situation et son évolution, le rôle de l'impératrice Tseu Hi et celui du mikado Mutsu Hito depuis l'ère de Meiji, le traité de Simonoseki entre la Chine et le Japon, l'échec du mouvement de réformes et de la période des Cent Jours, Gabriella proposa à Nicolas de se changer un peu les idées et d'aller se promener. Le plus probable est que la jeune fille cherchait surtout une occasion de se débarrasser de visages qu'elle ne connaissait que trop et de se retrouver seule avec le voyageur venu d'Europe. Le consul et ses collègues déconseillèrent vivement aux jeunes gens d'aller traîner du côté de la Cité impériale, déjà parcourue par des cortèges d'émeutiers. Mieux valait carrément sortir de la ville. Le consul devait entreprendre une brève tournée d'inspection de ses agents consulaires, qui n'étaient peut-être que des informateurs ou des espions. Il proposa aux deux jeunes gens de les emmener avec lui. Un matin de très bonne heure, entourés de quatre gardes qui servaient à la fois d'escorte, de protection et de chaperons, le consul, sa fille et le jeune étranger, médiocres cavaliers tous les trois, partirent à cheval pour San Ho, à une cinquantaine de kilomètres au nord-est de Pékin, où une vieille enceinte avec de belles portes aux tuiles vernissées, aux toitures retroussées et superposées, débordant au-dessus de chaque étage, en retrait les unes sur les autres, soutenues par des piliers de bois peints en rouge sombre, donnait une bonne idée de l'architecture militaire chinoise.

En pleine révolte des Boxers, les deux jeunes gens passèrent à San Ho, très calme en dépit des troubles qui agitaient la capitale si proche, trois journées merveilleuses. En 1900, au cœur de la Chine alors très lointaine, à la veille d'épisodes sanglants, il y a quelque chose d'étrange et de touchant dans cet instant de bonheur, dans ce dernier sursis offert par le destin à ces deux êtres qui ne se connaissaient pas huit jours plus tôt et qu'il n'allait pas tarder à séparer de nouveau.

En rentrant à Pékin, au milieu d'une agitation sans nom, le consul et les deux jeunes gens apprirent que le ministre d'Allemagne venait d'être assassiné par les Boxers.

— C'est la guerre, dit le consul.

Et, au grand déplaisir de Gabriella qui craignait de voir son père se ridiculiser aux yeux de Nicolas, il embraya sur un épisode de la vie de Marco Polo qui ne manquait pas de fournir un précédent à ces événements dramatiques.

Brian prit le papier que lui tendait son ami. C'était un récit du massacre de Cawnpore. Avant de s'enfuir de la ville que les Anglais étaient sur le point d'attaquer, Nana Sahib avait fait égorger quelque deux cents prisonnières. Brian se mit à lire à haute voix :

— *Quelques-unes furent littéralement hachées en petits morceaux. Tous les corps furent ensuite jetés dans un puits voisin. J'ai visité la maison du massacre ; on y trouvait des souliers, des lambeaux de robe ou de jupon, des mèches de cheveux ; partout le parquet était saturé de sang...*

» Quelle horreur ! dit Brian en interrompant sa lecture et en repoussant le document.

— Attendez ! s'écria Turnbull. Ne renoncez pas tout de suite. Si vous voulez comprendre ce qui se passe dans ce pays, ce n'est pas le moment de flancher. Vous pouvez sauter, si vous y tenez, le reste de la description du massacre. Il ne vous apprendra pas grand-chose. Mais ce sont les représailles du colonel Neil dont il faut que vous preniez connaissance. Vous verrez que nous aussi, quand nous nous y mettons...

— Merci, dit Brian, merci beaucoup. J'ai déjà visité nos camps en Afrique australe. Je ne tiens pas à savoir comment nous avons répondu par des horreurs à des horreurs.

— Eh bien ! dit Turnbull, c'est donc moi qui vous mettrai au courant des charmes irrésistibles de nos compatriotes.

Et il se mit à lire à son tour le passage où le colonel Neil évoque ses propres ordres au lendemain de la reprise de Cawnpore sur les troupes en déroute de Nana Sahib :

— *La maison et les chambres où le massacre a eu lieu ne seront pas nettoyées ou blanchies par les compatriotes des victimes. Le brigadier entend que chaque goutte de sang innocent soit nettoyée ou léchée de la langue par les condamnés, avant l'exécution, proportionnellement à leur rang de caste et à la part qu'ils ont prise dans le massacre. En conséquence, après avoir entendu lecture de la sentence de mort, tout condamné sera conduit à la maison du massacre et forcé de nettoyer une certaine partie du plancher. On prendra soin de rendre la tâche aussi révoltante que possible aux sentiments religieux du condamné, et le prévôt-maréchal n'épargnera pas la lanière s'il en est besoin. La tâche accomplie, la sentence sera exécutée à la potence élevée près de la maison.*

» Qu'en dites-vous ? demanda Turnbull d'une voix très basse, après un long silence.

Dans la nuit close, à peine troublée par la lueur de la lampe qui jetait des ombres fantastiques et tremblantes sur les piliers de bois bleu, Brian O'Shaughnessy ne répondait rien du tout. Il sentit soudain sur ses épaules les mains du lieutenant Turnbull.

Je saute, je saute. Voici que les souvenirs de ce que je n'ai pas connu me reviennent en foule à l'esprit. Est-ce qu'ils signifient quoi que ce soit ? Je saute, je saute. Les Zattere et la Giudecca à Venise, les robes de chez Paquin, Nicolas au beau milieu de la révolte des Boxers, les relations ambiguës de deux officiers britanniques à Bombay, l'émigration judéo-polonaise à New York, la haute bourgeoisie d'affaires dans l'Argentine du début du siècle, un vieux château un peu toc au fin fond de l'Écosse, il me semble souvent que, la machine à peine lancée, il n'y a plus de raison de s'arrêter et que chaque minute de la vie réclame une heure de relation.

Je saute, je saute : une fausse couche de Rosita, une visite royale à Glangowness, la vie de garnison aux Indes de Turnbull et O'Shaughnessy et leur intimité dont Kitchener lui-même, un jour, semble avoir pris ombrage, la fortune toujours accrue de Jérémie Finkelstein, la vie de petite fille riche d'Hélène Wronski à Venise, à Paris, à Londres. A l'autre bout du monde, après Carlos et Agustin, Rosita, une nouvelle fois, attendait un enfant. Surprise, miracle : c'étaient des jumeaux. On appela l'un Javier et l'autre Luis Miguel. Je saute, je saute. Sachez seulement qu'Hélène Wronski devenait une petite fille très sage qui s'interrogeait tout à coup sur l'absence d'hommes autour d'elle, que les quatre garçons Romero faisaient tourner en bourrique, dans la grande maison de Buenos Aires et à Arroyo Verde, l'estimable miss Prism, leur vieille Nanny anglaise, et que, sur le front des troupes merveilleusement pittoresques, sous un soleil de plomb, en présence de chevaux, de chèvres, de chiens, d'ours, de deux chameaux, de nombreux singes et de lord Curzon, vice-roi des Indes, lord Kitchener, commandant en chef de l'armée des Indes, avait décoré le capitaine O'Shaughnessy de la *Victoria Cross* ou du *Distinguished Service Order* pour sa brillante tenue — *very gallant behaviour* — dans les combats du Tibet, au cours de l'expédition lancée, aux confins nord de l'Empire, contre la pénétration russe.

Paco Rivera devenait peu à peu un révolutionnaire professionnel. Dans le Mexique du début du siècle, dominé par l'Église et les propriétaires fonciers, il finissait par acquérir, auprès des petites gens et au sein d'un cercle encore restreint, une réputation et un nom. On l'appelait « le Professeur » ou « le Petit Curé ». Vers 1908 ou 1910, au sein des mouvements de paysans pauvres dont un Pancho Villa et un Zapata prendront bientôt la tête, il est à peu près le seul à avoir lu Marx et Engels et à pouvoir se dire marxiste. Il ne fait guère état, d'ailleurs, de ses lectures ni de ses convictions. Il se contente de se battre par la parole — et bientôt par les armes. Il se met au service des révoltes des paysans et de leurs aspirations à un peu plus de bien-être. On le voit parcourir les villages démunis et les exploitations agricoles, semant la graine de la révolte et défiant les autorités qui commencent à le connaître et à le redouter. A plusieurs reprises, il échappe de peu à l'arrestation. Il s'entoure de gaillards qui n'ont pas froid aux yeux, évadés de prison, repris de justice, assassins fugitifs, escrocs en rupture de ban. Il ne les regroupe pas seulement en une bande très souple, sans aucune hiérarchie, répartie sur des provinces entières, il leur rend aussi leur dignité et leur redonne confiance en eux et espoir dans l'avenir en leur expliquant qu'en dépit des apparences la justice et le bon droit se trouvent de leur côté. De marginaux asociaux et de bandits traqués il fait des justiciers et les fondateurs, encore méconnus, d'un ordre nouveau où ils trouveront leur place. Il inverse les valeurs, il renverse les hiérarchies, il fait passer en tête ceux qui traînaient en queue. Paco Rivera, « le Professeur », « le Petit Curé », devient une espèce de mythe, parfois presque irréel, à la frontière indécise entre l'apostolat et le grand banditisme. On trouve ses traces camouflées derrière des attaques de train ou de banque, derrière des exécutions de propriétaires fonciers haïs de leurs fermiers, derrière des enlèvements de percepteurs d'impôts ou de juges à pots-de-vin. Plus indien qu'espagnol, ennemi de toute truculence, il est le Robin des Bois, aux yeux noirs, au teint mat, le Zorro avant la lettre des grandes exploitations et des sierras mexicaines.

De temps en temps, il pousse des pointes jusque sur les territoires contestés des États-Unis d'Amérique. Au cours d'une de ses expéditions punitives et didactiques au Texas ou au Nouveau-Mexique — car la violence, chez lui, ne cesse de se doubler de discours et d'éducation — il fait la connaissance d'un jeune mulâtre américain qui s'attache à ses pas et fait équipe avec lui. Il le baptise « the Kid ». « Le Professeur » et « le Kid », « le Petit Curé » et « le Kid » forment un couple inséparable. Des historiens du cinéma parmi les plus sérieux assurent que c'est au compagnon de Paco Rivera que Chaplin, bien plus tard, empruntera le nom du plus jeune et de l'un des plus célèbres de ses héros : « the Kid ».

Quelques heures à peine après leur retour à Pékin, le consul d'Italie, sa fille Gabriella et notre ami Nicolas, qui était devenu le leur, furent emportés dans la tourmente.

A la suite de l'assassinat du ministre d'Allemagne, les diplomates en poste à Pékin, se sentant tous menacés, avaient éprouvé le besoin de resserrer leurs rangs. Ils avaient voulu se précipiter les uns chez les autres pour échanger leurs impressions. Pour la plupart d'entre eux, il était déjà trop tard : entraînée par les Boxers, la foule chinoise bloquait les légations. Suivi de sa fille et de Nicolas, le consul d'Italie avait réussi à se rendre, à travers la multitude déjà déchaînée, à la légation des États-Unis, non loin de la Cité interdite. Il y laissa les deux jeunes gens. Puis, malgré conseils et mises en garde, il s'entêta dans le projet de pousser jusqu'à la légation d'Angleterre pour rencontrer le ministre britannique qui écoutait volontiers ses élucubrations sur la route de la soie et avec qui, du coup, il était très lié. Gabriella le vit, avec angoisse, disparaître parmi des groupes de Chinois de plus en plus excités.

Au fur et à mesure que les heures passaient, la légation des États-Unis s'installait dans le siège. Toutes les communications étaient désormais coupées avec l'extérieur. Une foule jaune et hurlante, menée par quelques gaillards qui donnaient des ordres brefs suivis au doigt et à l'œil, occupait toutes les issues et venait battre jusqu'aux abords immédiats de la légation.

Entouré de ses collaborateurs les plus proches, le

ministre américain tâchait de rétablir un peu de calme parmi les fonctionnaires et leurs femmes apeurées qui se pressaient autour de lui. Il ne parvenait qu'à grand-peine à cacher sa propre inquiétude.

— De toute évidence, disait-il à voix assez haute pour être entendu de tous, les autorités chinoises ne lèvent pas un doigt pour nous venir en aide. Nous voilà réduits à nos propres forces. Mais nous pouvons tenir le temps qu'il faudra. Les puissances ne nous laisseront pas tomber.

— Et Tseu Hi ? criait une voix de femme.

— Tseu Hi ? Elle est la complice des Boxers. Ils n'auraient rien pu monter sans elle. Elle tolère tout ce qui se passe — si elle ne l'encourage pas.

— Pour combien de jours avons-nous des vivres et des munitions ? demandait un jeune homme.

— Toutes les dispositions sont prises, répliquait le ministre. Il faudra nous rationner sérieusement. Mais ils ne nous auront ni par la force ni par la lassitude.

— Que faut-il faire ? reprenait la même voix.

— Chacun de vous aura sa tâche. Nous allons monter des tours de garde, faire l'inventaire de nos réserves, définir les fonctions de tous et de toutes. Maintenant, ajouta le ministre, nous allons établir un état-major de crise. Je veux, dans l'heure qui vient, avoir la liste de tous ceux qui sont dans la légation, hommes, femmes, enfants, avec leurs fonctions et leur âge. D'ici une heure, dans mon bureau.

En montant l'escalier qui menait chez lui, le diplomate laissa soudain tomber le masque de certitude et de sérénité qu'il avait affiché en public. Le découragement et la fatigue se lisaient sur ses traits.

— Bon ! dit-il à Tom Timkinson, qu'on appelait Tim Tom, son secrétaire particulier, nous voilà dans de beaux draps !

— Dites-moi, monsieur..., dit Tim Tom d'une voix timide et hésitante.

— Allez-y, mon vieux !

— Et si nous ouvrions à la foule les portes de la légation, ou si nous sortions tranquillement pour discuter avec elle, que se passerait-il ?

— Vous ne le savez pas ? dit le ministre.

— Je ne suis là que depuis quatre mois, dit Tim Tom d'un ton gémissant et un peu comique.

— Eh bien, je vais vous le dire, mon vieux, du haut de mes vingt-six ans de Chine et d'Extrême-Orient. Ils nous massacreraient. Voilà. Donnez-moi un peu de thé, voulez-vous ?

Nicolas n'avait pas quitté Gabriella. Il la tenait par la main, comme une enfant. Elle le regardait, de temps en temps, d'un air interrogateur et avec une expression de confiance qui le bouleversait. Il avait tant dépendu des autres : voilà que quelqu'un semblait dépendre de lui. Ils étaient au bas de l'escalier, tous les deux, ils avaient suivi des yeux le petit groupe qui montait vers le bureau du ministre et ils avaient tout entendu des quelques mots échangés. J'ai bien connu Tim Tom. Cheveux blancs, raie au milieu, petite moustache, éternel nœud papillon, il est venu à San Miniato quand, d'un âge canonique, vivant dans le culte de James Joyce, il était consul honoraire d'Amérique à Trieste. C'est de lui que je tiens cette image des deux jeunes gens, blottis au pied de l'escalier et écoutant le ministre des États-Unis à Pékin évoquer l'éventualité d'un massacre des étrangers par les Boxers déchaînés.

— Je les revois, me disait-il en buvant son troisième whisky sur la terrasse qui entrait dans l'ombre, au bas de ce sacré escalier où j'ai eu tellement peur. Ils avaient l'air d'une espèce de statue allégorique et un peu conventionnelle de l'amour. Je la connaissais, naturellement ; à Pékin, tout le monde — je veux dire les Blancs, bien entendu — était lié avec tout le monde. Elle était charmante et elle s'ennuyait avec son père qui se prenait pour une réincarnation toscane de Marco Polo. J'avais à peu près son âge. Je lui avais fait un peu la cour, mais elle riait tout le temps. Elle me disait, je ne sais pas pourquoi, que je n'avais pas assez souffert. Je me demande quelquefois si elle ne nous a pas porté la poisse. Vous ne pouvez pas savoir ce qu'ont été ces deux mois. Vous imaginez ce que c'est, des milliers et des milliers de Chinois, de Mandchous, de Mongols en train de hurler sous vos fenêtres ? Et puis, tout à coup, ils se taisaient, et c'était pire que tout. Et les histoires qu'on racontait de missionnaires torturés et d'hommes d'affaires massacrés dans des tourments sans fin. On en rajoutait, c'est sûr. Mais le consul d'Italie, le confident de Marco Polo, le père de Gabriella, personne ne l'a jamais revu. J'aime mieux ne pas penser à ce qui lui est arrivé... Et le ministre d'Allemagne, ce n'était pas une invention. Quand nous avons appris son assassinat, c'est comme si le ciel nous était tombé sur la tête. Le ministre d'Allemagne ! vous vous rendez compte ? Chaque matin en nous levant, chaque soir en nous couchant — et pendant deux mois, nous n'avons pas dormi beaucoup — nous nous disions que c'était fini et que la marée jaune allait déferler sur nos corps. Il faisait une chaleur épouvantable, c'était en plein été, on avait l'impression d'un cauchemar dont il était impossible de sortir et de se réveiller. Passez-moi un peu de whisky, voulez-vous ? Je m'aperçois que j'ai vidé mon verre en vous racontant ces horreurs.

— Et Nicolas ? disais-je, en suivant mon idée.

— Nicolas ?... Ah ! oui, le jeune homme... Celui-là, naturellement, je ne le connaissais pas. Il paraissait sympathique. Et terriblement sombre. C'est peut-être pour cette raison que Gabriella s'était attachée à lui : lui, au moins, il avait l'air d'avoir souffert. Ce qu'il y avait de curieux, c'est que lui, si tourmenté, le siège des légations semblait plutôt l'amuser. Et plus les périls se prolongeaient, moins il semblait tendu. Peut-être les massacres avaient-ils le don de le distraire ? Ça m'agaçait un peu, je me rappelle, au milieu de tous ces drames et quand nous risquions tous notre vie — encore une goutte, voulez-vous ? et un glaçon, si ça ne vous gêne pas — cette passion subite qui l'avait prise pour ce garçon que la mort faisait rire... Elle l'aimait, positivement... Je me demande si ce n'était pas à cause de la situation... Nous étions tous perdus, il fallait bien nous raccrocher à quelque chose. Vous savez, quand on se dit que dans une heure on sera peut-être transpercé, lacéré, massacré, on regarde la vie un peu autrement. C'est ça, je crois, qui les a jetés dans les bras l'un de l'autre.

— Bien sûr, dis-je avec politesse. Ç'aurait pu être aussi bien vous.

— Assassiné, you mean ? Massacré, déchiré ? Sur le chevalet de torture ?

— Non, non. Je veux dire : dans les bras de Gabriella.

— Aoh, yes..., je vois... Oui, peut-être... Il suffisait d'être là au bon moment. On ne peut pas être partout à la fois. Lui tenait la main de Gabriella. Moi, je tenais la main de mon ministre. En regardant du haut de l'escalier au moment où le ministre me parlait de ces choses terribles, j'ai vu Gabriella dans les bras du jeune homme. Elle devait avoir très peur, elle aussi. Elle avait la tête sur l'épaule du garçon.

Que voulez-vous que je vous dise de la vie d'Hélène Wronski à Venise, à Londres, à Paris ? C'était une petite fille de cinq ans, de sept ans, de onze ans. C'était une ravissante petite fille. Les cheveux châtain clair, les pommettes hautes de sa grand-mère, peut-être encore accentuées par un peu de sang russe du côté de sa mère, les grands yeux verts un peu fendus et toujours étonnés, elle avait le talent, et peut-être le génie, de toutes les petites filles et de tous les petits garçons. C'est avec la raison et l'instruction que les enfants s'abîment et deviennent idiots pour ressembler plus vite aux grandes personnes. « Tous les enfants ont du génie, disait Cocteau avec cruauté, sauf Minou Drouet. » Minou Drouet était un prodige qui, à l'âge de sept ans, dans les années cinquante, écrivait des poèmes. Hélène Wronski n'écrivait pas de poèmes. Elle se contentait d'être très jolie et très sérieuse et d'adorer sa grand-mère. Si elle voulait aimer quelqu'un, elle n'avait d'ailleurs pas le choix : en dehors de ses poupées, des femmes de chambre, des marchands de glaces ou de ballons qu'elle fréquentait assidûment, il n'y avait personne d'autre dans son entourage. Volontairement ou involontairement, sa grand-mère, qui était folle d'elle, avait, pour mieux la couver, fait le vide autour d'elle.

Peut-être parce qu'elle conservait des souvenirs effroyables de ceux et de celles à qui elle avait fait confiance au moment de la naissance de son fils, Marie

Wronski avait écarté presque tout le monde de sa petite-fille et d'elle-même. Par la force des choses, il n'y avait plus de famille. Il y avait le moins possible de domestiques et d'intermédiaires. Elle s'occupait de tout pour l'enfant et ne laissait à personne le soin de la vêtir, de la nourrir ou de la distraire. Elle adorait en Hélène à la fois son fils disparu et sa fille qu'elle s'était mise à haïr tout en l'aimant toujours. Sa petite-fille était enfin pour elle l'aboutissement et la solution de tous les conflits de sa vie. L'enfant était le cœur même du drame, son fruit, son souvenir vivant — et l'image radieuse de la réconciliation.

Pour ceux surtout qui avaient connu Marie en compagnie de Nadia qu'on prenait pour sa sœur, c'était un spectacle étonnant, au début de ce siècle, et dans les années qui précèdent la Grande Guerre, que cette dame encore belle, extraordinairement élégante, aux cheveux déjà blancs, toujours suivie d'une enfant mise avec un soin extrême et pourtant très simple, très directe, très naturelle. Plusieurs des mots d'Hélène, indéfiniment répétés par sa grand-mère, sont restés célèbres. A Marie qui tentait de lui expliquer que Jésus sur sa croix avait racheté les péchés du monde elle demandait : « Il les avait vendus, ou quoi ? » Pendant que sa grand-mère essayait une robe chez Worth, la petite, tout à coup, sortant d'un songe profond, venait la tirer par le bras et lui murmurait très vite : « Je ne me rappelle plus : tout en haut, il y a le pape ; un peu plus bas, les cardinaux et les archevêques ; et, au-dessous, est-ce que ce sont les boy-scouts ou les enfants de chœur ? » L'intimité avec sa grand-mère aurait pu aboutir à une crise ou à un rejet. Jamais, au contraire, leurs relations ne connurent de nuage. A un ami de sa grand-mère qui demandait à Hélène ce qù'elle ferait du gros lot d'une tombola de charité pour laquelle elles avaient acheté un certain nombre de billets, l'enfant répondait : « Je partirais pour un grand voyage autour du monde et j'emmènerais ma grand-mère. » Ce grand voyage autour du monde était resté à jamais un sujet de tendre plaisanterie entre la grand-mère et la petite-fille. A plusieurs reprises, quand Hélène eut treize ou quatorze ans, il fut question de l'entreprendre. Mais le projet ne se réalisa jamais. Et pour la raison la plus simple : Hélène Wronski avait à peine dépassé quinze ans lorsqu'elle rencontra, à Paris, un capitaine très britannique sur le point d'être major qui avait largement un quart de siècle de plus qu'elle. Il s'appelait... Devinez ! Six mois plus tard, elle l'épousait.

Ce fut la dernière grande fête à la veille de la guerre. Je le sais : tous les Plessis-Vaudreuil y assistaient en masse, mon grand-père à leur tête. Plus encore que pour la mariée, à l'allure enfantine, ou pour le marié, un beau gaillard très blond dans son uniforme bien coupé, plus que pour le témoin — *the best man* — du marié qui était lord Kitchener, ils n'avaient d'yeux que pour un marmot déguisé en *page-boy* dans un costume de satin bleu au jabot de dentelle que toute l'assistance s'acharnait à trouver irrésistible, mais dont l'enfant avait si honte qu'il en versait des larmes amères dans l'aumônière de velours brodée, au lacet coulissant, destinée à la quête : c'était moi.

7

Les uns s'aiment, les autres meurent : c'est la vie. Les uns sont riches et puissants et les autres restent pauvres. Il arrive même que les pauvres essayent de tuer les riches et de devenir puissants. Et quelquefois ils réussissent, et quelquefois ils échouent. C'est l'histoire et c'est la vie.

Toujours flanqué de son Kid, Paco Rivera s'était mis en cheville avec un personnage étonnant, aussi brutal et haut en couleur que l'ancien séminariste était froid et réservé. Cette force de la nature, cette caricature de Mexicain s'appelait Pancho Villa. Paco Rivera devint l'ombre austère de Pancho Villa. Et vif, léger, frisé, presque dansant, le Kid à la peau sombre et à l'esprit lumineux était l'ombre de l'ombre.

Je ne raconterai pas ici l'histoire de Pancho Villa, qui se confond avec l'histoire du Mexique. Ni celle de Zapata, qui se confond avec celle de Villa. C'est l'éternelle histoire, sublime, folle et cruelle, de la révolte des opprimés. Zapata est tué. Et Villa est tué. Ils en avaient tué beaucoup d'autres. Hissé au pouvoir par la révolution, image de la justice et de la modération, le président Madero incarne l'ordre et le droit. Et comme les autres, avant les autres, il est aussi tué.

Pendant quelques années, Rivera et le Kid vivent l'immense épopée de la révolte paysanne. Sur leurs chevaux de labour qui se mettent à galoper, ils soulèvent en tourbillons la poussière mexicaine. Ils forment un des maillons de la chaîne de pitié et d'ambition implacable qui, de Spartacus à Lénine, des anabaptistes ou de Savonarole à Hébert, à Marat, à Saint-Just, de Bela Kun à Fidel Castro, ne cesse de se briser et de se renouer. Ils nourrissent d'un sang impur et d'espérances insensées les rêves des misérables et la légende d'un âge d'or surgi de la violence. L'enthousiasme et la haine les entourent d'un cercle de feu. Les escadrons de l'enfer jaillissent des bois et des sierras. La rumeur sauvage des chevauchées des rebelles retentit dans les plaines et dans les villages, dans les cœurs des pauvres assoiffés de revanche et des tyrans épouvantés, jusque dans les palais des gouvernants et dans les riches salons des villes avec leurs tapis sur le sol et leurs tableaux aux murs. La terreur s'installe en même temps que l'espoir. Rivera et le Kid assistent sans frémir aux exécutions en masse, aux tortures des traîtres ou des indicateurs, à l'enterrement de rivaux ou d'ennemis encore bien vivants dont le visage enduit de miel, surgissant à ras de terre sous le soleil de plomb, est livré aux fourmis rouges et aux sabots des chevaux.

Paco Rivera voit la vengeance du ciel dans ces extrémités. Au-delà de l'aventure et de ses avatars, il calcule, il réfléchit, il s'interroge sur le pouvoir. Le Kid s'amuse follement. Les gaillards de son âge volent des sacs et des bicyclettes ou dévalisent les fêtards, le soir, après le théâtre. Lui assassine, quand il le faut, avec une santé parfaite et le sourire aux lèvres, les adversaires de classe et les paysans riches. Avant ou après la bataille, entre les expéditions et les conseils de guerre, le Professeur et le Kid jouent ensemble, l'air rêveur, aux échecs ou aux cartes.

Les autres contemplent le couple avec un respect étonné, proche de la vénération. Le plus vieux est savant, le plus jeune est dangereux. La plupart des paysans pauvres sont de braves bougres poussés à bout qui ont hâte de rentrer chez eux. Ces deux-là, regardez-les, on dirait qu'ils se réjouissent de ce qui se passe de sanglant et que le Mexique, pour eux, n'est que la case d'un échiquier, un pion sur une carte immense. Même Pancho Villa les considère avec inquiétude. Il se méfie du marxiste et il se méfie du nègre. Il ne les emmène jamais quand, dans un village conquis au pied de la montagne ou autour du poisson en train de griller sur la plage, il va faire la fête avec les filles.

Vous imaginez bien qu'à l'allure où nous allons les quatre fils Romero se sont mis à pousser. Ce sont maintenant de grands garçons. Ils ont à peu près l'âge — et plutôt un peu plus — qu'avait Aureliano au temps du Paraguay. Une définition simple et un peu comique de la vie, et peut-être de l'histoire, c'est que les enfants finissent toujours par avoir l'âge des parents : il leur suffit de survivre. Vieillir est la seule façon de ne pas mourir. Personne ne mourait plus dans la famille Romero : Conchita était encore là, toujours solide au poste, et, de l'autre côté, Jérémie Finkelstein, de plus en plus riche et de plus en plus frileux, et Cristina Isabel, éternelle enfant touchée par le vieillissement, espèce de retraitée de la jeunesse professionnelle. Le vieux rabbin de Pologne et sa digne épouse, le colonel Romero, la légendaire Florinda et Pericles Augusto, ineffable et regretté, s'enfonçaient dans le souvenir — c'est-à-dire dans l'oubli. Le jeune Agustin avait dû avouer, à la tristesse de sa mère, à la fureur un peu feinte et vaguement amusée de son père, qu'il n'avait pas la moindre idée de ses arrière-grands-parents. Il chérissait, naturellement, sa grand-mère Conchita (qui, à la vérité, lui faisait un peu peur), il avait entendu parler de feu le colonel son grand-père et, sur le bord opposé, des parents de sa mère — « Il est juif, n'est-ce pas ? et elle, c'est une négresse ? » avait lâché Javier, pour se faire mousser un peu, dans un grand silence qui l'avait fait rougir et piquer du nez dans son assiette — mais Pericles Augusto ne lui disait rien du tout, et Florinda moins encore. Et le rabbin Isaac, dans son shtetl près de Lublin : inconnu au bataillon. C'était tout pareil, bien entendu, pour chacun de ses trois frères. Je ne suis pas tout à fait sûr que Conchita Romero ait fait ce qu'il fallait pour maintenir vivant dans l'esprit des enfants le souvenir du rabbin, de la négresse de Bahia et de l'aïeul excentrique.

Le conformisme argentin et surtout anglo-saxon, importé par Aureliano et encouragé par Conchita, pèse de tout son poids sur la jeune génération. Tous parlent anglais aussi bien qu'espagnol et les conversations en famille ou à table, le dimanche, se passent tout naturellement, entre une mère américaine et un père diplomate en Angleterre et aux États-Unis, dans la langue de miss Prism qui ne comprend pas un mot d'un seul jargon étranger et regarde l'espagnol comme une sorte de patois arriéré et papiste. Tout ce petit monde monte à cheval, joue au tennis ou au badminton, se baigne dans la mer ou dans le lac Nahuel Huapi, s'habille à merveille pour tenir son rang dans la haute société conformiste et anglophile de Buenos Aires, lit religieusement le *Times* avec un mois de retard et les romans de Dickens, de Stevenson et de Rudyard Kipling.

Les États-Unis l'attirent. Mais l'Europe le fascine. L'Europe ! Il faut quelque trois semaines de Buenos Aires à Southampton, à Bordeaux, à Gênes par un de ces transatlantiques somptueux qui servent de hall d'exposition et de salon de propagande aux grandes puissances maritimes et où se nouent des intrigues entre diplomates ou hommes d'affaires et femmes du monde ou grandes cocottes, en diadème et robe du soir sous la Croix du Sud ou dans la grisaille étouffante du pot au noir. D'Arroyo Verde à Paris ou à Londres, il faut bien compter un mois. Ce sont des voyages qui ne prêtent pas à rire et que personne n'effectue à la légère. On emporte des malles-cabine aux dimensions impressionnantes, du linge pour plusieurs mois, de la vaisselle, souvent des meubles, et les quais retentissent des sanglots de ceux qui restent et qui risquent, ils le savent, de ne plus revoir jamais ceux qui sont en train de partir. Le règne des aller et retour n'est pas encore arrivé. Partir, en ce temps-là, signifie quelque chose.

L'Europe, au bout du trajet épuisant et presque encore périlleux, est un rêve ancestral. Pour tous, d'une certaine façon, quelque anciennes que soient les racines qui vous rattachent à San Martin, à Bolivar ou à la guerre du Chaco, la traversée de l'Atlantique est un retour au pays. Quel pays ! Enchanteur et merveilleux, plein de souvenirs du passé, une sorte de conservatoire des traditions évanouies et de musée permanent. Avenida Alvear ou plaza San Martin, on rêve de Salamanque, de Séville, de Grenade, de Bruges et des maîtres chassés. On rêve de Venise et de Vienne, de Londres, de

Paris. La Révolution française est un trésor — et une vague menace. Avec ses vices et ses socialistes, avec ses penseurs et ses philosophes, avec ses temples de la nuit, ah ! que l'Europe est séduisante — et inquiétante en même temps. C'est tout le charme de la perdition et toutes les menaces du progrès en face de la bonne nature et de la pampa argentines, avec ses troupeaux de bœufs, ses gauchos de cuir et ses grands feux dans la nuit.

Conchita Romero n'a rien oublié de ses ambitions européennes. Elle est persuadée que l'avenir des enfants est de l'autre côté de l'Atlantique. Est-ce qu'on peut élever des garçons ailleurs qu'à Oxford ou à l'École polytechnique ? On peut s'inquiéter de leurs études, il serait naturellement ridicule de penser déjà à leur établissement et à leur mariage. N'empêche : derrière la tête de Conchita, tout au fond de l'horizon si désespérément plat de la pampa argentine, s'élèvent des châteaux en Touraine, des villas palladiennes, des bals à la Hofburg et l'ombre de Balmoral. A l'autre bout des transatlantiques, il y a la Chambre des pairs, la double monarchie, le grand état-major allemand, le palais des Doges de Venise. Il y a la République française où coexistent — merveille ! — à l'ombre de Maxim's et de l'École de médecine, dans les nuits de Montmartre et au Quartier latin, la justice pour Dreyfus et la duchesse d'Uzès.

L'été était loin d'être achevé quand l'armée internationale envoyée par les grandes puissances sous le commandement du général allemand von Waldersee vint délivrer les légations assiégées par les Boxers. Le siège avait duré deux mois. Hommes, femmes, enfants avaient vécu un cauchemar et étaient à bout de forces. Au bout de quelques jours de siège, Gabriella avait appris par des canaux mystérieux que son père était parmi les victimes. Nicolas ne la quitta pas un instant, la soutint dans l'épreuve, la consola de son mieux. On aurait dit qu'ils se connaissaient depuis toujours et qu'il était pour elle un vieil ami ou un grand frère, attentif et affectueux. Elle était touchée de tant d'amitié imprévue. Elle l'avait trouvé charmant quand il était tombé dans sa vie ; la gratitude dans le malheur s'ajouta à la surprise du hasard et de la soudaine complicité. Elle devint folle de lui.

Que ces deux-là au moins se soient rencontrés et aimés suffit à m'enchanter et à me consoler de la médiocrité et de la bassesse qui nous entourent si souvent. Parmi tant d'autres souvenirs, leur malheur pendant deux mois dans Pékin bouleversé contribue, parce qu'ils s'aiment et parce qu'ils partagent tout jusqu'aux larmes et la peur, à mon bonheur de San Miniato. Je les imagine dans cette légation assiégée par une foule hurlante, détestable comme toutes les foules quand elles sont la proie du fanatisme et guettées par la violence. Au milieu de l'angoisse et du chagrin, quelle chance qu'ils soient tombés l'un sur l'autre !

Tim Tom n'avait pas été le confident de cette passion subite que les plus sourcilleux considéraient avec indulgence et sympathie parce qu'ils pensaient qu'ils allaient tous mourir. Il n'en savait et ne me raconta que ce que tout le monde en savait. Pendant près de soixante jours, Gabriella et Nicolas, par la force des choses, mais par libre choix aussi, ne se séparèrent pas un instant. Enfermés dans le même lieu alors qu'ils se connaissaient à peine, ils jouaient, à eux deux, une espèce de huis clos d'amour. Quand Nicolas était de garde, Gabriella s'installait aussi près de lui que possible et ne le quittait pas des yeux. Elle finit par tomber malade, de fatigue et d'angoisse. Nicolas ne s'éloigna plus de son chevet, s'improvisant infirmier avec un dévouement qui faisait rêver toutes les femmes. Les périls, bien entendu, décuplaient leur amour.

Devant le danger et dans le malheur, Nicolas redevint ce qu'il était peut-être, mais qu'il n'avait jamais pu être : un compagnon très gai, insouciant et railleur. Ce côté gavroche, qui me surprend si fort, par contraste, quand je pense à l'air sombre qui frappait tous les témoins de sa vie en Europe ou à Shanghai, se combinait avec sa sollicitude et sa tendresse pour Gabriella. J'imagine qu'il avait moins peur de la mort que tous ceux qui l'entouraient. C'était elle, en fin de compte, la disparition, la fin de tout, la mort, qu'il était venu chercher en Chine. L'amour de Gabriella ne lui avait été donné que par surcroît. Voilà pourquoi Nicolas, toujours si tourmenté, donnait soudain, dans le péril, l'exemple à la fois de la tendresse et de la légèreté. La vie ne tient pas grand compte de nos vœux et de nos desseins. Elle mêle inextricablement le meilleur et le pire, se servant souvent de l'un pour parvenir à l'autre. Un beau jour du mois d'août, l'armée du général von Waldersee fit son entrée dans Pélin.

La victoire de Pancho Villa et surtout de Madero laissa Paco Rivera — et du même coup le Kid — perplexe et insatisfait. Ils ne s'étaient pas battus pour les beaux yeux d'une république bourgeoise. Je soupçonne que toute paix les aurait un peu déçus. Celle-là, franchement, les dégoûtait. Ils n'étaient pas les seuls à se sentir mal à l'aise. Installé dans le confort matériel et la solennité morale de la présidence de la République, Francisco Madero, déjà préoccupé par les excès de Zapata et de Pancho Villa, ne savait plus trop quoi faire du Professeur et de son copain. On lui disait qu'il s'agissait de deux extrémistes dangereux, ce qui pouvait être soutenu, et de deux assassins, ce qui était strictement vrai. On ajoutait aussitôt, ce qui n'était pas faux non plus, qu'ils avaient contribué activement au succès de la révolution. Ne sachant à quel saint se vouer ni quelle décision prendre — décorer le Professeur ou le faire exécuter ? — l'honnête Madero avouait à ses familiers que cette affaire le crucifiait.

— Dites-moi, Joaquim (ou Luis Antonio ou Pablo ou Jesús), ce Ribera...

— Rivera, monsieur le Président.

— Bon, si vous voulez, Rivera, qu'est-ce que vous en pensez ?

— Euh !... c'est indubitablement un homme très intelligent, monsieur le Président.

— Mais il a tué combien de personnes ?

— Ah ! c'est indéniablement un homme très cruel, monsieur le Président.

— Et sa poule ?

— Sa poule ? Quelle poule, monsieur le Président ?

— Enfin, vous savez bien... Quel âge avez-vous, mon vieux ?

— Vingt ans, monsieur le Président.

— Eh bien ! sa petite amie, sa maîtresse, sa...

— C'est un jeune homme, monsieur le Président...

— Un jeune homme, tiens !

— Un Noir, monsieur le Président. Ou un mulâtre... Mais...

— Quoi encore ?

— On ne sait pas grand-chose de lui, monsieur le Président... Presque rien...

— Eh bien ! me voilà bien avancé ! Vous ne m'aidez pas beaucoup, Joaquim (ou Pablo, ou Luis Antonio, ou Jesús). Je ne peux tout de même pas faire fusiller ce Ribera...

— Rivera, monsieur le Président.

— Ne m'interrompez pas tout le temps !... Je ne peux tout de même pas faire fusiller ce Rivera parce qu'il couche avec un nègre.

— Ce n'est même pas sûr, monsieur le Président...

— Allons ! bon !

— Mais il a tué beaucoup de monde, monsieur le Président.

— Bien sûr ! bien sûr ! Dans deux minutes vous me direz aussi qu'il est très intelligent et qu'il a beaucoup aidé notre cause. Voyez-vous, mon petit Joaquim (ou Jesús, ou Luis Antonio, ou Pablo), vous touchez là du doigt les rapports si ambigus de la politique et de la morale.

Si le président Madero avait pu entendre les conversations tête à tête du Professeur et de son Kid — mais le pouvoir, en ce temps-là, n'utilisait pas d'écoutes téléphoniques parce qu'il n'y avait pas de téléphone — il aurait été édifié. Paco Rivera se moquait comme de son premier rabat des rapports ambigus de la politique et de la morale. C'était la charité chrétienne et l'amour du prochain qui l'avaient jeté dans les luttes sociales. L'action quotidienne avait effacé jusqu'au souvenir de ce premier moteur et de la pichenette originelle. De son passé chrétien, il ne restait que l'idée du bien, si forte, si impérieuse, que tout lui était soumis et qu'il lui était permis, pour triompher, d'utiliser le mal. Le mensonge, la violence, la haine étaient au service du bien. Le mal était exclusivement ce qui résistait au bien. Tout ce qui nuisait au mal appartenait au bien. Et toutes les apparences de bien que se donnait le mal étaient pires que le mal. Paco Rivera en était arrivé ainsi, peu à peu, à un manichéisme quasi inversé : le fer et le feu étaient les instruments du bien et la bonté, la douceur, la patience n'étaient rien d'autre que les masques dont s'affuble le mal pour tromper les faibles et les naïfs.

Lorsque le Professeur apprit l'assassinat de Madero, qui annonçait de loin ceux d'Emiliano Zapata et de Pancho Villa, il partit d'un énorme éclat de rire. Voilà que celui qui avait pensé à le faire disparaître disparaissait le premier. Décidément, aux yeux des bourgeois apeurés, le Mexique devenait dangereux. Pour un Paco Rivera, en l'absence de batailles et de vraie révolution, il devenait surtout ennuyeux. Par une belle nuit sans lune, toujours suivi de son Kid, le Professeur passa la frontière entre le Mexique et les États-Unis. C'était une solution à laquelle n'avaient pensé ni le président Madero ni son conseiller Joaquim (ou Pablo, ou Jesús, ou Luis Antonio).

— Vois-tu, petit, dit Rivera au Kid lorsqu'ils foulèrent le sol de la grande démocratie, ils ne savent pas que nous leur apportons la peste.

Je crois bien, mais c'est une question que je me suis contenté d'effleurer, que le capitaine O'Shaughnessy hésita à quitter les Indes. Il s'était attaché à ce pays. Il l'avait parcouru en tous sens en compagnie du lieutenant Turnbull, des montagnes neigeuses du Tibet et du Népal jusqu'aux plaines poussiéreuses et aux Ghâts de l'extrême Sud. Il avait joué au polo, il s'était battu aux frontières du Nord et de l'Ouest, il avait appris à aimer le courage résigné et le fatalisme ardent d'un peuple misérable. Il avait été heureux à l'ombre des grands forts rouges et le long des fleuves où se baignent les fidèles.

A peu près à l'époque où Madero, Villa, Zapata et Rivera flanqué du Kid soulevaient contre le régime de Porfirio Diaz les paysans mexicains, un nouvel avatar survenait dans la vie agitée de Kitchener : le gouvernement de Londres le rappelait en Afrique et le nommait agent britannique en Égypte. Le grand homme réclama aussitôt la présence auprès de lui du capitaine O'Shaughnessy. Quelques années plus tôt, Brian aurait accouru avec enthousiasme. La décision, cette fois-ci, était plus dure à prendre. Il se résigna, par raison. Rêvant au lac d'Udaïpur, aux trésors de Lahore, aux *house-boats* de Srinagar, à la passe de Khyber, aux vestiges éclatants de Fatehpur Sikri, à Simla et à Mysore, où il avait laissé un peu de lui-même, il retrouva sans joie les splendeurs de l'Égypte, les bords capricieux du Nil, Alexandrie mystérieuse et abandonnée, Le Caire où le khédive et le parti nationaliste supportaient de plus en plus mal la domination britannique, renforcée et aggravée par les façons impérieuses de lord Kitchener. Justement, il y avait Kitchener, son prestige, son formidable ascendant. Brian se consola d'avoir quitté les Indes.

Le mari de Rosita occupait de hautes fonctions au ministère argentin des Relations extérieures lorsqu'un nouveau bouleversement intervint dans sa vie calme : la Casa Rosada décida de nommer Aureliano Romero ministre d'Argentine à Paris. C'était un des postes les plus enviés de la carrière diplomatique. Les rêves de Conchita prenaient forme. Rien n'est jamais plus cruel que les rêves qui se réalisent. Aureliano prépara son départ avec beaucoup de satisfaction et un peu de mélancolie : il fallait quitter Buenos Aires, ses habitudes, ses contacts presque quotidiens avec les affaires familiales — et surtout Arroyo Verde et sa mère en train de vieillir.

Conchita Romero promit de venir en France dès que les jeunes gens — qui n'étaient plus si jeunes — auraient achevé leur installation. Aureliano Romero, le cœur un peu serré, fit le tour d'Arroyo Verde. Il parcourut à cheval ces espaces démesurés qu'il aimait plus que tout. Quand il regagna la grande maison où Rosita l'attendait, entourée des enfants, le soleil se couchait. Au loin, le lac Nahuel Huapi brillait à l'ombre de ses montagnes. On entendait les cloches des troupeaux en train de rentrer. Ils suivaient les chemins de terre qu'il avait tant de fois empruntés, à travers les torrents à sec et les rares bouquets d'arbres. A perte de vue, la terre était jaune et ocre et ses accidents successifs, ses collines, les montagnes de Bariloche au loin formaient un heureux contraste avec les étendues implacables de la pampa qu'il fallait traverser pendant des heures et des heures, et pendant des journées entières, en venant de Buenos Aires. La région de Bariloche et du lac Nahuel Huapi est une des plus belles de ce pays si riche qu'il avait appris à aimer. Dans ce décor rude et grandiose, la maison de famille était récente, chaleureuse et confortable. Conchita Romero s'y était installée très vite après son départ du Paraguay. Rosita l'avait adoptée et les enfants y avaient passé, comme lui-même, ces jours enchantés de l'enfance qui sont le meilleur de la vie. En franchissant le seuil de la maison, après avoir jeté un dernier coup d'œil sur le ciel en train de rougir, et en entendant déjà les cris des jumeaux qui guettaient son retour, Aureliano se demanda, l'espace d'un instant, s'il fallait quitter tout cela. Il se reprit aussitôt. Sa carrière le passionnait, Rosita était dans l'excitation la plus vive à la seule idée de Paris, les quatre enfants les accompagneraient — flanqués de miss Prism, bien entendu. A eux tous, ils transporteraient à Paris — Paris ! — cette lumière et cette chaleur dont ils avaient su s'entourer au pays des grands espaces, des troupeaux de bœufs, des gauchos et du blé. Il entra dans la maison où Rosita l'attendait.

Ils arrivèrent à Paris dans un froid glacial. Les dames patinaient au Bois sous des chapeaux de fourrure, les pieds pris dans des bottines de cuir qui recouvraient les chevilles et montaient haut sur les mollets, sous les jupes enfin droites, mais, grâce à Dieu, toujours longues. Poincaré était en train de remplacer à la tête de la République le président Fallières à la barbe fleurie. On était en 1913. Tout allait bien. Aureliano emmena Rosita au théâtre, à l'Opéra, chez Maxim's, sur les grands boulevards. Ils étaient riches et charmants. On les recevait partout. Ils dînèrent avec le jeune Cocteau encore presque inconnu, avec Eiffel, avec Monet qui leur parla de Clemenceau et les choqua un peu par ses récits des visites de Toulouse-Lautrec dans tous les bordels de Paris, avec Debussy, avec Anatole France, chez Robert de Montesquiou avec une odalisque juive et mâle, aux grands yeux noirs, sortie tout droit des *Mille et Une Nuits,* très aimable et très snob, qui écrivait dans *le Figaro* et qui s'appelait Marcel Proust. Ils passèrent quelques jours au printemps à Plessis-lez-Vaudreuil. Rosita était folle de bonheur.

Près de quinze ans plus tôt, l'armée du général comte von Waldersee pénétrait dans Pékin et délivrait les légations assiégées par les Boxers. N'allez pas vous imaginer que j'avais oublié ces tempêtes dans les prospérités des Romero et des O'Shaughnessy. Le bonheur m'a un peu entraîné, voilà tout. Le malheur nous rattrape toujours. Et les images, vous le savez, me reviennent en désordre : voilà que nous sommes encore avec Brian en Égypte alors qu'il s'est déjà marié, quelques pages plus haut et quelques années plus tard, avec Hélène Wronski. Et Pandora est déjà morte — mais elle n'est pas encore née.

Un détachement des troupes internationales était

parvenu à proximité de la légation des États-Unis où la peur depuis plusieurs jours avait fait place au soulagement et à l'impatience. Déjà le ministre, à bout de forces, mais portant beau, se préparait à recevoir dignement les sauveurs et Tim Tom, de son côté, brossait avec un soin maniaque un costume déchiré et hors d'usage lorsqu'un groupe de Boxers, pris entre la légation et l'avance des soldats, tenta brusquement, avec l'audace du désespoir, de se réfugier dans un bâtiment qui servait de remise et d'écurie. L'alerte fut aussitôt donnée.

Tim Tom, sa brosse d'une main, un pistolet de l'autre, se précipite en même temps que Nicolas qui se met sans tarder à tirer sur les assaillants. Attirée par la fusillade et voyant Nicolas en train d'échanger des coups de feu avec des Chinois dont on devine à peine les silhouettes au-delà de caisses de bois empilées en guise de barricade, Gabriella accourt à son tour. A quelques pas de Nicolas, elle assiste quelques instants, impuissante, les deux poings serrés contre la bouche, à l'affrontement qui se poursuit. Tout à coup, Tim Tom l'entend pousser un cri. Il lève les yeux. Il voit, d'un seul coup d'œil, Gabriella terrifiée, en train de regarder en l'air, et, en suivant ce regard, un immense Chinois tout en noir qui a réussi à se hisser sur le toit de la remise et qui se prépare à tirer sur les défenseurs installés dans la cour. Assourdi par la bataille, absorbé dans sa tâche, Nicolas continue à faire le coup de feu et à recharger inlassablement les deux fusils brûlants dont il se sert tour à tour.

Pour la seconde fois, Gabriella crie quelque chose que Nicolas n'entend pas. Tim Tom comprend en un éclair qu'il est déjà trop tard. Le Chinois abaisse son arme et vise lentement Nicolas qui se tient, couché, entre deux piliers soutenant une sorte d'auvent, à une trentaine de mètres de Tim Tom. Au moment où Tim Tom, moins pour prévenir Nicolas qui est déjà perdu que pour donner libre cours à son angoisse et à son désespoir, se met à hurler à son tour, il voit se dérouler en une fraction de seconde une chose superbe et affreuse qu'il n'allait plus jamais oublier : Gabriella se jette d'un seul élan en avant, couvre de son corps mince Nicolas en train de tirer et reçoit en pleine tête la balle destinée au jeune homme qui laisse tomber son arme et tient une morte entre ses bras.

Souvent, sur ma terrasse d'où je vois la Toscane, le découragement me prend. Suis-je fidèle à mon projet de faire revivre Pandora ? Tantôt je me dis que je prends les choses de trop loin et qu'il était bien utile de remonter à ses parents, à ses grands-parents, à ses arrière-grands-parents et à tous ceux qui les accompagnent pour vous donner une idée de ce qu'elle a été dans son temps. Et tantôt je m'en veux d'être au contraire trop sec, trop étriqué, trop mesquin et de vous montrer si peu du monde d'où elle surgit.

Peut-être, pour l'expliquer, aurait-il fallu faire appel à l'un ou l'autre des systèmes qui ont dominé notre siècle ? La découverte par Freud, à peu près à l'époque qui nous a occupés jusqu'ici, de l'inconscient et de ses abîmes, de ses ruses, de ses paradoxes, passe, à juste titre, pour un des événements capitaux de notre temps. Quelques années avant Freud, Marx nous a expliqué que, bien plus encore que la vie sexuelle et inconsciente, la vie économique et matérielle commandait tout le reste. C'est aussi une bonne, une jolie idée. Mais aucune théorie, si séduisante soit-elle, n'est capable, une fois pour toutes, de cerner le monde et les êtres. Ce qu'elle ignore et ce qu'elle tait est toujours plus important que ce qu'elle découvre et révèle. La vérité est toujours un peu au-delà des mots. Rien, naturellement, ne pourrait suffire à ressusciter Pandora et à nous la rendre telle qu'elle était.

On dirait que pour chacun de nous la vie se répète indéfiniment et que, succès ou échecs, nous retombons toujours dans les mêmes ornières de notre existence, qui ne sont rien d'autre que nous-mêmes et la cumulation de nos défauts et de nos qualités. Pour la deuxième, pour la troisième fois, Nicolas Cossy, ou Wronski, ou Verdi, disparaît. Je n'ai plus de Tim Tom pour me servir de guide dans le labyrinthe de ses détours et de ses évanouissements. Je ne peux rien faire d'autre que vous-même : imaginer Nicolas après la mort tragique de Gabriella. Ce que fut à Pékin, vers le début de ce siècle, la levée du siège des légations entrepris par les Boxers, nous le savons. L'arrivée des troupes du général comte von Waldersee — bientôt promu maréchal — le soulagement des assiégés, l'occupation de Pékin, les négociations avec Tseu Hi, les clauses de l'accord signé et les conséquences de la crise. Ce que je ne sais pas, c'est le sort de Nicolas. Sa trace se perd dans l'histoire comme un mince filet d'eau dans l'immensité de la mer.

Le destin de Nicolas s'arrêterait donc ici si, par un concours de circonstances qui n'offre guère d'intérêt et sur lequel je passe — il est lié à mes recherches sur les membres de la famille Wronski demeurés en Russie — je n'étais tombé par hasard, il y a fort peu de temps, sur un curieux personnage.

Quelques années à peine après le soulèvement des Boxers, la guerre russo-japonaise embrase l'Extrême-Orient. Le déclin de la Chine avait éveillé les doubles appétits de la Russie et du Japon. L'une occupait la Mandchourie, l'autre lorgnait sur la Corée. Les deux empires rapaces auraient pu s'entendre sur le dos de l'empire du Milieu emporté par la décadence. Mais le Japon étouffait dans ses îles et brûlait de jeter sur le continent les descendants désœuvrés des daïmios et des samouraïs. Le tsar, surtout, s'imaginait follement que des succès extérieurs et, s'il le fallait, militaires arrangeraient ses affaires intérieures qui n'étaient pas brillantes. Depuis quelques années, plus d'un million de paysans avaient été établis en Sibérie, le long de la grande route postale, chère à Michel Strogoff, qui reliait la Russie au Pacifique — le Trakt. Le Trakt venait d'être remplacé par un chemin de fer de six ou sept mille kilomètres : le Transsibérien. Et la toute nouvelle ligne du Transmandchourien était en train de relier le Transsibérien à la magnifique rade de Port-Arthur, à l'entrée du golfe de Petchili, dernière conquête de l'expansionnisme russe. Il n'était pas question pour les Russes de reculer. Nicolas II laissa traîner en longueur les négociations avec le Japon. Au début de 1904, des torpilleurs japonais firent sauter la flotte russe en rade de Port-Arthur.

Le siège de Port-Arthur par les Japonais du maréchal Oyama tint en haleine toute l'Europe. Pour la première fois depuis des siècles et des siècles, une grande puissance européenne était mise en échec par une nation qui n'était pas blanche. Le centre de la planète, qui s'était déjà déplacé de la Méditerranée à l'Atlantique, glissait vers le Pacifique. Le monde basculait.

Parmi les troupes russes qui défendaient la place de Port-Arthur, j'ai retrouvé les traces de deux jeunes comtes Wronski. Ils sont les neveux du nôtre et les fils de ce frère de Piotr Vassilievitch qui avait habité jadis — vous souvenez-vous ? — la maison de la Giudecca. Ils seront tués l'un et l'autre dans la ville assiégée, mettant fin du même coup, à l'extrémité de ce cap de l'Asie lointaine, à la lignée des Wronski. Mais l'important, quand on cherche, n'est jamais de trouver ce qu'on cherche : c'est de trouver autre chose. Un certain nombre de textes évoquaient brièvement un personnage de roman et presque de légende qui portait le beau nom, entouré de mystère, de capitaine Nicolas.

Nicolas est un nom russe parmi les plus répandus. Ce qui me frappa aussitôt, c'est qu'officier de fortune, chef indiscuté d'un tout petit nombre de partisans, surtout chinois, qui étaient autant de bandits, entré dans la légende grâce à sa folle bravoure et à son mépris du danger qui stupéfiait jusqu'aux Japonais, grands amateurs de suicide, le capitaine Nicolas passait pour italien.

Quelque chose de monstrueux se profilait à l'horizon. A plusieurs reprises déjà, l'alerte avait été chaude. De canonnière en tension, de rivalité coloniale en conflit balkanique, le risque se faisait fatalité. On en parlait dans les chancelleries, dans les banquets officiels, dans la presse, dans les salons, dans la rue. Tout le monde craignait le drame — et beaucoup l'espéraient. A force d'ambitions rivales et d'intérêts opposés, à force de légèreté aussi, le pire, un jour, arriva. La guerre mondiale éclatait.

Elle naît d'une anecdote qui n'a pas beaucoup plus d'importance que le mélodrame sentimental de Mayerling : l'assassinat d'un archiduc et d'une archiduchesse dont tout le monde, comme dans un film d'Hitchcock ou un roman d'Agatha Christie, a intérêt à se débarrasser — les Serbes par passion partisane et par amour de la liberté, les Autrichiens par goût de l'intrigue de cour et pour des raisons aussi futiles que la méfiance inspirée par un mariage morganatique. La machine infernale une fois mise en mouvement, Russes, Allemands, Français n'y voient rien d'autre qu'un prétexte à leurs rêves inassouvis de vengeance ou d'expansion. Chacun se laisse aller, peut-être sans le vouloir et sous les dehors les plus honorables du patriotisme et de la solidarité, à la folie meurtrière. J'ai naturellement sous les yeux la photographie de l'archiduc François-Ferdinand et de Sophie Chotek, sa femme, au moment où ils quittent le *Rathaus* de Sarajevo. Ils viennent d'échapper à un premier attentat et à une grenade lancée sur leur voiture décapotée. Ils vont, dans quelques instants, succomber au second et aux coups de revolver tirés par le jeune Princip. L'assassinat de cette jeune femme en robe claire, une ceinture autour de la taille, un chapeau sur la tête et du gaillard empanaché qui passe à ses côtés entre deux haies de Bosniaques, chapeau haut de forme à la main, fez ou turban sur le crâne, va marquer tout un siècle.

Au milieu de l'exaltation qui aveugle tant de peuples en train de s'imaginer, comme Péguy et beaucoup d'autres, qu'ils partent « pour le désarmement général et pour la dernière des guerres », quelques rares individus s'épouvantent de la guerre civile où l'Europe s'engloutit : une demi-douzaine de membres, peut-être, tout au plus, de cette aristocratie internationale qui ne se sent liée à aucune nation parce qu'elle appartient en même temps à plusieurs cultures différentes et opposées ; un nombre restreint d'artistes ou d'intellectuels, aussitôt dénoncés comme des traîtres à l'opinion publique ; et une poignée de socialistes fidèles à Jean Jaurès, assassiné la veille de la mobilisation générale.

Préoccupée, comme tout le monde, par l'avalanche des mauvaises nouvelles et par l'excitation des esprits, Rosita Romero était allée rendre visite du côté de Montmartre à sa couturière alitée lorsqu'elle passa par hasard devant un établissement dont elle remarqua distraitement le nom : le Café du Croissant. Elle entendit soudain des coups de feu et vit de loin des passants en train de se précipiter vers un homme barbu et plutôt fort qui était tombé à terre. Elle rentra chez elle bouleversée. Aureliano ne la rejoignit qu'assez tard dans la nuit. Il savait déjà l'assassinat de Jaurès. Pour recueillir des nouvelles, il avait couru de son cercle — où les habitués s'entretenaient surtout de l'acquittement de Mme Caillaux, meurtrière de Calmette, le directeur du *Figaro*, et de la fameuse réplique de Bernstein qui avait évoqué la guerre où il n'est pas possible de se faire remplacer par sa femme et où il faut tirer soi-même — jusqu'au ministère des Affaires étrangères et aux ambassades ou aux légations où il comptait des amis. Il expliqua brièvement qui était Jaurès et pourquoi il avait été tué par un nationaliste d'extrême droite. Rosita, encore très émue, lui raconta son aventure.

— Jaurès après l'archiduc et Villain après Princip..., murmura Aureliano Romero après s'être efforcé de réconforter sa femme. Voilà quelques coups de feu et trois morts qui en annoncent bien d'autres.

Le capitaine Nicolas fut l'un des héros du siège de Port-Arthur. Lorsque, au cœur de l'hiver glacial, la ville capitula, il fut de ceux, peu nombreux, qui réussirent à percer l'étau des lignes japonaises et à rejoindre les troupes russes du généralissime Kouropatkine.

Quelques semaines à peine plus tard, toujours en plein hiver, le maréchal Oyama, débarrassé de Port-Arthur et de l'abcès de fixation que constituait le siège, se retournait avec toutes ses forces contre Kouropatkine. La grande bataille de Moukden dura près d'une semaine. Elle fut un désastre pour les Russes et une des causes lointaines de la révolution communiste. La victoire japonaise eut un retentissement énorme en Asie et en Europe. Quelques dizaines d'années plus tôt, avec son mikado fainéant, exilé à Kyoto, et son shôgun de légende, régnant de Yedo sur sa hiérarchie féodale, ses daïmios, ses samouraïs à la cotte de mailles et aux deux sabres dans la ceinture, le Japon conservait avec une piété immobile la mentalité et les rites du IXe ou du XIe siècle. En cinquante ans, il avait, d'un seul coup, franchi quelque dix siècles.

Parmi les cent mille morts russes de la bataille de Moukden figurait le cadavre du capitaine Nicolas. Une des sources dont je m'inspire pour raconter son histoire indique qu'un sourire flottait sur le visage gelé de l'officier de fortune et qu'au milieu des neiges où le sang des soldats laissait des traînées rouges il avait l'air heureux.

Emporté par le mouvement et par cette capacité de la mémoire d'accélérer outrageusement le temps après l'avoir ralenti, je crains d'être passé un peu vite sur le mariage de Brian et d'Hélène. La fille de Nadia Wronski était encore une enfant, aux longues boucles, aux grands yeux étonnés, lorsque sa grand-mère la traînait derrière elle de palace en palace dans l'Europe du début de ce siècle. La petite fille modèle n'était pas seulement destinée à devenir l'héritière d'une assez grosse fortune : elle la détenait déjà — à son insu, bien entendu. Sa grand-mère ne possédait rien, mais le comte Wronski, son grand-père putatif et légal, avait légué tous ses biens à la fille de Marie. Il ne fallait même plus en soustraire les sommes confiées jadis à feu Me Brûlaz-Trampolini pour l'entretien de Nicolas. Le père d'Hélène, avant de partir pour la Chine, avait tout reversé sur la tête de sa fille, à l'exception d'un peu d'or qu'il avait emporté avec lui et des lettres de change sur quelques places, dont Shanghai. On m'a souvent demandé quelle pouvait être la fortune d'Hélène Wronski au moment de son mariage avec Brian O'Shaughnessy. J'estime ses revenus à quelque six cent mille francs-or, soit environ — si tant est que ce genre de conversion ait la moindre signification — douze millions de nos francs de 1985. Des revenus de cet ordre supposaient au début du siècle un capital de l'ordre de deux cent quarante à deux cent cinquante millions de nos francs. C'était à peu près — un peu plus, un peu moins — la fortune du comte Wronski au moment de sa mort.

Même pour des défunts, ce genre de renseignements n'est pas facile à obtenir. J'ai interrogé naturellement, avec le plus de discrétion possible, les filles O'Shaughnessy et leur mère elle-même. J'ai poussé l'audace jusqu'à poser des questions qui auraient pu paraître inconvenantes à la comtesse Wronski : elle savait ma passion pour tout ce qui concerne les siens. Avec la permission de la famille, j'ai écrit, en Italie, en Allemagne, en Suisse, en France, en Angleterre, aux banques où le comte Wronski avait déposé sa fortune. J'expliquais chaque fois que je préparais un livre sur les Wronski et je joignais une copie certifiée conforme d'une lettre de la comtesse Wronski qui m'autorisait et m'encourageait à entreprendre un tel travail. Mais vous connaissez les banques et les banquiers : les informations que j'obtenais étaient le plus souvent très vagues et très incomplètes. Ce n'est qu'à force d'évaluation, d'hypothèses, de recoupements que je suis parvenu aux chiffres que je viens d'indiquer.

Le comte Wronski était naturellement à la tête de propriétés foncières en Russie. Il semble que tout ait été réalisé dès avant sa disparition. Il possédait à sa mort le palais du Grand Canal — bientôt revendu par Marie — et la maison de la Giudecca, des immeubles à Zurich et à Genève, des magasins en Allemagne et à Londres, des terres ou des forêts en Allemagne encore, en Angleterre et en France. Quelques beaux objets, des meubles, des tapis, des tableaux ornaient ses demeures vénitiennes. Le reste de sa fortune était en valeurs mobilières (chemins de fer austro-hongrois, rentes françaises, emprunt russe) ou en or.

Piotr Vassilievitch avait beaucoup dépensé au profit d'organisations libérales et parfois révolutionnaires. C'est lui qui avait fourni une partie des fonds nécessaires à la fameuse revue publiée à Londres par Herzen pour dénoncer les abus du totalitarisme tsariste : *Kolokol* — la Cloche. On murmurait, mais sans preuve, que plusieurs attentats contre le tsar avaient été subventionnés par ses soins. Je doute beaucoup, pour ma part, de la participation, même indirecte, de Wronski à l'assassinat d'Alexandre II. Il est certain, en revanche, qu'il avait entretenu dans sa jeunesse des relations avec Karakosof qui tira en vain sur le tsar et surtout avec Vera Zassoulitch, une cousine lointaine, qui, ayant blessé d'un coup de revolver le préfet de police de Saint-Pétersbourg, fut triomphalement acquittée par le jury de la cour d'assises. Vers la fin de sa vie, il s'occupait moins de politique et davantage de sa santé. Il dépensa moins d'argent, je crois, à lutter contre le vieillissement que contre l'absolutisme.

Hélène Wronski, en fin de compte, malgré des revers de fortune dont je ne sais pas grand-chose et des prodigalités répétées, était, au début du siècle, une petite fille immensément riche. Marie Wronski, sa grand-mère, avait la sagesse de s'occuper le moins possible de questions d'argent qui la dépassaient et ne l'intéressaient guère. Elle dépensait ce qu'il fallait pour l'enfant et pour elle. Et elle confiait le tout à des hommes d'affaires qui la grugeaient sans doute, mais lui revenaient moins cher que son incompétence. Hélène, à quinze ans, n'avait aucune idée de sa fortune. Elle ne se doutait même pas qu'elle était riche. Ce qu'il y avait en elle à la fois de plus charmant et de plus foncièrement aristocratique, c'était sa simplicité.

A Rome, à Milan, à Paris, à Londres — à Venise, naturellement — la situation de Marie et d'Hélène était, malgré cette fortune, plutôt inconfortable. Dans la société si ardemment conformiste de l'époque, les scandales successifs de la famille Wronski avaient laissé des traces. Le mariage de Piotr Vassilievitch avec Marie de Cossigny — fille de hobereau, mais dame de compagnie et lectrice à Saint-Pétersbourg, et peut-être aventurière — et la naissance largement prématurée de Nadia avaient déjà fait se hausser pas mal de sourcils de moralistes et de conservateurs. Pour discrète et même secrète qu'elle fût, la liaison avec Verdi avait défrayé la chronique. Les aventures invraisemblables de Nicolas, sa disparition, son retour et surtout la liaison, digne de l'histoire d'Œdipe, entre deux jeunes gens qui ne savaient pas qu'ils étaient frère et sœur avaient mis le comble au scandale. Je me souviens très bien de l'attitude de ma grand-mère et même de mon grand-père — qui avait pourtant beaucoup d'affection et pour l'une et pour l'autre — à l'égard de Marie et d'Hélène Wronski. Elles appartenaient à l'un des cercles les plus maudits de l'enfer social de l'époque : celui des déclassées. Jamais ma grand-mère n'aurait reçu chez elle la comtesse Wronski ni sa petite-fille innocente : c'était une enfant du péché. Une odeur de soufre flottait autour d'elles. Mon grand-père assistait au mariage d'Hélène, mais il aurait détesté qu'un de ses fils l'épousât. Il ne s'étonnait pas de la voir devenir la femme d'un Anglo-Irlandais dont il appréciait le courage, l'élégance, le charme et, bien entendu, la filiation très ancienne, mais qui, à ses yeux au moins, était original et presque fou comme tous les siens. Marie, en pleine connaissance de cause, et Hélène, à son insu, étaient des pestiférées.

Hélène Wronski n'apprit que le soir de son mariage que son père et sa mère étaient frère et sœur. Elle ne se douta jamais, je crois, de son énorme fortune. Mais, avec le flair naturel des enfants, presque aussi développé que celui des animaux, elle sentit très vite que quelque chose n'allait pas. L'absence de Nicolas ne la frappa qu'assez tard parce que, ne l'ayant jamais connu et n'ayant même jamais entendu la moindre allusion à l'existence de son père, elle ne se posait guère de question. La mort de Nadia, malgré sa cruauté, facilitait les choses : il n'y avait pas plus de père qu'il n'y avait de mère, voilà tout. La grand-mère suppléait aux lacunes et aux besoins. Ce furent les autres, naturellement, les camarades de cours, les filles des amies de sa mère, les rencontres d'occasion, qui lui firent prendre conscience de l'étrange étroitesse de son milieu familial. Pour isolée et presque sauvage que fût leur existence, la grand-mère et sa petite-fille ne pouvaient éviter un certain nombre de contacts et même de relations. Vers huit ans, ou neuf ans, poussée, bien malgré elle, par des étonnements étrangers, Hélène se demanda, et demanda à sa grand-mère, pourquoi, à la différence de tant de petites filles, personne, jamais, ne lui parlait de son père.

— Parce qu'il est mort, ma chérie, lui répondit Marie.

— Avant ou après maman ?

— Oh ! bien avant. Tu n'avais que quelques jours quand il est mort.

— Il est mort de quoi, grand-mère ?

— Du choléra, dit Marie, prise un peu de court.

Hélène ne marqua ni surprise ni méfiance. Mais, quelques mois plus tard, elle revint à la charge. Marie avait complètement oublié le coup du choléra.

— Dites, grand-mère, comment est morte maman ?

— D'une maladie de poitrine, ma chérie. Elle avait pris froid un jour, elle ne s'est jamais bien guérie et elle est morte peu de temps après ta naissance.

— Et papa ?

— Il a eu un accident en mer, pendant un voyage.

— Mais vous m'avez dit l'autre jour qu'il était mort du choléra !

— Ah ! oui..., c'est vrai... Eh bien..., voilà ! il a attrapé le choléra pendant un voyage sur la mer — et puis le bateau a fait naufrage.

Hélène était une petite fille parfaitement bien élevée. Elle ne laissa rien paraître de ses sentiments. Marie elle-même ne savait pas, bien des années plus tard, si, cette fois-là encore, la petite fille avait cru ce que racontait la grand-mère.

Il y avait peu de chances que personne parlât jamais à Hélène de son père. Les uns ignoraient tout de lui et les autres, ceux qui l'avaient connu, savaient qu'il ne fallait pas l'évoquer devant sa fille. Tout cela faisait un grand silence. Hélène O'Shaughnessy me disait souvent, bien plus tard, que son enfance lui laissait une impression de désert et de secret. Cette héritière d'une fortune immense, qui portait un grand nom russe, avait eu la jeunesse d'une fille de courtisane vieillissante, de favorite royale délaissée ou de criminelle repentie — à l'écart du monde et des autres.

C'est dans cette atmosphère raréfiée par les chagrins et les drames qu'apparaît, retour d'Égypte, assez beau, plus très jeune, le capitaine O'Shaughnessy.

Quand Javier m'avait annoncé la mort de Pandora, il y avait déjà longtemps que je tournais et retournais dans ma tête l'idée de consacrer quelques années de ma retraite à San Miniato à la rédaction de ces souvenirs où tient la place centrale une famille qui, à plusieurs titres, a joué un rôle immense dans ma vie. Voilà des années que je collectionnais, en maniaque, des lettres, des photographies, des objets qui marquaient les étapes de mon histoire. J'avais interrogé sans me lasser les acteurs et les témoins de ses multiples aventures. J'avais fini par passer auprès des Romero et des O'Shaughnessy pour un raseur amical qui n'arrêtait jamais de poser des questions sur la tenue de Marie Wronski au mariage de sa petite-fille, sur la première rencontre, aux bords de la Tamise, entre Brian O'Shaughnessy et Aureliano Romero, sur les relations de Verdi et de Piotr Vassilievitch, sur les étapes de la fortune de Jérémie Finkelstein, sur les excentricités de Pericles Augusto. Pour me consoler des moqueries de Pandora ou d'Agustin Romero, je pensais avec modestie aux enquêtes interminables de Saint-Simon auprès des chambrières de Versailles, aux recherches de Flaubert, aux billets ridicules et sublimes par lesquels Marcel Proust cherchait à obtenir de ses hautes relations des informations sur un bal chez Mme de Chevigné ou sur le souper où Robert de Montesquiou avait donné lecture de sa lettre à un Rothschild qui lui avait prêté de mauvaise grâce, pour une soirée de charité, des pierres assez médiocres, traitées un peu pompeusement de bijoux de famille : « J'ignorais, mon cher ami, que vous aviez une famille, mais j'espérais, je vous l'avoue, que vous aviez des bijoux. »

Avec leurs ramifications dans tous les sens et cette curieuse habitude de toujours réussir, sans avoir l'air d'y toucher, à être les témoins des événements de notre temps, les O'Shaughnessy me fascinaient. Comme tout ce qui nous occupe vraiment, il me semblait que non seulement Pandora, mais tous les fantômes des

Wronski, des Finkelstein, des Romero ne cessaient jamais de se trouver sur mon chemin. Je tombais sur eux à tout bout de champ. Je finissais par tout savoir de Florinda à Bahia, du rabbin de Pologne, de Conchita Romero au Paraguay ou à Arroyo Verde et, par Tim Tom rencontré par hasard en Toscane, de la mort de Gabriella dans la Chine des Boxers. J'aurai passé toute une partie de mon existence dans l'ombre d'une famille dont j'ai fini, le jour même où j'ai appris la mort de celui de ses membres qui m'était le plus cher, par devenir l'historien. Peut-être le don de la vie ne m'a-t-il été donné que par procuration.

Je ne sais pas — j'étais trop jeune — si les contemporains avaient le même sentiment ou si c'est après coup seulement que nous le prêtons aux acteurs du début de ce siècle : il semble que les années qui mènent à la Grande Guerre sont déjà marquées et comme aimantées par son éclatement inéluctable. Peut-être, tout simplement, parce que tout est interrompu et bouleversé par elle, tout paraît s'organiser d'avance en fonction de son approche.

Dans les quelques mois qui précèdent l'attentat de Sarajevo et l'assassinat de Jaurès, Pablo Rivera et le Kid, qui avaient exécuté des opérations fructueuses pour le compte de patrons, de syndicats, de la Mafia ou pour leur propre compte dans les bas quartiers de San Francisco ou de Chicago et sur le *waterfront* de New York, se retrouvent à Zurich. Dans des conditions un peu mystérieuses que je n'ai pas réussi à élucider, ils y rencontrent un Russe de petite noblesse, à la barbiche et aux moustaches noires, au front largement dégarni, au visage de Kalmouk. Il est le fils d'un conseiller d'État. Il y a quelque trente ans déjà, un de ses frères a été arrêté et exécuté en dépit des interventions répétées du comte Wronski dont il était l'ami. Lui-même a été exilé en Sibérie avant d'être libéré. Il s'appelle Vladimir Ilitch. Il connaît Karl Marx et Engels encore mieux que le Professeur. Mais il n'a pas son expérience de la lutte sur le terrain. Pendant plusieurs jours, ils échangent leur savoir et leurs impressions. Le Kid en reste bouche bée.

Quelques jours avant l'assassinat de Jaurès et la mauvaise grippe — ou serait-ce la varicelle ? — de la couturière de Rosita, Aureliano Romero décida d'emmener au restaurant sa femme et leurs deux aînés. Après quelques hésitations, ils choisirent Larue, place de la Madeleine. C'était le jour du Grand Prix, à Longchamp. A plusieurs tables, autour d'eux, il y avait des parieurs, ou peut-être des propriétaires. Ils parlaient des chances de Sardanapale et de La Farina. Le premier appartenait au baron Édouard de Rothschild et le second au baron Maurice. Au prix du Jockey Club, à Chantilly, une semaine plus tôt, La Farina était arrivé premier et Sardanapale second. Des paris s'engageaient pour la course de tout à l'heure : La Farina ou Sardanapale ? Sardanapale ou La Farina ? Carlos et Agustin n'en perdaient pas une miette et ouvraient des yeux comme les soucoupes que les garçons venaient de déposer sur la table avec les tasses de café.

— Comme tout cela amuserait ma mère ! soupira Aureliano en regardant autour de lui.

— Il faudra la faire venir bientôt, dit Rosita d'une voix douce.

— Dès l'automne prochain. Ou au plus tard au printemps.

Rosita Romero demanda aux deux garçons s'ils seraient contents de revoir leur grand-mère. Ah ! oui, bien sûr, très contents. Mais déjà l'attention de Carlos et d'Agustin était attirée par autre chose. Leur père avait réclamé l'addition. Le maître d'hôtel l'apportait. Alors, Aureliano mit la main à son gousset et en tira un louis d'or. Les deux garçons voulurent le voir et le retournèrent en tous sens.

— Il n'est pas très gros, dit Carlos.

— Mais ça vaut très cher, dit Agustin, qui s'y connaissait déjà en argent.

Et, comme pour lui donner raison, le maître d'hôtel qui avait emporté cérémonieusement le louis d'or, si menu et si lourd, rapporta bientôt, sur le plateau d'argent manié comme un ciboire, tout un petit tas de monnaie.

Miss Prism passa soudain par la porte de la rue son visage un peu affolé et sa chevelure rousse où brillaient quelques fils blancs. Elle venait chercher les enfants. Rosita les couvrit de baisers comme s'ils partaient pour l'Afrique. Par politesse peut-être à l'égard de leur mère, ils prirent l'air désolé. Mais, malgré tout ce qu'ils pouvaient dire et leur âge avancé, ils n'étaient pas vraiment mécontents d'aller retrouver aux Tuileries les marionnettes qu'ils découvraient et leurs nouveaux amis.

Sur la place de la Madeleine, attendant les clients, il y avait en même temps des fiacres et des automobiles. A la façon de ces femmes qui ne savent plus où elles en sont, l'histoire était entre deux âges. Pour aller jusqu'à Longchamp, Aureliano et Rosita hésitèrent encore une fois entre une voiture à cheval et une de ces machines à moteur et à bandages pneumatiques, de plus en plus nombreuses dans les rues de Paris. Ils se décidèrent pour une automobile de louage dont le mécanicien avait bon genre et ne lisait pas *l'Humanité.*

— Chauffeur ! lança Aureliano, un cigare aux lèvres qui était loin, il le savait, de déplaire à Rosita, chauffeur ! à Longchamp !

— Bien, mon prince, répondit le chauffeur, qui se disait qu'à l'allure et à l'accent le client ne pouvait être qu'un Russe ou alors un Brésilien et qui, de toute façon et à coups de compliments à demi ironiques et de précautions oratoires, espérait un bon pourboire.

Il y a foule à Longchamp. Les chevaux et les jockeys sont parmi les détails qui ont le moins changé en quelque trois quarts de siècle. Les moyens de transport pour parvenir au champ de courses, ce qu'on aperçoit de la ville tout au long du trajet, les vêtements du public et jusqu'à son langage ont subi, en soixante-dix ans, des modifications très profondes. Le ciel et les chevaux sont restés identiques à eux-mêmes. A quelques pas des Romero, il y a un groupe de Parisiens auxquels se sont mêlés un certain nombre d'étrangers, amenés par des amis. Les chroniqueurs les plus avertis du *Gaulois* ou du *Figaro* reconnaissent parmi eux une femme déjà âgée, aux cheveux blancs, au visage assez doux qui se durcit tout à coup comme sous le coup d'une émotion intérieure aussitôt maîtrisée : c'est la comtesse Wronski, mi-italienne, mi-russe — et d'origine française. Elle est accompagnée de sa petite-fille, une toute jeune personne de quinze ou peut-être seize ans. L'une et l'autre entretiennent une conversation animée avec le petit-fils de lord Landsdown, un Anglo-Irlandais de la meilleure société, qui a servi aux Indes et en Égypte aux côtés de lord Kitchener, le nouveau ministre britannique de la Guerre. Il est sûrement promis à un très bel avenir. Il s'appelle Brian O'Shaughnessy. Les initiés murmurent qu'il est fiancé à la jeune personne qu'il entoure de ses prévenances et qui le contemple avec tendresse.

Un instant, le regard d'Aureliano Romero croise celui de Brian. Aucun des deux ne reconnaît en l'autre le compagnon d'un soir sur les bords de la Tamise, après une empoignade qui avait failli mal tourner à l'issue d'une autre course, mais qui s'était achevée, entre deux filles, dans les rires et la bière — il y a déjà... mon Dieu !... comme le temps passe... Mais le départ vient d'être donné. Les chevaux s'élancent. Des milliers d'yeux les suivent. Les gorges se nouent. Les respirations s'arrêtent. Les cœurs ne battent que pour eux. Toute une foule immense et debout ne vit qu'à travers la grâce et la puissance des héros de la course. La fortune hésite encore : casaque rose et toque noire, casaque bleue et toque jaune... Un cri jaillit des poitrines, tout à coup délivrées de l'insupportable et délicieuse incertitude : premier, Sardanapale ; deuxième, La Farina. Longchamp inverse Chantilly et le baron Édouard — jaquette et chapeau haut de forme — prend sa revanche sur le baron Maurice — chapeau haut de forme et jaquette.

Au pesage, à la sortie, pendant que la foule s'écoule, une rumeur commence à courir : un archiduc autrichien — et peut-être, tenez, je n'en serais pas surpris, peut-être l'héritier du trône de la monarchie bicéphale — aurait été assassiné du côté de Sarajevo. Où cela ? A Sarajevo, ou quelque chose comme ça. Où est-ce, ce patelin-là ? En Autriche, en Hongrie, en Serbie, en Bulgarie, ou peut-être en Bosnie, ou en Herzégovine. Ça, alors, c'est épatant ! en Bosnie-Herzégovine ! Mon Dieu ! Voyez-vous cela ! Et est-ce que c'est grave, cette histoire de Bosnie ? Eh bien ! c'est selon. On tâchera d'arranger ça. Mais allons d'abord féliciter le baron.

Brian O'Shaughnessy, sur le chemin de l'Égypte à Glangowness, s'était arrêté quelques jours à Paris. Il n'y connaissait pas grand monde, mais tout le monde à Paris — c'est-à-dire cinq cents personnes, ou peut-être quinze cents — connaissait le nom des McNeill, des Landsdown et des O'Shaughnessy. Brian entendait bien ne pas être prisonnier de ces accointances et parfois de ces parentés. Il faisait très beau à Paris en cette fin de printemps et le capitaine — sur le point, il le savait, d'être nommé major — se promenait seul, avec ivresse, le long des quais de la Seine et sur les Champs-Élysées.

Il venait de dépasser l'arc de triomphe de l'Étoile et de s'engager dans l'avenue du Bois lorsqu'il tomba sur mon père. Mon père, au moins deux fois, avant le départ de Brian, pour l'Afrique et les Indes, avait accompagné mon grand-père dans des séjours à Glangowness et à des chasses mémorables au renard ou aux grouses. Il reconnut aussitôt le jeune O'Shaughnessy qui avait à peu près son âge ou peut-être quelques années de plus et qui lui parut à peine un peu forci et changé. Brian, de son côté, hésita quelques secondes avant de mettre un nom sur le visage de son interlocuteur.

— Brian O'Shaughnessy ! A Paris ! Mais quelle chance !

— Vous êtes..., attendez !... vous êtes...

— Plessis-Vaudreuil, dit mon père.

— Ah ! bien sûr !... Vous êtes venu à Glangowness avec monsieur votre père, il y a seize ou dix-sept ans...

— Vous sortiez à peine d'Oxford ou de Cambridge..., vous souvenez-vous ?... D'Oxford, je crois...

— Yes. Oxford, dit Brian, un peu choqué, malgré tout, qu'une hypothèse même écartée pût l'envoyer, fût-ce pour quelques instants seulement, à Cambridge au lieu d'Oxford.

— Et depuis ?

— Well ! La routine : l'Afrique australe, you know..., les Indes, l'Égypte...

— Vous dites ça comme moi Maxim's, Deauville, la haute Sarthe, Plessis-lez-Vaudreuil.

Et mon père se mit à rire, enchanté de rencontrer ce compagnon de jadis dont il gardait bon souvenir et qui courait maintenant le monde et l'Empire britannique.

Ils marchèrent une demi-heure, se racontant leur vie, le long de l'allée du Bois. Lorsque mon père sut à peu près tout de la guerre contre Krüger, des menées des Russes au Pamir et de la carrière de Kitchener, il se mit à énumérer, à l'usage de l'étranger, et comme on fait les honneurs d'une propriété ou d'une collection, les célébrités et les beautés qui descendaient l'avenue ou qui la remontaient, à cheval, en landau, dans d'élégants tilburys, ou parfois à l'arrière d'une automobile décapotable qui passait à quinze kilomètres à l'heure dans un vacarme assourdissant.

— Mme Greffulhe, Mme de Chevigné, Liane de Pougy, ma cousine Gramont, Émilienne d'Alençon, mon oncle Montesquiou, Louisa de Mornand, la duchesse de Mortemart..., récitait mon père avec dévotion, à la façon d'une litanie, tout en soulevant son chapeau à chaque nom qu'il croisait et débitait en même temps.

— Et ces deux-là ? demanda soudain Brian à voix basse en serrant le bras de mon père.

Ces deux-là, une toute jeune fille qui était encore une enfant et une dame plus âgée qui avait des cheveux blancs, s'avançaient à pied sous le soleil en se tenant par le bras. Mon père les reconnut aussitôt : c'étaient la comtesse Wronski et sa petite-fille Hélène.

Mon père les salua. Elles s'arrêtèrent avec bonne grâce. Brian se fit présenter. On échangea quelques mots, les dames sous leurs ombrelles qu'elles faisaient tourner sur leur épaule, les deux hommes tête nue, leur chapeau à la main. Deux jours plus tard, Brian O'Shaughnessy, qui savait déjà tout sur Piotr Vassilievitch et sur le jeune Nicolas, déjeunait chez mes parents avec Marie et Hélène Wronski.

Avec un tact exquis, ma grand-mère avait décidé d'aller passer deux semaines à Lourdes. Mon père profita aussitôt de ce miracle négatif et de cette pieuse absence pour inviter les dames Wronski, au délicieux parfum de soufre, à passer quelques jours à Plessis-lez-Vaudreuil. Brian O'Shaughnessy fut naturellement de la fête : mon grand-père et mon père lui devaient bien cette politesse en souvenir des chasses de Glangowness. Malgré la double différence de religion et d'âge qui ne les arrêta pas longtemps, malgré surtout les rumeurs de scandale, écartées avec mépris et presque avec jubilation par le petit-fils des Landsdown, c'est sous les grands tilleuls, autour de la table de pierre, que Brian et Hélène se fiancèrent officieusement.

L'été arrivait. Tout de suite après le Grand Prix de Longchamp, les appartements parisiens se fermaient l'un après l'autre avec un bel ensemble, les bergères Louis XV disparaissaient sous les housses, les grandes cocottes et les duchesses s'arrangeaient pour surtout n'être plus vues de personne, les hommes les plus élégants mettaient des souliers jaunes sous des canotiers de paille avant de partir pour Deauville ou pour les châteaux de la Sarthe, de la Touraine, de l'Anjou. Depuis longtemps attendu et souvent évoqué, il y avait autre chose qui arrivait en même temps que les départs et les disparitions, en même temps que l'été : c'était la guerre.

Ce que fut cette guerre, le massacre le plus formidable depuis le déluge et la grande peste, depuis les famines de la Chine et des Indes et les campagnes de Napoléon, ce que fut cette guerre, répétition générale très au point de ce qui allait se passer, pour achever le travail, à peine vingt ans plus tard, je n'ai pas besoin de vous le raconter. Vous le savez tous par cœur. Barbusse, Dorgelès, Genevoix, Jules Romains, et aussi Remarque ou Salomon, ou encore Hemingway ou Martin du Gard ou Drieu La Rochelle, vous en ont dit à peu près tout ce qu'il était possible d'en dire. La Seconde Guerre mondiale est une tache noire et rouge qui s'étend indéfiniment avant de se rétrécir, une plaie qui s'ouvre avant de se refermer, un flux suivi d'un reflux. La Première est un corps à corps qui trouve son point d'équilibre, s'enterre dans les tranchées et n'en finit plus de tuer dans l'immobilité. La victoire, sans cesse, est sur le fil du rasoir. A plusieurs reprises, il ne s'en faut que d'un cheveu pour que le camp des vaincus devienne le camp des vainqueurs. Au début de l'été de 1918, interrogé sur le point de savoir s'il est certain de la victoire, Ludendorff déclare encore : « Je réponds à la question par un oui catégorique. » Une des explications de la

Seconde Guerre mondiale est que la Première n'est gagnée que par chance, presque par hasard, en tout cas à l'arraché. Aucune des deux armées n'est inférieure à l'autre. Le jeu d'échecs sanglant, le bras de fer stratégique aurait pu être remporté par n'importe lequel des adversaires cramponnés à leurs trous d'homme et à leurs barbelés. A valeur et à obstination égales, le destin aveugle, plus d'une fois, a fait la différence.

Pour plaire sans doute à ceux qui se font ses apologistes, la guerre, comme toujours, contribue puissamment au progrès des techniques. L'électricité, le téléphone, l'automobile, l'aviation existent sans doute avant 14. La guerre leur fait faire des progrès formidables et les projette dans l'avenir. Les siècles ont toujours un peu plus ou un peu moins de cent ans. Le XVIIIe est court : il s'ouvre à la mort de Louis XIV, en 1715 ; il se clôt le 14 juillet 1789 avec la prise de la Bastille. Après un intersiècle de vingt-cinq ans, qui n'appartient ni à la douceur de vivre ni aux orages désirés, ni aux philosophes ni aux romantiques, le XIXe commence à Waterloo le 18 juin 1815 avec la chute de Napoléon et se termine en août 1914. La Première Guerre mondiale ouvre, à grands sons de trompette, le siècle de la Deuxième et de la crainte de la Troisième. Et elle le fait entrer dans un monde nouveau où les discours de l'ancien sont couverts par les bombes.

Instrument barbare de progrès scientifique et technique, la guerre déploie aussi des capacités de fusion étrangères à la paix. Les classes sociales qui s'ignorent sont brassées dans la même fournaise. Des individus que la vie quotidienne n'aurait jamais réunis se rencontrent et se côtoient. Ces mélanges explosifs nourrissent, en cas de victoire, un nationalisme exacerbé, et la révolution en cas de défaite. Dès le début des hostilités, encouragé par sa mère qui voit la guerre de loin comme un simple agrandissement des campagnes de San Martin ou de la bataille d'Ayacucho, Aureliano Romero entreprend des démarches, non pas uniques mais très rares dans les annales diplomatiques : malgré son statut qui le met à l'abri de la tourmente, il demande à se battre aux côtés des Alliés, et plus particulièrement des Anglais à qui l'unissent tant de liens. Diplomate et argentin, il se heurte de tous les côtés à des difficultés administratives qui l'exaspèrent. Muni de fausses pièces d'identité, qui le feront condamner et décorer après la guerre et la victoire, il se présente comme un Français émigré en Argentine : Aurélien Romier. Parce qu'il parle l'anglais à merveille et mieux que le français, il finit par se retrouver, avec l'accord tacite et un peu boudeur des autorités argentines, manœuvrées comme toujours par Conchita Romero devenue avec l'âge plus impérieuse que jamais, dans des fonctions improbables et un peu floues d'interprète et de conseiller auprès de l'état-major des troupes britanniques en Picardie et à Ypres. C'est là qu'il aperçoit d'un peu loin un officier anglais qu'il ne reconnaît pas, bien qu'il l'ait déjà rencontré à deux reprises différentes, sur les bords de la Tamise d'abord, sur le champ de courses de Longchamp ensuite, et qu'il est appelé à retrouver bien d'autres fois, dans les conditions les plus diverses : le major O'Shaughnessy.

Brian O'Shaughnessy est de tous les coups durs que subit l'armée anglaise, roulant, comme d'habitude, avec une élégance aux limites de la nonchalance qui agace les Français et une ténacité qui les épate, de défaite en défaite jusqu'à la victoire finale. Après les tueries des Flandres, il joue, à la demande de son camarade Winston Churchill, devenu Premier Lord de l'Amirauté, un rôle central et beaucoup plus qu'honorable dans le sanglant échec de Gallipolli et des Dardanelles. Il figure naturellement sur la liste des passagers du navire torpillé ou atteint par une mine qui transporte lord Kitchener en Russie et il doit à sa jeunesse et à sa résistance de compter parmi les rares rescapés du naufrage au large des Orcades où périt le généralissime devenu ministre de la Guerre. En apprenant que Kitchener, à qui il devait tant et qu'il avait admiré plus que personne, était parmi les victimes, Brian, pour la première fois de sa vie, pleura comme un enfant. Par un curieux parallélisme qui contribuera plus tard, grâce à la force des souvenirs, à resserrer leurs liens, Brian O'Shaughnessy et Aureliano Romero finissent tous deux la guerre, entre Flandre et Somme, comme pilotes de chasse dans deux escadrilles différentes. Aureliano, depuis toujours, s'intéressait, en enfant gâté, aux moteurs et à la mécanique et Brian avait vite compris que, dans la guerre comme dans la paix, l'avenir était là-haut. Aureliano Romero est abattu par un chasseur ennemi, au début d'avril 18, lors de l'attaque allemande contre la Lys et le mont Kemmel. Il réussit par miracle à se poser derrière les lignes anglaises. Il est gravement brûlé, évacué, hospitalisé pour plusieurs mois — et donc sauvé : la mort, toujours si proche, s'éloigne enfin de lui. Elle n'est pas non plus pour Brian O'Shaughnessy qui récite son Kipling en attaquant l'ennemi avec un fusil de chasse ou un mousqueton de cavalerie, puis avec une mitrailleuse qui, merveille de la technique, tire à travers l'hélice. Il finira les hostilités avec le grade de colonel. Au cours des quatre années de guerre, le mari d'Hélène Wronski rentra quatre fois chez lui pour quatre permissions. La venue au monde de ses quatre filles s'échelonne entre 15 et 19, avec un trou inexpliqué l'année de la guerre sous-marine, de la révolution russe et de Caporetto. Je ne sais pas pourquoi l'année 1917 a été épargnée et boudée par l'irruption presque annuelle et d'une régularité quasi mathématique des quatre filles O'Shaughnessy dans notre fête en larmes.

Pour que tout soit bien en ordre à la fin, toute provisoire, de la guerre et de ces pages, je vous donne quelques nouvelles de nos amis à travers le monde. Honneur d'abord aux défunts : Cristina Isabel est morte pendant la guerre, quelques mois avant que l'avion de son gendre, qu'elle a à peine connu, ne soit abattu, quelque part entre Arras et Amiens, par le Rittmeister Manfred von Richthofen. Jérémie Finkelstein, en veuf inconsolable, est toujours aussi riche et peut-être de plus en plus. Il trouve que le syndicalisme n'est plus ce qu'il était aux bonnes vieilles années de sa jeunesse difficile et enchantée. Conchita Romero ne manque de rien non plus et projette, pour le printemps ou l'automne de 1919, le voyage en France qu'elle devait accomplir en 1914 : voilà cinq longues années qu'elle n'a plus vu Aureliano et ses quatre petits-fils. Sa tendresse dévorante et son autorité ont un urgent besoin de les reprendre en main. Aureliano va beaucoup mieux. Il a été condamné, pour faux et usage de faux, à un jour de prison avec sursis et il a reçu en rougissant les félicitations du jury. Il est chevalier de la Légion d'honneur. On parle de lui — chut ! chut ! — comme ambassadeur d'Argentine en Angleterre. La fortune conjointe des Finkelstein et des Romero ferait merveille dans ce poste. Marie Wronski et sa fille Hélène, en revanche, ont perdu quelques plumes : les chemins de fer austro-hongrois donnent beaucoup de déboires et il ne faut plus compter du tout, les bolcheviques sont là, sur les grandes espérances suscitées par l'emprunt russe. Mais ce qui reste des biens de Piotr Vassilievitch est loin d'être négligeable : les petites auront de quoi vivre. Moi-même — et je vous dois bien de la gratitude pour votre intérêt à mon égard — je poursuis sur ma terrasse l'œuvre, presque sans fin, à laquelle je me suis attaché. Et j'y trouve beaucoup de bonheur, mêlé d'un peu de mélancolie. Si vous aviez des renseignements à me communiquer ou, peut-être, qui sait ? personne n'est infaillible, des corrections à proposer, si vous aviez rencontré, par hasard, l'un ou l'autre des personnages de cette chronique vécue — la comtesse Wronski, par exemple, le vieux Jérémie Finkelstein, un membre de la famille Romero, une des sœurs O'Shaughnessy — n'hésitez pas, je vous prie, à m'écrire à San Miniato, par Montepulciano (Toscane). Merci. Du côté des plus démunis et des victimes qui ne savent pas encore qu'ils sont en train, à leur tour, de devenir des bourreaux, Paco Rivera est l'hôte du Kremlin où Lénine en personne, se souvenant de Zurich, l'a invité cordialement à venir passer quelques jours. Le Russe a des projets pour le Petit Curé. Le Kid s'est battu en France avec les troupes américaines. Son courage et sa cruauté ont épaté ses camarades — jusqu'à l'effroi et à l'indignation. Il n'a jamais manqué d'être volontaire pour toutes les opérations de nettoyage des tranchées ennemies : à l'arme blanche, il fait merveille. Il est devenu un ami de Brian O'Shaughnessy à qui, pendant cinq ou six mois, dans les crachins de la Somme, pour se reposer un peu d'avoir tellement tué, il a servi de mécano. Au bar de l'escadrille, le soir, en buvant du whisky, ils se sont raconté des histoires stupéfiantes qui les ont longtemps, l'un et l'autre, fait rêver en sens inverse. Ils se sont promis de se revoir à Londres, quand obus et shrapnells auront fini de pleuvoir, ou peut-être même, pourquoi pas ? peut-être à Glangowness, où le tueur au teint sombre pourra rencontrer les duchesses de Kent ou de Devonshire et sir Winston Churchill et où Hélène O'Shaughnessy, bientôt lady Landsdown, attend avec patience, à la tête de ses quatre filles, déjà insupportables, le retour du héros. C'est que Brian O'Shaughnessy, que l'argent — heureusement — n'intéresse pas beaucoup et que la chute de l'emprunt russe laisse assez indifférent, n'est pas peu satisfait : en récompense de ses services et sur recommandation posthume du testament de lord Kitchener — un peu aussi, avouons-le, parce qu'il appartient à une très vieille et très illustre famille sur le point de s'éteindre — le roi George V, successeur d'Édouard VII, successeur lui-même de la reine Victoria, de grande et illustre mémoire, l'a autorisé, dans son extrême bonté, à relever le titre de lord Landsdown à la mort de son grand-père, qui, depuis plusieurs années déjà, est à toute extrémité. Les Anglais sont ainsi faits que le nom des Landsdown, une nouvelle fois menacé, ne survivra pas à Brian : à la différence et à l'instar des Landsdown de jadis qui étaient des McNeill, les quatre filles de lord Landsdown s'appelleront O'Shaughnessy. Pandora, Atalanta, Vanessa et Jessica O'Shaughnessy. Elles sortent d'un univers où, malgré les peines de cœur de leur grand-mère maternelle qu'elles n'ont jamais connue et les crimes qui les précèdent, en Italie ou aux Indes, malgré l'oncle Edmund et les mystères qui entourent leur grand-père maternel et tant de drames majeurs sur tous les continents, malgré Indian Godolphin et tant de tragédies minuscules de la même farine et de la même importance, malgré les aventures de leur père tout autour d'un empire qui se confond avec la planète, il ne se passait pas grand-chose et peut-être presque rien. Par la porte de fer et de feu de la guerre, elles entrent dans le monde où règnent les dieux nouveaux : le jazz, le cinéma, l'automobile, le communisme.

Le monde fait des enfants et les enfants font le monde. Les quatre frères Romero sont dans cet âge d'incertitude où les enfants deviennent des hommes. Au lendemain du massacre le plus réussi de l'histoire, ils sont persuadés qu'ils feront mieux que leurs aînés. Ils ne peuvent pas deviner la signification tragique que prendra la formule. Les mythes modernes les guettent. Une grande lueur brille à l'Est. L'Europe tremble de fièvre. La grande crise se prépare dans la trépidation du plaisir, dans le dérèglement des sens. L'argent, la vitesse, le pouvoir des masses, le renversement de toutes les valeurs annoncé par les poètes et par les philosophes leur font signe dans l'avenir. Une formidable impatience du nouveau les travaille. Fascinés, fous d'espoir, ils se laissent entraîner vers les cathédrales de lumière du fascisme et du communisme. Quand ils ouvriront les yeux, ils verront couler autour d'eux des fleuves de sang et de larmes.

Il y a aussi le bonheur, la gaieté, la tendresse. L'aînée des filles O'Shaughnessy se penche, à Glangowness, sur le berceau de la dernière-née. La grande s'appelle Pandora. Elle a cinq ans, des yeux qui hésitent entre le vert et le bleu, les cheveux blonds de Nicolas et de Nadia Wronski. Elle sait rire et pleurer. Elle aime déjà le mystère et tous les hommes en sont fous. Elle ressemble à Marie Wronski au temps de Saint-Pétersbourg et de la Venise de Verdi. La toute petite s'appelle Jessica. Elle sera brune. Héritage lointain, peut-être, de la rani de Chittorgarh, il paraît qu'elle donne des preuves d'un sacré caractère. Entre l'aînée et la dernière, on assure qu'Atalanta est très McDuff, très

McNeill, très Landsdown ; et Vanessa, très irlandaise. Quand on dit à Brian que tous les charmes mêlés des Cossigny et des Landsdown, des O'Shaughnessy et des Wronski vont revivre dans ses filles, il répond en souriant :

— Eh bien ! c'est gai.

Nous sommes ici à la jointure du passé et de l'avenir. On verra bien. Les quatre filles O'Shaughnessy sont encore des enfants : l'avenir leur appartient. Ce sont déjà des femmes : le monde est à elles, avec ses rêves et ses passions.

Le Vent du soir constitue le premier volet d'une série qui en comportera trois. Le deuxième volume paraîtra l'année prochaine. Et le troisième, dans deux ans.

NOTES BIOGRAPHIQUES
SUR LES PRINCIPAUX PERSONNAGES

ANNA-MARIA. Femme de chambre de la princesse M***.

ASUNCIÓN. Née à Maubeuge. Fréquente les Folies-Bergère. Est remarquée par un dictateur. Le suit au Paraguay. Installée à Villarica, puis à Encarnación. Veut s'élever plus haut. Fait une vie d'enfer à son amant. L'épouse. Impose au corps diplomatique un protocole surprenant. Est l'occasion d'un conflit entre le Paraguay et l'Angleterre.

BADEN-POWELL (Robert Stephenson Smyth, baron). Général anglais. Regroupe les Boers dans des camps.

BAER (Mme Hubert). Amie anglaise de Marie Wronski.

BOXERS. Membres d'une société secrète chinoise. Assiègent les légations étrangères à Pékin.

BRÛLAZ-TRAMPOLINI (Me). Notaire un peu douteux de Genève. Chargé par Zambrano, sur les instructions du comte Wronski, de veiller sur Nicolas. Lui verse régulièrement de l'argent. Éprouve à l'égard du jeune homme des sentiments d'affection. Adresse à la comtesse Wronski une lettre qui la remplit de bonheur et de désespoir.

CARPACCIO (Vittore). Auteur de la *Légende de sainte Ursule* et du cycle de la *Scuola degli Schiavoni.* Peintre favori de Marie Wronski.

CHINOIS (un grand). Monte sur le toit de la légation des États-Unis à Pékin. Tire sur Nicolas. Atteint et tue Gabriella.

CHURCHILL (Winston). Aristocrate britannique. Études médiocres à Harrow. Correspondant de guerre en

Égypte et en Afrique du Sud. Ami de Brian O'Shaughnessy. Ministre de la Guerre. Chancelier de l'Échiquier. Premier Lord de l'Amirauté. Premier ministre.

COCTEAU (Jean). Jeune inconnu. Dîne avec les Romero.

CONSUL D'ITALIE À PÉKIN. D'origine toscane. Compagnon de Garibaldi. Admirateur de Marco Polo. Veuf. Père de Gabriella. Disparaît au cours de la révolte des Boxers.

COSSIGNY (Marie de). Fille d'un hobereau ruiné des Charentes et d'une nièce d'archevêque. Blonde aux yeux verts. Lectrice à Saint-Pétersbourg dans la famille Narichkine. Y sème la perturbation. Attend un enfant. Recueillie à Vienne par les Herbignac. Enlevée par le comte Wronski. L'épouse à Venise. Mère de Nadia. Maîtresse de Verdi. Apprend la mort de son deuxième enfant. Rompt avec Verdi. Part pour Paris avec Nadia. Assiste de loin aux obsèques de Victor Hugo. S'installe en Suisse avec sa fille. Fait la connaissance de Nicolas. Approuve avec réserve les sentiments des deux jeunes gens. Apprend avec bonheur et désespoir que son enfant n'est pas mort. Perd son fils pour la deuxième fois. Et sa fille. Élève sa petite-fille Hélène. Devient une vieille dame à cheveux blancs. Se lie d'amitié avec le narrateur.

COSSY (Nicolas). Voir NICOLAS.

CRISTINA ISABEL. Fille de Pericles Augusto et de Florinda. Se fait photographier à la foire de Bahia. Mène une vie presque luxueuse. Vend des billets de loterie à un étranger de passage. Lui écrit à Buenos Aires. L'épouse. S'installe à New York. Y accueille son père. Mère de Rosita et Simon. Désespérée par l'enlèvement de son fils. Meurt pendant la Grande Guerre.

DEBUSSY (Claude). Musicien. Dîne avec les Romero.

DICTATEUR DU PARAGUAY. Exerce un pouvoir despotique. Réserve pour l'Europe ses convictions libérales. Tombe sur Mado de Maubeuge aux Folies-Bergère. L'embarque. Ressent les affres de la jalousie. L'épouse. Se brouille avec la reine Victoria. Poursuit Conchita Romero de ses assiduités. Se console avec la sœur du consul de Prusse.

DISRAELI (Benjamin). Écrivain et dandy anglais d'origine juive. Conservateur progressiste. Ministre des Affaires étrangères. Ennemi de Gladstone. Premier ministre favori de la reine Victoria. Il la fait impératrice des Indes. Elle le fait lord Beaconsfield.

DOCTEUR PARISIEN. Chauve avec des lorgnons et une barbe noire. Habite près de la Madeleine. Coureur. Ausculte Nadia. L'envoie en Suisse.

DOCTEUR SUISSE. Ausculte Nadia. Lui conseille surtout d'être heureuse.

DOLGOROUKI (Olga). Voir WRONSKI (comtesse).

DOLGOROUKI (Anna). Sœur de la précédente. Mère de l'oncle Constantin Sergueïevitch.

DUCHAUSSOY DE CHARMEILLES (Hippolyte). Vice-consul à Cetinje. Son fils vend des parcelles du mobilier national pour les beaux yeux d'une actrice. Surnommé *Père elle-même* par ses chers collègues. Consul de France au Paraguay. Se plie sans trop de façon aux volontés du dictateur.

EIFFEL (Gustave). Ingénieur. Dîne avec les Romero.

FAURE (baronne Philippe). Amie française de Marie Wronski.

FINKELSTEIN (Isaac). Rabbin en Pologne. Modèle d'orgueil et d'humilité. Mari de Sarah.

FINKELSTEIN (Sarah). Femme du précédent.

FINKELSTEIN (Jérémie). Quatrième fils des précédents. Élève brillant. Est cueilli à la sortie de l'école par la femme d'un chef de la police. Entretient avec elle une liaison scandaleuse. Part pour Varsovie, puis pour Berlin. Suscite une nouvelle passion. Émigre aux États-Unis. Se fait une place prédominante dans les milieux syndicaux, puis dans le monde des affaires. Remarqué par Vanderbilt. Refuse les avances de Margaret Vanderbilt. Gagne un chevreau à une loterie de Bahia. Épouse Cristina Isabel. Père de Rosita et de Simon. Sénateur. Fait preuve de beaucoup de courage lors de l'enlèvement de son fils. Joue un rôle de premier plan dans le capitalisme américain.

FINKELSTEIN (Cristina Isabel). Voir CRISTINA ISABEL.

FINKELSTEIN (Rosita). Fille des précédents. Va au cirque ou aux courses avec Pericles Augusto. Le regrette quand il meurt. Épouse Aureliano Romero à la cathédrale St. Patrick de New York.

FINKELSTEIN (Simon). Frère de la précédente. Victime d'un enlèvement. Disparaît.

FINKELSTEIN (X.). Petit-neveu de Jérémie. Fait partie du peloton d'exécution qui tire sur Mme Putiphar.

FIORAVANTI (Benvenuto). Maître d'hôtel et homme de confiance de la comtesse Wronski douairière.

FLORINDA. Esclave noire née à Bahia. Libérée par ses maîtres. Rencontre Pericles Augusto. Danse avec lui devant une nombreuse assistance. A très peur qu'il ne revienne pas. L'épouse. Mère de Cristina Isabel. Meurt de la typhoïde ou de la fièvre jaune.

FRANCE (Anatole). Romancier. Dîne avec les Romero.

GABRIELLA. Fille du consul d'Italie à Pékin. Accueille Nicolas. Visite San Ho avec lui. Tombe amoureuse de lui. Subit à ses côtés le siège de la légation des États-Unis pendant la guerre des Boxers. Se fait tuer pour le protéger.

GLANGOWNESS. Château en Écosse. Outrageusement retapé. Berceau des McDuff et demeure des Landsdown.

HÉLÈNE. Fille de Nadia et de Nicolas. S'appelle d'abord Sophie. Élevée par sa grand-mère, la comtesse Wronski. Rencontre Brian O'Shaughnessy au cours d'une promenade à Paris. L'épouse. S'installe à Glangowness. Devient lady Landsdown. Mère de quatre filles.

HERBIGNAC (Gustave). Né à Niort sous Louis XVIII. Fait fortune dans le cognac. Commerce du porto à Lisbonne et à Londres. S'établit à Vienne. Courtisé et snobé par les amateurs autrichiens de cognac, de porto et de champagne. Mari d'Hortense.

HERBIGNAC (Hortense). Femme du précédent. Maîtresse du comte Wronski. Parente et amie de Marie de Cossigny. La recueille. Lui présente son amant. Ne répond pas à une lettre de Marie. Lui écrit dix ou quinze ans plus tard une lettre que Marie Wronski, sur son lit de mort, ordonne de jeter aux flammes.

HUGO (Victor). Poète. Marie Wronski et sa fille assistent de loin à ses obsèques.

INDIAN GODOLPHIN. Cheval. Carrière glorieuse. Trouve une mort romanesque et horrible.

JAMESON (sir Leander Starr). Médecin d'Édimbourg. Ami des Landsdown. Agent de la British South African Company. Auteur d'un raid contre Krüger. Premier ministre du Cap.

JARDINIER RUSSE (un). Premier amant de Marie de Cossigny. Père de Nadia. Conspire. Déporté en Sibérie.

JAURÈS (Jean). Socialiste. Assassiné par Raoul Villain au Café du Croissant le 31 juillet 1914.

JOAQUIM (ou Luis Antonio, ou Pablo, ou Jesús). Secrétaire et confident du président Madero.

JOURNALISTE ITALIEN (un). Bavard. Mythomane. Rencontre

Nicolas à Shanghai. Lui propose d'envoyer des articles à des journaux de Milan ou de Gênes.

KID (le). Jeune métis. Léger, brillant, cruel. Ami de Rivera. L'accompagne et le dépasse dans les expéditions souvent sanglantes de la révolution mexicaine. Le suit aux États-Unis. Rencontre Lénine à Zurich. S'engage dans l'armée britannique pendant la Grande Guerre. Nettoyeur de tranchées. Mécano de Brian O'Shaughnessy. Se lie d'amitié avec lui. Promet de lui rendre visite après la guerre au château de Glangowness.

KIPLING (Rudyard). Romancier et poète de l'Empire britannique. Lu et admiré par Brian O'Shaughnessy.

KITCHENER (Horatio Herbert, comte de Khartoum et d'Aspell). Maréchal britannique. Volontaire dans l'armée française en 1870. Sirdar de l'armée égyptienne. L'emporte sur Marchand à Fachoda. Remarque Brian O'Shaughnessy et l'attache à sa personne. Chef d'état-major, puis généralissime de l'armée anglaise en Afrique du Sud. Se montre très dur. Commandant en chef de l'armée britannique aux Indes. Ministre de la Guerre. Témoin au mariage de Brian O'Shaughnessy. Trouve la mort au large des Orcades dans le torpillage du navire qui le mène en Russie.

KOUROPATKINE (Alexei Nicolaïevitch). Généralissime des troupes russes. Battu à Moukden par les Japonais.

KRÜGER (Paul). D'origine berlinoise. Président de la République du Transvaal. Ame de la résistance boer à l'expansionnisme britannique.

LA BIGNE (Valtesse de). Modèle de Nana. Fréquentée à Paris par Périclès-Augusto.

LANDSDOWN (George McNeill, lord). Aîné de la famille McNeill. Général de l'armée britannique aux Indes. Perd sa première femme. Épouse une Indienne en secondes noces. Bredouille.

LANDSDOWN (lady). D'origine indienne. Rani de Chittorgarh. Possède une grosse fortune et des émeraudes légendaires. Fait probablement assassiner par des sikhs la première femme de lord Landsdown. Épouse le veuf.

LANDSDOWN (Henry McNeill, lord). Fils des précédents. Épouse une Écossaise. Bégaie.

LANDSDOWN (lady). Née Georgina McDuff. D'origine écossaise. Épouse le précédent. Lui apporte Glangowness.

LÉNINE (Vladimir Ilitch). Aristocrate et révolutionnaire russe. Visage de Kalmouk. Le comte Wronski intervient en faveur d'un de ses frères. Reçoit Paco Rivera et le Kid à Zurich.

LIEBERMANN (Karl-Hans). D'origine juive. Philosophe et athée. Socialiste. Amateur d'opéra. Libraire à Berlin. Accueille Jérémie Finkelstein. Le prendrait volontiers pour gendre. Lui prête de l'argent pour lui permettre de se rendre à New York.

LIEBERMANN (Lili). Fille du précédent. Grande, myope, laide, charmante. Tombe amoureuse de Jérémie Finkelstein. Le regarde dormir. Jalouse. Désespérée de son départ.

LOUBET (Émile). Président de la République française. Offre, dans le jardin des Tuileries, un banquet géant à vingt mille maires républicains. Reçoit, à Auteuil, un coup de canne sur son haut-de-forme.

LUDMILLA. Babouchka ukrainienne du comte Wronski. Dévouée à son maître jusqu'au crime.

M*** (prince Riccardo). Descendant d'une vieille famille vénitienne. Épouse une Américaine. Meurt le soir du bal qu'il donne avec sa femme dans son palais de Venise. Conservé sur un lit de glace.

M*** (princesse). Femme du précédent. Se prépare pour son bal quand elle apprend de la bouche de son maître d'hôtel une nouvelle qui la bouleverse. Incarne les vertus d'obstination des Américaines en Europe.

McNeill. Nom patronymique des Landsdown. Remontent à Richard Cœur de Lion et peut-être au roi Arthur.

McNeill (Sybil). Fille de lord et lady Landsdown, née Georgina McDuff. Élevée à Glangowness. Monte Indian Godolphin. Épouse Sean O'Shaughnessy. Mère de Brian avec qui elle échange une tendre et nombreuse correspondance.

Madero (Francisco). Président de la République mexicaine. Assassiné.

Mado (de Maubeuge). Voir Asunción.

Marchand (Jean-Baptiste). Capitaine français. Barbiche. Vainqueur de Samory. Doit reculer à Fachoda devant le général Kitchener.

Marx (Karl). Philosophe allemand. Lu par Jérémie Finkelstein et Paco Rivera.

Maureen. Fille naturelle de Kevin O'Shaughnessy. Maîtresse de Brenton. Se livre avec lui à la débauche. Disparaît.

Ministre des États-Unis à Pékin. S'efforce de réconforter les Américains et les Européens réfugiés dans sa légation. S'entretient avec Tim Tom sans illusions excessives.

Monet (Claude). Peintre. Dîne avec les Romero.

Montesquiou (comte Robert de). Mondain. Dîne avec les Romero.

Mummy. Nourrice suisse de Nicolas.

Nadia. Fille de Marie de Cossigny et d'un jardinier russe. Reconnue par le comte Wronski. Demandée en mariage par plusieurs princes italiens. Part pour Paris avec sa mère. Admiratrice de Napoléon. Malade. Séjour en Suisse. Lit Stendhal. Se promène à travers la campagne. Rencontre Nicolas devant la porte de son hôtel, puis dans un bureau de poste. Tombe amoureuse de lui. Le retrouve à Venise. Le quitte après une mauvaise nouvelle. Mère d'Hélène. Meurt de chagrin à vingt-six ans.

NARICHKINE (princesse). Née Orlov. Sèche et ronde à la fois. Accuse Marie de Cossigny de dépraver sa famille.

NARICHKINE (l'oncle). Amoureux de Marie de Cossigny.

NARICHKINE (le neveu). Lieutenant dans le régiment Préobrajenski. Amoureux de Marie de Cossigny.

NARRATEUR (le). Appartient à la famille des Plessis-Vaudreuil. Retiré en Toscane dans sa maison de San Miniato.

NICOLAS. Fils de Marie Wronski et de Verdi. Enlevé à sa naissance par son père putatif. Études en Suisse sous le nom de Cossy. Découvre la musique. Tombe amoureux de Nadia à Gstaad. Surnommé l'orphelin des montagnes. La rejoint à Venise. Se promène avec elle dans une extrême confusion. La quitte. Part pour l'Asie. Est touché par la jeunesse et la grâce de la fille d'un consul. Participe à Pékin à la guerre des Boxers. Échappe de peu à la mort. Disparaît à nouveau. Chef d'un corps franc de l'armée du tsar contre les Japonais. Échappe au siège de Port-Arthur. Tué à la bataille de Moukden. Père d'Hélène.

NICOLAS II. Tsar de toutes les Russies. Battu par les Japonais.

NURSE du petit Simon Finkelstein. Bâillonnée et ligotée lors de l'enlèvement de l'enfant. Soupçonnée, puis relâchée par la police de New York.

O'SHAUGHNESSY (Kevin). Descendant des rois d'Irlande. Ivrogne. Viole une fille de cabaretiers. Père naturel de Maureen.

O'SHAUGHNESSY (Brenton). Fils du précédent. Descendant des rois d'Irlande. Ivrogne. Prend pour maîtresse la fille naturelle de son père. Se livre avec elle à des débauches inouïes. Assassiné.

O'SHAUGHNESSY (Sean I). Petit-fils et arrière-petit-fils des précédents. Descendant des rois d'Irlande. Très convenable. Père de Brian et d'Edmund.

O'SHAUGHNESSY (Brian I). Fils aîné du précédent. Filleul d'O'Connell. Eton. Oxford. Lié avec la famille royale. Fait une carrière brillante au service de la Couronne britannique. Ambassadeur d'Angleterre.

O'SHAUGHNESSY (Edmund). Frère du précédent. Filleul d'un McNeill. Recueille le dernier souffle d'un mourant. Entretient des liens avec les révolutionnaires irlandais. Mène une vie de révolte et de luxe. Finit par diriger la fraction la plus dure de la résistance irlandaise.

O'SHAUGHNESSY (Sean II). Fils de Brian I. Échappe de peu à un terrible accident. Épouse Sybil McNeill, fille de lord Landsdown. Député unioniste aux côtés de Joseph Chamberlain. Père de Brian II.

O'SHAUGHNESSY (Brian II). Fils de Sean O'Shaughnessy et de Sybil, née McNeill. Eton. Oxford. Admirateur de Kipling. Se bat sur les bords de la Tamise avec un étudiant de Cambridge. Au Soudan avec Kitchener. En Afrique du Sud avec Kitchener. Se lie avec Winston Churchill. Armée des Indes. Se lie avec le lieutenant puis capitaine Turnbull. Rencontre à Paris Hélène Wronski. L'épouse en 1914. Fait la guerre sur l'Yser et sur la Somme. Se lie avec un métis. A successivement quatre filles. Autorisé par le roi George V à relever le titre des Landsdown à la mort de son grand-père.

O'SHAUGHNESSY (Pandora). Fille aînée du précédent et d'Hélène Wronski. Fournit au narrateur des documents sur sa famille. Héroïne du tome suivant.

O'SHAUGHNESSY (Atalanta). Deuxième fille de Brian O'Shaughnessy et d'Hélène Wronski. Héroïne du tome suivant.

O'SHAUGHNESSY (Vanessa). Sœur des précédentes. Boit. Héroïne du tome suivant.

O'SHAUGHNESSY (Jessica). Sœur des précédentes. Héroïne du tome suivant.

OYAMA (Iwao, marquis). Maréchal japonais. Vainqueur des Russes à Port-Arthur. Les bat de nouveau à Moukden.

PERICLES AUGUSTO. Marchand ambulant d'origine italo-portugaise. Établi à Olinda. Rencontre Florinda dans les rues de Bahia. Danse avec elle. L'épouse. Quitte Olinda pour Bahia. Père de Cristina Isabel. S'élève dans l'échelle sociale. S'installe à New York auprès de son gendre, Jérémie Finkelstein. Porte des accoutrements invraisemblables. Participe à la colonisation d'Oklahoma. Voyage fréquemment en Europe. Acquiert une réputation d'originalité et presque d'élégance. Dépeint par un comte italien comme effervescent et pyrotechnique.

PILAR. Infirmière mexicaine. Donne des signes d'hystérie. S'éprend de Paco Rivera. Enceinte.

PRISM (miss Evangeline). Recrutée par Rosita Romero dans une école huppée des environs de Londres. Gouvernante des fils Romero. Les accompagne en Europe.

PROUST (Marcel). Chroniqueur mondain au *Figaro.* Dîne avec les Romero.

PUTIPHAR (Mme). Surnom de la femme d'un chef de la police de la région de Lublin. Tombe amoureuse du jeune Jérémie Finkelstein à une fête scolaire où elle porte un chapeau avec deux plumes verte et bleue. Va le chercher en landau à la sortie de l'école. Entretient avec lui des relations tumultueuses. Exécutée par les Soviets.

REGINALD (sir). Ministre de Grande-Bretagne au Paraguay. Tripote sa moustache quand il réfléchit. Refuse de baiser le pied de Mado de Maubeuge. Est promené nu sur un âne à travers les rues de la capitale. Provoque la disparition du Paraguay sur les cartes anglaises de la fin du XIXe siècle.

RHODES (sir Cecil). Aventurier et entrepreneur de génie. Chercheur de diamants. Premier ministre du Cap. Crée la ligne de chemin de fer Alexandrie-Le Cap.

RIVERA (Paco). Famille mexicaine de paysans pauvres. Entre au séminaire. Lecture de Marx et de Renan. Aventure avec Pilar. Quitte le séminaire. S'attache à Zapata et à Pancho Villa. Participe activement à la révolution mexicaine. Appelé *le Professeur* ou *le Petit Curé.* Acquiert une réputation de cruauté. Se lie avec le Kid. Passe aux États-Unis après l'élection de Madero à la présidence du Mexique. Rencontre Lénine à Zurich.

ROBERTS (Frederick Bleigh, lord). Maréchal anglais. Généralissime contre les Boers. Remarque Brian O'Shaughnessy. Remplacé par Kitchener.

ROMERO (José Antonio). Général sud-américain. Ami de Miranda, puis de Bolivar. Participe à la fondation de la Grande-Colombie, puis du Paraguay. Père de Carlos.

ROMERO (Carlos). Fils du précédent. Colonel de l'armée paraguayenne. Attaché militaire dans plusieurs pays d'Europe. Contribue à l'établissement d'une dictature dont il ne tarde pas à se séparer. Épouse Conchita. Père d'Aureliano.

ROMERO (Conchita). Femme du précédent. Mère d'Aureliano. Est l'objet des assiduités du dictateur du Paraguay. Ne lui cède pas. Voit arriver un puma, un vison blanc, des quantités de pots de confitures. Ne cède toujours pas. Reçoit des menaces voilées. Est contrainte de quitter le pays. S'installe en Argentine. Acquiert une propriété sur le lac Nahuel Huapi. Accroît sa fortune dans des proportions considérables. Maîtresse du ministre argentin des Relations extérieures. Joue un rôle politique à Buenos Aires. Rêve de l'Europe pour son fils.

ROMERO (Aureliano). Fils des précédents. Enfance au Paraguay. Jeunesse en Argentine. Éprouve une prédilection pour la région du lac Nahuel Huapi. Études à Cambridge. Se bat sur les bords de la Tamise avec un étudiant d'Oxford. Attaché d'ambassade à Londres. Secrétaire d'ambassade à Washington. Manque d'imagination. Épouse Rosita Finkelstein. S'inquiète des réactions de sa mère. Lui adresse des lettres ampoulées. Nommé au ministère des Relations extérieures. S'installe à Buenos Aires. Quatre fils. Nommé ministre à Paris à la veille de la Grande Guerre. S'engage dans les troupes françaises sous le nom d'Aurélien Romier. Aviateur. Blessé. Espère devenir ambassadeur d'Argentine à Londres.

ROMERO (Carlos). Aîné des fils des précédents. Emmené chez Larue par ses parents en 1914, le jour du Grand Prix de Longchamp. Héros du tome suivant.

ROMERO (Agustin). Frère du précédent. L'accompagne chez Larue. Héros du tome suivant.

ROMERO (Javier). Frère des précédents. Apprend au narrateur la mort de Pandora. Se promène avec lui en Toscane. Héros du tome suivant.

ROMERO (Luis Miguel). Frère jumeau du précédent. Héros du tome suivant.

ROUSSEAU (M.). Pâtissier chez Maxim's. Part pour le Brésil sur les conseils de Périclès-Augusto. Ouvre à Buenos Aires la pâtisserie *Duque de Morny*. Cuisinier de Conchita Romero. Très snob.

STENDHAL (Henri Beyle, dit). Écrivain français. Lu et admiré par Marie Wronski et par sa fille.

STREPPONI (Giuseppina). Maîtresse puis femme de Verdi. Rivale de Marie Wronski.

TEMPS (le). Personnage principal de la vie et des livres.

TIM TOM. Surnom de Tom Timkinson. Secrétaire du ministre des États-Unis en Chine. Témoin du siège de la légation. Admirateur de James Joyce. Consul honoraire des États-Unis à Trieste. Rend visite au narrateur et lui raconte à San Miniato les amours de Nicolas et de Gabriella à Pékin pendant la guerre des Boxers.

TSEU HI. Impératrice de Chine. Encourage en sous-main la révolte des Boxers.

TURNBULL (lieutenant puis capitaine). Officier de l'armée des Indes. Accueille à Bombay Brian O'Shaughnessy. Éprouve pour lui de l'affection — et peut-être un peu plus.

VENISE. Rêve de pierre et d'eau. Triomphe de la culture. Entre Orient et Occident, un des centres du monde.

VERDI (Giuseppe). Fils d'aubergiste. Musicien de génie. Patriote italien. Auteur de *Nabucco,* d'*Il Trovatore,* de *la Traviata,* d'*Un Ballo in Maschera,* de *la Forza del Destino,* d'*Aïda,* d'*Otello.* Amant puis mari de Giuseppina Strepponi. Amant de Marie Wronski. Père de Nicolas.

VICTORIA. Reine de Grande-Bretagne et d'Irlande du Nord, impératrice des Indes. Éprouve des sentiments d'affection pour son Premier ministre Disraeli qu'elle fait lord Beaconsfield. Épouse Albert de Saxe-Cobourg. Mère d'Edouard VII dont elle réprouve le goût, à son sens excessif, pour les Français et les Françaises.

VILLA (Pancho). Révolutionnaire mexicain. Assassiné.

VITTORIO. Intendant de la princesse M*** qui aperçoit dans un miroir son visage bouleversé.

WALDERSEE (Alfred, général puis maréchal, comte von). Commande les troupes internationales envoyées à Pékin pour libérer les légations assiégées par les Boxers.

WILDE (Oscar). Écrivain anglais d'origine irlandaise. Confie à un journaliste qu'il n'aurait pas détesté être Aureliano Romero.

WLADIMIR PAVLOVITCH. Mari d'une actrice de la Fenice. Joueur. Couvert de dettes. Propriétaire d'un palais sur le Grand Canal. Le vend en un clin d'œil à Piotr Vassilievitch.

WRONSKI (comte Feodor Petrovitch). Épouse Catherine Wolkonsky. Ambassadeur de Russie à Téhéran et à Londres.

WRONSKI (comte Alexandre Feodorovitch). Fils du précédent. Tué à la bataille de Borodino ou de la Moskova.

WRONSKI (comte Vassili Feodorovitch). Frère du précédent. Épouse Olga Dolgorouki. Prend part à la révolte des décembristes contre Nicolas Ier. Déporté en Sibérie.

WRONSKI (comtesse). Née Dolgorouki. Sœur de la mère de l'oncle Constantin Sergueïevitch. Épouse le comte Vassili Feodorovitch. A la tête d'une grosse fortune. Possède une propriété en Crimée. Habite souvent Venise où elle loue trois étages de l'hôtel Danieli. Demande à son maître d'hôtel s'il la prend par hasard pour une racine d'estragon. Deux fils. Mère possessive et abusive de Piotr Vassilievitch.

WRONSKI (comte Alexis Vassilievitch). Fils des précédents. Révolutionnaire et noceur. Exilé. Fréquente les villes d'eaux. Habite avec ses deux fils la maison de la Giudecca que lui a prêtée Piotr Vassilievitch.

WRONSKI (Piotr Vassilievitch, comte). Frère du précédent. Libéral. Parcourt l'Europe en tous sens. Admirateur et ami de Verdi. Soupçonné d'impuissance ou d'homosexualité. Entretient une liaison à Vienne avec Hortense Herbignac. Enlève Marie de Cossigny et l'épouse à Venise. Reconnaît Nadia pour sa fille. Achète un palais sur le Grand Canal. Fait disparaître Nicolas. Lui rend des visites furtives dans un village des Grisons. Se suicide en Bavière.

WRONSKI (comtesse). Femme du précédent. Voir COSSIGNY (Marie de).

WRONSKI (comte Fedor Alexievitch). Fils d'Alexis Vassilievitch. Officier dans l'armée du tsar. Tué au siège de Port-Arthur.

WRONSKI (comte Sergueï Alexievitch). Frère du précédent. Officier dans l'armée du tsar. Tué au siège de Port-Arthur.

YUAN CHE-TCHANG ou YUAN LI-TCHANG. Mandarin chinois. Admirateur des Taï-Pings. Ses fils s'adonnent à l'opium. Rencontre Nicolas à Shanghai et s'entretient avec lui.

ZAMBRANO. Factotum vénitien du comte Wronski. Exécute pour le compte de son maître l'enlèvement de Nicolas. En relation avec Me Brûlaz-Trampolini. Lui révèle avant de mourir le secret de la naissance de Nicolas.

ZAPATA (Emiliano). Révolutionnaire mexicain. Assassiné.

ZASSOULITCH (Vera). Aristocrate et révolutionnaire russe, cousine des Wronski. Tire sur le préfet de police de Saint-Pétersbourg. Acquittée.

Aubin Imprimeur
LIGUGÉ, POITIERS

Achevé d'imprimer en avril 1988
N° d'édition 88054 / N° d'impression L 27260
Dépôt légal, avril 1988
Imprimé en France